ESTE PÁSSARO VOOU

ESTE PÁSSARO VOOU

SUSANNA HOFFS

Tradução de Lívia Pacini

ALTA BOOKS
GRUPO EDITORIAL
Rio de Janeiro, 2024

Este Pássaro Voou

Copyright © 2024 ALTA NOVEL
ALTA NOVEL é um selo da EDITORA ALTA BOOKS do Grupo Editorial Alta Books (Starlin Alta e Consultoria Ltda.)
Copyright © 2023 SUSANNA HOFFS
ISBN: 978-85-508-2323-2

Translated from original This Bird Has Flown. Copyright © 2023 by Susanna Hoffs. ISBN 9780316409315. This translation is published and sold by permission of The Gernert Company, Inc., the owner of all rights to publish and sell the same. PORTUGUESE language edition published by Starlin Alta Editora e Consultoria Ltda., Copyright © 2024 by Starlin Alta Editora e Consultoria Ltda.

Impresso no Brasil — 1ª Edição, 2024 — Edição revisada conforme o Acordo Ortográfico da Língua Portuguesa de 2009.

Dados Internacionais de Catalogação na Publicação (CIP) de acordo com ISBD

H711e   Hoffs, Susanna
          Este Pássaro Voou / Susanna Hoffs ; traduzido por Lívia Pacini. - Rio de Janeiro : Alta Novel, 2024.
          352 p. ; 13,7cm x 21cm.

          Tradução de: This Bird Has Flown
          ISBN: 978-85-508-2323-2

          1. Literatura americana. 2. Romance. I. Pacini, Lívia. II. Título.

                                            CDD 813.5
2023-32   CDU 821.111(73)-31

Elaborado por Vagner Rodolfo da Silva - CRB-8/9410

Índice para catálogo sistemático:
1. Literatura americana : Romance 813.5
2. Literatura americana : Romance 821.111(73)-31

Todos os direitos estão reservados e protegidos por Lei. Nenhuma parte deste livro, sem autorização prévia por escrito da editora, poderá ser reproduzida ou transmitida. A violação dos Direitos Autorais é crime estabelecido na Lei nº 9.610/98 e com punição de acordo com o artigo 184 do Código Penal.

O conteúdo desta obra fora formulado exclusivamente pelo(s) autor(es).

Marcas Registradas: Todos os termos mencionados e reconhecidos como Marca Registrada e/ou Comercial são de responsabilidade de seus proprietários. A editora informa não estar associada a nenhum produto e/ou fornecedor apresentado no livro.

Material de apoio e erratas: Se parte integrante da obra e/ou por real necessidade, no site da editora o leitor encontrará os materiais de apoio (download), errata e/ou quaisquer outros conteúdos aplicáveis à obra. Acesse o site www.altabooks.com.br e procure pelo título do livro desejado para ter acesso ao conteúdo.

Suporte Técnico: A obra é comercializada na forma em que está, sem direito a suporte técnico ou orientação pessoal/exclusiva ao leitor.

A editora não se responsabiliza pela manutenção, atualização e idioma dos sites, programas, materiais complementares e similares referidos pelos autores nesta obra.

Alta Novel é um selo do Grupo Editorial Alta Books

Produção Editorial: Grupo Editorial Alta Books
Diretor Editorial: Anderson Vieira
Vendas Governamentais: Cristiane Mutüs
Gerência Comercial: Claudio Lima
Gerência Marketing: Andréa Guatiello

Coordenadora Editorial: Illysabelle Trajano
Produtora Editorial: Beatriz de Assis
Assistente da Obra: Luana Maura
Tradução: Lívia Pacini
Copidesque: João Costa
Revisão: Ellen Andrade & Isabella Veras
Diagramação: Joyce Matos

Rua Viúva Cláudio, 291 — Bairro Industrial do Jacaré
CEP: 20.970-031 — Rio de Janeiro (RJ)
Tels.: (21) 3278-8069 / 3278-8419
www.altabooks.com.br — altabooks@altabooks.com.br
Ouvidoria: ouvidoria@altabooks.com.br

Editora afiliada à:

*Para os amantes da música,
e para os amantes,
em toda parte.*

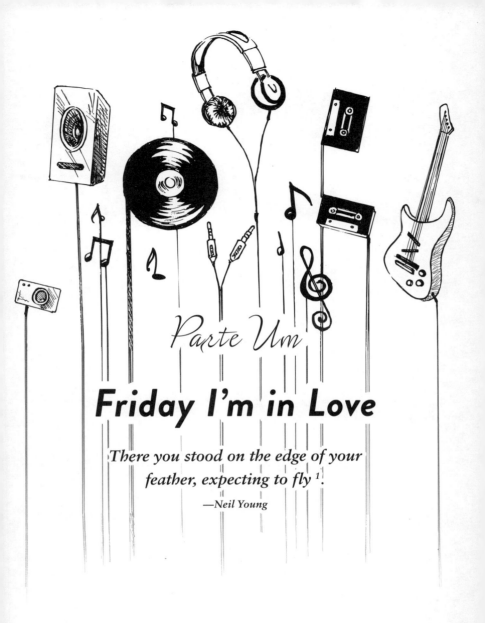

Parte Um

Friday I'm in Love

There you stood on the edge of your feather, expecting to fly [1].
—Neil Young

---

[1] Lá estava você, esticando a asa, esperando voar. [N. da T.]

Capítulo 1

TEARS OF A CLOWN

Parando para pensar, o elevador é que nem a vida: ou está subindo ou descendo. Eu estava com uma roupa de piranha e descia rápido, sozinha, em direção a um "show privado" em Las Vegas que nunca deveria ter aceitado fazer. Shows privados são sempre um pouco sinistros. Mas estava desesperada. Por vários motivos. Ah, quem dera a minha sorte mudasse, e eu não precisasse encarar outro show duvidoso por um bom tempo!

Eu estava usando um pedaço de pano minúsculo como vestido, meio escondido embaixo do cardigã vintage do meu ex-namorado, a única coisa que roubei dele, por valor sentimental, quando me trocou por uma modelo de lingerie de 23 aninhos. Dois meses atrás.

Não se atreva a chorar. Não por ele, não por isso, não *agora*.

Dei de cara com o meu reflexo nas portas espelhadas e vacilei. Quem é aquela? Ah, sim. É *ela*. A que dança, canta e *entretém*.

— Aguenta firme — murmurei para me animar. — Você consegue. É só uma apresentação. O show tem que continuar!

As portas se abriram no mezanino, e a silhueta de Pippa apareceu, recortada contra a luz do sol do entardecer que se derramava por uma parede de vidro bizarra, dando a impressão de haver uma auréola reluzente sobre seu cabelo loiro desgrenhado. Pippa, meu anjo, minha melhor amiga e empresária, que tinha voado lá de Londres para me resgatar do desespero.

Nosso reencontro foi abreviado por um alvoroço no corredor. Pippa pareceu evaporar em uma explosão de luz branca, e fui arremessada para trás por um corpo quente que avançava sem hesitar, de um jeito meio rude, em direção ao elevador e em *minha* direção.

— Perdão! Meu Deus, mil desculpas — disse uma voz densa e estrondosa com sotaque australiano.

Duas mãos desajeitadas me firmaram pelos ombros, seu calor e peso geraram uma onda inesperada que me atravessou. Olhei para cima, vislumbrei um lampejo de sorriso (desconsolado) e o rastro de movimento de um cabelo comprido (escuro e brilhante). Estava encarando um par de olhos azuis enormes e cintilantes quando Pippa se aproximou e me arrancou do elevador.

Hello, goodbye, pensei quando as portas se fecharam e ele desapareceu numa espécie de truque terrível de ilusionismo. Seu olhar tinha sido tão animador, e o sorriso, tão profundamente radiante, que senti algo que eu não sentia desde que Alex, meu então companheiro há quatro anos, confessou estar me traindo com Jessica: uma vaga agitação, algo parecido com otimismo.

Pippa voltou a entrar em foco.

— Era a All Love. — Ela abriu um sorriso, pegando a alça da minha mala de rodinhas e seguindo pelo longo corredor com os sapatos de tiras de salto alto batendo no chão.

Corri para alcançá-la e entrevi uma ridícula réplica da Torre Eiffel ondulando na miragem através das janelas.

— Como assim All Love?

— Uma dupla pop, da Austrália, estava no elevador — respondeu ela.

— Dupla? — Eu só tinha notado um.

— Dois irmãos. Não são lindos? Eles vão tocar amanhã à noite no estádio aqui do lado. Você *estava mesmo* morando numa caverna. — Pippa me lançou um olhar, afastando sua franja perfeita da testa. Com aqueles traços de boneca, ela estava a cara da Marianne Faithfull jovem.

Para falar a verdade, Pippa tinha feito milagre ao conseguir esse show para mim. Fazia anos que eu não me apresentava. Ela sabia que estava precisando de dinheiro. Eu tinha voltado para a casa dos meus pais, o que, aos 33 anos, era um último recurso desmoralizante.

E lá estava eu... na cama molenga de solteiro... partículas de poeira dançando sobre quatro sacos de lixo que eu não tinha forças para vasculhar... tudo que restava da minha vida com...

— Como é que você nunca ouviu falar da All Love? — perguntou Pippa tirando sarro de mim, risonha e incrédula. — Eles são *gigantes*.

Eu estava morando numa caverna. Ela tinha razão. Só assim para não ver a galinhagem de Alex, que durou *meses*. Meu estômago se revirou. Como pude ser tão sem noção? E *ele*, tão desalmado.

— Chegamos, querida, bem a tempo de uma passagem de som rápida. — Brecamos ruidosamente diante de um par de misteriosas portas de couro vermelho. — Caramba, estava com saudade de você. Isso *com certeza* vai tirar o Alex da sua cabeça. Fazer o que você faz de melhor, na frente de uma plateia que te venera.

— Exato.

Forcei um sorriso. *Mentira*. Eu não acreditava nem um pouco que me sairia bem, que a plateia se lembraria da minha existência ou que isso pudesse me fazer parar de pensar *nele*.

Pippa abriu um enorme sorriso e me abraçou. *Vai fingindo até conseguir.* Atrás dela, lá longe, ao sol, vislumbrei os seguranças do hotel cercando um bando de fãs agitadas da All Love que ainda estava fazendo cera perto do elevador.

O espaço de eventos deserto em que eu iria me apresentar para a despedida de solteiro era um útero forrado de veludo molhado vermelho que pulsava sob a luz de velas falsas. A decoração era baseada em antigos bares clandestinos da época da Lei Seca: sofás botonê, pista de dança laminada, palco exótico de cabaré — estranhamente desprovido de instrumentos ou músicos.

— Puta merda! — Pippa suspirou, juntando-se a mim no bar depois de um breve tête-à-tête de negócios com um dos organizadores da festa. Ela empurrou um Red Bull para a minha mão. — Acontece que eles não garantiram a banda. Estou *furiosa*, tive que discutir com eles.

Eu precisava admitir: isso foi um alívio para mim. Sem querer esnobar ninguém, é só que nunca tinha tocado com nenhuma banda. Quando estava indo no embalo do meu hit há dez anos, fazia turnês do jeito certo.

Naquela época, podia pagar os músicos, e eles eram os *melhores*, meus queridos amigos Alastair e James, que tocavam baixo e bateria, respectivamente. Ah, se tivesse como fazer uma transmissão com eles lá de Londres! A ideia de tocar com pessoas totalmente estranhas me inquietava. Era o equivalente a um encontro às cegas. E quando é que isso dá certo? Olhei para trás, em direção ao palco vazio.

— Na real, preferia fazer um show acústico. Mas espera, não tem nem violão...

— Não! — explodiu ela, emendando depois com um sorriso tenso e conciliatório. — Como posso dizer? Eles de repente preferem que você "cante com playback".

Ela fez o sinal de aspas no ar e deixou os braços caírem, frouxos.

— Espera, o *quê*? Mas nunca fiz isso na vida.

— Porque é uma porcaria e patético, sim, eu sei — chiou.

Levei um tempo para processar, sentindo um gosto amargo na boca. Seria resquício do voo assustador até aqui ou alguma reação química ao apocalipse do meu relacionamento? Ou seria só a simples ideia de cantar com playback? Era melhor não me arriscar tomando Red Bull, levando em conta meu estado de espírito. A não ser que bebesse um pouco de vodca junto, o que era melhor não arriscar também. Porra. Há quanto *tempo* eu não me apresentava? Nem sequer conseguia me lembrar *direito* — minha barriga deu outro tranco. Dois anos? Aquela apresentação na boate (com meia dúzia de gatos-pingados na plateia). Será que fazia tanto tempo assim? Eu tinha desaparecido por completo no mundo de Alex desde então?

— E tem mais — disse Pippa, com ar desolado. — Segundo o organizador da festa, eles só *precisam* mesmo daquela música, o que, é claro, quer dizer que só *querem* aquela música... isso depois de você preparar um setlist decente. — Ela fez uma careta.

— Tá — respondi devagar, processando. — Entãooo, eu ensaiei, enchi a cara de reboco velho, me espremi dentro desse vestido de piranha e quase morri naquele voo da Aeroflot, em que desconfio que nem tinha tripulação, para cantar "aquela música". Com playback. Em Las Vegas.

Pippa sabia muito bem do meu medo de avião.

— Para resumir, sim. *Desculpa*. Porra. — Ela desabou de braços cruzados em uma cadeira.

— Tá, sim, certo. Não, tudo *bem*. — tranquilizei Pippa, surfando numa nova onda de enjoo. — *Sério*. Eu tava só... confirmando. Um show! Até que enfim! Nem sei como te agradecer. Além disso, amo você.

Pippa suspirou.

— Também amo você. Não era assim que eu queria que rolasse. Mas pensei: é um trabalho! A grana é boa, e sinceramente era uma oportunidade de te ver depois de tanto tempo. Depois de tudo que aconteceu com... aquele babaca cujo nome me recuso a pronunciar daqui pra frente — acrescentou com doçura. — Mas, olhando pelo lado bom, dessa forma é *vapt vupt*, é entrar e cair fora! E pode ficar tranquila, você é a única apresentação musical!

As portas de couro se escancararam, e uma mulher linda e escultural de salto plataforma usando só um roupão minúsculo de seda e brilhando na luz de fundo vistoriou a sala.

— Bom, é um consolo — falei para engambelar.

Pippa fez uma careta, mortificada. Empresários têm o pior trabalho do mundo. Tudo que pode dar errado, dá. Mas ela também já teve sua cota de vitórias — veja o velho Calça de Oncinha. Na última década, Pippa reconstruiu sua carreira de guitarrista e artista solo lendário apesar do fim da banda dele, Rebel Knaves. Eu sabia que ela o tinha reerguido de mais de uma forma. Para Pippa, não era só questão de dinheiro, ela mergulhava de cabeça. Uma verdadeira apaixonada por música e pelas pessoas que fazem música.

Uma mulher que defendia meus interesses. Que sorte a minha ainda tê-la ao meu lado.

— Estou *brincando*.

Reconfortei Pippa enquanto a mulher passava por nós, com as pernas quilométricas untadas de bronzeador. Eu a imaginei daqui a algumas horas, esfregando a pele para tirar aquilo — adeus, toalhinha branca. Até onde vamos para ficar "atraentes"... Por reflexo, puxei meu vestido microscópico para baixo e lancei à mulher um sorriso tenso de solidariedade. Ela deu uma piscada alegre para mim e estacionou sua mala de rodinhas ao lado da minha enquanto um dos organizadores da festa pôs sacolas de presente com os dizeres *O que acontece em Vegas, fica em Vegas* sobre o fliperama brilhante. Era exatamente o que eu estava sentindo. Mas estava começando a ter um pressentimento *muito* ruim sobre esse show.

— Você está meio pálida — murmurou Pippa, chegando mais perto. Seus traços estavam distorcidos, como se a visse por uma lente grande-angular. — Ah, meu bem. Deixa eu ver se consigo te arranjar um sanduíche ou umas batatinhas.

Ela pegou o cardápio do bar e empalideceu. Arranquei-o de sua mão. Era o "cardápio" para o "Entretenimento" da noite. Abaixo das "Entradas" estava meu nome e, ao lado, uma captura de tela do meu antigo clipe da *música de sucesso*, no qual estava usando uma roupa burlesca e uma peruca rosa, empoleirada na beirada de uma cadeira com as pernas, lastimavelmente, abertas. De novo, não. A constrangedora foto padrão. Porém, a intenção era prestar uma homenagem à coreografia de Bob Fosse em *Cabaret* e ao "momento" controverso de Sharon Stone em *Instinto Selvagem*! E a peruca pareceu a iconografia certa para a mensagem quase feminista do vídeo sobre sexualidade no cinema americano pós-anos 1960. Eu tinha escrito um artigo sobre isso na Columbia! Era para ser algo empoderador.

Pensando agora, foi um delírio meu achar que o vídeo passaria outra imagem além de uma desculpa para mais uma cantora rebolar a bunda. Não que houvesse problema nisso. Eu pregava a aceitação do corpo! Era a favor de todo mundo rebolar a bunda quando e onde quisesse! E achava que era melhor ser reduzida ao *meme* daquele momento do que não ter tido momento algum.

🎼

— Que cagada enorme. A culpa é toda minha. Devia me demitir — choramingou Pippa, tristonha, enquanto perambulávamos pelos bastidores.

Estava zoando. Na verdade, era *ela* quem estava me fazendo caridade. O único motivo em que eu conseguia pensar para ela ter me mantido como cliente era que acreditava mesmo no meu potencial como artista. Fiquei com um nó na garganta com essa ideia.

— Mas, se você for me demitir — continuou, franzindo as sobrancelhas com ternura —, promete que continuamos amigas?

Minha querida Pippa. O rosto dela acabava comigo. De verdade. Eu estava entre rir de nervoso e chorar. Mais perto de chorar.

— Não seja boba — retruquei, acenando para ela.

— Tá bom, melhor — suspirou, voltando ao normal.

Até mesmo autênticas estrelas do rock fazem shows privados, racionalizei, só que não se fala publicamente quando uma superestrela toca na festa de aniversário de um bilionário em alguma ilha exclusiva por um cachê astronômico. É claro que isso estava na outra ponta do espectro, mas eu precisava desesperadamente da grana. O pagamento desta noite significaria o depósito caução de um apartamento, alguns meses do aluguel, uma chance de gravar outro álbum pretensioso, mesmo que ninguém fosse se dar ao trabalho de escutar. *Seria importante para mim.* Quer dizer, isso se eu conseguisse voltar a compor algum dia.

Como tinha vindo parar aqui? Dei uma espiadinha por uma abertura nas cortinas. Não tinha mais volta. Na verdade, a festa já havia começado. Uns héteros tops barulhentos se amontoavam na pista de dança à espera da minha apresentação. Com sorte, eles já estariam bêbados, e a lembrança dela seria uma das coisas que ficariam em Vegas. Além do mais, o sanduíche avacalhado e o Red Bull com vodca estavam começando a fazer efeito.

— É tão deprimente que até fica *engraçado*, né?

— Hilário — replicou Pippa.

— Vai dar uma bela piada de festa um dia.

— Exato — disse ela. — E, quando você terminar, te levo para o Nobu, aí a gente se empanturra de coisas gostosas e bebe até cair. Por minha conta.

Esperamos um momento, absorvendo o duplo sentido.

— Então, além de parecer puta, também virei puta oficialmente — falei com ironia, me recuperando.

— Basicamente.

A cara de nada de Pippa deu lugar a um conhecido sorriso travesso. Pensei: *Aguenta firme. Logo, logo termina.* Tipo quando você está de pernas abertas na mesa ginecológica, e o médico, a menos centímetros da sua virilha, diz: *"Relaxa. Só um pouquinho de pressão e já acaba"*.

Um contrarregra com cara de louco chegou apressado, me olhou com reprovação e conduziu Pippa para um lugar escuro. Quase na mesma hora, ela começou a brigar com ele. Só consegui entender:

— É um ultraje! Jane Start é uma artista. O que você pensa que sou? Uma cafetina?

Pippa voltou balançando entre o polegar e o indicador uma sacola de uma loja de artigos para festas, como se estivesse contaminada. Ela mordeu o lábio e timidamente sacou...
Não. Pode. Ser. Uma peruca rosa-choque.
— O pedido mais enfático veio do noivo. Fique à vontade para recusar essa degradação final.
Ela estava desolada mesmo; eu mal podia suportar vê-la assim.
— O ponto alto da minha piada de festa. — Fingi um sorriso e arranquei a peruca da mão dela.
— Biritas. Nobu. Logo mais — disse Pippa, correndo para esconder meu cabelo embaixo da peruca.
Com grande solenidade, ela pôs um microfone sem fio na minha mão. Estremeci. Eu não era uma apresentadora de programa de entrevistas, pelo amor de Deus. Nem faria um Ted Talk, embora nesse caso usaria um daqueles trecos tecnológicos na cabeça, *pior ainda*. Quem dera ter meu violão e um microfone em um pedestal apropriado.
Troquei um olhar com Pippa, e um arrepio percorreu minha espinha, com um pensamento que vinha reprimindo a noite toda. É *isso* que acontece quando você grava um cover de uma música de Jonesy. Nada que fizer *jamais* vai chegar aos pés disso. Estava na cara; meu sucesso estava inextricavelmente ligado à canção brilhante *dele*. Começou e acabou ali. Tudo que compus e gravei desde então foi um fiasco. E teve aquela vez, há dez anos, em que Jonesy quis me fazer assinar com a gravadora dele e produzir meu próximo álbum. Tive uma sensação de alívio quando não rolou — um desejo de autonomia criativa e uma leve suspeita de que nada com Jonesy *nunca* seria simples —, mas agora, cá estava eu.
Será que eu tinha sido minha pior inimiga? Tinha escolhido o caminho errado? Por que ainda acreditava que era capaz de compor? Que tinha algo importante a dizer?
Era oficial: este era o momento do acerto de contas. Do alto dos meus 33 anos, eu era um fenômeno de um hit só que tinha passado do ponto — e agora, pelo visto, uma "artista de Vegas" que "fazia" despedidas de solteiro.
Pippa estava lendo minha mente — eu *sabia*, vi em seus olhos, tão claro quanto o brilho da faca de um assassino em um filme de Hitchcock. Uma onda de pânico me tomou, abrupta e penetrante, um tambor funerário rufando em meus ouvidos — e me socorri com uma música. *Danke*

Schoen de Wayne Newton começou a soar, suave e ironicamente, na minha cabeça.
Danke schoen, darling, Danke schoen, thank you for... all the joy and pain...
E bem nessa hora, os acordes iniciais do meu hit começaram a ressoar pelo sistema de som. Hora do show! Eu ia ganhar o meu dinheirinho e me recuperar! Nada nesse mundo poderia destruir meu amor pela canção de Jonesy. Mas meu coração deu um salto — não era minha música ecoando dos alto-falantes. Era uma versão horrível e brega de karaokê...
Pippa olhou para mim boquiaberta e mortificada, mas só tive tempo de engolir o resto de Red Bull com vodca que ameaçou voltar antes de a luz branca de um holofote se acender no meio do palco.
Entrei aos tropeços na claridade ofuscante, brusca e implacável, captando vislumbres borrados dos rostos suados das pessoas da plateia, que dançavam se atirando umas contra as outras como jogadores de futebol americano em câmera lenta. Elas tinham vindo para se divertir, e eu ia garantir a diversão, mesmo cantando com um fundo ridículo de karaokê, mesmo sem um violão a que me agarrar com desespero.
Fechei os olhos. Pensei apenas em cantar. Ia me manter no desenrolar do presente, na *meditação* do canto. Não ia deixar espaço nenhum para a síndrome da impostora ou para o fora que levei de Alex — só pensaria nesta melodia, que parecia imponente na minha garganta, deslizando como seda dos meus lábios. Que emocionante reinventar essa música, cantá-la por todos esses anos! *Obrigada, Jonesy, por escrever essa canção.* E como não dançar ao som desse balanço, como não mexer os quadris, não jogar o cabelo no bom e velho estilo rock 'n' roll, mesmo tendo que segurar a peruca rosa?
A nota aguda estava chegando — estava chegando chegando chegando, e eu não ia ter medo. Ia evocar a velha analogia sobre dirigir um carro e me preparar... Manter as mãos firmes, mas relaxadas, no volante... Cruzar o mapa da melodia até atingir o cume íngreme final e liberar a nota do seu abrigo, nas profundezas do meu ser. E quando ela saiu pelos ares, limpa, brilhante e livre, foi como se não me pertencesse de forma alguma, mas fosse de todos os outros, e pensei: *meu trabalho aqui acabou.*

Quinze minutos depois, eu e Pippa vagamos para um canto escuro do bar. Ela deslizou uma taça de champanhe para mim e deu um gole na dela com animação.

— Jane, sério, você foi incrível. Apesar das circunstâncias.

Ela soltou um suspiro de arrependimento e estudou meu rosto. Sabia que Pippa se referia a outras coisas além de eu ter precisado cantar com música de karaokê. Referia-se a Alex. A eu ter voltado a morar com os meus pais. Ao meu bloqueio criativo incorrigível.

— Sinceramente, até esqueço o quanto você é boa, mas aí você canta com essa voz límpida, pura e, ao mesmo tempo, rouca e carregada de emoção...

— Para — insisti, envergonhada.

— É sério. Pode acreditar. Falei que eles podiam tirar o cavalinho da chuva sobre aquela história de *meet and greet* — afirmou, sacudindo o cabelo em tom de desafio. — O noivo pediu para tirar foto com você, *de peruca*. Qual ia ser o próximo pedido? Uma dança sensual?

Eu nunca devia ter feito aquele clipe.

Pippa se endireitou, lendo meus pensamentos.

— Vou pegar o dinheiro agora, posso? — perguntou, com cara de cachorrinho sem dono.

Ah, como senti falta dela.

Nós brindamos com as taças, terminamos as bebidas em um gole, e ela saiu atrás do organizador da festa. O que me restou para me convencer de que tudo isso tinha sido um estudo antropológico edificante foi ficar observando os bombados alcoolizados zoando. Eles não me notaram, sem peruca, vestido de periguete oculto sob o cardigã desleixado do meu ex — pequena e obscura, sem um palco para me elevar. Então, eu tinha me humilhado enquanto eles olhavam com malícia pela tela do celular, me filmando. Sem dúvida um problema de primeiro mundo, pensei, e suponho que tudo seja relativo, até mesmo a chegada ao fundo do poço *comprovada em vídeo*. Porém, Pippa estava voltando, agitando com ar de vitória o cheque no alto, e pensei: *Vou voltar a ser criativa. Vou provar para ela, para mim mesma, que existe muito mais em mim — futuras músicas esperando para ser compostas e cantadas.*

Depois que meu segundo álbum foi um fracasso comercial, há sete anos, a gravadora me dispensou sem cerimônias. Foi a morte, só que mais vergonhoso. Eu mal tinha lançado músicas novas desde então, tirando algumas para os primeiros filmes de baixo orçamento de Alex, nos primeiros anos do nosso relacionamento. Em vez de usar a composição para sair do buraco, perdi a fé e me distraí com Alex, ajudando-o a restaurar sua primeira casa, de estilo *Mid-Century Modern*, no topo da estrada Mulholland, cortesia do fundo fiduciário da mãe dele. Em pouco tempo, eu tinha desaparecido em sua panelinha de amigos, acreditando que também eram meus amigos. Rolavam noites de jogos, tours por bares, finais de semana em Joshua Tree. Sessões duplas no New Beverly Cinema. Mas tudo evaporou quando Alex chamou Jessica para fazer parte do elenco do seu próximo filme. A perda da vida que tínhamos construído juntos me deixou desnorteada. Acabou comigo. A verdade é que eu sentia falta dele, desesperadamente, e de todos os anos em que pensei que estávamos indo em direção a algo maior...

As caixas de som vibravam com uma música eletrônica ensurdecedora, e Pippa tinha voltado. O palco de cabaré se inundou de luz quando um enorme bolo de camadas foi trazido num carrinho. A plateia ficou imóvel apenas por um instante antes de a dançarina irromper. Alguma coisa brilhante sobrevoou a cabeça dos homens e fez pouso forçado no bar.

— Tomara que não seja... — gritava eu no ouvido de Pippa quando a próxima roupa íntima me atingiu bem no rosto (e estava *quente*).

Olhamos boquiabertas para o chão grudento de cerveja, onde cintilava uma calcinha fio-dental de lantejoulas. Pippa agarrou meu braço, em solidariedade, mas seus olhos se arregalaram para algo atrás de mim.

Algo, não. *Alguém*. O Olhos Brilhantes, do elevador, estava a centímetros de distância. Ao seu lado estava a outra metade da dupla, seu irmão. Os dois pareciam príncipes da Disney, com traços aumentados, cílios do Bambi, longos cabelos escuros. Não eram perseguidos por adolescentes em hotéis à toa.

— Vamos dar o fora daqui — disse ele, seus lábios roçando meu lóbulo, sua voz surpreendentemente grave e aveludada.

De repente, lembrei-me de Alex, de como nossas pernas se entrelaçavam, os dois apoiados na mesinha de centro de pedra corian nas altas da madrugada. As luzes refulgentes do Vale de San Fernando cintilando por trás de quinas ininterruptas de vidro. *Lar*.

Não mais. Fiquei com um nó na garganta.

— Sou Alfie. — O pop star abriu um sorriso.

É claro que era. E pensei: por que não? Ele estava radiante. Falou comigo. E o nome dele era Alfie. *What's it all about, Alfie?*[1] Eu meio que queria saber.

Além disso, tinha acabado de ser atingida na cara por uma calcinha fio-dental, que, pensando melhor, dava o toque final à minha anedota. Dava até para dizer que as coisas estavam melhorando.

Terminei o resto da bebida em um gole, analisando as feições dele. Era um rosto muito interessante, na verdade. Quando o príncipe da Disney mais novo começou a cercar Pippa, ela ficou vermelha e me lançou um olhar.

— Claro. O que nos impede? — respondi a Alfie, por cima do barulho.

Ele sorriu, ofereceu-me o braço, e eu lhe dei o meu.

---

[1] Trecho da música *Alfie*, de Burt Bacharach, cuja tradução é: "O que se passa, Alfie?" [N. da T.]

Capítulo 2

PEOPLE WHO NEED PEOPLE

Começou com um jantar aconchegante no Nobu, no qual os irmãos Lloyd, Nick (o mais novo) e Alfie (um ano mais velho), provaram ser companhias cativantes. Ambos eram muito bons de papo, bastante atrevidos, inteligentes e vividos para a idade, além de surpreendentemente convincentes.

Agora, lá fora, na calçada, Nick Lloyd dava passos para trás, em direção à porta aberta de uma limusine, puxando Pippa junto com delicadeza, o arco-íris néon da Las Vegas Strip piscando suavemente, desvanecendo à distância.

Os dois irmãos estavam insistindo para darmos uma volta de carro pelo deserto; a noite, segundo eles, era "uma criança", e pensei: *Que frase esperançosa*. Uma criança. E esperança... era exatamente do que eu precisava. Sem contar que eles tinham champanhe. Estava voltando a me sentir *gente*. Não consegui pensar em nenhum motivo que impedisse dois homens jovens e duas mulheres *com certa idade* de viverem uma aventura. Viva Las Vegas.

Pippa não estava exatamente oferecendo resistência. Dei uma olhada de esguelha para Alfie. Ele abriu um sorriso maravilhoso.

Eu lembrei que deveria ser sensata. Voltar ao quarto. Assaltar o frigobar. Encher a cara de chocolate sem pensar enquanto fazia coisas normais e prosaicas, como xeretar o Instagram do meu ex e me desfazer em lágrimas ao ver a gostosa da Jessica, minha substituta. Era só questão de tempo até Alex cair em si. Para mim, era uma certeza inabalável.

Nick assobiou de dentro da limusine, e Pippa se aconchegou mais no banco. Ela me lançou um sorriso indecifrável com cara de louca pela porta. Tinha vindo lá de longe até a Cidade do Pecado por minha causa. Agora não dava para eu largá-la e pronto, não é?

Pippa, Nick, Alfie, eu, nessa ordem, no banco de trás da limusine. Estávamos em algum lugar nos limites de Vegas, e algum tempo já tinha passado. Garrafas de champanhe tilintavam aos nossos pés. Pelas janelas havia paisagens lunares, um luar amarelado e areia deslizando pela calçada como ondas. Lufadas insanas de vento faziam o carro oscilar um pouco, ou talvez fosse só *eu*.

— Meu irmão tinha uma baita queda por você... quando ele tinha uns 13 anos, por aí — dizia Nick.

Acontece que Nick e Alfie tinham entrado de penetra na despedida de solteiro e testemunhado meu show de karaokê todinho do fundo do recinto.

E qual era o lance dessa voz incompativelmente grossa? Os dois tinham isso. Devia ser coisa de australiano.

Nick passou o braço com suavidade em volta de Pippa, que não se perturbou. *Se ela tem 39, e ele, 22...* Tecnicamente, é idade suficiente para ser "mãe" dele. *Oh là là.*

Agora era Alfie que estava passando o braço em volta de *mim*. Trinta e três menos vinte e três não era *tão* ruim, mas, ainda assim, o melhor a fazer seria me desvencilhar com educação. Porém, ele era tão legal e quentinho, tão legal e firme, tão legal no geral. Alfie me ofereceu champanhe de uma garrafa nova. *Eu não deveria. Mesmo.*

— Muita gentil da sua parte.

Dei um gole só por educação. Ele sorriu com doçura... *People who need people... are the luckiest people...*[1] Dei uma olhadinha para trás de Alfie e vi Nick descansando a mão na coxa de Pippa, enquanto a cabeça dela repousava no ombro dele. Não estava acostumada a vê-la assim, meio que entregue.

— Sua voz está igualzinha, *incrível* — murmurou Alfie. — E você ainda usa a peruca quando canta. Como no vídeo.

Não se puder evitar. Queria explicar, mas o rosto dele de repente estava no meu pescoço, e, antes que eu pudesse me afastar, seus lábios se abriram num sorriso rente à minha pele e ficaram lá — um choque de emoção percorreu todo meu corpo como uma flecha. Mas indolor. Com certeza, indolor.

Dei uma olhada desesperada em direção a Pippa. Ela agora estava de algum modo enroscada sem cuidado a Nick, que parecia estar cheio de tesão nela e em suas curvas voluptuosas. Dava para culpá-lo?

— Só pra você saber — disse Pippa por cima da cabeça de Nick —, eu cuido de Jane Start desde o comecinho. Dá até pra dizer que a descobri, recém-formada e cantando em uma cafeteria minúscula. E acho, Jane, você vai me confirmar nessa, mas fui *eu* que insisti para lançar o clipe quando você estava em dúvida... *Hummm* — Sua voz foi baixando, de modo distraído.

— Eu nunca vou esquecer meus micos — falei, mas ninguém estava ouvindo.

Ah, deixa pra lá. Senti meu corpo dissolver na sensação de Alfie roçando meu pescoço... o que era totalmente errado, por milhares de motivos. *Exatamente.* Eu não ia considerar a ideia de deixar *isso*, seja lá o que fosse, *hummm*, continuar, *hummm*, por mais, um, segundo.

Plim!

— Desculpa — falei, me afastando para caçar o celular. *Salva pelo gongo.* Agitei a tela na cara dele para ter claridade, mas a luz só mostrou o quanto ele estava adorável na escuridão. — Só preciso dar uma olhadinha.

---

1 Trecho da música *People*, de Merrill e Styne, gravada por Barbra Streisand, cuja tradução é: Pessoas que precisam de pessoas... são as pessoas mais sortudas... [N. da T.]

Alex Altman: Ei, Jane. Sei que não era para entrar em contato. Desculpa, mas queria te dar um toque. Não sei outro jeito de dizer. Eu e Jessica vamos nos casar. Sinto muito, Jane. De verdade.

𝄞

O quarto de Alfie no hotel era parecido com o meu, simples e moderno, cheio de superfícies brancas laminadas, o toque ímpar da antiga paleta de cores de Eames em uma almofada aqui e em uma manta jogada acolá — mas o dele era do tamanho de um apartamento, com ambientes integrados de modo elegante e vistas panorâmicas. Então era aqui que colocavam os ricaços — os artistas que estavam no topo das paradas *atualmente*. Na real, era mais extravagante do que tudo que tive nos meus quinze minutos de fama.

Fixei o olhar em um violão discretamente encostado ao pé da cama, mais para me distrair de outros pensamentos que me ocorreram do nada. *Pra que ficar sentada sozinha no quarto?*

— Me ensina sua música — pediu Alfie.

Estiquei o pescoço para trás, desconcertada. Nossos olhares se cruzaram.

— Tá... bem — cedi.

Ele sorriu de maneira encantadora.

Merda. Olha no que você se meteu agora. Alfie era músico também, mundialmente famoso, nada menos do que uma estrela do pop. O fato é que dá mais ansiedade cantar para uma pessoa que você meio que conhece do que para um mar de desconhecidos.

Assim surgiu o insistente batuque do meu coração enfurecido enquanto eu me empoleirava ao pé da cama com o violão dele. Apertando com reticência um interruptor interno, alternei do meu modo *humana* para meu modo *humana que canta* e comecei a tocar *Can't You See I Want You*, grata pelo champanhe que fez tudo fluir melhor.

— Nossa, muito bom! — Alfie escancarou um sorriso quando o último acorde soou. — Eu *sempre* amei sua música.

Lá vamos nós.

— Na verdade, ela não é *minha*. Quer dizer, não sou a compositora. É um cover de uma música de Jonesy.

— Você está *brincando*. — Ele franziu a testa, falando sério.
— Não. É do primeiro álbum dele. Antes dos sucessos de rádio, talvez por isso as pessoas nunca associem.
Ficamos em silêncio por um momento, sorrindo um para o outro.
— Você, meu caro, devia fazer um cover seu — sugeri, estendendo-lhe o violão.
As grandes músicas têm disso: nunca envelhecem. Se ao menos eu conseguisse compor uma assim.
Trocamos de lugar, e Alfie começou a dedilhar os acordes por conta própria. No fim, era um grande fã de Jonesy, mas, também, *quem não era?* Tinha só um acorde complicado que ele não conseguiu fazer direito, então me peguei posicionando seus dedos no braço do violão para guiá-lo. Foi uma coisa estranhamente íntima, mesmo depois dos afagos no banco de trás da limusine. Depois, houve uma pausa sugestiva em que ele olhou para cima, encarando-me de um jeito esfuziante. Minhas bochechas ficaram em chamas.
Alfie se levantou, deu um gole de Dom Pérignon direto da garrafa que estava na mesinha de cabeceira e me ofereceu. Eu me aproximei dele com um passo que me pareceu monumental, entornei o resto da bebida e pousei a garrafa de volta no móvel com um baque indelicado. Ele abriu um sorriso divertido.
— Sabe, você nem faz meu tipo. Bonito demais.
Pronto. Falei. Bem na cara dele, em resposta a absolutamente nada além da *proximidade* a uma *cama*. Havia dois chocolatinhos em embalagens com monogramas sobre dois travesseiros enormes e fofinhos, além de um cartão escrito à mão: *Caro Sr. Caine, se houver algo do desejo do senhor durante sua estadia conosco...*
Alfie estava encostado na mesinha de cabeceira, olhando para mim com a cabeça inclinada.
— Devo ser a única pessoa no planeta inteiro que *não* está apaixonada por você — insisti, de um modo um tantinho arrastado. — Simplesmente não estou, *mesmo*.
Ele sorriu, inabalável.
Caramba, que gato. Como alguém conseguia *não* sorrir para aquele rosto? Naquele momento, ele pôs o indicador no meio da minha testa, com muita leveza, e fez um tantinho mínimo de pressão, mas *não tive escolha* a não ser tombar para trás sobre a cama como uma árvore abatida

na floresta. Humm. Não pude evitar passar as mãos pela colcha fresquinha e presa com firmeza no lugar. Amei a sensação de roupa de cama de qualidade.

— Bom, para sua informação, você também não faz meu tipo — falou. — *Sweet Jane, sweeeet Jane.*

Tá, *agora* eu estava impressionada. Ele conhecia Velvet Underground.

Mas, alô, o australiano Alfie agora estava com um joelho casualmente apoiado na beira da cama. Recuei um pouco, dando tapinhas no colchão.

— Cama legal — falei e me encostei em um dos travesseiros, com as mãos cruzadas embaixo da cabeça, afastando o chocolate.

— Sem contar... — completou, agachando-se e vindo na minha direção, um tigre jovem à espreita — Que você... é muito velha... pra mim.

Ele passou uma perna por cima de mim, devo dizer que com muito respeito, e olhou para baixo com um sorriso afável.

Essa era uma ideia genial, ou então o *contrário*. De repente, a imagem de Alex e Jessica surgiu em minha mente, desse mesmo jeito, na nossa antiga cama. Nem de longe tão boa quanto essa, nem tão fofinha.

Sinto muito, Jane. De verdade.

Não, Alex, não sente, não.

Então lá estava eu, olhando para cima e vendo um príncipe da Disney prendendo uma mecha do seu sedoso cabelo preto atrás da orelha, piscando com aqueles cílios de corça, naquela suspensão mágica do tempo.

— Beleza, decidimos que não estamos a fim um do outro — falei.

— Certo.

— Então o que estamos fazendo? — perguntei.

— Não sei — respondeu, virando-me em um único movimento ininterrupto e *me* deixando por cima *dele*. Ele me olhou com aqueles olhos azuis imensos e brilhantes. — Acho que só estamos *sendo malvados* — completou, com um sorriso no cantinho da boca, coroado por uma única e perfeita covinha.

Malvados. Sim. Muito. Mas tem uma coisa: o poder de cura da dopamina. É confuso, porque, por acaso, eu adorava a dopamina, e meus instintos, em que provavelmente não deveria confiar num momento como esse, disseram-me que *eu estava muito perto de pôr as mãos em uma boa dose de dopamina.*

E tem mais uma coisa, pensei, finalmente me permitindo encostar nele — *uma ereção.* É inegável que uma ereção dá uma força para a confiança ou, pelo menos, é *lisonjeira*. Mas também é persuasiva, a forma como ela pressiona, sem controle, o tecido, dando a ver, e a sentir e a *entender* aquele volume divinamente escultural.

Também existe um poder de cura nisso, não é?

Capítulo 3

AMASSOS

Jane! Te liguei a manhã todinha. Combinamos de tomar café da manhã juntas. *E aí?* — gritava Pippa pelo telefone. Melhor se não gritasse.

— Uhum.

— Excelente. Você está viva, entãooo... — murmurava agora em um tom vagamente conspiratório. — O que *rolou*? E onde exatamente *você está*?

Eu me ergui rápido demais. A noite passada surgiu na minha cabeça de uma vez: *a cama... o rosto... o sorriso... a vista panorâmica do céu noturno...* ALFIE. Vasculhei a memória como um cão frenético em busca de um osso enterrado — e a lembrança veio à tona. Nós *não* "dormimos juntos". *Ufa.* Teria sido patético fazer sexo para me vingar, e eu só me sentiria pior.

— Jane, ainda está aí? E onde exatamente *você está*?

— No meu quarto?

— Não parece ter tanta certeza — rebateu ela, abafando o riso.

Voltei a me afundar na cama, com a cabeça latejando, e apertei o viva--voz. Ai. Tinha feito todas as coisas que me prometi que não faria depois do término. Afoguei as mágoas na bebida, para começo de conversa. Pelo menos eu estava no meu quarto.

— Só estava brincando, querida. Você merece se divertir um pouco. Aquele patife do Alex, por exemplo, e nem preciso te lembrar. Você can-

tou numa despedida de solteiro ontem. — Ela fez uma pausa. — E bebeu bastante champanhe — acrescentou com delicadeza. Quase dava para ouvi-la abrir um largo sorriso. — Então vê se escuta muito bem o que vou te falar. Nada de pensar. Só fazer.
— Mas o que eu faço?
— Você vai tomar o banho mais gelado que aguentar e me encontrar lá embaixo. Naquele lugar com temática havaiana e a praia de mentirinha. Reservei uma mesa. E traz sua mala. De lá, vamos direto para o aeroporto.
— *Não*. Quis dizer, o que eu faço da minha *vida*?
— Ah, isso — riu. — A gente resolve tudo no café da manhã.

Pippa batia furiosamente o dedo na tela do celular, de cabeça baixa, quando eu me larguei na cadeira diante dela.
— Certo — disse, com uma cutucada final, virando o aparelho para baixo e me servindo café. — *Então?*
Ela empurrou a xícara para mim.
— *Então*. Por que entramos naquele carro?
— Nada de autoflagelação. Você vai ter muito tempo pra isso depois. Vou até providenciar o chicote — rebateu, com secura.
— Obrigada — respondi. Ambas demos golinhos no café. — Por que é que está toda animadinha? E onde foi que *você* se meteu ontem à noite?
Ela levantou as sobrancelhas, o que podia ser interpretado tanto como *faça as contas* quanto como *sem comentários*, assim como num interrogatório policial.
— Se você conseguir segurar o *schadenfreude*, por favor — acrescentei.
— Sobre sua pergunta original, o que você faz da sua vida? — perguntou Pippa fugindo do assunto, passando manteiga na torrada. — Você toma café da manhã numa praia de mentirinha em Las Vegas depois de cantar seu sucesso num karaokê. E arrasar, aliás. Mas, falando no geral, diria que está se recuperando.
Estava mesmo? Sentia o contrário. Eu tinha jurado que não ia cometer o mesmo erro que cometi com Alex — ir para a cama com o primeiro que sorrisse para mim.

— Sou uma *monogâmica em série!* Monogâmica inveterada, sem pudores, de carteirinha. — Soltei, evitando o olhar das mesas ao lado, incluindo um pessoal de igreja com roupas iguais.

— *Ok*. Certo. Exatamente. — Pippa franziu a testa, confusa, tentando me ajudar.

— É só que sexo casual não é... *minha praia* — insisti, falando mais baixo. Para isso, eu *me* bastava. — E tecnicamente foram só... — Eu tinha pesquisado no Google. — Uns amassos.

— Que disciplinada — disse ela, contendo um sorriso.

— Sou uma mulher adulta. Posso ir até onde eu quiser. Ou *não* ir. E o que rolou com o Alfie foi totalmente consensual. Quase como se tivesse um advogado plantado do lado da cama, fazendo-nos assinar e rubricar aqui e acolá.

— Isso mesmo — concordou.

— E quando ele me acompanhou até a porta (esguio, sorrindo apoiado no batente, com uma covinha fofa no rosto), disse: *"Desejo uma ótima noite à senhora".*

Ao longe, dava para ouvir o som de água espirrando e criancinhas dando gritos inocentes no mar artificial.

Continuei:

— A parte do *senhora* me deixou confusa por meio segundo. Será que estou tão velha assim?

— Não! — exclamou Pippa, voltando a encher minha xícara de café.

A novinha da Jessica surgiu em minha mente e me senti pré-histórica.

— Podia ter sido pior — falei, por cima da minha xícara. — Ele podia ter me chamado de *dona*.

— Bem pior mesmo — concordou ela, por cima da dela. — Você cantou pra valer ontem à noite, meu bem. Ah, Jonesy, a música que continua...

Pippa mal terminou de pronunciar a frase, e pareceu que a terra saiu do eixo: a simples menção ao nome dele me inundou de adrenalina.

— Por que você ficou comigo? Há dez anos, quando Jonesy quis assinar comigo, me produzir e sei lá... me agenciar. Me incluir na "marca" dele. Seja lá qual for o significado *disso*.

— Jane — exclamou Pippa, de olhos arregalados.

Dois caminhos bifurcaram numa floresta, e escolhi o menos percorrido, mas, se teve uma coisa que o show de ontem me ensinou, foi que eu tinha escolhido o errado.

— Não. *Sério* — reforcei, enfática. — Você ficou comigo mesmo assim. E agradeço por nunca ter desistido de mim. Ou da minha carreira, se é que dá para chamá-la assim. Mas, no fim, tudo deu em *shows privados*. Na "música única". Em uma paródia vergonhosa do meu eu de 23 anos.

— Você sabe o que sempre digo — cantarolou Pippa com um tom de incentivo. — O que separa alguém do sucesso...

— É só uma música boa. Já sei. — Ela tinha razão. Mas eu tinha tentado e fracassado. Várias vezes.

— Isso aí! — Pippa sorriu. — E tem uma oportunidade *comercial* bacana que surgiu, uma oferta de licenciamento...

Rezei em silêncio. Sofia Coppola ou Wes Anderson ou Paul Thomas Anderson queriam usar uma das músicas mágicas e atmosféricas do meu segundo álbum em um filme.

— Para um comercial de TV nos Países Baixos — completou, sorrindo.

Ah.

— Aquela música, imagino?

Se eu fosse Leonard Nimoy, essa música seria minha orelha de Spock.

— Um comercial para Toque Suave, a sinopse é *uma graça*, na minha opinião. — Começou a falar com pressa, como em um leilão. Não era um bom sinal. — Um jovem atraente avista uma bela moça no supermercado, os dois empurrando seus carrinhos pelos corredores, sorrindo, trocando olhares, se paquerando, até que eles acabam pegando ao mesmo tempo um pacote de, adivinha só, Toque Suave, e, depois de um momento constrangedor, o rapaz, todo cavalheiro, põe o pacote no carrinho da donzela, pega outro para si, e eles saem flertando loucamente rumo ao pôr do sol!

— Ok — confirmei com cuidado. — Toque Suave é tipo um lubrificante ou algo do gênero? Ou um xampu? Um hidratante corporal? Camisinha texturizada?

— O cachê é excelente, devo dizer... e, bem, é papel higiênico — balbuciou, evitando me olhar, pondo mais café na sua xícara. — E a oferta tem uma contagem regressiva. Que expira hoje à noite.

Ah, *não*. Mas eu estava sem dinheiro. A não ser que você fosse os Rolling Stones ou Jonesy, fazendo turnês mundiais, tudo se resumia a licenciamento de músicas. E poderia ser pior. Poderia ser um comercial de absorvente. *Era* pior?

— Tá bom — respondi. — Mas só se você me falar o que aconteceu com Nick Lloyd ontem.

Eu precisava de *alguma coisa* em troca. Não era justo ela ficar de boca fechada.

Pippa jogou o cabelo de um modo insolente, mostrando a cor.

— Não é o que você está pensando. Além disso, todo mundo tem...

— Segredos? Que não contam pra *melhor amiga*? — Ela corou. — Mocinha atrevida!

— Você só quer mudar de assunto.

Certo, em parte, era verdade. Argumentos favoráveis a ACEITAR o Toque Suave: eu conseguiria comprar minha liberdade artística... liberdade dos meus pais. E, pensando bem, todo mundo *precisa* de papel higiênico. É tipo um segredinho sujo.

Suspirei.

— Você sabe que sua carreira está oficialmente na privada...

— É só que, me sinto obrigada — gaguejou — a pelo menos te falar, mesmo quando a oferta é...

Ela ficou muda.

— Uma merda? — Até consegui falar com uma expressão séria.

Pippa sorriu, aliviada. E eu soube que ela só estava pensando no melhor para mim.

— Tudo bem, pode dizer que sim.

— É nos Países Baixos, puta merda.

— E o dinheiro por me prostituir em Las Vegas não vai durar para sempre. Mas espera... Jonesy teria que aprovar, ele compôs a música.

Pippa deu de ombros.

— Parece que aprovou.

Ah, pensei, perplexa.

Porém, assim que ela disparou o e-mail aprovando a licença, tive uma péssima impressão. Foi isso que virei. Minha voz ajudando a vender o que as pessoas usam para limpar a... E, por acaso, eu adorava os Países Baixos. O Museu Van Gogh, o Rijksmuseum, com todas aquelas obras de Rembrandt e Vermeer.

— Ioga. Na praia brega. — Pippa refletiu, contemplando a multidão reunida.

— Jessica é ótima em ioga — falei, taciturna. — Deve estar fazendo ioga agorinha. Ou *fazendo*... trepando com o Alex. Não acredito que não te mostrei isso.

Foi aí que as malditas lágrimas pararam de ameaçar e escorreram.

— Ah, não. — Ela esticou um lenço quando lhe passei o celular com a mensagem dele. — Maldito.

Concordei e assoei o nariz, sem nenhuma delicadeza. Pensando agora, sempre houve sinais de alerta, mas o que mais me assombrava, o que nunca ia me perdoar por ter deixado passar, foi que não *corri* no minuto em que entendi: Alex não estava tecnicamente solteiro quando começamos a ficar juntos. Ele jurou *de pés juntos* que não estava em um relacionamento, mas, no fundo, eu sabia que estava.

Tínhamos acabado de começar a namorar. Um jantar comemorativo pequeno. A melhor amiga dele da escola, Inez, espiando por cima de seu *crostini* de ricota e pêssego. Em seu olhar, piscava um alerta, um *já adianto as desculpas, mas ele vai te magoar* e depois um *que pena: você é boa demais para ele*. Não dei atenção ao aviso.

— Meio que já desisti dos homens — suspirou e apertou minha mão.

Pippa nunca apoiou Alex. Achava-o "sem substância". Algo que só confessou, um pouco inutilmente, *depois* do término.

— Mas Jane — insistiu, a testa franzida com ternura —, não te vejo sozinha. Tenho certeza de que você vai sobreviver. E prometo que vai ficar tudo bem. Tudo mesmo. É só a *vida*. Essa vida besta do caramba.

Pippa, meu anjo.

— De qualquer forma — suspirou —, imagino que a maioria das pessoas acabe em um quarto de hotel em Vegas depois de uma noite de... Ah, não. Cedo demais? — Ela me passou outro lenço. — Jane. Escuta. Hoje é um recomeço, *de verdade*.

Pippa começou a fuçar, com muita vontade, as profundezas da bolsa até puxar um cartão de embarque, os olhos brilhando.

Está bem. Eca. Mais um voo.

— Obrigada — falei, esforcei-me ao máximo para disfarçar o medo. Sinceramente, eu preferia atravessar descalça um deserto causticante de caquinhos de vidro a entrar em outro avião naquele momento. Baixei os olhos. — Primeira classe?!

— E *eu* vou com você — exclamou, apontando, agora radiante.

Cobri a boca com a mão.

— Londres. O quê? A gente está indo para Londres? Você não fez isso.

— *Fiz* — respondeu Pippa, exultante. — Troquei todos os pontos das milhas acumuladas. A verdade é que fiquei juntando um monte por anos, esperando futuras férias fantasiosas, regadas a sexo, em Fiji, com Dominic

West. Patético, eu sei. Mas, depois de pisar na bola ontem à noite, pensei melhor e, bem... *Sinto sua falta*. Não podia te mandar de volta para os seus pais agora, né? Pelo menos vem ficar comigo em Londres primeiro.

Levantei num pulo, envolvendo-a nos braços.

— Obrigada. Não mereço você. Estou tão agradecida.

— Ah, meu bem — disse ela, saindo do abraço. — Não é nada. Acumulei muitas milhas dando uma de babá do...

— Calça de Oncinha?

— Para de chamar ele assim. O homem só usou isso *uma vez*. Pippa nunca deixaria de defender seu estilo questionável. Ele *era* um verdadeiro ícone. Como guitarrista, ficava pau a pau com Keith Richards ou, eu diria, com Jonesy.

— Pobre dinossauro — suspirou.

— Você nunca vai desistir dele.

— Não — respondeu com orgulho, o queixo levantado. — Nunca.

— Só espero que o mesmo valha para mim. — Fiquei de novo com um nó na garganta.

— Claro que vale, querida. Mas olha, quero que você veja Londres como uma pausa para a saúde mental, uma oportunidade de compor um pouco.

— Compor bastante — insisti.

Eu cumpriria essa promessa. Estava estimulada, pronta para surfar nesta onda de determinação. Ia cavar fundo, trabalhar duro, perseverar diante da minha insegurança, dos meus fracassos. *Nunca* desistiria.

— Estou tão contente! E consegui encaixar a gente na primeira fileira da primeira classe — disse Pippa. — Mas agora a gente tem que ir andando. Vou fazer o check-out. Arrumar um carro.

— Beleza! E *obrigada*, do fundo do coração!

Ela já estava com os dedos ativos no celular, enquanto eu sentia um deleite pouco familiar, mesmo sabendo que logo estaríamos sobrevoando um oceano bem grande e bem fundo, porque minha queridíssima Pippa estaria bem do meu ladinho. *Mas...*

— Cadê o Kurt Cobain?

— Está num lugar melhor — murmurou, ainda digitando.

— Estou falando do meu cardigã. Do cardigã do *Alex*.

Tecnicamente ainda era dele, mas eu não tinha a menor intenção de devolver. De qualquer modo, a *noiva* dele, Jessica, ia, no máximo, caçoar daquela velharia esfarrapada, sem dar a mínima para o fato de que era praticamente uma cópia do cardigã que Kurt tinha usado no *Acústico MTV*.

— Ah. Sei.

Eu me dei conta na hora.

— Deixei Kurt no quarto de Alfie.

— Deixou? — Ela parou de digitar, olhando para mim com uma careta. — Bem, eu chamaria *isso* de ato falho.

Capítulo 4

CARDIGÃ KURT COBAIN

Alex estava usando o cardigã no dia em que a gente se conheceu. Começamos a trocar ideia na fila para a exibição de *Klute*, no Nuart Theatre. Ele tinha um olhar sedutor de cão sem dono, era alto, mas um pouco desnutrido, meio pálido, tipo alguém que ficou entocado por dias assistindo reprises legais de *Columbo* e *Mannix*. O que nos conectou foi o cinema — o *noir* hollywoodiano, clássicos de diretores inovadores dos anos 1970, todas as reprises da Nouvelle Vague dos anos 1960. No segundo encontro, revelou que era fã da minha música, mas que, "como pessoa", eu não era nada do que ele esperava. Foi um alívio não ser reduzida ao meu gif. Alex também me lembrava um pouco Will, meu irmão dois anos mais novo — tinha a mesma idade, o mesmo corpo esguio e a mesma pele morena —, o que o fazia parecer familiar, acessível, inteligente. Sentia-me à vontade com ele, no geral, mas também na cama. E se eu nunca mais encontrasse *aquilo* de novo?

Mas Alex já não era mais essa pessoa. Ele não fazia mais filmes independentes e provocativos de baixo orçamento. Agora, era produtor-executivo do lixo comercial de Hollywood, que Jessica estrelava. Talvez tenha sido somente o cardigã Kurt Cobain que criou a ilusão de uma profundidade abrasadora, de uma alma artística, de *integridade*? Porque ele me trocou sem dó nem piedade por uma modelo mais nova. Literalmente uma modelo da *Sports Illustrated*, e olha que Alex nem sequer *gostava* de esportes.

Mas eu não estava preparada para me separar daquele casaco.

As portas do elevador abriram no andar de Alfie, mas, ainda assim, hesitei. O melhor mesmo era esquecer todo esse lance de Kurt Cobain. Deixar para trás o que agora eu percebia ser um objeto doentio de transição que me acorrentava ao meu ex e evitar todo esse desconforto. As portas do elevador começaram a fechar. Ótimo, que fechem. Eu estava oficialmente livre. O cardigã Kurt Cobain seria uma das coisas que ficariam em Vegas. Junto do meu orgulho.

Só que não. Enfiei a mão entre as portas e saí correndo, arrastando minha pequena mala de rodinhas pelo longo corredor. Simplesmente não estava pronta para abandonar Kurt.

Quando meu dedo estava a milímetros da campainha da suíte de Alfie, pensei: *Cacete. Não é verdade que um garoto de 23 anos está me intimidando, né? Um garoto que, por acaso, é um pop star?* Toquei a campainha. De qualquer forma, *existia* uma beleza que passava do ponto.

Corrigindo: não passava. Pensando bem, Alfie era de tirar o fôlego. O cabelo sedoso e desgrenhado e aquela calça, meio formal, estilo anos sessenta, só que mais casual, perfeitamente franzida em seu quadril ossudo de australiano. Uma camiseta amarrotada da Patti Smith espiava por baixo do cardigã, que estava adoravelmente pequeno para ele. Na real, só o fato de Alfie estar usando uma camiseta da Patti Smith já era adorável por si só.

Eu *gosto* mesmo dele, pensei.

— Ei — falou, tirando o casaco e o devolvendo para mim. — Como você está?

— Estou... bem. Como você... está?

Constrangedor.

— Eu queria levar o casaco até seu quarto, mas não consegui me lembrar do seu nome.

Senti o sangue sumir do meu rosto.

— Sei que você é *Jane*! — completou depressa. — Quis dizer seu nome de *turnê*.

Ele me deu um soco levinho no ombro e me conduziu para dentro.

— *Ah* — disse, desconcertada. — Sou... Maggie May.

Estacionei a mala na soleira da porta. Sinceramente, por que me importava com nomes de turnê a uma altura dessas? Patética.

— Perfeito. — Alfie ergueu uma sobrancelha, insinuante. *Eu sei do que essa música fala. E que sou dez anos mais velha. Não precisa esfregar na minha cara.*

— Michael Caine — falou, inclinando a cabeça. — *Meu* nome de turnê, caso precise no futuro.

Ele imitara perfeitamente o sotaque do ator Michael Caine, que o próprio usou para interpretar o mulherengo Alfie no filme homônimo.

— Saquei.

Eu me dei uma batidinha na testa e aproveitei para espiar os lençóis bagunçados espalhados pelo quarto. *Demais pra cabeça*, pensei.

Alfie sorriu, e a covinha apareceu, como a primeira estrela no céu aveludado da noite. Quase dava para ouvir o cricri suave dos grilos. Ele deu uns passos para trás, com um sorriso enorme, e virou de costas, andando descalço com leveza e serenidade em direção ao frigobar, que não tinha nada de pequeno.

— Quer beber algo? — Ele mostrou o conteúdo da geladeira com um gesto teatral.

— Não. Obrigada. Na verdade, estou indo para Londres, logo mais tenho que estar no aeroporto.

Fiz um gesto com efeitos sonoros para imitar um avião decolando e me arrependi na hora.

— Certo, certo. — Sorriu. — A gente toca aqui hoje. Começo da turnê norte-americana — falou, com um toque encantador de autoironia na voz.

— Uau... Legal. Demais.

Odiei todas essas palavras, uma por uma.

— É, que comece a loucura — suspirou. — Eu só conhecia aquela música sua, mas ouvi seu outro álbum hoje de manhã depois que você saiu. Muito, *muito* bom.

Controle-se.

— Ah, que nada, *obrigada. Muito* obrigada — gaguejei, com a voz fraca.

Talvez ele só estivesse sendo educado. As músicas do meu segundo álbum eram atmosféricas, etéreas, um deleite de compor. E muito distantes do pop comercial que minha gravadora aparentemente esperava, por isso fui dispensada. Ainda assim, senti um estímulo e fiquei comovida.

Caramba, eu precisava ouvir as músicas *dele*.
— *Então.* Você conhece *Jonesy.* — Arriscou.
Tive vontade de dizer: *Ninguém conhece Jonesy.* Talvez nem mesmo Jonesy. Mas era um assunto espinhoso demais para começar agora.
— É verdade? Que ninguém pode, tipo, olhar nos olhos dele?
De repente, fiquei sem saber o que falar. Uma história apócrifa, sem dúvida, mas como tinha sido mesmo estranho, como tinha sido desconcertante estar na órbita de Jonesy tantos anos atrás. Agora, mais próxima de me considerar uma adulta, eu conseguia enxergar com clareza o que estava por trás do seu comportamento estranho: *controle*. Essa ideia me causou arrepios. Se Alfie soubesse. Jonesy orquestrava cada encontro. Escrevia os roteiros, fazia a marcação de cena, coreografava suas entradas nos cenários que tinha projetado: um visionário brilhante e desinibido, mesmo longe do palco.
— Não. Não é verdade — respondi em referência ao boato do contato visual.
Deixamos o resto no ar, mergulhando em um silêncio que preenchemos sorrindo um para o outro.
— Bom... essa é minha deixa — falei por fim, recuando. — E obrigada por cuidar do meu casaco. Foi bacana conhecer você e seu irmão, boa sorte na turnê.
Oh, céus.
Ele se aproximou devagar e se apoiou no batente da porta, com todo o carisma de uma estrela de cinema, mas, de alguma forma, sem ser pretensioso, só encantador.
— Até logo, Alfie. Quem sabe nossos caminhos voltem a se cruzar um dia desses?
— Ei, me dá aqui seu celular. Vou salvar meu número.
Tentei não parecer surpresa e lhe passei o telefone.
— Eu estava falando sério sobre suas músicas — murmurou, com o rosto abaixado, digitando. — A gente devia, sei lá... tentar se juntar para compor algo uma hora dessas.
Será que ele gostou mesmo do álbum que pôs um ponto final na minha suposta carreira?
Alfie deu um sorrisinho rápido por trás de uma mecha do cabelo sedoso antes de devolver o celular, com muita delicadeza, para a minha mão.
É claro que só estava sendo educado.

— Parece uma boa.
Uma boa? Esse era o melhor que eu podia fazer? Recuperei minha compostura o suficiente e enviei uma mensagem rápida para que ele também tivesse meu número.

Seu celular vibrou do outro lado do quarto, nada menos que em cima da cama, e fiquei vermelha, infelizmente, mas ele não tirou os olhos de mim e sorriu.

— Boa viagem, Maggie May.

Alfie se inclinou e me deu um selinho suave, uma coisa casual na Austrália, eu tinha quase certeza.

— Para você também — falei, pegando minha mala de rodinhas e saindo.

— Jane.

Eu me virei. Ele tinha ido atrás de mim até o corredor; estava fofo ali em pé, com as mãos na cintura, descalço no carpete extremamente estampado.

— Não pare de cantar — falou.

— Ok. Pode deixar.

Sem dúvida, Alfie era um amor. Quando meu celular vibrou, era Pippa, perguntando onde eu tinha me metido. Ainda sorrindo, dei-lhe as costas e, enquanto avançava pelo corredor com a mala, ouvi que ele tinha voltado a cantar, baixinho, Velvet Underground:

— *Sweet Jane...*

Então, devolvi, olhando para trás:

— *Standing on the corner, suitcase in my hand.*[1]

Fiquei esperando o clique da porta dele, mas o elevador chegou primeiro, e eu não olhei para trás.

---

1 Parado na esquina, de mala na mão. [N. da T.]

Capítulo 5

COXAS MASCULINAS

De um jeito ou de outro, somos todos prisioneiros. Prisioneiros da nossa mente, do nosso corpo ou do Estado, como era o meu caso agora, após ser entregue às mãos enluvadas da mulher rabugenta da segurança, que as passou por montes e vales, fazendo-me abrir os braços e afastar as pernas como uma suspeita. Não era culpa *minha* ela ter encontrado mamilos duros. Lá dentro estava um frio de congelar. Além disso, eu era sensível a cócegas, e ansiosa, e quase qualquer coisa me deixava de farol aceso. E ousando admitir, até que estava bom?

Fiquei sozinha depois que Pippa recebeu uma chamada urgente a caminho do aeroporto, exigindo que voasse diretamente para Nova York a fim de lidar com um de seus artistas que pagava as contas de verdade. Ela deixou as chaves do apartamento comigo e despejou instruções apressadas (a fechadura da porta de entrada era problemática, as dálias do jardim precisavam de um pouco de carinho), garantindo-me que voltaríamos a nos encontrar em questão de dias. Enquanto observava Pippa se afastar batendo o salto no chão claro e brilhante do saguão, com seu sobretudo branco e as sandálias de tiras brancas, imaginei que a qualquer momento ela daria meia-volta e correria até mim, com os lábios se movendo em câmera lenta para afirmar: *FODA-SE O CALÇA DE ONCINHA. VOU PARA LONDRES COM VOCÊ!* Mas ela desapareceu num mar de estranhos, e eu já tinha me esquecido de todas as instruções passadas.

Apesar da minha apreensão, fui a primeira a cruzar o portal do Boeing depois de fazer uma pausa para dar as indispensáveis três "batidinhas da sorte" na superfície reluzente da aeronave. A entrada na cabine de primeira classe me causou um frisson surpreendente. Senti um formigamento ao afundar na poltrona ampla e ergonômica do lado da janela e passar a mão em seus incontáveis e sedutores botões. Apalpei o kit de viagem gratuito e cheirei o que tinha dentro. Libertei o travesseiro e o edredom chiques da embalagem higiênica. Pensei em como era engraçado que alguns confortos e um pouquinho a mais de espaço para as pernas *quase* distraíam alguém do seu medo incurável de avião. Mas também que sorte ter Pippa na minha vida. Que pena que ela não estava comigo e boa sorte para quem fosse ficar no assento ao meu lado — eu ia ficar passando por cima da pessoa sem parar para ir ao banheiro.

O restante da primeira classe embarcou, as figurinhas carimbadas: uma socialite bronzeada embrulhada em um xale verde-limão e seu marido de cabelos prateados usando uma polo lavanda da Lacoste e mocassins da Gucci. A deslumbrante família italiana com muitos *bambini* vivazes e uma babá atribulada a tiracolo. Vários executivos com roupas de viagem invejavelmente impecáveis, exibindo tecnologia de ponta. Quando eles passaram desfilando com suavidade, não pude conter uma expressão de *por favor, não, do meu lado não,* que foi universalmente respondida com um olhar do tipo *como foi que uma mulher sem-teto acabou na primeira classe?* Talvez fosse a roupa: Kurt Cobain por cima de um vestido vintage de brechó, sem sutiã, sem meias e com sapatilhas encardidas de lona. Basicamente, uma mulher envelhecida e desesperada tentando imitar a antiga Courtney Love. Então que me processem. Sou mais o conforto do que a moda.

Uma mensagem do meu irmão.

Will Start: Merda Porra
Jane Start: Paris França.

(Nosso código de irmãos para "oi").

Will Start: Olha só VOCÊ. [Link para um vídeo]

Uma gravação da despedida de solteiro de ontem. Ainda bem que só estava com 19 visualizações (incluindo a dele, suponho) e era só de um trecho. Tolerei alguns segundos e comecei a passar pelos comentários, vendo alguns positivos, mas com ressalvas, e muitas ocorrências da palavra *ainda*. Tipo: "Até que ela ainda tem rebolado para uma mina que passou do prazo de validade". *Prazo de validade?!* "Ainda tem uma bela voz, pena que o peito é pequeno, mas pra que usar um sapato feio desses?" *Porque é confortável!* Mas aí cheguei no: "Que triste. Não acredito que Jane Start se prestou ao papel de cantar numa despedida de solteiro de merda. Patético". E a réplica: "É o que ela merece por ficar exibindo a virilha naquele vídeo. Totalmente sem sal. Nunca saquei o que as pessoas viam nela, principalmente Jonesy!" Mas talvez o pior de todos: "Ela nem consegue mais cantar. Tá na cara que está dublando."

> **Jane Start:** Eu não estava dublando! Cadê o emoji de ressaca... Estou de ressaca e não estou conseguindo achar... Preciso de um lembrete pra não beber de novo tão cedo.
> **Will Start:** 😊 De nada. E aliás vc estava ótima. Aquela pessoa é uma besta.
> **Will Start:** Mas, mudando de pato pra ganso, que tal a gente ver de dividir um apê? A situação com meu colega atual está intolerável, assim como a sua deve estar. 😂 Sem querer ofender nossos queridos pais.
> **Jane Start:** Claro, mas Pippa me ofereceu de ficar uma semaninha ou coisa assim em Londres. Estou no aeroporto agora 💀
> **Will Start:** Relaxa. Vai dar tudo certo. Só faz aquele seu lance das batidinhas da sorte. Funcionou até hoje.
> **Jane Start:** Acabei de fazer. Mas ATÉ HOJE?! 🙈
> **Will Start:** Tenho que correr. Entrevista de emprego. Genius Bar.

Até que enfim. Parecia promissor.

> **Will Start:** Aliás, e a Pippa? Não nos vemos há séculos. Ainda uma gata, né?
> **Jane Start:** Sim. Supergata.
> **Will Start:** Já sabia. Manda um "oi" meu pra ela.

— Champanhe?

Uma bandeja deslizou sob meu nariz. Que lindas as bolhas captando a luz! Que se dane. Quem recusaria champanhe grátis? Quando pensei na situação, me manquei que era um momento para comemorar. Adeus, shows privados em Las Vegas. Olá, criatividade em Londres. No entanto, não tinha como ignorar uma espécie de pânico selvagem borbulhando logo abaixo da superfície.

— Sim, por favor — respondi.

Virei meu celular para baixo para o emoji não ficar me encarando e me preparei para a decolagem quando fizeram um anúncio pelo sistema de som. Esperavam um voo lotado. Os passageiros foram orientados a se acomodarem para uma partida pontual.

Quando chegou a hora de as comissárias de bordo trancarem as portas da cabine, quase não acreditei que o assento ao meu lado ainda estava vago; já que era para não ter Pippa, pelo menos que tivesse a fileira só para mim! Barras de chocolate, protetores labiais, anti-histamínicos pesados (o sonífero dos pobres) e alguns livros velhos que peguei na casa dos meus pais estavam esparramados sobre a poltrona. Foi então que outro sinal cortou o ar, e algo que nunca vi antes aconteceu: uma comissária de bordo desfez a trava da porta, e um homem visivelmente ofegante e agitado foi trazido para dentro do avião. Observei-o intensamente, nervosa pelo perigo que representava à minha cobiçada fileira livre, enquanto os funcionários da companhia aérea analisavam seu cartão de embarque amassado e discutiam onde colocá-lo. Alto e esbelto, ele olhava para o chão, tentando se recompor.

Não, por favor, eu imploro, senhor — volte para o lugar de onde veio!

O homem, como se ouvisse meus pensamentos, olhou para cima, e nossos olhares se encontraram. Pareceu que seus traços se reconfiguraram em algo semelhante a um sorriso, um sorriso desconsolado. Ele logo abaixou a cabeça e voltou a parecer estressado, passando a mão, desatento, pelo maxilar e pelo cabelo brilhante e ondulado, cor de areia molhada. Notei que tinha uns 40 anos e traços bonitos e definidos. Um pouco envelhecido, mas de uma maneira agradável. E tinha um quê de elegância que me intrigava.

Logo veio o aviso sonoro que assinalava mais uma vez o fechamento das portas da cabine. A comissária pegou a sua mala de rodinhas e se ofereceu para levar o paletó dele, indicando com a mão a poltrona ao lado da minha. *Merda.*

Engoli o restinho de champanhe, que acabou entrando pelo nariz num espasmo de negação enquanto ele se dirigia até mim, e o tempo desacelerou. Quando comecei a recolher minhas coisas de sua poltrona, fiquei hipnotizada pelos passos lânguidos e suaves das suas longas pernas, percebendo tarde demais que eu tinha derrubado tudo.

— Mil desculpas! — engasguei, cuspindo champanhe, com ele ali parado no corredor, imponente e intimidante.

Tentei limpar o rosto discretamente com as costas da mão.

— Sem problemas — respondeu, com um sotaque britânico agradável e altivo.

Tive um acesso de culpa por ter pedido para ele sumir, mesmo que só na minha cabeça, porque agora estava agachado, catando generosamente toda minha tralha de viagem, até meu protetor labial chamado "Delicinha Açucarada", que ele analisou brevemente antes de me olhar. O seu rosto estava a uma proximidade impressionante, e, naquele instante, reparei nas pequenas linhas acumuladas no cantinho dos olhos, que viravam para baixo quando sorria. Na sombra da barba loira escura que começava a crescer. E nos seus olhos, as íris de um cinza-esverdeado luminoso, da cor da ardósia e do luar e da água-marinha... dos quadros de Turner...

— Aqui estão — disse, pondo-se de pé e colocando as barras de chocolate e a Delicinha Açucarada com cautela sobre a minha cópia de *Medo de Voar*, de Erica Jong, com os termos "erótico", "tesão", "desinibido", "sexual", saltando indecentemente da sinopse na capa.

Ele pousou a pilha de coisas no descanso de braço da poltrona.

— Muito obrigada — falei enquanto se acomodava no assento. — Não tinha lido esse *até o presente momento*, então pensei: já passou da hora de *conhecer* esse clássico da segunda onda do feminismo.

Até o presente momento? Meu Deus, o que estava acontecendo comigo?

Ele deu um sorrisinho e fez um aceno diplomático com a cabeça, mas não respondeu a nada *daquilo*, fosse o que fosse. Nós nos ajeitamos em silêncio. Aceitei que enchessem mais uma vez a minha taça de espumante. O homem bebia água com gás.

O avião se alinhou na pista, e essa foi a deixa para eu apelar para minha música temática de decolagens, apertando play assim que as rodas começaram a se mexer, seguindo minha tradição supersticiosa. A música fez seu milagre comprovado na hora, transportando-me para outro tempo e lugar, onde não havia medo nem dor, somente música e champanhe, ritmo e avião no ar. Fechei os olhos quando alçamos voo, com dificuldade de parar quieta, agitada, mas encorajada pela música, a pele rosada pelo efeito do álcool. Depois de um minuto, mais ou menos, arrisquei abrir os olhos, e peguei o homem me olhando. A boca dele se mexia, mas meu volume estava no máximo.

— O quê? — Tirei um dos fones.
— Deve ser bom. — Ele indicou meu iPhone com a cabeça. — Isso que você está ouvindo.
— Ahhhh, *é, sim*. Adoro essa música.

Vi os socialites grisalhos do outro lado do corredor esticando o pescoço e fazendo cara feia. Ops. Acho que eu estava gritando. Pausei a música e tirei o outro fone.

— Mas não diria exatamente que é *boa*. Não é... Beethoven — falei, fazendo uma avaliação rápida dele: camisa formal de adulto. Calças simples e com bom caimento. Um cara clássico. — Nem Beatles — acrescentei para ele não pensar que eu *o* achava um careta tedioso. — Quer dizer, presumo que a maioria das pessoas não diria que a música é exatamente *boa*. — Na hora já me arrependi das aspas que fiz com as mãos ao dizer "boa". Pelo menos falei "presumo", que parecia uma coisa bem britânica. — *Eu* acho brilhante, sério mesmo. Embora a maioria das pessoas a descreva como "brilhante" só por *ironia. Eu não*.

— Agora estou muito curioso.
— Ouço como uma espécie de terapia. Essa música me ajuda de verdade com o medo de avião. Mas você não deve ter medo de avião.
— Não. — O olhar dele era surpreendentemente firme, mas *lá no fundo* havia uma centelha de energia incontida, um luar cintilando na crista de uma onda. Ai, Deus. E ele era tão sério. E também tão seriamente bonito. — Não tenho medo de avião.

E *puta merda, aquele sotaque.*

— Bem. Se você tivesse, eu recomendaria que ouvisse essa música.

Nossos dedos roçaram quando fui lhe passar o fone e, pega de surpresa, acabei o pressionando com um pouco de agressividade na sua mão. Ele examinou a tela, abismado.

— O tema de *Shaft*?
— Você ficaria surpreso, mas com um pouco de *Shaft* se vai ao longe.

— Estou *vendo* — respondeu, arregalando os olhos e me devolvendo o fone com um ar divertido.

Aquilo não saiu *exatamente* como eu tinha planejado, mas precisava encerrar o assunto.

— Quando ouço essa música, me sinto como se fosse outra pessoa.

Bum. Apoiei o celular no encosto de braço entre nós. Ele olhou para a capa do álbum — Richard Roundtree, com um terno de couro, exalando aquele estilo durão, totalmente anos 1970 — e depois para mim.

— Como se eu fosse uma pessoa que *não* tem medo do perigo, muito pelo contrário, uma pessoa cuja vida se resume a enfrentá-lo. *Shaft* é o detetive particular, o cara que não amarela quando o perigo está por toda parte.

Ele parecia perdido. Sabia. Eu era uma pequena mulher judia.

— Não dormi muito bem ontem. E estou com um pouco de ressaca para falar a verdade.

Tomei outro gole desesperado de champanhe e ergui a taça para ele.

— Curando a ressaca.

— Certo — respondeu, erguendo a sua. — A *Shaft*.

Como alguém conseguia não sorrir?

— Só acho que você devia ouvir a música, aí vai ver o que quero dizer.

— Não — suspirou, balançando a cabeça. — Duvido que ela conseguiria chegar à altura da descrição que você acabou de dar.

Seu rosto se abriu num sorriso caloroso e receptivo e senti uma vibração no peito que parecia ziguezaguear dentro de mim, como um pequeno beija-flor que enfim encontra um ninho para se aconchegar, bem no meio das minhas coxas.

O avião baixou de repente como se passasse por um alçapão — escorregando pelo espaço com muita facilidade antes de voltar a subir. *Não tive outra alternativa* a não ser agarrar a sua mão, imaginando que, de algum jeito, isso estabilizaria o avião. Ele não pareceu se importar.

— Estamos caindo?

— Não. De jeito nenhum. O ar está é empurrando o avião para cima.

Arrisquei uma espiada pela janela, e depois para minha mão segurando a dele.

— Sinto muito. Às vezes faço isso durante os voos, é muito sem querer. Desculpa.

Apertei ainda mais a sua mão.

— Não tem problema — disse, com insondável calma. — Pode segurar minha mão pelo tempo que precisar. — Ele olhou para o céu escurecendo atrás de mim. Visível ao longe, uma faixa de cúmulos-nimbos contornada pelo sol. — É só ciência — completou, fixando novamente seu olhar gentil em mim.

O homem começou a explicar aerodinâmica em um murmúrio aveludado, mas eu era incapaz de absorver, captando apenas a cadência de palavras aleatórias: *sustentação, arrasto, impulso, fluxo, velocidade, viscosidade*. Estava completamente hipnotizada pelo movimento dos seus lábios, pelas cavidades sob suas maçãs do rosto bem definidas, que pareciam pedir para que meus dedos deslizassem sobre a superfície loira. Em algum momento, percebi que ele tinha ajustado de leve a posição da mão para que eu a segurasse melhor e que seus lábios tinham parado de se mexer.

— Você é piloto? — Qualquer coisa para ele continuar falando.

Mais uma vez, o avião subiu abruptamente e depois pareceu descer como uma bola pulando pela escada. Segurei mais forte, e ele colocou a outra mão por cima da minha. O calor irradiava em todas as direções; as palmas das suas mãos grandes e macias apequenando minha patinha cerrada — *ah, que prisioneira feliz*.

— Não — respondeu com serenidade. — Mas sempre gostei de aviação.

— Advogado?

Ele riu.

— Muito menos.

— Um membro do Parlamento?

— Também não.

Abriu um sorriso mais largo dessa vez. Não parecia mesmo que estava incomodado por segurar minha mão.

— Banqueiro? Não, esquece. Estilista.

Ele me olhou com uma cara de *você só pode estar me tirando* e depois avaliou as próprias roupas. Tomara que não tenha notado o *meu* look. Sem desviar o olhar, sorrateiramente puxei Kurt para mais perto do corpo com minha mão livre.

— Hummm...

Eu não tinha mais o que dizer. Talvez fosse o seu jeito de me olhar. Na real, mais parecia uma competição de quem encara por mais tempo, ou melhor, de quem sorri por mais tempo.

— Sou professor universitário, na verdade — afirmou, por fim. O que superou minhas expectativas. *Plim!* Um botão de chamada soou em algum lugar, como se concordasse.

— Professor de quê?

— Nozes torradas? — O rosto angelical de um comissário de bordo se intrometeu no meu campo de visão.

Recusamos. Mas o comissário me deu uma piscadela esperta. *Eu estava dando tanto na cara?*

— Dou aula de literatura inglesa — respondeu o professor, pegando-me de surpresa.

A coisa só melhorava.

— Que tal então algo para beber? — De novo o comissário de bordo, dessa vez fazendo um gesto animado para indicar bebidas de todos os tipos lotando um carrinho.

Beber ou não beber, eis a questão.

— Sim, por favor, *ma-ra-vi-lha* — exclamei, esticando a taça, quando meu companheiro de voo finalmente soltou a mão da minha.

Sinto muito por soltar sua mão, era o que seu sorriso atormentado parecia dizer. Ou talvez: *sinto muito por você, porque está claro que tem um problema de alcoolismo.*

Se ele soubesse quanto champanhe eu tinha tomado nessas últimas 24 horas... Lembrei de Alfie de repente: uma coxa nua, minha. Um peito nu, dele. A imagem congelada e embaçada de um cardigã verde-oliva sobre um mar de lençóis bagunçados. Kurt Cobain! Não é de se admirar que eu o tivesse deixado para trás. No lugar de vergonha, senti uma onda repentina de liberdade. O que tinha rolado com Alfie havia fortalecido minha confiança. As mãos infiéis de Alex não eram mais as últimas que tinham me tocado.

E por que não aproveitar essa liberdade agora? Com o rosto discretamente enfiado na taça, eu tinha como dar uma espiada nas mãos recém-libertas do professor, com suas unhas lisas como belas conchas do mar. E olha só! *Sem* aliança. Ele arregaçou um pouco as mangas enquanto fazia o pedido, e lá estavam eles, os antebraços, em todo esplendor. Parece que os homens nunca se ligam no poder extraordinário dessa parte de sua anatomia; estão totalmente fixados em outra. Que bobinhos.

Fiquei surpresa e aliviada quando o homem pediu uma taça de Pinot Noir. Eu tinha certeza de que ele faria a escolha mais inteligente: tomaria água durante todo o longo voo para pousar em Heathrow hidratado e pleno. Já eu estaria bêbada, com cristaizinhos de açúcar grudados no nariz e nos cílios.

Ele ergueu sua nova taça para mim, os olhos brilhando, com todas aquelas correntes agitadas e tons oceânicos...

— Não nos apresentamos formalmente — disse. — E não me parece muito certo continuar pensando em você como seu alter ego.

Ele estava pensando em mim. Irra!

Meu alter ego?

— Shaft — completou, inclinando a cabeça.

Ah!

— Meu nome é Jane. — me recompus e encostei minha taça, com muita delicadeza, pensei, à dele.

— Muito prazer em conhecê-la, Jane. Tom.

Capítulo 6

HOT FOR TEACHER

O que aprendi antes de servirem a refeição. Tom dava aula em Oxford. Ele tinha passado uma semana em Stanford reunido com reitores para falar sobre o programa de intercâmbio deles. E lá, bem nessa manhã, tinha dado uma aula sobre W. H. Auden como professor convidado.

Eu o interrompi nesse momento:
— Parem todos os relógios?

Parece que ele ficou impressionado, embora eu tenha ouvido os versos pela primeira vez no filme *Quatro Casamentos e um Funeral*. Disse-lhe que adorava aquele poema, mas era incapaz de lê-lo sem ficar com os olhos cheios de lágrimas.

— Guardem a lua e desmontem o sol — falou, com suavidade.

O verso mais comovente de todos. Automaticamente, meus olhos começaram a pinicar. Em seguida, um silêncio engraçado e demorado se impôs, e ele ficou olhando para minha cara. Foi como se todos os relógios *tivessem* parado, e senti uma força irracional, quase desesperada, puxando-me para ele, para esse estranho, sentado ao meu lado. Seu jeito calado, a geometria reconfortante de seu rosto.

A casa na montanha de Alex. Passarinhos minúsculos se lançando pelos raios do sol da manhã. Nossa cama desfeita ainda quente enquanto ele saía correndo para o set de filmagem.

Direto para os braços de outra.

— Tá vendo? — Ri, fugindo das lágrimas constrangedoras. — Não era brincadeira. — *O poema. Alex.* — Mas, sério, não é mágico que um monte de palavras aparentemente inocentes, quando unidas, se tornem... tocantes, sublimes? E, pelo visto, *perigosas* para alguém como eu.

— Pois é — concordou, e, por um instante, pensei que fosse tocar com ternura minha bochecha molhada de lágrimas. Quantas horas faltavam para este voo chegar? Fiquei pensando. E pela primeira em meus 33 anos: *por favor*, que sejam *muitas*.

— Tenho uma teoria — propus, pensando — de que, por algum motivo, nossos sentimentos são mais profundos, ou intensos, dentro de um avião. Algo relacionado à altitude. Ou a estarmos confinados a 30 mil pés de altura, soltos. Só sei que estou ouvindo uma música ou vendo um filme... — *Ou olhando para você* — e de repente fico... bem, *desse jeito.* — Indiquei meu rosto com as mãos. — Mas desculpa, *foi mal*, você estava falando... sobre a palestra em Stanford.

— Certo — respondeu, ajeitando-se.

Ele voltou a explicar que perdera o voo de San Jose para Londres, mas conseguira pegar a próxima conexão passando em Las Vegas, depois de perder a noção do tempo batendo papo com os alunos, dando uma volta pelo campus, topando com o jardim de Rodin e descobrindo que relutava em partir, em voltar para... Ele se calou, como se estivesse censurando uma confissão, o que atiçou minha curiosidade. Voltar para onde? Para a Inglaterra? Para alguém especial? Mas então continuou e disse que, quando chegou ao portão de embarque em Las Vegas, a companhia aérea tinha vendido o lugar dele e teve que compensar, dando-lhe o único assento livre neste voo, ao meu lado, na primeira classe.

— Sorte minha — murmurou, olhando tão fundo nos meus olhos que meu pequeno beija-flor interior voltou a despertar. — Professor não costuma voar na primeira classe.

Ah.

Tom me contou que ensinava os românticos, mas também os vitorianos e até os modernos de vez em quando, e senti que estava prestes a me perguntar o que eu fazia da vida quando uma comissária escultural com um coque platinado e uma prancheta apareceu.

— Senhorita Start — balbuciou ela, examinando uma lista —, estou vendo que a senhorita solicitou uma refeição especial. Vegetariana, correto?

— Sim, obrigada.
Minha querida Pippa pensou em tudo. A comissária me riscou da lista sem olhar para mim e começou a puxar o saco do belo Tom, que parecia não perceber.
Depois que ela se afastou, rebolando, não consegui resistir.
— Ela te chamou de Sr. Hardy. Seu nome é *Tom Hardy?*
— Meus pais não tinham ideia da dor de cabeça que isso ia causar. Aliás, são pessoas muito amáveis, meus pais.
— Mas... você não é parente de Thomas Hardy?
— Não sou. Mas minha mãe é uma grande fã do escritor.
Ah. Ele sorriu. Uma pausa. Demos um gole das nossas bebidas.
— Mas... espera. Também tem um ator com esse...
— É — respondeu, com cansaço.
Repentinamente distante, repentinamente menos radiante. Será que eu tinha enchido a paciência desse Tom Hardy? Talvez só estivesse exausto de tanto correr de um aeroporto ao outro. Ou então era o vinho, que começara a fazer efeito, mas em mim bateu errado. Ou então era só porque é um saco ter o mesmo nome que *várias* pessoas famosas.
Ele entornou um gole grande e virou para mim.
— Você ainda não me disse o que faz, Jane Start.
Eu congelei. *Era necessário?* Tudo era tão doloroso. E complicado.
— Sou musicista.
— Ah, jura? — perguntou, surpreso.
Exatamente. *Eu sei.* Devia ter cara de uma dessas divorciadas mimadas de Malibu, tentando parecer descolada com minhas roupas de menina de rua. Triste mesmo. Um músico de verdade usaria... Sei lá, na real. Alguma coisa icônica. Jonesy com seu terno sintético azul. Prince com o roxo. Stevie envolto em lenços esvoaçantes.
A Comissária da Paquera voltou com os aperitivos e ficou fazendo cera de um jeito irritante, tentando Tom com garrafas chiques de vinho. Ele reagiu com uma indiferença educada, e a mais gloriosa sensação de vitória me invadiu.
— Que tipo de música você toca? — perguntou assim que ficamos finalmente sozinhos.
— É uma história meio longa.
— O voo é longo — Sorriu para mim com gentileza. *Fica me olhando desse jeito que eu te conto qualquer coisa.*

— Começo do início?
— Por favor.
— Nasci, cresci e amadureci na ensolarada Los Angeles. — Passei manteiga no pão e dei a menor mordida imaginável. — Filha de Louise Silverman Start e Arthur Start, conhecidos por todos como Lulu e Art Start, sim, a gente chama meu pai assim mesmo. — Continuei contando sobre meus pais, minimizando o lado hippie chapado e reforçando a parte intelectual que estudou na Ivy League, além de falar da incrível colaboração deles como uma equipe de arquitetura e design. E contei sobre meu irmão mais novo, Will, o gênio da família que ainda não tinha feito nenhuma genialidade. Não mencionei sua dificuldade de se manter num emprego ou de ter relacionamentos românticos. Tom ouvia em silêncio, com o rosto calmo e atento. Eu gostava daquele rosto, *muito*.

— Chegando à parte da *música*. Na adolescência, eu e meu irmão tínhamos o sonho de montar uma banda punk rock de covers de Simon e Garfunkel. *Pois é*.

Tom pareceu não captar.

Cantei alguns versos de *The Only Living Boy in New York* e parei, com vergonha. Tinha me esquecido de que a primeira frase já começava com o *nome dele*, dirigindo-se a *ele*, e ainda por cima a uma distância tão íntima.

— Então, imagina essa música com guitarras distorcidas e uma batida mais forte e vibrante, bem alta e rápida.

Tom baixou o garfo.

— É adorável. Do jeito que você acabou de cantar. Suave e lenta — respondeu, de modo suave e lento.

Caramba.

A chegada dos pratos principais me garantiu uma breve trégua. Eu me recompus empurrando o misterioso hambúrguer vegetariano cor de lama de lado e tentando mastigar os palitinhos de cenoura sem fazer barulho. Porém, com medo de estar sendo um tédio para ele, comecei a falar rápido — como se estivesse enumerando os terríveis efeitos colaterais no fim daqueles comerciais de remédio — sobre meus tempos na Universidade Columbia e sobre a formação em artes e dança.

— Sendo a menininha inocente que era na época, Nova York serviu para me abrir bem os olhos.

— Hummm, imagino — murmurou.

Fiquei atordoada subitamente, pensando em Tom me imaginando como inocente no começo, e depois não mais.
— Então, pode-se dizer que foi lá, em Columbia, que encontrei minha voz. No sentido musical. E artístico. Mas também onde fundei um grupo de arte performática. Como é natural, fizemos um filme absurdo e excêntrico, mais por diversão, na verdade. Muita nudez gratuita e drogas, sabe, o típico esquema pretensioso de faculdades de arte.
PARE. AGORA.
Mas Tom virou o último gole de seu Pinot Noir e pareceu pronto para dizer alguma coisa, só que a Comissária da Paquera surgiu, enchendo a taça dele e ignorando completamente a minha. Ela se afastou com um rebolado e parou numa pose à beira do compartimento de comida.
— Ela está a fim de você.
Ele seguiu meu olhar, ignorando minha afirmação com um simples suspiro:
— Não.
Ainda assim, ficamos olhando a moça dar o seu show, desfazendo o coque e soltando uma juba de cabelos descoloridos, que ela jogou para trás antes de lançar um olhar de *ops, você me pegou* para Tom.
Porém, ele se virou para mim e pediu:
— Por favor, prossiga. Você estava na parte de estrelar filmes de arte com nudez gratuita e consumo de drogas.
Atrevidinho. E aquele jeito seco de falar foi de primeira. No entanto, a história soou muito pior quando ele disse. Fiquei matutando que fim tinham levado aqueles filmes. Provavelmente estavam em algum HD por aí, ou pior, na nuvem. Desconcertante.
— Então, minha intenção era fazer pós-graduação, mas aí Pippa, minha empresária, viu um show meu numa cafeteria pequena no Brooklyn. Ela se apresentou, e nosso santo *bateu* na hora, como que por milagre. Deu para perceber que tinha gostado da minha voz, das minhas músicas, de um jeito muito importante para mim. Se Pippa não tivesse aparecido bem naquele momento, quem sabe?
Dei de ombros, abrindo-lhe um grande sorriso. Mas a sua expressão escureceu na minha frente. Por um segundo, Tom pareceu se ausentar para algum lugar distante.
— Continue, Jane.

Estava de volta. Sorri para Tom, aliviada, e ele devolveu o sorriso. Tive vontade de continuar nessa para sempre. Tive vontade de arrancar o vinho da mão dele e beber da mesmíssima taça.

— Ah, e ela é *britânica*... — Parei bem antes de dizer *como você* e parecer uma completa imbecil. — Então não se assuste se eu soltar uma gíria local de vez em quando. Tenho esse hábito, que peguei de tanto andar com ela.

Ele deu outro gole lento.

— Você não falou — murmurou — nenhuma gíria. Mas prometo que não vou me *assustar* se falar.

As pequenas linhas no cantinho dos olhos dele ressurgiram, como um lindo leque de renda.

— Caramba, ainda não respondi à sua pergunta sobre o tipo de música que toco.

— Não se preocupe. Estou gostando de escutar.

Eu me aprumei.

— Então você, meu caro — rebati, com uma serenidade impressionante —, só pode estar bêbado.

— Não — protestou. — Bem... talvez um tantinho de nada.

— Que tipo de música eu toco. — Soltei um longo suspiro. — Pop melódico alternativo com influência dos anos 1960. Com boas pitadas de folk, folk *rock* e country para temperar.

Aquele seu sorriso gentil era uma coisa linda de se contemplar.

— É meio irrelevante, de qualquer forma — completei, encolhendo os ombros. — A maior parte das pessoas só me associa a uma única música que lancei há uma década, que foi um desvio do que costumo fazer... Foi um cover de uma canção de Jonesy.

— Ah, conheço, ele é *incrível*. — Tom se endireitou, o semblante todo iluminado.

Uma onda de ansiedade me percorreu. Já devia ter me acostumado a essa reação. *Jonesy*. Estrela do rock, gênio musical, provocador, enigma... conquistador. Fui transportada para o passado — para uma boate pequena no Lower East Side, Manhattan. Minhas sapatilhas grudando no palco imundo, um microfone fedendo a cerveja. "A música" tinha acabado de ser lançada, então não tinha muita gente assistindo. Do nada, Jonesy apareceu, como se viesse do espaço. Alto, macilento e pálido como um fantasma: os traços definidos, o cabelo platinado e lambido, o ar sobrenatural ao se aproximar de mim tocando guitarra, em seu terno brilhante. A plateia, percebendo que era *ele*, invadindo o palco...

A cabeça de Tom se materializou, um pouco inclinada, com uma expressão de dúvida.

— *Can't You See I Want You* — declarei. Ele pareceu surpreso. — O nome da música. Do cover que gravei. Do Jonesy? Era bem desconhecida, algumas pessoas nem sabem que é dele. — Pela sua cara, Tom fazia parte desse grupo. — E, hum, o vídeo fez bastante sucesso.

— Que maravilha — exclamou, de testa franzida. — Desculpe, mas não me lembro... também não me recordo de ter visto o vídeo. Mas vou achar, pode deixar.

Ele falou com um tom de desculpas, parecendo tão sincero; minha vontade foi dizer: *não faça isso*.

As luzes da cabine ficaram mais fracas. A tripulação passou correndo, recolhendo as bandejas do jantar e ajudando os passageiros com as camas reclináveis. Um silêncio terrível e constrangedor se instalou entre nós. Por que eu tinha tagarelado tanto sem me conter? Enquanto podia ter ouvido a história da vida *dele*? Tom sacou um livro da mala e reclinou a poltrona. Tá. Ele se distraiu e foi educado comigo durante o jantar. O momento de conexão acabou.

Mas aí voltou a olhar para mim. Parecia que estava pronto para falar. Senti meus lábios se abrirem. *Two birds on a wire*[1], prestes a voar — e então desviou o olhar com delicadeza, voltando para as páginas do livro.

Eu, por minha vez, assisti ao filme *Locke* (estrelado por ninguém menos que o ator Tom Hardy), que se desenrolava como um conto longo, brutalmente naturalista, comovente com a ausência de solução. *Meu* Tom Hardy tinha caído no sono, assim como o restante da cabine, que agora estava envolta na escuridão. Ele estava com um ar sereno, com seu livro, *Os Hóspedes*, de Sarah Waters, sobre o peito, o apoio para os pés aberto, a poltrona reclinada.

---

1 Trecho da música "Two Birds", de Regina Spektor, cuja tradução é: Dois pássaros em um fio. [N. da T.]

Foi então que percebi que precisava fazer xixi, *desesperadamente*. Antes, sem a poltrona reclinada, era fácil me espremer até o corredor, mas agora estava presa.

Eu me levantei e o encarei. Só tinha um jeito. Sendo assim, fiquei na ponta dos pés, o vestido erguido até o limite da virilha, e passei a perna por cima de uma vastidão de coxas masculinas tão esbeltas, sólidas e robustas que só dava para descrever como arquitetônicas, como as vigas de carvalho de uma mansão no interior da Inglaterra ou talvez da Provença. Cheguei mais perto dele, atraída por notas leves de lavanda e limão, iguais às que os jardins dessa mansão deviam exalar no verão, e, nesse ângulo, fiquei absorta, captando seus mínimos detalhes. A sombra da barba por fazer delineando o contorno elegante do maxilar. A planície suave da testa, interrompida por delicados entalhes nas laterais. A linha reta e orgulhosa do nariz, que fiquei com vontade de acariciar com o dedo indicador...

Uma faixa de luz me deteve. Recuei na hora. Era ninguém menos que a Comissária da Paquera atrás da cortina, com uma cara de azedume. Ela fechou a cortina num puxão e passou por mim com um andar brusco. Tom se mexeu, placas tectônicas quentes se agitando abaixo de mim, mas consegui pular num impulso até o corredor sem o acordar e fui correndo até o banheiro pela escuridão.

Quem era aquela estranha no espelho? Ok. Talvez eu estivesse esperando dar de cara com minha versão de uns seis, oito anos atrás. É *assim* que me imaginava flertando loucamente com Tom. Aqui, sob a luz cruel do banheiro do avião, só consegui ver olheiras, um resíduo patético de delineador e um cabelo bastante despenteado.

Chega. Nada de bebidas pelo resto do voo, talvez pelo resto da vida.

Quando voltei para meu assento, deparei-me com Tom acordado, iluminado de leve por uma luz de leitura. Ele olhou para cima e abriu um sorriso contido e sonolento. Retribuí o sorriso e fiquei parada até Tom perceber que não daria para eu passar com as pernas dele esticadas daquele jeito. Ele então abaixou o apoio para os pés, atrapalhando-se todo com os botões.

Assim que me acomodei na poltrona, virei de frente para ele na semiescuridão. Tom já estava olhando para mim, inclinado em direção ao descanso de braço. O momento parecia eletrizado, íntimo, *quase* como se estivéssemos sozinhos. Cacei alguma coisa para dizer.

— Então, tem certeza de que você não é Tom Hardy, o ator? — Fiz o melhor sotaque britânico que consegui.
— Absoluta.
— Na verdade, você não parece nadinha com ele.
— Não. E ele é cheio de tatuagens, então eu não poderia ser esse Tom — respondeu, de um jeito seco que me deixou caidinha.
— Hummm — falei, apoiando o queixo na mão. Ainda bem que a luz era tênue, principalmente depois do que eu tinha testemunhado no espelho do banheiro. No silêncio, só se ouvia o som dos motores ronronando, o ruído branco e as batidas do meu coração. — Como posso ter certeza de que você não tem um pequeno cupido no peito?

Imaginei a sua pele despida, quente sob a barreira frágil da camisa, e, quando nossos olhares se cruzaram de novo, ele estava com a mesma expressão suave, a mesma tranquilidade, e consegui notar o leve ir e vir da sua respiração. De repente, como se tivessem vontade própria, meus dedos foram parar no primeiro botão da sua camisa, e ele pôs a mão sobre a minha com muita delicadeza.

— Você não tem, né? — falei.

Ele balançou a cabeça — um discretíssimo indício de sorriso prestes a brotar — e, não pensando, apenas querendo, me aproximei e dei um beijo muito suave em seus lábios.

Capítulo 7

CAFÉ, CHÁ OU EU

Não sei quanto durou. Só tive a sensação do tempo se contraindo e expandindo, cada aproximação deliciosa separada da próxima por leves silêncios suspensos e lábios entreabertos, até voltarmos a nos unir com suavidade. Toda minha vida antes desse momento pareceu se desprender de mim, como o estágio de um foguete que cumpriu sua função e agora jaz abandonado no fundo do mar, entre destroços de naufrágios.

— Bom dia, como estamos?

Acordei e percebi Tom se endireitando. A cabine estava subitamente inundada de sol. A gente deve ter caído no sono.

Era o comissário de bordo angelical das nozes torradas.

— Café? Chá? Eu? — O sotaque dele: uma gracinha, talvez do sul de Londres.

— Café.

— Chá. — Tom falou ao mesmo tempo, e trocamos sorrisos.

Tomamos o café da manhã batendo papo, nenhum dos dois admitindo o que tinha rolado à noite. Na verdade, estávamos visivelmente nos comportando como se nada tivesse acontecido. Em parte, eu me perguntava como é que *não* estava me descabelando, justificando minhas ações, meu jeito "atirado" com esse ilustre desconhecido. Mas o fato de Tom não conhecer minha música nem ter visto meu vídeo era libertador. Assim, meu fracasso de não voltar aos palcos por uma década, sem contar meu fiasco com Alex, pareceu menos humilhante de repente. Éramos apenas duas pessoas que tinham se pegado num voo, em um momento de atração mútua. Resisti quando a noite selvagem em Vegas ameaçou ressurgir, e, com ela, uma impressão de estar saindo dos trilhos, de estar afundando. E agora essa. O *que quer* que isso fosse, com *ele*. Como que para enfatizar aquela sensação, o avião atingiu uma bolsa de ar e uma das asas baixou. Eu agarrei os apoios de braço. Do outro lado da janela, havia nuvens brancas compactas passando com inocência sobre os campos verdejantes ingleses.

— Passar por nuvens é sempre um pouco turbulento — alertou Tom, com a voz gentil.

Ele chegou mais perto para olhar a janela, e senti o calor e a pressão do seu antebraço sobre o meu.

— Sinto em dizer que é o tempo típico na Inglaterra, mesmo no verão. Mas nada com que se preocupar.

Enquanto o avião se agitava e tremia, Tom hesitou e então colocou a mão quente na minha. Um instante depois, fechou os dedos. Dei uma olhadela para ele.

— *Obrigada* — murmurei.

Tom balançou a cabeça.

— Tudo bem, eu garanto. *Tudo vai ficar bem.*

Ele tinha uma expressão calada e beatífica, *e eu acreditava nele.*

A vibração metálica do trem de pouso indicava que estávamos chegando, e o alegre comissário de bordo retornava com o paletó de Tom. Ele se agachou no corredor com olhos enormes e brilhantes.

— Senhorita Start, se importaria de tirar uma foto comigo? O comandante está prestes a nos mandar sentar, e eu nunca me perdoaria se não lhe pedisse isso. Sou *muito seu fã!*

— Ah... sim... imagina — respondi, lisonjeada.

Ainda por cima, eu tinha gostado dele logo de cara.

O comissário olhou para Tom, que parecia estar um tanto surpreso. Pelo menos agora ele sabia que eu não era uma psicopata que tinha inventado a história de uma vida inteira.

— O senhor poderia? — O comissário esticou o celular.

— Claro — disse Tom, ficando em pé num pulo.

Fui tomada por uma inibição sabendo que Tom estava atrás da câmera e fiquei pensando em que expressão fazer. Decidi sorrir para ele. Só para ele.

— Demais! Meus amigos vão morrer de inveja! — O comissário de bordo deu pulinhos, e Tom passou em volta dele para poder retornar à poltrona. — Muitíssimo obrigado, senhor. E senhorita Start, fui fantasiado de *você* no último Halloween. Com peruca rosa e tudo! Está em algum lugar no meu Instagram.

Ele começou a rolar a tela para baixo com gana, mas o aviso para se sentar veio, e o comissário logo empurrou as nossas fotos na cara azeda da Comissária da Paquera.

Enquanto o avião taxiava até o portão, eu me desesperava para arranjar alguma coisa, *qualquer coisa* para dizer a Tom, mas juntar palavras era quase impossível diante de uma súbita maré de novas preocupações: *Heathrow. Controle de passaporte. Bagagem. Alfândega. Instruções esquecidas de Pippa.* Também não tinha carregado o celular desde ontem, e meu carregador não funcionava no Reino Unido. *Porém, em questão de instantes, ele ia embora.* Esse era o momento exato para um de nós dizer:

— Que tal a gente marcar de se encontrar para um drinque uma hora dessas?

Ficamos um de frente para o outro e foi como se o ar vibrasse com promessas. Meus pensamentos correram soltos, sem censura, e *me imaginei* falando:

— Me tira rápido daqui... pra algum lugar, qualquer lugar, sim? E só... me possua... me coma, com delicadeza e habilidade...

— Jane — disse Tom, sem suspeitar de nada.

Ainda bem que as palavras estavam só na minha cabeça. Devia ser algum tipo de delírio. Desidratação, quem sabe.

— Foi... Eu gostei muito... — falou, encarando-me com aquele olhar maravilhoso. Mas sua expressão se fechou, e ele sacou um iPhone vibrante do bolso, a tela lotada de mensagens.

Fiquei observando Tom suspirar e guardar o celular, depois olhar para o nada. De repente, caiu a ficha de que eu não sabia *quase nada* do homem com quem tinha estado aos beijos poucas horas atrás... Ainda assim, só de lembrar, a sensação prazer daquele momento reacendeu.

O aviso sonoro ressoou pela cabine, sinalizando que tínhamos chegado e estávamos livres para ir cada um para o seu canto.

Tom se ergueu depressa, deixando o caminho livre para eu passar até o corredor, e finalmente ficamos cara a cara pela primeiríssima vez. Fiquei chocada com a altura dele, com a elegância daquela estatura, e, de repente, me deu muita vergonha pela minha pequenez, pelo estado molambento das minhas roupas. Aí o amontoado de corpos úmidos nos empurrou até a porta da cabine.

Dentro do aeroporto, fomos impelidos em direção ao Controle de Passaporte. Tentando me manter perto de Tom, eu me distraí quando surgiu uma mensagem de Pippa.

Pippa More: Viu os tabloides?

O noivado de Alex. Que estranho, quase esqueci.

Jane Start: Alex e Jessica. Eca.

Pippa More: NÃO! VOCÊ E ALFIE!

Ela anexou um link: *Infiel galã da All Love, Alfie Lloyd, de namorico com mulher misteriosa!*

Congelei no lugar e continuei a ler:

> Encrenca à vista para a estrela do pop Alfie Lloyd, da All Love, desde que surgiram fotos mostrando o rapaz de namorico com uma mulher misteriosa em um luxuoso hotel em Las Vegas, às vésperas da abertura da turnê mundial da All Love, com ingressos esgotados. As redes sociais ficaram em polvorosa, especulando a identidade da tal mulher misteriosa. Alfie tem uma namorada em Sidney, sua cidade natal. Será que ela está sentindo algum amor da parte do seu amante da All Love agora?

Passei com pressa por uma série de fotos borradas tiradas no saguão: Alfie com o braço em volta de ombros familiares, meu rosto meio que obscurecido e, ainda bem, irreconhecível para qualquer um além de mim. E Pippa. E Alfie. E seu irmão Nick. E talvez até Alex. Ah, doce vingança.

Plim!

Uma mensagem de "Alfie Austrália". *Como se eu conhecesse um monte de Alfies.*

Alfie Austrália: Oii 😊😁 Espero q vc tenha chegado bem em Londres, Maggie May. Seu amigo, A

Meu celular ficou sem bateria enquanto eu pensava em como responder. Percebi que o lugar tinha esvaziado. Onde todo mundo tinha ido parar? Onde estava Tom?

Desatei a correr com todas as minhas forças em direção ao Controle de Passaporte, dando de cara com uma fila dolorosamente longa, balançando na ponta dos pés e passando os olhos pela sala ampla e engarrafada. *Então o localizei.* Tom estava na fila mais distante. Sua forma esguia e tesa, o contorno nítido de seu perfil mexeram comigo, mesmo de longe.

Sem poder fazer nada, observei-o ser chamado e entregar o passaporte ao agente. Ele olhou para trás, procurando com os olhos... por mim? Acenei que nem uma doida, mas eu era pequena demais, estava longe demais.

Na retirada de bagagem, *nenhum sinal dele.* Meu coração ficou apertado — somente umas caixas amassadas, e minha mala surrada girando preguiçosamente na esteira. Ainda bem que o funcionário da alfândega tinha me liberado com um aceno.

Avistei um motorista solitário com capa de chuva segurando uma plaquinha com meu nome e suspirei agradecida: Pippa tivera o cuidado de me arrumar um carro. Eu o segui correndo para conseguir acompanhar seu passo.

Lá fora, tinha despencado uma bela chuva, ensopando Kurt Cobain e meus sapatos de lona. Se eu soubesse que a querida Pippa ia me oferecer essa saída de emergência da minha pindaíba em Los Angeles, teria trazido outras coisas na mala.

— Jane!

Congelei. Um avião rugiu no céu, sua sombra passando como uma baleia cinza cintilante. Fiquei parada debaixo do temporal, apurando os ouvidos para escutar de novo a voz, mas tudo que ouvi foi o murmúrio dos motores e da chuva.

— Senhorita Jane?

O motorista estava me olhando como se eu fosse maluca, parado sob o teto da estrutura do estacionamento.

Segui em frente e desabei no banco de trás do carro, sem um pingo de esperança. Eu tinha sonhado com ele? Era como se Tom tivesse desaparecido como tinta invisível sob o aguaceiro.

— Jane. — Dessa vez o motorista, que já estava fechando a porta, ouviu também. — Jane. Espera.

Era Tom, a alguns metros de distância, encharcado e sem fôlego, a valise e a mala de couro velha aos seus pés, cada uma acomodada em sua própria pocinha d'água.

— Oi. — Soltou um suspiro.

Aquele sorriso dolorido, aqueles olhos cinza-esverdeados brilhando mesmo na escuridão do estacionamento.

O motorista saiu de fininho para nos deixar mais à vontade.

— Oi — respondi, inclinando-me para frente e abrindo a porta para vê-lo melhor.

— Não nos despedimos direito — falou, chegando mais perto.

— Sim... não — repliquei, saindo com cuidado do carro e deslizando até ele. — Não nos despedimos.

Eu estava molhada e trêmula, alucinada com aquela visão. Qualquer pontada de vergonha pela minha aparência teria que ser ignorada.

— É um tanto estranho, mas eu... — vacilou; o ronco de um avião preenchendo o silêncio.

— Deixa eu te passar meu número — falei.

— Sim — respondeu, aliviado, dando batidinhas nos bolsos em busca do celular.

Peguei o aparelho da mão dele e, sorrindo, eu me salvei em seus contatos.

Capítulo 8

MOLETOM

Jane. Você tem que levantar do sofá *agora*. — Pippa estava me olhando com um cesto de roupa suja enfiado embaixo do braço. — Era pra você estar...
— Compondo. Eu sei. Estou com o violão bem aqui. — Ele estava prostrado no chão da sala, como se estivesse desmaiado de bêbado ou morto. — Mas *isto*, agora — continuei, pondo a TV no mudo —, é pesquisa. Para uma música. Comecei uma e estou bem animada.
Mentira. Tinha começado umas dez coisas nas últimas duas semanas, tudo porcaria. Mas eu odiava decepcionar Pippa. Ela tinha me trazido até aqui e me instalado em seu lindo apartamento — uma mistura chique da limpidez moderna com o conforto do estilo *boho* em um ambiente integrado com sala e cozinha que dava para um jardim, radiante de sol. Entretanto, cá estava eu, sentindo tédio, tão e somente.
— Excelente — respondeu com um tom de incentivo e jogou o cesto na mesa de centro, ao lado da minha novíssima edição de *Os Hóspedes*.
Era o mais perto que tinha chegado de Tom desde o pouso em Londres. Nem um pio no meu celular, então naturalmente minha única escolha tinha sido emendar suspenses escandinavos obscuros com clássicos excêntricos dos anos 1970 e cada versão existente de *Jane Eyre*.
Pippa suspirou.

— Não desgrudar da TV é uma forma de se anestesiar, todo mundo sabe.
— Estou ligada. — Fingi concordar efusivamente e desliguei o aparelho. — E você está supercerta. Valeu de novo por me deixar ficar aqui. Por mais tempo do que o plano inicial.
Ela dispensou o agradecimento com um aceno e um sorriso.
Olhei para o celular, ainda inerte, na mesa de centro.
— Por que é que fui salvar meu contato no telefone dele como John Shaft? Por quê?
Ela me olhou com cara de *Sério? De novo esse papo?*
— Tenho certeza de que ele não me ligou por isso. Tipo, *qualquer pessoa* teria ficado confusa. Mas na hora só pensei: *John Shaft, Jane Start.* As mesmas iniciais. A intenção era ser uma referência espertinha à nossa primeira conversa. Dá pra me culpar por pensar que alguém com a inteligência e o nível de educação dele faria a associação?
Pippa me encarou com um renovado olhar de pena.
— Você tinha que ver a cara dele quando eu dei meu número. Não dá nem pra *começar* a descrever.
— Mas você já descreveu — rebateu, cansada. — Caracterizou o cara como uma artista de retrato falado. Pintou com as tintas de Delacroix ou Vermeer, com tanta vivacidade que aposto que eu reconheceria Tom Hardy, professor de Oxford, se cruzasse com ele na rua. Ou numa parede do Louvre. Mas, *Jane.* Você precisa começar a considerar a ideia de seguir em frente, de verdade. E, pra ser sincera... — Ela se preparou respirando fundo. — Qual a probabilidade de ele te ligar, agora? Vou dizer: muito baixa.
A velha regra das "duas semanas".
— Não era *você* que estava ensopada no estacionamento, testemunhando o olhar no rosto dele. *Sentindo* aquele olhar. O *frisson.*
— Eu sei. Entendo. Mas me permita te lembrar de que, lá atrás, você sentiu esse mesmo *frisson* com...
— Alex. É. — *Nem. De. Longe.*
Lembrei da festa de encerramento do último filme de Alex. Uma boate vulgar no centro, cheia de vigas de metal, tipo um presídio. Ele e Jessica assomavam diante de mim. Queria ter tido a ideia de ir de salto alto. Uma música pavorosa pulsava no ambiente, e os lábios de Jessica estavam sempre chegando perto da orelha dele, murmurando alguma piada inter-

na. Eu tinha desistido de tentar me enturmar, sentindo apenas a agitação específica desse tipo de festa e me decidindo pelo momento mais aceitável de dar o fora, mesmo que o "trabalho" de Alex como produtor fosse ficar e bater um papinho com "sua atriz". Foi quando a ficha caiu. A forma como ela segurava o seu braço, com aquelas garras traiçoeiras cobertas de esmalte preto, e a postura relaxada dele, com as mãos enfiadas nos bolsos. Só faltava os quadris se tocarem. A familiaridade, a intimidade daquela linguagem corporal. Foi aí que reparei, por baixo do blazer justo, que ela estava usando a camiseta branca de Alex. Aquela que ele tinha rebaixado para pijama por causa da mancha óbvia de vinho tinto. Ali estava a maldita, no formato de uma peônia de pétalas rosas, esparramada sobre o busto evidentemente perfeito dela.

Quando subi o olhar, ela me encarava boquiaberta, indignada, como se dissesse: *Eca, sua namorada pervertida não desgruda os olhos dos meus peitos.* Virei-me para Alex e testemunhei o momento em que ele se tocou, quando soube que eu sabia.

— Jane.
— O quê? — gritei sem querer.
— Você quer me falar alguma coisa? — Pippa franziu a testa. Ela me ofereceu um café.
— Não. — Aceitei a caneca e dei um golinho, ainda abalada.
— Que tal você se trocar e sair do sofá? — propôs com ares de uma professora de escolinha envolvida numa demorada negociação com uma criança de 4 anos de idade. — Lavei e dobrei suas coisas simplesmente porque te amo. Além disso, você está usando meu conjunto de moletom há dias, e preciso dele de volta urgente. Tenho hora marcada com aquele novo personal top. E esse é meu único conjunto bom.

Por que todo mundo sempre tem só *um* conjunto bom de moletom?
— Mas é tão fofinho e macio. — Eu me aninhei ainda mais no sofá.
— Jane! Faz o que quiser! — De repente, Pippa ficou de saco cheio. — Não estou nem aí. Vai em frente. Fica o dia inteiro se masturbando, se estiver a fim. Só preciso do meu moletom.

Ela pôs as mãos na cintura.
— Dou tanto na cara?
— Não — berrou, me olhando como se eu tivesse um parafuso a menos. — Você me contou.

— Ah. Esqueci. *Tá vendo?* — Dei um tapinha na cachola. — Tem algo errado com meu cérebro.
Ela não estava para brincadeira. E como me custou ver Pippa tensa.

— É bom você lavar antes — suspirei, içando-me do sofá e tirando o moletom de forma desafiadora, puxando a camiseta para baixo para cobrir as minhas partes desprotegidas. Estiquei o braço com as peças penduradas nos dedos. — Senão, isso vai ser o mais próximo que chegaremos de sermos amantes lésbicas.
Ela me olhou com frieza.
— Talvez a gente devesse? — falei, balançando um pouco o moletom.
— Pode comprometer nossa amizade... Nossa relação de trabalho. O que seria de mim sem Pippa?
— Certíssima — concordei, abrindo um grande sorriso.
— E esse novo personal, Lawrence — continuou, a velha centelha reacendendo no olhar. — Humm, maravilhoso. E genial. Está estudando para fazer doutorado em relações internacionais. — Seus olhos baixaram em direção ao violão no tapete. — Quando vou ouvir a música?
— Em breve. Isso. Muito, muito em breve.

Assim que ela saiu, peguei o violão, mas descobri que não tinha nada a dizer, a cantar. Foi como se todo o doce anseio, todos os momentos de epifania que tinha juntado, dissecado, protegido no HD do meu cérebro justamente para esse propósito tivessem sido apagados por um erro cataclísmico de usuário. E, se não fosse possível reiniciá-lo, o pior aconteceria. Eu teria mentido para Pippa, para minha família, para meus amigos, para mim: *nunca tive* talento para compor e nunca teria.

A verdade era que eu estava com saudade. Com saudade da sensação que tive ao compor meu segundo álbum — a de me perder na história, quebrar a cabeça para achar as rimas certas, reproduzir as imagens que brotavam em minha imaginação. Uma doida estirada no chão, rodeada de Post-its com versos rabiscados. A música era o começo, o meio e o fim de cada dia. Era o oxigênio. Era a esperança, o conforto, o amor, o *tesão*. Eu me flagrei matutando sobre palavras que rimassem com *Tom*, mas só consegui pensar em *wrong* e *gone* antes de resolver adiantar a terceira temporada da minha série dramática de crimes da BBC.

𝄞𝄢

— Como foi lá com Larry? Agora vou chamar o personal assim — falei, olhando para trás quando Pippa voltou do treino. Desliguei a TV e fiquei na vertical.

— Larry está noivo. Deixa pra lá. Às vezes fico pensando por que me dou ao trabalho. — Ela arremessou a bolsa da academia e as chaves no chão.

— Ah, não.

— Pois é. A velha história. Eu basicamente me humilhando na frente de um cara lindo e sarado enquanto ele fica papagaiando sobre os altos e baixos do dia, sendo o noivado súbito de Larry um alto bem alto para ele. Falando em *alto*... Um baseadinho seria uma boa, se desse para arranjar. Pippa desabou ao meu lado no sofá.

— Ele deve ser estranhamente atlético na cama, se servir de consolo.

— Exato. E *como serve*. Obrigada.

— Muito broxante.

— Não é ioga, cacete.

— É bom que não seja mesmo.

— Não precisa ficar se mostrando. "Ah, olha para mim" — disse ela, imitando o sotaque de Birmingham. — "Consigo fazer uma pose de pretzel." Que bom pra você. Agora a sensualidade dele foi pro buraco com esse apelido "Larry" — suspirou e encostou a cabeça em mim.

— Isso. — Encostei a minha na dela.

— Aah. Chega de falar de noivos.

A capa de um tabloide com Alfie e sua "mulher misteriosa" nos encarou da mesa de centro. Soterrada lá dentro estava a notinha sobre o noivado de Alex e Jessica e sobre o filme deles, com o ridículo título *Universo Explodindo*.

— É. Fodam-se, noivos — afirmei.

Nesse exato momento, Tom estava em algum ponto dessa ilha, em algum lugar da Grã-Bretanha. A lembrança ressuscitou uma dor sorrateira e alvoroçada.

— Chardonnay? — Pippa bateu as mãos nas coxas e se pôs de pé.

— Precisa perguntar?

Ela rodou a cozinha fazendo algazarra e voltou para o sofá com duas taças e o vinho. Fiz um brinde a nós, por não sermos noivas irritantes que passam o dia falando de paletas de cores e anéis de diamante. Pippa sorriu, radiante e encantadora, e pensei: *Pena que não deu certo com*

Lawrence, o personal. Não tinha ninguém que merecesse mais amor e companheirismo do que ela.

Seu celular tocou, e Pippa gemeu, esticando o braço com preguiça para pegá-lo.

— Alô. Pois não? É Pippa More. — Ela me lançou um olhar engraçado. — Quem fala? — perguntou, sem parar de me encarar. Seu rosto ficou branco. Deu uma olhada no número que fazia a ligação. — Ah. Certo. Bem, ok. Claro. Adoraria falar com ele. Opa, olá.

Ela deu um pulo, fazendo o vinho dançar até a borda da taça, que tirei da mão dela e coloquei junto à minha na mesa de centro.

Pippa tampou o microfone do celular e sussurrou com ênfase:

— *É o Jonesy.*

O quê? Meu coração quase saiu pela boca. Por que diabos ele ligaria? Fazia uma década que sua equipe tinha entrado em contato pela última vez.

— Ah, entendo. Royal Albert Hall? Novembro? — Pippa não tirava os olhos de mim. — Certo. Bom, é claro que vou precisar verificar a agenda dela — disse com desenvoltura.

Um retorno impressionante aos palcos. Como se minha agenda estivesse lotada.

— Você gostaria de falar com a Jane. — Ela arregalou os olhos para mim.

Gesticulei um NÃO, recuando, e me joguei, assustada, na poltrona.

— Infelizmente ela não está no momento. *Está bem.* Entendi. Sigiloso. Ab-so-lu-ta-men-te. Ah... tudo bem... tchau... até, tchau.

Pippa olhou do celular para mim, atônita, e tampou a boca com a mão.

— Era ele mesmo?

— *Era!* — Soltou uma risadinha, começando a se tocar do choque, da loucura, o *próprio* Jonesy ligando pela primeira vez para o celular dela. — Aquela *voz*. Inconfundível. Tinha me esquecido de como é diferente da...

— Voz de cantor. E não é que é?

— Você espera ouvir, sei lá, Drácula, mas aí ele parece um adolescente falando, que bizarro.

Fiz que sim com a cabeça, sentindo uma onda violenta de adrenalina. Pippa correu para pegar o computador, e pensei no passado. *Tinha* algo bizarramente adolescente no Jonesy, mesmo há dez anos, quando estava mais próximo dos trinta. Não só a voz, mas *ele*, como pessoa. A arrogância descarada, a extravagância, o gogó — um terapeuta iria se esbaldar. Mas também seu jeito enigmático de falar, seus olhares insinuantes e maliciosos. Contudo, é óbvio, quando o jogo virou, *como ousei pensar que ele estava dando em cima de mim? Como ousei pensar que estava me paquerando?* Só me restou a vergonha, como se tudo tivesse sido projeção minha.

De repente, um pensamento desconcertante me ocorreu: como Jonesy sabia que eu estava aqui, em Londres, *agora*?

Olhei de esguelha para o jardim, quase esperando vê-lo ali plantado, com cara de paisagem, como um holograma vibrando sob um raio de sol. Alto e magro, a palidez frágil de um retrato de Gainsborough, de terno acetinado azul. *Que insanidade.* A ideia de Jonesy e eu juntos no presente me deixou tonta e um pouco enjoada.

Naquele dia em que ele se materializara pela primeira vez para me ver tocar a sua música no Lower East Side, fui convidada a comemorar depois com ele. Fui levada para sua cobertura em Manhattan com sua comitiva glamorosa. Presumi que eles se juntariam a nós no elevador privativo... mas, quando Jonesy e eu entramos, todos congelaram onde estavam, inexpressivos, como zumbis na alcova de mármore, enquanto as portas se fechavam. De repente, ficamos só ele, eu e o silêncio. Senti que tinha sido enganada, feita de trouxa. Esperava que Pippa e meus colegas de banda, Alastair e James, fossem se juntar a nós mais tarde, mas agora estava ali sozinha com Jonesy naquela caixa espelhada claustrofóbica, os olhos grudados nos números subindo mais e mais, a sua imagem espreitando de cada reflexo possível e imaginável para o qual eu me atrevesse a olhar.

As portas do elevador se abriram em um saguão imponente, que tremeluzia à luz de velas. Eu o segui por uma parede fúnebre de aroma adocicado e floral — ele devia ser dono de todo o andar. Não tinha festa alguma. Nenhum murmúrio de fashionistas vestindo sedas com estampas de Pucci, nenhum garçom de preto, nenhuma bandeja tilintante de champanhe passando. Somente o silêncio perfeito dos arranha-céus, do vidro triplo e das vistas panorâmicas. Somente ele e eu.

— Não dá pra acreditar, o Royal Albert Hall! — assobiava Pippa, exultante, de novo empoleirada na beira do sofá, teclando sem parar no computador. — Porra. Se minha assistente não tivesse caído fora do nada... Licença-maternidade. Como ela ousa? Estou zoando, claro.

Pisquei. Eu estava em Londres, no apartamento dela, o sol de verão se derramando pela porta do jardim.

— Jonesy quer que você se apresente com ele. Ainda é um pouco vago o que ele tem em mente para você, mas, caramba, que empolgante. Dez anos! *Eu sabia* que não te tinha trazido aqui à toa. — Ela abriu um sorrisão radiante; uma segunda chance, estava implícito, para o sucesso.

— Sei não. — Levantei e comecei a andar de lá para cá. — Quer dizer, a probabilidade de dar mancada num show dessa magnitude é muito alta, ainda mais *agora*. Basta uma vacilada e pronto: você é reduzido a um vídeo constrangedor no YouTube e *nunca mais* consegue fugir dele. É uma coisa que parece que ninguém entende, tirando os *trolls* da internet.

— Você vai arrasar. Tenho certeza absoluta — afirmou, obviamente tentando me tranquilizar.

Ela *sabia* que eu tinha lutado minha carreira inteira contra o medo de subir num palco. Como conseguiria dar conta disso ali, ao lado de Jonesy, depois de todos esses anos? O talento dele era de outro mundo, intimidava, mas o buraco era mais embaixo: aquela noite remota, na sua cobertura, quando as coisas tomaram um rumo desconcertante. A verdade era que eu nunca contara nada a Pippa depois. Nunca soube *o que* contar a Pippa.

Engoli em seco. Precisava parecer pensativa, sensata, pelo menos.

— Pra falar a verdade, só sou capaz mesmo de cantar bem em lugares pequenos. Não tenho o peso nem a ginga para um palco todo chique e imenso. Nunca tive, nem mesmo nos "dias de glória". Eu dava um jeito, mas não sou... Bono — argumentei — nem um desses artistas que exalam... *confiança*. Que conseguem dominar o palco e se impor. Em boates, aí sim, *nelas* consigo. Você sabe. Mas no Royal Albert Hall. Com *Jonesy*. Só a complexidade disso...

Porém, Pippa fez o que os empresários fazem quando seus clientes ficam com a fé abalada.

— Fica calma. Pensa um pouco mais — falou, mantendo o mesmo tom de voz. — E, para o seu governo, eu discordo. Não pode se subestimar assim. E, seja como for, ganhei tempo pra você. Estou verificando sua agenda lotadíssima, lembra? — Ela falava com a seriedade e determinação de uma rainha. Mas então ergueu as sobrancelhas e abriu um largo sorriso. — E justo quando pensamos que tudo tinha ido pela privada.

O comercial do papel higiênico. Como se precisasse de alguém para me lembrar disso.

Capítulo 9

TINY BUBBLES

No dia seguinte, Pippa e eu encontramos nossos queridos amigos Alastair Ekwensi e James McCloud numa cafeteria em Primrose Hill. Eu mal os tinha visto desde que fizemos a turnê juntos há uma década, e agora eles irrompiam pela entrada banhada de sol com a filhinha de 5 anos, Georgia. Os três estavam impecáveis e ridiculamente descolados: Alastair com um terno azul-celeste que realçava sua pele maravilhosamente escura, James, sardento e bronzeado, de calças leves e sandálias de couro trançado, o cabelo loiro escuro caindo sobre os óculos à la Buddy Holly. Georgia usava leggings pretas e uma regata preta de gola alta, como Edie Sedgwick ou alguma existencialista *cool* dos anos 1950.

Georgia foi direto até Pippa para abraçá-la, depois escalou uma cadeira e começou a tirar da bolsa materiais de desenho, com grande convicção. Ela não pareceu notar a estranha ao seu lado.

— Sou a Jane — arrisquei. — Você não deve se lembrar de mim.

Ela me olhou.

— Não lembro — respondeu com franqueza e voltou a organizar a coleção de giz de cera por cores sobre a mesa.

— É mais educado dizer: "prazer em conhecê-la" — murmurou James em um tom gentil.

Alastair me lançou um olhar tácito de *minha filha é meio metida, espero que passe logo dessa fase*, e eu me levantei para, com atraso de anos, dar longos abraços, primeiro nele e depois em James. Alastair, James e Pippa tinham estudado juntos em Cambridge e continuaram próximos desde então. Foi por intuição que Pippa me juntou a eles no início da nossa jornada como empresária e artista. Não fosse por ela, "aquela música" talvez nunca tivesse se tornado "aquela música". Eu queria reinventar radicalmente o estilo e a *vibe* da canção menos conhecida de Jonesy, uma balada minimalista ao piano sobre desejos e amor não correspondido. Foi tudo para mim quando Alastair e James apoiaram minha ideia: trocar o piano pela guitarra, transformar o suingue discreto de Jonesy em uma batida dançante com bateria de verdade e uma linha de baixo hipnótica. Por fim, adicionar um coral de igreja ao fundo, como que lambuzando com uma deliciosa cobertura a última camada de um bolo. Mas atribuí todo o sucesso da música à incrível habilidade de produção da dupla, ao som explosivo que deram à gravação.

Os cafés com leite chegaram, e a conversa se desviou para Alex, com os três outros adultos levantando os podres dele para expressar indignação e solidariedade. Três semanas atrás, esse papo poderia ter me animado, mas agora estava preocupada, pensando em Tom. Naqueles olhos, brilhantes mesmo na escuridão da chuva. Como foi que ele simplesmente desapareceu?

— Jane? Cabeça cheia?

Alastair estava me encarando na luz cortante da manhã.

— Você está muito quieta, até para seu padrão — completou. Ele sempre sabia. — Estúdio? Amanhã? Ouvi dizer que está trabalhando em músicas novas.

— Pode pegar emprestado qualquer um dos nossos equipamentos, se quiser — acrescentou James.

— Ah. Sim — respondi, mentindo. — *Maravilha*.

Por que a gentileza dos amigos piora a culpa de mentir?

— Excelente. Agora que isso está resolvido, um passarinho deixou escapar algumas notícias hiperempolgantes — disse Alastair, com a voz mais aveludada.

— Uma aventura recente. Com alguém de grande interesse — complementou James.

Os três deram goles sincronizados nos próprios cafés. Dei uma olhada em Georgia, totalmente concentrada, desenhando, como não podia deixar de ser, um passarinho. Então eles estavam falando em código. Pessoa de grande interesse. Só podia ser Alfie. A música da All Love tinha acabado de saltar para o primeiro lugar das mais ouvidas no Reino Unido. Alfie e Nick eram ídolos internacionais, tinham o rosto estampado em todos os tabloides britânicos. Eu também tinha, era só saber procurar.

— Na verdade, foi mais uma *des*ventura. A culpa é de Las Vegas e do excesso de...

Senti um leve chute por baixo da mesa. Pippa balançava imperceptivelmente a cabeça. Ok. Então queria que o rolo em Vegas com Nick Lloyd ficasse em Vegas. Ela me dava nos nervos de tão discreta, mas essa qualidade indicava seu bom caráter. Devia estar se mordendo de vontade de contar sobre o Royal Albert Hall, a oferta ultrassecreta de Jonesy. *Eu* com certeza estava, embora, só de pensar, ficasse com o coração acelerado. Entusiasmo, *pavor*. Mas arranjaríamos uma encrenca cabeluda com ele, se disséssemos um A antes de finalizarmos tudo.

— No voo para Londres — esclareceu James.

— Um cavalheiro distinto e mais velho? — Alastair ergueu a sobrancelha. — E um tanto mais... substancial?

Ele acabava de cunhar um novo adjetivo para Pippa adotar como favorito.

— Paletó de tweed. Cotoveleiras de couro? — James arrumou os óculos.

— Sem cotoveleiras — corrigi.

— E professor em Oxford. Conta a fofoca toda, sua safadinha — insistiu Alastair. — Segundo o passarinho, as coisas deram uma bela esquentada sobre o Atlântico com o Sr. Tweed. Ou será que o chamamos de Cotoveleiras?

— Ouvi dizer que alguém entrou para o Clube do Rala e Rola nas Alturas?

Olhei boquiaberta para Pippa.

— Eu disse que beijou — falou ela, com veemência, franzindo a testa. — Não que deu.

— Deixa eu esclarecer uma coisa. Não sou, nem nunca fui, membro do Clube do Rala e Rola nas Alturas.

— Ah, bem, que decepção — suspirou Alastair.

Georgia se virou para Pippa de olhos arregalados.

— E *você*, entrou para o Clube do Rala e Rola nas Alturas?

— *Nãããão* — exclamou, ficando vermelha. — Nenhuma de nós entrou, querida. Não é um tipo legal de clube, como um de futebol ou de esportes, é coisa de adulto. Mas não de adultos como nós.

A menina pareceu satisfeita e voltou a pintar. Pippa se jogou na mesa e murmurou em silêncio: *Porra*.

— Não pensei nisso — falei, com uma oscilação indesejada na voz.

— Tivemos uma conexão profunda. Ele tem meu número, mas até agora nada. Já passaram mais de duas semanas, e eu sei. Sei o que significa.

Pippa, Alastair e James me olharam com dó. Meus olhos começaram a se encher de lágrimas. *Não na frente da menina*.

— Talvez fosse uma boa trocar o café por vinho ou algo mais forte — sugeriu Alastair, procurando um garçom. — Já passou do meio-dia.

— Pronto. — Georgia se virou para mim, mostrando o desenho. Fiquei emocionada. Então era por isso que as pessoas tinham filhos.

— Gostou? — perguntou ela.

— *Mais* do que isso. Adorei! — Estava sendo sincera. A criança tinha talento mesmo.

— Quer trocar?

— Quer que eu faça um desenho para *você*?

— Por aquilo ali — disse ela, com calma, apontando para minha mochila.

Seus pais começaram a protestar. Mas sua esperteza espantou meu desalento. Além de tudo, eu tinha adorado o desenho, de verdade.

— Fechado. Mas *primeiro* me deixa tirar minhas coisas. — Virei a mochila de ponta cabeça para causar um efeito cômico e despejei uma montanha de cacarecos na mesa, divertindo a menina. — É sua, minha cara.

Ela a segurou no peito, abrindo um sorrisão, então franziu a testa.

— Está vibrando.

Meu celular! Preso em algum bolso interno negligenciado — e *vibrando*! Era muito cedo para ser alguém dos Estados Unidos, então podia ser ele.

Tom Hardy, professor de Oxford, finalmente telefona!

Arranquei a mochila das suas mãozinhas em garra, escancarei os zíperes e agarrei o aparelho.

— Foi mal, Georgia — desculpei-me, arrependida.

— Vai logo — insistiu Alastair.
Deslizei o celular sem pressa até o centro da mesa.
— Número desconhecido. Chamada não identificada. Nada no correio de voz. Uma ligação que, por acaso, é de... — Tirei a mão de cima do telefone como se revelasse as cartas no pôquer. — *Oxford, Reino Unido.*
A explosão de vozes só foi interrompida pelo som de uma mensagem. Quase batemos a cabeça nos abaixando para ver a tela.

Número Desconhecido: Oi, Jane. É Tom, do avião. Espero que você esteja bem.

— Jesus Cristinho — choramingou James se jogando para trás e quase virando a cadeira. — Ele está vivo!
— Ok, para ser sincero — admitiu Alastair, cruzando os braços —, eu estava esperando algo um pouquinho mais... faiscante.
— Tipo o quê? — inquiriu James.
— Sei lá. Alguma coisa intelectual, poética.
— Calados! — chiou Pippa. — Deixem Jane pensar. *Cada. Palavra. Importa.*
Exatamente. Cada palavra *importava*. Analisei a mensagem dele: *É Tom, do avião. Espero que você esteja bem.* Certo. Bem direto.
Os três adultos se levantaram, fizeram um círculo ao meu redor em silêncio e se abaixaram ao mesmo tempo enquanto eu digitava uma resposta.

Jane Start: Não sabia que professores de Oxford mandavam mensagens de texto. Pensei que vocês mandassem bilhetes via coruja.

Hesitei com o dedo indicador suspenso sobre o botão enviar, apesar dos cochichos de aprovação. O que eu tinha escrito era bobo. Dava para fazer algo melhor, com certeza, né? De repente, fui empurrada para frente. Georgia tinha se intrometido ali, causando o equivalente a um acidente de trânsito. Minha mão escorregou. Em seguida, o inconfundível som de mensagem enviada.
Bolhinhas pequenas apareceram na tela. Senti uma onda de endorfina. *Tom Hardy de Oxford está digitando!*
Georgia foi removida pelo cangote como um gatinho filhote e despejada em sua cadeira.

Colada à tela, senti que minha alma tinha abandonado a forma corpórea. Senti que, se fosse um filme, a câmera estaria filmando a gente de cima, enquanto a clássica canção sentimental *Tiny Bubbles*, de Don Ho, tocava ao fundo. Como eu podia me sentir assim em relação a um homem que mal conhecia? Como a música tocando na minha cabeça podia ser tão certa? Tão perfeita? E, caramba, por que as bolhinhas da mensagem surgiam e paravam, depois desapareciam, deixando para trás apenas minha piadinha infantil e constrangedora?
Plim.

Número Desconhecido: Não. Mas usamos capas. Tenho um closet cheio delas.

— O que mais será que ele tem no closet? — cochichou Alastair.
— Oh — exclamou James, baixinho.
Pippa roía as unhas, reflexiva.
Plim.

Número Desconhecido: Quer ver?

Meu Deus.
Pippa soltou um guincho estridente, e o café mergulhou num silêncio sinistro.
— Isso diz tudo, não? — falou ela como uma juíza batendo o martelo. O burburinho dos clientes foi reavivando.
— Sem-vergonha. Já adorei. E agora? — perguntou Alastair, encarando-me com determinação.
— Merda.
Hora da jogada. Meus dedos tremiam mais uma vez sobre o celular.
— Alguém me deve uma moeda — disse Georgia, desanimada. Ela foi sumariamente ignorada.
Fixei os olhos no telefone, e, de repente, o ambiente ensolarado pareceu se dissolver, só restando eu e Tom, o ronronar dos motores, as luzes fracas da cabine. *Tiny bubbles.* Preenchi a caixa vazia de mensagem com as únicas três palavras que faziam algum sentido.

Jane Start: Sim. Por favor.

Demos de cara com o sol quando saímos aos tropeços do café, eufóricos e animados, até mesmo Georgia, abraçada à minha mochila com orgulho. E lá fora, tocando uma serenata, como se tivesse saído da nossa cartola, havia um músico de rua. Ele estava com um violão e uma bateria pequena que tocava com os pés, quando uma melodia familiar me atingiu. Ele estava tocando *Can't You See I Want You*.
Paramos no meio do caminho. Que loucura, aquela sincronia. Alastair me lançou um olhar: *Você PRECISA*. Se fosse qualquer outro dia, sem chance, mas ainda estava alvoroçada com a onda de endorfina. Uma sensação de flutuar no ar, a promessa de ver Tom novamente! Pensando nele, eu me peguei entrando no meio, cantando, pelo puro prazer do canto, pela oportunidade improvável de aproveitar o dia, de me entregar a essa forma particular de concentração, de me tornar *ela*, uma garota que ousava parar numa esquina e cantar a plenos pulmões a música de amor e desejo de Jonesy para qualquer um que passasse e quisesse ouvir. E o músico era extraordinário. Começamos a atrair uma multidão.
— Cara, você canta igualzinho a ela — exclamou, com um largo sorriso, assim que terminamos e a multidão se dispersou.
Pippa me lançou um olhar.
— Já me falaram isso antes.
Porém, Georgia se aproximou e me deu a mão. E justo quando pensei que esse dia não tivesse como melhorar!
— Pegue algumas, faço questão.
O músico estendeu a cestinha de moedas, agora transbordando.
— Não, de jeito nenhum. — Eu a afastei com um aceno. — O prazer foi todo meu.

Capítulo 10

PRIMEIRO ENCONTRO

O look estava deplorável. Um refugo do guarda-roupa de Pippa se amontoava aos meus pés, e eu tinha um trem para pegar até Oxford.

— Me refresca a memória — disse ela da beirada da cama, examinando meu reflexo no espelho —, o que você sabe sobre o Cotoveleiras?

Eu a fuzilei com o olhar.

— Tá, essa foi a última vez que alguém o chama de Cotoveleiras. — Desabotoei o último botão da blusa e depois abotoei de novo. — Fui idiota de ficar tagarelando o tempo todo naquele avião. Ele pode até ser casado e ter quatro filhos.

— Ou ser um serial killer. Manda uma mensagem quando chegar para eu saber que você está a salvo. E, ao menor pé atrás com isso de ele *ser* um serial killer, corra, Jane, corra. Sua passagem de volta. — Ela sacudiu o bilhete e o depositou na mesa de cabeceira. — E este é o look.

— Tem certeza? — Dei uma voltinha, sem convicção. Estava vestindo os frutos de uma compra frenética na Zara e um cardigã do armário de Pippa. — Não estou descaradamente tentando parecer bonita? Ou o que eu penso, presumo, que um homem, outro ser humano, acharia atraente? Pra piorar, odeio minha calcinha. Não tenho calcinhas boas. *Não* que importe. *Ninguém* vai ver.

Levantei a saia para ela conferir: uma calçola antiquada com estampa vintage de florzinha, coisa que, na melhor das hipóteses, uma mocinha ingênua dos anos 1950 poderia usar, e, na pior, uma vovó. Mas era um dia quente de verão, e ela era respirável, espaçosa.

— Não sei como você aguenta usar aquelas coisinhas rendadas, minúsculas e claustrofóbicas sendo que não precisa. E sendo que não tem quem veja, pensei, pois Pippa estava solteira há séculos, mas usava *mesmo* calcinhas sensuais todos os dias. Eu achava aquilo impensável e, ao mesmo tempo, um pouco invejável.

— Como preferir — rebateu, de sobrancelha erguida. — E talvez seja uma boa, no lugar de *porra* e *merda*, usar palavras que realmente sirvam para descrever as coisas e te fazer parecer inteligente. Coisa que você é.

— Ela me olhava com uma expressão sincera. Por um instante, pensei que eu fosse chorar. Morreria sem Pippa. — E não peça salada. A chance de acabar com uma alface presa nos dentes é grande. Confia em mim, nada bom.

Eu estava vinte minutos atrasada, abrindo caminho pelo salão agitado do Café Sala de Leitura, em Oxford. O ambiente de clube do livro me cativou na hora; as deliciosas paredes acinzentadas repletas de telas antigas e estantes abarrotadas de volumes bastante manuseados. Mas nenhum sinal do professor entre a clientela de aparência acadêmica.

Tensa com a expectativa e sentindo uma súbita timidez incontrolável, segui em direção a um espaço cheio de janelas luminosas com vista para um pátio banhado de sol e congelei. Ele estava sentado a certa distância em uma mesa pequena, contemplando um rio que passava tão perto que parecia beijar a borda do deque. Também dava para ver uma antiga ponte de pedra dourada que se debruçava sobre águas tranquilas e, na margem oposta, um campo cor de esmeralda. E ainda um daqueles prédios góticos das faculdades de Oxford, envolto nas sombras ao longe. Só de entrever um pedaço do perfil de Tom, um mero vislumbre, meu coração deu um salto acrobático. Tinha algo de esquivo e excitante mesmo olhando daqui... aquela sua arquitetura elegante e sólida.

Lá estava ele, o desconhecido do avião.

Do nada, eu me senti delirante. Comecei a recear que tivesse inventado nossa conexão, projetado nele todos os meus sentimentos em decorrência daquela noite especialmente estranha e surreal. Porém, nesse mesmo momento, a lembrança de beijar aqueles lábios reacendeu — uma sensação comparável a de ser tragada pelo arco de uma onda, de não haver gravidade. Contudo, era um pensamento muito íntimo para estar rolando *aqui, agora*. Eu precisava pôr a cabeça no lugar, dar um passo, depois mais outro e chegar até ele. Estava atrasada pra caramba! Ignorei um instinto súbito de correr para o banheiro feminino para dar uma conferida no estado do meu cabelo, do meu rosto — tomara que as espinhas não tivessem viajado no tempo, da adolescência para o presente.

Tom se levantou inesperadamente e começou a falar com um homem de terno elegante que parecia ter surgido do nada. A conversa se agitou, e a tensão tomou conta, então o homem deu um tapinha no braço dele, quase consolador. Parecendo um pouco atordoado, Tom afundou na cadeira. O outro agora estava vindo bem na minha direção, olhando para baixo enquanto digitava. Mas ele parou, percebendo que eu tinha bloqueado seu caminho, e deu um passinho para o lado, meio curvado, fazendo um gesto teatral com o braço, como um cavalheiro antiquado que dissesse: *a passagem está livre, minha senhora*.

Um pouco perplexa, eu me aproximei da mesa, e Tom, notando minha presença, logo se levantou. Automaticamente, fiquei na ponta dos pés enquanto ele se abaixava para me cumprimentar com um beijo educado na bochecha. Mas, no fim, tudo saiu meio errado, desajeitado e torto.

Parabéns, logo na largada. Recomponha-se, mulher.

Ficamos nos encarando atordoados por um segundo até ele puxar minha cadeira, e nos sentarmos em uníssono.

— Acho que acabei de beijar a lateral do seu nariz. Eu meio que... calculei mal.

Sorri, decidindo prender as mãos entre as coxas por segurança, mas ele simplesmente me olhou com serenidade, sondando-me. Achei que eu fosse me despedaçar como um dente-de-leão ao vento, mas então Tom sorriu para mim. Não sei por quê, mas o sorriso de uma pessoa séria vale muito mais.

— Acho que estou um pouco nervosa.

Pronto. Falei. Nem vinte segundos depois.

— Também estou nervoso — disse ele, sem hesitar.

Fiquei surpresa.

— *Está?* Por quê?

— Não sei bem — respondeu, sem deixar de sorrir. Mais acima do rio, havia nuvens que podiam muito bem ter sido pintadas por Magritte, pregadas a um lindo céu de verão e espelhadas na água. — Ver você no mundo real. É o contrário, na verdade. O estranho é conhecer uma pessoa num avião. Tem um quê de irrealidade num voo, suspenso lá em cima, sobre a terra, sobre as nuvens. Teoria *sua*.

Ele se lembrava.

— Um universo paralelo — sugeri o clichê.

— Sim. E não tinha certeza se encontraria você... neste aqui. — Senti os cantos dos meus lábios subirem, e as minhas bochechas corarem. — Estou feliz por você ter vindo, Jane.

Meu pai. O sotaque, o sorriso. O jeito como disse meu nome. Ele não fazia ideia de quanto eu estava feliz.

— *Também* estou feliz — falei, finalmente.

Feliz o caramba. Estava *extasiada*. Extasiada no nível de fazer a dancinha da vitória na minha cabeça. *Sossega o facho, doida.*

Tom limpou a garganta e encheu nossas taças com uma garrada de água com gás. Demos golinhos, sem desviar o olhar. Só havia eu e ele, a perfeição desse plácido cenário pastoral.

— ANDEM LOGO, SUAS LESMAS DO CARALHO!

De repente, uma equipe de remo surgiu do nada, a toda velocidade. "LESMAS DO CARALHO" ficou pairando dolorosamente no ar por muito tempo depois que o grupo sumiu.

Tom recostou na cadeira rangente, como se me analisasse, e do nada fiquei mortificada com a minha roupa. Ainda por cima *aqui*, em meio a essa galera universitária e refinada. Eu estava usando uma blusa com gola Peter Pan, uma saia plissada, o cardigã azul-marinho de Pippa e sapatos mocassim *Oxford*. Super certeira. Como ela tinha me deixado sair assim de casa?

— Você combina perfeitamente com o lugar — disse ele. — Talvez uma boina de marinheiro e uma bolsa transversal para completar o visual.

— E para voltarmos para os anos 1960.

Coloquei as mãos entrelaçadas sobre a mesa, toda afetada, porque eu estava usando uma maldita roupa de colegial e simplesmente teria que lidar com isso.

— Vamos dar uma olhada? — ofereceu, relanceando o cardápio.

— *Vamos.* — Quase explodi de alívio.

Quando a garçonete chegou, Tom pediu salmão grelhado enquanto eu caçava alguma opção vegetariana (os "pratos do dia" eram terrine crocante de porco defumado, berbigão do dia e picanha de cordeiro assada). Gotículas indesejadas de suor brotaram entre meus seios e escorreram preguiçosamente, inspirando outras gotículas a imitá-las. O prato de cordeiro vinha com batata assada e salada, então pedi esse, mas "sem o cordeiro". Então ouvi a voz de Pippa na minha cabeça, alertando-me sobre verduras.
— Nem salada. Obrigada.
A garçonete franziu a testa.
— Então... só a batata?
Tom fez cara de preocupação.
— Não, eu acho que... — Folheei o cardápio com pressa, passando por saladas muito apetitosas. — Vou querer só a pizza de queijo. Se puder pedir do menu infantil.
— Sim, senhora. Como quiser. Pizza de queijo. Do menu infantil.
— E também vamos querer um vinho — completou Tom. Um cara bacana.
Temas da conversa antes de comer: o trabalho dele. Talvez outras coisas. Estava distraída por uma sensação de vapor saindo do topo da minha cabeça, como aquilo que acontece num desenho animado, e eu temia, também agora, pois ainda estava *ansiosa*. Como queria que desse certo com Tom. E, ah, que *gato* ele era. *Caramba, você já se ouviu, sua tolinha desesperada?* Arriscando *tudo*. Apostando todas as fichas *nele*. Qual era a probabilidade de darmos em alguma coisa? E cadê esse vinho, poxa vida?
Ah. Mas agora Tom sorria para mim. Não conseguia tirar os olhos dos dele. *E por que tiraria?* Poderia ficar assim para sempre.
Por fim, a garçonete chegou com uma bandeja grande.
— Prontinho. Pizza para senhora, salmão para o senhor. E *mais vinho*.
Lançando um olhar secreto de incentivo feminino para mim, ela encheu minha taça até a borda.
Não perdi tempo em mandar para dentro uma boa quantidade do vinho antes de descobrir que era impossível comer a pizza, cortada em quatro enormes fatias pegajosas, com o mínimo de graciosidade. Não tinha outro jeito: precisaria de garfo e faca.
— Na Grã-Bretanha, comemos pizza com as mãos — disse ele, olhando-me cortar um teco. — Como bárbaros.

— Jura? Na Califórnia usamos garfo e faca. É o costume.
— Que civilizados. Adoro a Califórnia, por falar nisso.
Parei e olhei para cima, lembrando o que ele tinha me dito no avião. Que "relutava em partir". Eu torcia para que *garotas* da Califórnia pudessem ser um dos motivos também (Los Angeles, aliás, estava cheia de britânicos expatriados. Já havia tentado, sem sucesso, convencer Pippa a ir para o oeste).
— E eu adoro a Inglaterra. — Sorri, voltando a cortar a pizza.
— É mesmo? Que encantador. Você fica por quanto tempo?
— Não tenho certeza... estou na minha amiga... sabe, minha empresária, Pippa. Ainda está meio em aberto. — Nem tanto. Eu estava na Inglaterra há mais de duas semanas. Ela devia estar agorinha mesmo reservando minha volta. — A intenção é trabalhar. Recarregar as baterias da criatividade.
Finalmente consegui cortar um pedacinho adequado para uma dama e levei-o à boca.
— MAIS FORTE, MAIS RÁPIDO, REMEM, REMEM!
O pessoal do remo estava de volta.
Aproveitei a deixa de Tom e tentei mastigar com delicadeza, enquanto o sol nos banhava, e os salgueiros às margens do rio se agitavam com suavidade.
— VELOCIDADE MÁXIMA, PERNAS, QUADRIS, ATÉ A RETA FINAL, RAPAZES!
— Não fazia ideia que eles treinariam hoje — suspirou Tom, desculpando-se quando os remadores enfim se foram. — Espero que eles não te afastem de Oxford. Mais uma evidência da nossa selvageria. Mas você estava falando. Sobre recarregar as baterias da criatividade. Como funciona isso?
— Boa pergunta! — *Como funcionava?* Mal conseguia me lembrar, estava com bloqueio criativo há tanto tempo. — Acho que primeiro tento parar. Não quero dizer parar tipo ficar largada no sofá, vendo um monte de coisas, na maior parte coisas sombrias, que por acaso curto ver. O que quero dizer é parar meus pensamentos. Que têm o hábito de divagar em todas as direções.
Tomei outro gole do vinho e apreciei o sabor nos lábios, na língua, sentindo o calor descer pelo peito e mais para baixo.

— Humm — disse ele, apoiando os cotovelos na mesa e chegando mais perto.
A luz do sol se despejava em Tom; seu rosto, ele todo, era quente e aberto e sedutor, e eu não conseguia afastar uma imagem de nós dois, esfregando nossos corpos sobre um aveludado cobertor de flores silvestres, em um bosque ali por perto.
— Conte mais. — Ele me olhava com uma franqueza tão suave e penetrante.
— Ah, sim — respondi, e, sei lá como, *aqui*, com *ele*, tudo veio à tona. — Bem, em geral é uma melodia que se recusa a ir embora, como se me assombrasse, mas no bom sentido. Aí, se eu tiver sorte, as palavras chegam para combinar com o sentimento. O melhor de tudo, que é raro, é quando consigo fundir as duas coisas e me vejo cantando. É quase como sair do meu corpo. Como se o som e a música tivessem vida própria, e eu fosse apenas o receptáculo pelo qual eles se liberam no ar. Como soltar um pássaro da gaiola.
E justo naquele momento, um bando de passarinhos passou em voo rápido e rasante sobre as águas rajadas, roubando nossa atenção. Que *maravilhoso* era estar aqui com ele.
— Você ia dizendo?
— Certo. — Eu me endireitei. — Quando acontece isso, penso: uau, essa pode ser boa mesmo. — Rocei os dedos na haste da taça. — Mas aí geralmente começo a duvidar de mim e só não quero... — Hesitei, lembrando da dica de Pippa sobre palavrões. — Estragar tudo.
Não sei como, mas enquanto eu matraqueava, Tom arregaçou as mangas da camisa, revelando mais uma vez seus lindos antebraços. Fui atraída para perto dele como um ímã, as costelas pressionadas na borda da mesa, todo meu corpo inclinado em direção a ele e ao som do rio correndo sossegado contra as margens. Com delicadeza, pus as mãos sobre as suas, que descansavam na mesa, e fui subindo de leve com a ponta dos dedos, traçando um caminho de cócegas pelos pulsos dele, sobre a firme vastidão que ia além. Ele fechou os olhos, a pele quente e os pelos cor de areia arrepiados, os músculos torneados se tensionando sob meus dedos, o que me deu vontade de usá-los para envolver seus antebraços, o máximo que desse, para segurá-lo com firmeza por um momento, então foi o que fiz. Ele abriu os olhos e, sob a luz clara do verão, suas íris de opala me quei-

maram. Refiz o percurso de volta para memorizar a sólida circunferência e a temperatura de Tom antes de finalmente relaxar os dedos.
— Desculpa. Sinto muito — falei, despertando do transe. — Já queria fazer isso...
— Não — respondeu, balançando a cabeça. — Por favor, não se desculpe... *Jane*.

Mal aguentava o que seu olhar fazia comigo, mal aguentava ouvi-lo dizer meu nome daquele jeito. *Acreditei* nele. Eu não tinha inventado nossa conexão. Ele também sentia algo.

Demos uma volta — *eu* levitando — pelas ruas de paralelepípedos, como as de um conto de fadas, deixando para trás lojas com fachadas cor de creme e jardineiras com emaranhados de flores de verão desabrochadas. O ar estava levemente agitado, os sinos de Oxford badalavam em um tom dissonante encantador. Tom começou a me contar sobre sua juventude como filho único de professores dedicados, no norte da Inglaterra, sobre como se refugiava nos livros para espantar a solidão. Ele me deu a mão com suavidade, como que impelido por esse sentimento.

Parei e olhei para Tom. Sem pensar, perguntei:
— Você mora aqui perto?
Deus, o que estou fazendo?
Ele sustentou o olhar, e um calor borbulhante, como a luz do sol dançando numa onda ou se infiltrando pela copa de árvores, subiu em mim.
— Moro — respondeu. Um bando de estudantes passou de bicicleta, rindo. — Não muito longe daqui.

Que incrivelmente, deliciosamente tranquilo ele era. *Olha só o que você aprontou*, pensei. Entretanto, não consegui segurar um sorriso. Tom sorriu também. Aquela expressão curiosa, igual à do voo.
— Você gostaria de...?
— Sim — interrompi. — Gostaria. Gostaria muito de conhecer sua casa.

Ele morava em uma casa geminada, uma construção neogótica de tijolinhos e pedra, mais uma entre as muitas que se enfileiravam em ambos os lados da rua. Havia alguns degraus que davam numa plataforma estreita com duas portas, uma à esquerda (o apartamento térreo do vizinho, explicou). Tom destrancou a outra porta, com verniz preto brilhante e maçaneta de latão, e me conduziu até uma pequena entrada ao pé de uma escada estreita e íngreme de madeira envelhecida.

Tom indicou com um gesto para que eu fosse na frente, então comecei a subir, um pouco envergonhada, pensando que ele estava bem atrás de mim, com uma visão direta da minha bunda. Porém, o vinho, a caminhada e o sol conspiraram favoravelmente para silenciar essa preocupação.

— Uau, meu caro, que escada íngreme! — Consegui dizer, ofegante, imitando o sotaque *Cockney*.

— Este prédio é muito antigo. Onde você aprendeu a falar assim?

— Ah, *isso*. Vi *Austin Powers* algumas vezes. Também viajei um bocado. Sou escolada, Tom Hardy.

— Não. Nunca imaginaria.

— É um pouco difícil saber meu grau de, sabe...

— Experiência? — sugeriu.

Cheguei ao topo da escada, no pequeno patamar, sem fôlego, uma pilha de nervos. A *centímetros* da porta *de verdade* para entrar no apartamento *de verdade* e no que poderia acontecer em seguida.

Logo depois, senti um calor, uma impressão suave das pontas dos seus dedos nos meus ombros, a sensação de girar, de beijar, e finalmente, *finalmente*, de *euforia*.

Capítulo 11

PRIMEIRA TROCA DE MENSAGENS SACANA

Pippa escancarou a porta de casa e me flagrou parada ali na frente.

— Já sei o que vai dizer. *Jane, sua vadia.* Aí está. Já falei, então agora você não precisa. Mas segui seu conselho da salada.

— Oi — respondeu, puxando-me para dentro e fechando a porta com o pé. Ela me arrastou com pressa até o sofá, onde nos sentamos, lado a lado, cara a cara. — Então quer dizer que você foi uma *completa* vadia? — perguntou, radiante.

Assenti com a cabeça, dividida.

— Eba! Então... Ele é...? — murmurou, levantando a sobrancelha. Pippa deu uma olhada para a região da virilha e fez um gesto com a mão.

Que primeira pergunta curiosa.

— É isso que você quer saber?

Ela deu de ombros.

— Quero saber *tudinho*. O marketing foi agressivo.

— Nada disso. — Cruzei os braços e joguei as costas nas almofadas do sofá. — Talvez fosse melhor eu seguir seu manual e ser um pouco mais *discreta* com esses assuntos, para variar.

— Ah, mas isso é tão chato.

— Eu *sei*. — Olhei de relance para ela. — Mas, para responder à sua pergunta, na verdade, sim, mas não teria...

— *Mazel tov*! — exclamou. — A família Silverman-Start tem motivo para comemorar.

— Não vamos colocar o carro na frente dos bois. Foi só o primeiro encontro.

E, ao dizer isso, de repente senti o chão desaparecer debaixo dos meus pés. Talvez eu não devesse ter dormido com ele *tão* rápido? Espantei esse pensamento e virei a cabeça para Pippa.

— Para seu governo, meus pais não dão a mínima para essas coisas. Eu podia estar saindo com Jesus, e era capaz de eles se interessarem mais em saber onde ele comprou as sandálias. Ou se teria como dar uma passada lá na casa deles para ajudar com uns móveis.

— Certo — respondeu, virando a cabeça para mim.

— Mas já que tocamos no assunto, é estranha essa coisa de a gente guardar um tipo de registro mental de todos eles. Cada um diferente do outro, único. — Pensei nos variados exemplares que vim a conhecer ao longo dos anos. Fiquei imaginando se eles, do outro lado, também faziam o mesmo.

— A não ser que faça tanto tempo que a pessoa nem consiga se lembrar. — Pippa sacudiu de leve a cabeça para se reanimar. — Não estou me fazendo de coitada, juro, não estou — suspirou. — Daria tudo por um cappuccino, e *você*?

Ela se levantou, com cara de derrota e mãos na cintura.

— *Sim* para cafeína. E não vai demorar — insisti. — *Você*... é uma deusa.

— Há. Estou pensando seriamente em usar um aplicativo de encontros — gritou olhando para trás, indo para a cozinha.

— Por que não? — concordei.

Pesquei o celular da bolsa e acariciei sua superfície dura e morna, lutando contra a ânsia de mandar mensagem para Tom, já tendo me segurado para não enviar durante a viagem de horas.

Fiquei é rememorando aquela tarde. Ele me levou para um ambiente amplo com cara de sótão. Piso de tábuas de madeira, uma fileira de janelas de ateliê, vibrando à luz do sol, e uma pequena cozinha conjugada, à esquerda das janelas, que compartilhava a mesma vista arborizada da rua. Havia móveis descombinados, incluindo um sofá generoso, sobre o qual continuamos a nos beijar como adolescentes, até que senti seus dedos tocando a barra da minha saia, e o tecido subindo, o golpe de ar frio na pele recém-descoberta, libertando-me de toda e qualquer coisa. A sensação das suas mãos quentes deslizando nas minhas coxas como se as estudassem, as *apreciassem*, seus lábios ao mesmo tempo começando a roçar meu pescoço... muitas terminações nervosas sob um cerco delicioso e insuportável, a sensação de *senti-lo, em toda parte*. Então sua mão foi subindo até o vão acima dos meus joelhos. Talvez fosse pela minha intenção original de ser boa moça, ou talvez pela minha calcinha antiquada, mas fechei as pernas. No entanto, ele simplesmente escorregou até o chão e pousou a bochecha divinamente áspera na pele da minha coxa. Eu me tensionei toda, me derreti toda, sabendo que seu rosto, sua boca, estavam tão próximos. Deixei meus olhos se fecharem, deixei minha cabeça tombar para trás sobre a almofada, deixei as pontas dos meus dedos contornarem seus traços como que às cegas — o dorso do nariz, a profundidade da bochecha, as pálpebras, cílios, lábios —, sentindo a pulsação de sua respiração morna na minha pele, impelindo-me até um ponto crucial, uma consciência arrepiante de ele estar descendo o algodão florido que eu tanto queria que não visse, de um jeito tão irresistível... tão dolorosamente lânguido...

— Muito apimentado? — gritava Pippa da cozinha, subitamente zangada. — Sei que você tem sensibilidade.

Pelo visto, ela estava tentando confirmar meu pedido de curry do nosso restaurante preferido na esquina.

— Não. Apimentado é bom — gritei de volta, encarando o aparelhinho quente na minha mãozinha quente.

Eu ia mandar mensagem, precisava. Contudo, como traduzir em palavras esse turbilhão de sentimentos? *Emojis*! Eles serviam exatamente para isso. Abri nossa conversa e escrevi:

Jane Start: Ei! 🔥🔪🚀💿📱 bjs, j

Era praticamente como *mandar sacanagem*.

— O pessoal de Jonesy ligou de novo — berrou Pippa para se sobrepor ao ronco da máquina de expresso. — Eles estão ficando impacientes, mas eu vou levando, só na enrolação. — A última frase saiu num tom agitado de ladainha. — Hilário. É *o* Royal Albert Hall. Ainda secretíssimo, aliás. Mas você *precisa* tomar uma decisão logo.

A essa simples ideia, um arrepio me sacudiu. *Não*. Dessa vez, eu defenderia meu lado. Só depois que Jonesy explicasse tintim por tintim o que ele queria de mim é que eu ia poder aceitar alguma coisa. *Mas...* o Royal Albert Hall significaria um motivo para ficar.

Tom Hardy: Oi! Em Londres sã e salva, espero? Venha me visitar de novo em breve? Tom, bjs

Ele deve ter curtido os emojis! E como era possível que as três letrinhas de *bjs* carregassem tantas promessas?

Jane Start: Sim. E sim! Bjs, Jane

— *Jane*. É falta de educação mandar mensagem no meio de uma conversa. — Senti Pippa me olhando feio.

— Eu sei. Mas são meio que... mensagens sacanas. Que superam as mensagens normais. Vou ser rápida.

Tom Hardy: Ótimo! Devo confessar que não sei bem o que significam todos os ?s dentro das caixas. Você vai ter que me explicar na próxima vez que nos virmos. Me avise quando estiver livre. Bjs, T

— Que fofo. — Abri um sorriso luminoso para Pippa. — Tom não usa emojis. De que século que ele veio?

Ainda estava teclando quando o FaceTime soou, e minha cara apareceu na tela, no ângulo mais desfavorável que a humanidade conhecia, de baixo para cima. A cara do meu irmão surgiu. *Alívio*.

— E aí, o que está rolando? Como está a Grã-Bretanha?

— Ótima. Não tem muita coisa rolando. Tirando que acabei de dormir com um professor de Oxford muito legal.

— Caramba, Jane, que rápida. Mas tome cuidado. Quero dizer, depois de tudo com... Não. Me recuso a falar o nome do filho da mãe.

Senti um tapinha no ombro.

— Eiii — sussurrou Pippa, fazendo careta. — *Tem* um monte de coisa rolando. *Jonesy*. O Royal Albert Hall?

— Com quem você está falando? — perguntou Will.

— Com ninguém. Espera um minuto. — Cobri o telefone. — Mas não é segredo?

— Ele é seu *irmão*.
Pippa sabia muito bem que Will era *fanático* por Jonesy. Descobri o celular, ignorando o buraco em meu estômago.

— Não conta para ninguém, mas Jonesy me convidou para fazer um show com ele no Royal Albert Hall, em novembro. Tudo está envolto em mistério, e, sinceramente, não estou com um bom pressentimento...
Ele me cortou.
— Pirou? Você tem que ir.
— Foi o que *ela* disse.
— Quem? A mãe?
— Não. Minha outra mãe, quero dizer, Pippa. — Virei o aparelho para ela. Pippa congelou, uma caneca de cappuccino suspensa em cada mão, com um nítido ar sensual.
— Não tenho cara de mãe, tenho?
Ela se debruçou no sofá com cara de brava, sem perceber que sua blusa com decote V tinha descido, expondo uma bela e chamativa quantia de renda preta e de peitos.
— Ahhh... Não — respondeu ele.
Peguei um "caramba, não mesmo" que Will balbuciou baixinho, mas passou despercebido por Pippa.
— Bem, obrigada pela resposta — disse ela, limpando espuma de cappuccino de cima dos lábios.
— Imagina. — Ele ficou vermelho. — Mas, Jane, olha. Me escuta. Você tem que ir. Fazer o show. Cai na real. Ou faz isso por mim. Sabe o que penso de Jonesy. — Will olhou para trás e baixou o tom. — Mas, escuta, estou no trabalho, o único gênio no *Genius Bar*. Então, merda porra.
E fez um gesto de *tchau*.
— Paris França — devolvi.
— Ops. Uma última coisinha! Encontrei um apartamento decente para a gente. Acho que conseguimos nos virar e viver de pipoca e vinho ruim e barato. Estou exagerando. Vou mandar o link. Os bons saem rápido então temos que correr, ok? Ainda topa?
— Sim... claro... ok.
— Adeus, meus amores.
E seu rosto se desmaterializou da tela.

Mas a ideia de dar uma olhada num apartamento feioso. De dividir o espaço com meu irmão. De ir embora da Inglaterra tão cedo...
— Jane, não entre em pânico por causa do show — falou Pippa, decifrando minha expressão. — Ah, já estava para te dizer, mas a equipe do Jonesy deu a entender, por e-mail, que ele planeja incluir aquela música no setlist. Já dava para prever. Mas pensa só no quanto vai ser legal. E fácil, possivelmente.

Dei uma pausa antes de responder.
— Nada *nunca* é fácil com ele.
O fato de eu ter falado com calma causou um impacto nela. Pippa ficou em silêncio e suspirou.
— Não.
Nem ela podia argumentar contra os fatos.
Dei uma espiada no celular.

Tom Hardy: Venha me visitar de novo em breve? Bjs, Tom

— Me refresca a memória. O que significa mesmo esse lance de Merda Porra Paris?

Pippa pôs os pés na mesinha de centro.

— Ah, é só uma coisa idiota de quando a gente era criança. Will estava passando por uma fase difícil, sofrendo muito bullying na escola. Vivia entrando de fininho no meu quarto no meio da madrugada. Uma vez, eu ainda não tinha pregado o olho, estava lendo *Jane Eyre* pela milionésima vez, quando do nada ele se levantou, como se estivesse em transe, disse "Merda Porra Paris França" e na hora voltou a cair na cama, dormindo. Will não acreditou em mim quando contei. Mas foi a cara *dele*. Agora, acho que é uma dessas memórias curiosas da infância que mantemos vivas para nos lembrar da época. Eu ficava me perguntando com o que ele estava sonhando. Mas agorinha diria que está sonhando com os seus peitos.

Pippa levantou os olhos, surpresa, e se animou de leve.
— Queria ter seus peitos.
— Queria, nada — suspirou e puxou uma alça do sutiã por baixo de seu top de ioga.
— Queria.

As luzinhas do quintal piscaram, e ela olhou com ar melancólico para fora. Pippa era uma dessas pessoas cujos traços preservavam, como que por magia, as proporções aumentadas daqueles de uma criança.

— Você é linda — falei.

Ela virou o rosto para mim, vagamente assustada. Mas era mesmo. E precisava saber. Eu não tinha dito vezes o suficiente. E é importante dizer quando pensamos essas coisas sobre alguém. Dizer em voz alta.

— Bom, só para constar — respondeu —, queria ter sua linda pele morena, naturalmente iluminada o ano todo.

Trocamos sorrisos. *Eu devia aceitar a oferta de Jonesy*, de repente me ocorreu, *por ela*. A quem nunca revelei a verdade sobre aquela estranha noite longínqua. E o que eu estava fazendo — mergulhando de cabeça nesse lance com Tom, ainda abalada com Alex? Trabalho. Disciplina. Não sexo. Não outro relacionamento. Com alguém que mora na Inglaterra.

Segurei a mão de Pippa. Queria dizer: *você não tem cara de mãe. Só se preocupa com meu bem-estar*. E eu era muito grata.

— A partir de amanhã, foco total na música! — exclamei, sacudindo o celular. — Vou avisar Alastair e James que vou dar um pulo lá assim que acordar, ao raiar do dia!

Pippa abriu um maravilhoso sorriso, mas, antes que pudesse responder, a campainha tocou com o curry, e, quase na mesma hora, meu celular soou.

Tom Hardy: Por acaso você estaria livre amanhã?

Capítulo 12

SEGUNDO ENCONTRO

Calma, zen, serena, casta. Esse era meu mantra enquanto subia os degraus íngremes que davam no apartamento de Tom, chegando mais uma vez ofegante ao topo. Parei um pouco antes de entrar, a fim de reforçar para mim mesma que o único propósito desse encontro era conhecê-lo melhor, *como pessoa*, e ele me conhecer melhor. Hesitei antes de bater, mas, ao mais leve toque da minha mão, a porta se abriu.

Ele não tinha me ouvido. Estava à beira da pia da cozinha, olhando pela janela, ainda sem notar minha presença. Alguma coisa na sua postura calada e natural, nos ombros largos inclinados e na leve curva da lombar, na calça jeans e na camiseta me desarmou.

— Oi.

Ele logo se virou ao ouvir minha voz.

— Oi — respondeu, tirando as mãos ensaboadas da água e andando de um lado para o outro atrás de um pano de prato.

Só de ver seu rosto fiquei subitamente tímida e olhei de esguelha para o sofá, onde tantas coisas tinham acontecido da última vez. Aquilo devia me tranquilizar... mas, ontem, eu tinha enchido a cara de vinho, que tem o poder de fazer um estranho parecer menos *estranho*. Dessa vez, não ia *beber nada*. Cheguei mais perto de Tom enquanto ele recostava no balcão, secando as mãos e cruzando uma perna sobre a outra. Para um professor

de literatura, não parecia nem um pouco inclinado a se incomodar com o uso de palavras.
— Você cozinha — falei, por fim, congelando a uma distância discreta.
— Fiz batata para você. — Foi só o que ele disse.
— Ah, obrigada. — E, ah, como eu te adoro. Você não faz a menor ideia. — Fico muito feliz. Sério, me contento com pouco — respondi, controlada.
— O que não se espera de uma *estrela do rock* — falou, largando o pano de prato de lado.
— Ah, não. — Meu pai. — Você não assistiu ao vídeo? Né? *Porque não sou mais "ela". Ou talvez... seja! Grrr.*
— Claro. Várias vezes.
— Odeio a internet, então vou mudar de assunto. — Olhei em volta, sentindo um cheiro doce e amanteigado, notando os rastros de seus esforços culinários: temperos, utensílios, uma tábua de cortar. — Estou impressionada.
— Foi difícil fazer a batata.
De novo, mergulhamos em um silêncio desconfortável, as moléculas entre nós vibrando como uma miragem.
— Você está com fome? — perguntou, girando abruptamente para tirar os pratos de um armário, com movimentos firmes, masculinos, gestos econômicos e hábeis.
— Posso esperar — respondi, mas, ao me aproximar mais dele, fui surpreendida por uma sensação quente e macia lá embaixo, que deu até para *ouvir*. Ai, caramba. *Ele* tinha ouvido também? Quem diria que falar de batata podia ser tão erótico? Devia ser alguma reação animal. Eu me arrisquei e cheguei mais pertinho.

Tom colocou os pratos no balcão e se virou. Em seguida, um silêncio delicioso e tênue tomou conta, nossos olhares se cruzaram delicadamente... e tive a impressão de algo se desenrolando com suavidade em algum lugar, um rolo de seda, quem sabe, em perfeita harmonia com as sensações que reverberavam em mim. O tempo parecia flutuar ou talvez tenha só... *parado*.

E então fui parar em seus braços.

Beijar é subestimado, tão subestimado. Tive uma vaga consciência de que alguma coisa estava queimando, e, um segundo depois, nós nos afastamos. Tom correu para ver o forno, liberando uma nuvem de fumaça no cômodo. Ele suspirou.

— Suponho que vamos ter que achar uma batata para você no centro — falou, por fim, fechando a porta do forno num gesto decidido.

Ficamos parados, sorrindo um para o outro através da névoa, até eu não conseguir mais segurar a tosse. Tom entrou em ação, abrindo uma janela grande acima da pia, evidentemente emperrada. Raios enevoados de luz entravam pela fileira espetacular de janelas que cobria a parede lateral da sala com vista para a rua, iluminando as muitas pilhas irregulares de livros no chão, como castelos de areia. Havia um tapete cor de joia que parecia antigo — e caro — esparramado sobre um piso gasto de tábuas de madeira; duas poltronas surradas de couro encaravam o agora conhecido sofá, coberto com uma capa cor-de-rosa desbotada pela exposição à luz forte da janela, e, de cada lado, uma dupla de mesinhas marroquinas com tampo de metal texturizado montava guarda no lugar de uma mesa de centro.

— Gosto deste cômodo — afirmei. — Bastante.

Ele sorriu como se minha opinião importasse, e me virei para ver o lado oposto do espaço, que não tive a chance de apreciar na primeira vez em que o visitara.

— Um pouco bagunçado — confessou, de olho em uma mesa rústica atulhada de livros e papéis.

A parede atrás dela era uma mistura agradável de quadros, ilustrações e pôsteres pendurados como numa galeria. Havia um retângulo de espaço vazio, perceptível e solitário, ansiando por um tesouro perfeito de brechó, que eu já me imaginei garimpando para Tom. Pensei na decoração imaculada de Alex, que ele mantinha sempre em uma ordem sufocante; até as revistas na mesa de centro tinham que ficar rigidamente alinhadas.

— Está *ótimo* assim.

Como um apartamento de artista ocupado por um artista, não um ricaço mimado e diletante se fazendo de artista.

— Gostaria de ver o resto? — ofereceu Tom. — Não mostrei tudo ontem.

Não, com certeza não mostrou.

Ele inclinou a cabeça em direção ao território inexplorado, e me senti agitada e despreparada.

Cruzamos a sala de estar e entramos no que se revelou um corredor escuro e sem janelas, forrado dos dois lados com estantes do chão até o teto, como as de uma biblioteca sombria e antiga. O ar de repente ficou mais frio, como se todo o calor e a luminosidade da sala da frente tivessem sido sugados.

— Você tem *muitos* livros — comentei. — Não é de surpreender, toda essa coisa de professor. Pensei que talvez tivesse um barco numa garrafa em algum lugar.

— Meus pais tinham um, então, não.

Devidamente anotado.

À direita, havia uma lavanderia pequena com uma lava e seca, e, mais para frente, na metade do corredor, do mesmo lado, Tom apontou para um banheiro de tamanho bacana. Espiei, enfiando a cabeça lá dentro — o ambiente era alegre e iluminado graças a uma claraboia pequena e tinha azulejos bem brancos, uma banheira vitoriana e uma pia simples com gabinete de madeira rústica. Nenhum creme sofisticado na bancada, somente um bloco de sabão em uma saboneteira simples de cerâmica. Era como se Tom não percebesse que ele era bonito. Revigorante, principalmente depois do narcisista do Alex, um consumidor compulsivo de produtos faciais de preço salgado.

— Bonito. — Devolvi o sorriso para ele.

Seguimos em direção a uma porta fechada na ponta oposta do corredor, cujas bordas pareciam pulsar com luz e que soltou um rangido alto quando foi aberta por ele... *o quarto*. Surpreendentemente espaçoso e inundado de luz solar — um bom descanso da esquisitice do corredor.

Havia um conjunto de grandes janelas salientes ondeando ao vento da rua e com vista para a copa das árvores. E encaixada na alcova que as janelas formavam, tinha uma escrivaninha, que ficava de frente para, ah, sim, a cama dele. Estava muito arrumada, como se ele tivesse tomado um cuidado especial.

Tive uma recaída inesperada de timidez e taquicardia ao pensar no que podia acontecer em seguida. Perguntei-me se *ele* estava pensando no que *eu* estava pensando. Mas os sinos da igreja começaram a tocar, levando--me até as janelas, de onde procurei os fantásticos pináculos de Oxford na diáfana distância. Quando me virei, Tom ainda estava hesitando junto à porta, observando-me em silêncio. O que é que ele tinha que me desmontava tanto? Uma dignidade, aquele misterioso comedimento. Sempre pensando, mas falando pouco.

Fingi observar o quarto com um olhar acadêmico, analisando a parede de armários embutidos do lado oposto, sem dúvida cheios de capas de professor. Enfiado no canto, um elegante aparador minimalista.

— Isso se chama vitrola — disse Tom, com ironia, referindo-se ao que estava em cima do aparador.

Ele deu um empurrãozinho na porta, que se fechou com um clique, revelando estantes embutidas totalmente dedicadas a discos de vinil. *Agora estávamos no seu quarto, de porta fechada.*

Fui até as prateleiras para espiar melhor.

— Aposto que tem muito Bach e Beethoven.

— E Beatles.

— Jura?

Lancei um sorriso rápido olhando para trás. *Sim*, em ordem alfabética: um monte de Beatles, mas também Big Star, Blondie, James Brown, Kate Bush, Byrds. *Inesperado.* Então quer dizer que ele também curtia música dos anos 1960, 1970 e 1980. Um homem com os mesmos gostos que eu. Cresci ouvindo esse tipo de música, algo que não podia faltar na casa dos Silverman-Start. Olhei de rabo de olho para a área da letra J, curiosa para saber se Tom era mesmo fã de Jonesy. Meu coração deu um salto — ali, ao lado de Etta James e Grace Jones, estavam os discos dele. Precisei pular essa parte.

— Tenho que perguntar: Beatles ou Stones?

— Os dois. — Sorriu. — Mas acho que preciso dizer que adoro The Zombies tanto quanto.

The Zombies? Ele tinha me conquistado logo de cara, e agora mais *essa.*

Eu me agachei em frente à área do Z. Tom não estava de brincadeira. Mais álbuns dos Zombies do que eu sabia que existia. Ele se ajoelhou ao meu lado e pegou um.

— Quer ouvir?

Nossos rostos estavam próximos. Ele sorriu. *Caramba.*

Eu me levantei, mas onde sentar? Só na cadeira da escrivaninha, mas não parecia certo, então minha única escolha foi me acomodar um pouco sem jeito ao pé da cama dele.

Ele pôs o disco na vitrola, e, quando a agulha roçou no vinil, uma doce onda de emoção me inundou. Esse belo som, aquilo era a resposta para tudo. Tom veio se sentar perto de mim, nossos quadris e coxas quentes se tocando, ambos fascinados pelo reluzente disco girando e girando. *I'm going to love you in the morning, love you late at night.*[1] Era como se Tom estivesse me transmitindo seus pensamentos diretamente, embalados no ronronar sedoso e cru da voz de Colin Blunstone.

De repente, o corpo dele, muito real, enlaçou-se ao meu.

— Jane... não sei o que você faz comigo... mas é bom — murmurou no meu cabelo.

Tive vontade de dizer que sentia o mesmo, mas não consegui, arrebatada que estava, envolvida na sensação dele, no rumorejo de puro algodão nos meus ouvidos, na cadência da sua respiração musical, na pele, no calor, nas milhares de emanações suaves — pétalas se desprendendo e esvoaçando, agitando uma superfície líquida e tranquila e provocando ondas dilatadas.

Não consegui conter o prazer da sensação; ela não tinha onde ir, então eu só senti — e foi só o que pude fazer.

No dia seguinte, acordei na cama de Tom, nua, com ele ao meu lado, mergulhado no sono. Eu me lembrei da minha decisão anterior de não dormir com ele e também da intenção de não passar a noite lá. Porém, não tinha nadinha de errado com este cenário, a não ser: *como Tom podia ser solteiro?*

Quando me mostrou a casa, reparei também na ausência de fotografias, como se seu passado tivesse sido apagado. Certamente ele não tinha redes sociais — eu tinha procurado. Meio que adorava não saber, partir apenas do agora. Já que parecia ser o que estávamos fazendo. Não contar as histórias tristes um ao outro. Como em *Jerry Maguire*. Na real, talvez fosse perfeito. Para que eu ia querer tocar no assunto da rejeição de Alex e correr o risco de estragar para sempre a imagem que Tom tinha de mim? Se pudesse simplesmente apagar meu histórico, como o de um navegador, e deletar aquele capítulo da minha vida, definitivamente, *eu apagaria*.

---

1 Trecho da música *Can't Nobody Love You*, de The Zombies, cuja tradução é: Vou amar você de manhã, amar você de madrugada. [N. da T.]

Peguei-me especulando sobre o sofá; se tinha sido uma ex-namorada ou ex-esposa que tinha posto a capa rosa. Bom, e daí? E que absurda essa minha visão estereotipada. Ele podia muito bem ser um solteiro que gostava de rosa. Eu gostava de rosa. Um monte de gente gostava de rosa. E, a bem da verdade, meio que adorava o fato de Tom continuar sendo o *desconhecido do avião*. Eu podia ser a desconhecida do avião para ele também. Que liberdade se reinventar do zero. Ser a garota que sempre quis. Destemida. Ousada. Descaradamente sensual. Continuamente *musical*...
Tom se mexeu, abrindo os olhos, e me encarou, como que lembrando de repente. *Ela está aqui* — e pareceu feliz com isso.

— Oi — falei, sentindo-me flagrada, mas também desfalecendo com aquelas íris cor de mar, com a glória de um único ombro forte, bronzeado e levemente sardento, espiando por baixo do lençol branquíssimo, a sensação palpável do resto do seu corpo sólido e reluzente tão próximo.

— Estou gostando de observar você pensando. — *Pega no flagra!* Ele se apoiou no cotovelo e deslizou os dedos de leve pela minha bochecha, pousando-os no meu ombro nu. — Como sistemas climáticos atravessam seu rosto. Nuvens carregadas e trovões e, com muita frequência, um lindo sol.

Isso era bom demais. Ele, mesmo sendo tão reservado, disposto a se expressar dessa forma. O fato de intuir o tumulto constante na minha cabeça, mas não parecer se importar. E, *puta merda*, o sotaque britânico sensual. Não tinha mais volta.

Dei uma olhada na camiseta dele sobre a coberta. A cor era tão bonita, um azul profundo que ia esmaecendo até chegar a algo que um designer de interiores chamaria de cardo. Tive uma vontade doida e intensa de afundar a cara nela e cheirá-la que nem uma drogada. *Cedo demais*, pensei. No lugar, perguntei:

— Posso pôr sua blusa?

Na verdade, ainda não estava pronta para perambular pelada na frente dele sob a luz fria da manhã.

— Por favor.

Coloquei a blusa, tão macia que quase apalpei meus seios por cima do tecido, *bem na frente dele*. Mas saí das cobertas e rumei devagar até a escrivaninha, aliviada por ver que a camiseta servia como um vestido curto e cobria o bastante.

Alguma coisa em algum lugar começou a tocar. Não *meu* celular, que ainda estava carregando na tomada perto da vitrola.

Tom se debruçou na beirada da cama e sacou um iPhone vibrante do bolso da calça jeans jogada no chão. *Como ele era bonito*, pensei, derretendo mais um pouquinho. Porém, depois de uma espiada na tela, sua expressão escureceu diante dos meus olhos.

Eu me lembrei de ter visto a mesma expressão no voo. Onde ele foi parar? E quem o levou até lá? O aparelho vibrou novamente, e de repente senti que não devia estar ali de jeito nenhum.

— Tudo bem — falei —, não liga para mim.

Peguei um livro puído com capa de couro da escrivaninha e enterrei a cara nas páginas. Ele pareceu não escutar.

Espiei por cima do livro, e Tom ainda olhava fixamente para o celular. Quando o aparelho vibrou mais uma vez, ele o agarrou decisivamente e o socou na primeira gaveta da mesa de cabeceira.

— Ah, o que é isso? — perguntei, fazendo-me de tímida. — Você sabe latim?

Quando Tom levantou o olhar, seu rosto estava sinistramente vazio. Por fim, pareceu me *enxergar* e suspirou. Ele estava de volta. Senti o sangue correr.

— Claro que sabe — murmurei. — O que isso aqui diz?

Tom vestiu a calça jeans e se aproximou, tomando o livro das minhas mãos e se jogando na cadeira giratória. Eu me encostei na beira da escrivaninha para ficar na mesma altura que ele. Sua expressão de felicidade tinha voltado.

— É Ovídio. *Amores*. Um dia traduzo para você.

Ele o fechou com um floreio e se inclinou na minha direção, o peito nu roçando meus seios, enquanto depositava o livro de volta na escrivaninha.

— Estou *impressionada!* — Consegui dizer, sentindo um formigamento.

Tom franziu a testa como se fosse uma coisa boba com que se impressionar e chegou mais perto com a cadeira, nossos joelhos quase se tocando.

— Que tal um pequeno passeio? Nesse fim de semana ou até mesmo... hoje à tarde?

Ele se aproximou ainda mais com a cadeira, prendendo minhas pernas nuas entre os seus joelhos. *Hum*. Ficar presa desse jeito, o calor do corpo dele irradiando por baixo do jeans.

— Passeio é uma boa... e *por mim* tudo bem *qualquer uma dessas opções.*

O que Pippa pensaria? Ela ficaria preocupada achando que eu estava apaixonada, agindo por impulso. *E daí se estiver?* Porque agora ele balançava meus joelhos, presos nos dele, num movimento de vai e vem. *Que sugestivo.* E prazeroso, mas *sugestivo.*

— No que você estava pensando?

— Quem sabe uma voltinha de carro? Até Devon, ou Sussex, ou Cornwall. — Tom cochichou cada um desses lugares misteriosos no meu pescoço, orelha, nuca, provocando pequenos arrepios. — A propósito, você fica muito bonita com essa camisa. Pode ficar com ela, se quiser.

Agora, com ele passando as mãos de leve na parte da frente dela, como eu desejava que fizesse, meus mamilos não tiveram escolha a não ser se recriarem como duas balinhas, ansiosas e prontas, prestes a descobrir seu verdadeiro propósito, implorando para ser...

— Posso te levar até lá? — ofereceu, mergulhado no meu cabelo.

The Staples Singers começaram a cantar na minha cabeça... a música gospel mais sexy da história de... sempre...

— Aonde?

— Ao interior da Inglaterra — sussurrou, descendo os lábios até a parte da frente da camisa. *Ele lê mentes!*

A sensação de ele arrancar a blusa sem paciência pela minha cabeça...

— Só você e eu. Em um lugar *lindo.*

Agora as palavras saíam abafadas, aparentemente desistindo de vez desse negócio de conversa em nome de coisas muito mais importantes...

Mas então, de algum lugar, consegui ouvir. A vibração fraquíssima; o celular de novo, de onde ele tinha o enfiado, de dentro da gaveta da cômoda.

Capítulo 13

SEM SEGREDOS

Saímos na manhã seguinte. As músicas tinham ficado por minha conta e já fui preparada. Assim que Tom e eu pegamos estrada, botei *Fly Me to the Moon* para tocar e senti como se ele estivesse me levando para a lua mesmo. Julie London cantava: "*You are all I long for, all I worship and adore*"[1]. E depois Chris Montez: "*The more I see you, the more I want you*"[2]. E daí que as letras eram um pouco óbvias? Não é esse o legal da música? Ela dá voz a pensamentos, sentimentos e desejos que uma pessoa talvez não revelasse de outra forma. Além disso, não havia espaço para inquietações na minha cabeça. As janelas do carro estavam abertas, o ar fresco formigava na minha pele, o verde ondulante se estendia até onde a vista alcançava. Senti o olhar dele em mim. Ele tinha virado a cabeça. Estava com uma mão relaxada e confiante no volante e sorria para mim.

A música-tema romântica do filme francês *Un Homme et Une Femme*, dos anos 1960, já estava pronta para tocar enquanto entrávamos em Devon. Gotinhas de chuva começaram a salpicar o para-brisa, refratando as luzes da rua como no cinema, como se por vontade minha.

---

1   Trecho da música *Fly Me to the Moon*, cuja tradução é: Você é tudo o que espero, tudo que venero e adoro. [N. da T.]
2   Trecho da música *The More I See You*, cuja tradução é: Quanto mais te vejo, mais te quero. [N. da T.]

Até o hotel que Tom tinha reservado pertencia a uma família francesa. Na recepção, um homem com bigode fino cumprimentou Tom calorosamente — "*Monsieur* 'Ardy, bem-vindo de volta" — e ficou me olhando por tempo demais, com um sorriso sem graça. Estava na cara que Tom já tinha vindo aqui antes com... Não, parei por aí mesmo com essa linha de raciocínio. Tanto faz com quem. Agora ele estava aqui comigo; é o que importava. Se fosse o contrário e ele estivesse nos Estados Unidos, eu ia querer arrastá-lo para todos os *meus* lugares favoritos.

Ao longo do fim de semana, demos voltinhas vagarosas, zanzamos pelo campo como se fôssemos os únicos habitantes de algum planeta desconhecido. Relaxamos no nosso quarto pequeno e luminoso, divagando sobre tudo e sobre nada. Falei de Los Angeles. Do meu fascínio pelo lado *noir* da cidade, pelo submundo que foi cenário de *Dia do Gafanhoto* e do assassinato da Dália Negra, sempre pulsando de maneira sombria sob a aparência de sol eterno.

Como sempre, falei mais que ele, mas ele me contou um pouco mais sobre a infância. Falou que na adolescência rabiscou o início do que seria seu grande romance, que abandonou na gaveta. Em Oxford, o estudo tomou todo seu tempo, depois veio o ensino, vieram os alunos, a velha história. Ele era *substancial*, como Pippa gostava de dizer, e tão diferente dos namorados convencidos do passado. A única vez que o vi se olhando no espelho foi para fazer a barba. Ouvi o satisfatório e sinestésico raspa-raspa-raspa da lâmina de barbear, com o pulso lento e o calor preguiçoso do verão me tentando a fechar os olhos. Quando voltei a abri-los, ele estava ali, na beirada da cama, e num piscar de olhos, naquele instante líquido, soube apenas que o *adorava* e que não queria acordar desse sonho, caso fosse um. Como poderia explicar esse turbilhão de sentimentos a qualquer pessoa? Tive o ímpeto de pegar o celular e capturar uma imagem passageira dele, como um caçador. Mas o que eu queria mesmo era uma melodia, eram palavras. Era uma música que precisava compor e cantar, sobre *ele*... sobre as emoções que despertava em mim com sua mera presença silenciosa.

E era o que ia fazer.

Enquanto ele se afastava para se vestir, me pus a rabiscar um papel do hotel às escondidas e, antes de começar a duvidar de mim, enfiei-o em segurança dentro da bolsa.

Na nossa última tarde em Devon, ficamos espairecendo num pátio de pedra desbotada pelo sol, sob um céu luminoso. Talvez fosse o sobe e desce ondeante da arrebentação ali perto, a brisa quente acariciando meus braços e pernas descobertos ou as *muitas* taças de vinho, mas comecei a pensar no quanto isso era bem mais legal do que *qualquer outra coisa* com Alex. Ou com o Ator-Pica (como ele veio a ficar conhecido), o que veio antes de Alex, que uma vez deixou escapar que a pessoa que nos juntou tinha sugerido que ele parasse de sair com atrizes e "experimentasse uma roqueira". Eu literalmente preenchia um requisito para o Ator-Pica. Ele me "experimentou" como alguém que experimenta um carro num test drive.

Reparei que Tom me olhava por cima de sua taça de vinho, ameaçando abrir um sorriso, incapaz de ler minha mente, assim eu esperava. *Não.* Não ia contar sobre Alex ou o Ator-Pica. Não com ele me olhando daquele jeito.

— As suas alunas... — falei de repente, subindo devagar com a unha pelo seu antebraço bronzeado. — Todas deviam ser loucas por você. Como se resiste, *sabe*...

— Esse é um limite que não se deve ultrapassar, nunca — respondeu e, pela mudança sutil de expressão, dava para saber que estava falando sério.

— Então você nunca ficou tentado?

Ele não respondeu, só passou os dedos pelos meus e os apertou, puxando nossas mãos entrelaçadas até a boca e repousando-as ali, sem tirar os olhos dos meus. Gostei de imaginar as tentações dele, os desejos desenfreados, mas ao mesmo tempo prezava de verdade sua integridade e bom caráter.

— Teve *uma pessoa* — admitiu, depois de um instante, soltando minha mão. — Não era aluna.

— Ah, conta mais.

Eu me acomodei na cadeira, cheia de expectativa.

Ele me fitou, provavelmente pensando em como sair dessa, depois encheu a taça com o resto da garrafa.

— O nome dela era Monica, Monica Abella. Na verdade, foi quando *eu* era aluno. Ela era... minha orientadora — confessou, relutante. — Mas não aconteceu nada até, basicamente, o fim do semestre.
Basicamente? Tentei conter um sorriso.
— Então você tinha o quê? Vinte e um? E ela...?
— Trinta e sete — disse ele, dando um golinho engasgado de vinho enquanto eu me aproximava, intrigada. — Uma mulher realmente encantadora. Brilhante na área dela, uma erudita, línguas românicas... — Sua voz foi baixando. — Ela me mandou um bilhete um tanto casual ao fim do semestre. *Vamos almoçar juntos?*
Imaginei os dois agora. O mesmo café. A mesma mesa junto ao rio onde tivemos *nosso* primeiro encontro.
— E aí?
— O marido dela estava tendo um caso, ela estava desesperada por um ombro amigo e de alguma forma... — Ele hesitou, voltando a atenção para dentro de si, como às vezes costumava fazer.
— E de alguma forma...?
Desembucha, tive vontade de berrar. O suspense estava me matando.
— Não sei ao certo — falou, voltando a atenção para mim. Ele soltou um suspiro e meio que encolheu os ombros, depois se remexeu na cadeira, tentando ficar confortável e fracassando. — Ficamos juntos por pouco tempo, antes de ela ir para Roma, onde foi veranear.
— Humm. *Monica*. De *Rrroma*. — Brinquei, caprichando no R. — Que veraneia na Itália. Ela devia ser *extremamente* sedutora. — Tudo era tão excitante, imaginar Tom, tão decidido, e em seguida *não mais...* cedendo à sensual orientadora italiana. — Estou evocando uma imagem de Monica. *Monica, Monica, Monica.*
Resolvi interpretar sua expressão inquiridora como: *Que incrivelmente revigorante é Jane. Tão aberta. Com certeza não faz o tipo ciumenta.* E que *legal* eu era, por ser um poço de serenidade.
— Entãooo... — Cutuquei. — Ela estava mais para Monica Bellucci? Ou Monica Vitti?
Porém, ele se manteve estranhamente calado, saracoteando na cadeira como um refém.
— Espera — gaguejei, o chão sumindo sob meus pés —, então ela é mesmo parecida com Monica Vitti? Ou Monica Bellucci?

— Sim, um pouco. Com Monica Bellucci — respondeu, com solenidade, entornando o resto do vinho.

De uma hora para outra, o calor ficou insuportavelmente sufocante. Pensei que fosse vomitar ali na frente dele. Era tudo culpa minha. Em suma, eu tinha *exigido* que ele me contasse sobre seus amores do passado. Mas um casinho não queria dizer que ele tinha um fetiche por corpos como o de Monica Bellucci, não é mesmo? E você, Carly Simon, que não ousasse começar a cantar na minha cabeça: *Often I wish, that I never knew, some of those secrets of yours...*[3]

— Jane — falou, preocupado —, você está muito pálida.

Fechei os olhos, mas só vi seios enormes pulando, como os de uma guerreira correndo em câmera lenta na minha direção.

— Está muito quente, tome aqui um pouco de água — murmurou Tom enquanto senti a pressão leve de um copo nos meus lábios. Dei um gole, sem estar pronta ainda para arriscar abrir os olhos. — Monica Abella é uma colega, uma amiga. E você não tem nada com o que se preocupar em relação a mim e minhas alunas. Como falei, é um limite que eu jamais ultrapassaria.

— Não estou preocupada — rebati. Estava *enchendo a cara de vinho*. E, devo admitir, *fiquei com inveja*. Mas ele me olhou com uma preocupação e uma bondade tão genuínas. — Quero dizer, a menos que esse seja seu *tipo*. Pelo qual você sente *atração*.

— Não tenho um tipo. Mas, sem sombra de dúvida, sinto *atração*. Por você.

Deus. Lá estava. Pensei que fosse morrer de alegria.

— Seja como for, quem se importa com o passado... — falei. Houve uma pausa, nossos olhares se cruzando. — Não quando temos o agora, que é *assim*.

— Certeza de que não volta para Oxford comigo?

Era noite. Tínhamos voltado e estávamos parados dentro do velho Saab de Tom, em frente à casa de Pippa.

---

3 Trecho da música *We Have No Secrets*, de Carly Simon, cuja tradução é: Muitas vezes gostaria de nunca ter descoberto alguns daqueles seus segredos. [N. da T.]

— Pippa está me esperando, e preciso... lavar roupa e fazer outras coisas importantes, tipo compor.
— Componha em Oxford.

Sorri também, resistindo à ideia de sair de tão perto dele e partir em direção à escuridão friorenta da rua londrina. Que charmoso estava de suéter cinza de cashmere, com aqueles furos de traça, aquela gola puída. Mas o que eu queria mesmo era acesso ao *interior* daquela cabeça. Onde estava arquivado seu eu mais particular. Para revirar seus segredos com as pontas dos dedos, como uma espiã. Para tocar o rio de lava dos seus desejos. Imaginei seus amores do passado, as flexíveis, as voluptuosas, que talvez tivessem usado aquele mesmo suéter para cobrir os seios nus em manhãs mais frescas e cujos mamilos endureciam ao toque de um tecido tão irresistível.

Entretanto, isso só aumentava meu desejo por ele.

Meu ciúme estranho de antes foi substituído por uma agitação, uma quentura entre as pernas, enquanto nos fitávamos. Quem dera conseguir condensar este sentimento em uma música; uma euforia, semelhante à do voo, como fazemos em sonhos. Ideias para músicas estavam à espreita, tomando conta de mim. Isso tinha que significar algo. Algo *bom*...

— Uma moedinha em troca do que você está pensando?
Por acaso ele lia mentes?!
Mordi o lábio.
— Sinto muito, mas vai custar bem mais.
Ele pegou minha mão.
— Se você tem que lavar roupa em Londres, ok, só não fique longe por muito tempo. Volte logo para mim, meu bem. — E pressionou os lábios nos meus dedos como se estivéssemos em um romance de Austen ou em um filme inspirado em um dos romances dela. — Tenho um quartinho pequeno e bonito no meu apartamento, com uma bela vista, uma escrivaninha e uma cadeira confortável. Muito silencioso. Bom para escrever. Pode ser todo seu. Como se sabe, temos máquinas de lavar em Oxford.

Fiquei olhando Tom ir embora no carro, arrependendo-me na hora, quando do meu celular soou.

Will Start: Que tal um colega de quarto no Velho Mundo? Topo dormir no sofá de qualquer um que me aceitar! Juro que vou ser útil! Limpar equipamentos no estúdio de James e Alastair! Serviços de babá para Georgia! Suporte técnico para quem precisar! Posso até arrumar os livros do professor em ordem alfabética? Imagina a diversão! Você e eu! A gente pode aprender a jogar peteca?

Ah, não. Lá foi ele ser demitido de novo. E a julgar pelo número de pontos de exclamação, estava de cabelo em pé.

Will Start: Por enquanto, estou na casa dos pais. Não tenho dinheiro. Sem emprego.
Will Start: Ajuda.

Merda. Estava sem cabeça para isso agora. Na real, mal conseguia encaixar a chave na fechadura de Pippa, meus dedos nem colaboravam, porque: *Tom tinha acabado de me convidar para morar com ele?*
Botei a cabeça porta adentro.
— Volteeei. De Devon. Um monte de músicas pipocando.
Tentei acalmar o coração, apesar de estar morrendo de vontade de sair dançando pelo corredor escuro. Era *óbvio* que estava muito cedo para ir morar com ele. Por outro lado, como ignorar essa sensação de flutuar? Essa embriaguez?
No silêncio, ocorreu-me que Pippa podia ter saído para beber com um candidato do seu novo aplicativo de encontros ou que já tivesse ido dormir. Eu devia ter mandado mensagem. Era uma hóspede horrível, e ela já tinha me aturado bem mais do que combináramos no início.
Mas aí a localizei, trepada num banquinho na ponta do balcão da cozinha, encurvada em frente ao notebook, como era de se esperar, usando um grande fone com cancelamento de ruído.
Pus a mala no chão e corri até lá. Pippa não pareceu notar, dançando discretamente ao som que curtia no último volume. Dei um tapinha leve nas suas costas, e ela pulou da banqueta, arrancou o fone e o arremessou longe.
— Cacete, você me deu um susto — gritou, ofegante.
No instante seguinte, Pippa lançou um olhar de volta ao computador e o fechou abruptamente.

— Desculpa — pedi, de coração, mas me peguei olhando para o notebook, que começou a zumbir, como eles fazem quando estão sobrecarregados. — O que você estava fazendo?
— Nada. Trabalhando — respondeu com rispidez.
— T-tá bom.
Pippa enrolava o cabelo, meio que dissociando. Não era um bom sinal.
— Só coisinhas chatas do trabalho — murmurou.
— Sinto que você está escondendo algo. Em nome da transparência entre empresária e cliente, por favor, me mostre.
— Se você insiste — respondeu, emburrada, jogando-se no banquinho e abrindo o computador. A tela foi tomada por imagens de Dominic West.
— O que é isso tudo? — perguntei, puxando outro banquinho. — Ele é gato, sem dúvida.
Olhando melhor, todas as imagens tinham uma característica em comum, um volume evidente embaixo do tecido de moletons, shorts, sungas, calças sociais, talvez até um *kilt*.
— É *nisso* que você estava trabalhando? — Era difícil não sorrir.
— Caí num *clickbait*. Então pode me processar. Está a fim de chocolate?
— Sempre.
Nós nos jogamos uma ao lado da outra no sofá, com o chocolate. Atualizei Pippa das fofocas de Devon, omitindo os detalhes habituais, com um súbito instinto de guardar esses tesouros para mim. Ela parecia estar um pouco para baixo, um pouco solitária. E eu lá, "matando aula" com Tom, sendo que Pippa tinha me trazido até aqui para compor. A decepção dela era palpável.
— Já reparou que tem muito mais músicas tristes de amor por aí do que felizes? — comentei, depois de um tempo em silêncio.
— Não — suspirou. — Mas nunca fiz um levantamento. Suspeito que você tenha razão.
— O que pode explicar o motivo de eu ainda não ter criado nada fantástico, no sentido musical. Mas *estou* tentando. Estou começando a achar que a felicidade como emoção pode ser um anátema para quem quer compor. Usei a palavra "anátema" do jeito certo? É uma dessas palavras que sempre parecem mal colocadas. Tipo "pulcritude".
Desculpas e mais desculpas. Ah, quem eu estava tentando enganar? Se essa teoria fosse verdade, a traição de Alex teria dado algum fruto.
E tinha aquele papelzinho, de Devon, na minha bolsa.

— Não faço ideia. — Pippa soltou outro suspiro, taciturna. — Mas então que ótimo que você está de volta à velha e triste Londres, onde pode definhar agora.

— Eu sei, mas curiosamente Tom acabou de me oferecer um cantinho no apartamento dele... onde posso trabalhar — anunciei, com cautela.

Ela franziu a testa.

— Mas ele mora em Oxford.

— Sei o que você vai dizer. — Eu me endireitei. — Mas as coisas estão indo *muito* bem, só pra constar.

Testemunhei o queixo dela cair devagar, e seus pensamentos se estamparem de forma notória em todo seu rosto:

Está me dizendo que já vai morar com ele? Mas você conheceu esse cara há duas semanas!

Sim, tá bom. Mas, se você contar desde o dia em que nos conhecemos no avião, faz umas três semanas e meia. Por aí.

Mas vocês não tiveram nenhum contato por duas dessas três semanas, então minha primeira estimativa foi certeira. Jane, não me desce essa mudança para a casa de um homem que você só conhece há quinze dias.

Mas sinto que já sei tudo o que preciso saber sobre ele. Sei que parece loucura!

Porque é loucura.

Nessa altura, parei de discutir com Pippa na minha cabeça e encarei a Pippa de verdade, que me olhava de forma fixa e impassível.

— Sei que você não aprova — falei, virando-me para ficar de frente para ela — e receia que eu esteja agindo por impulso. Mas, toda vez que agi por impulso na vida, na maior parte delas, deu certo. Arrisquei me jogar com *você* em vez de entrar direto no mestrado. É equivalente a fugir com o circo, e olha só como funcionou.

Um golaço, uma história de sucesso graças a *ela*!

— Se você prefere ficar em Oxford com Tom, então não tenho nenhuma objeção — respondeu, com a voz um tanto monótona, mas sem tom de crítica.

Ao ouvir isso, senti o velho nó na garganta, uma sensação de que podia cair no choro. Não tinha me dado conta de que a bênção da Pippa seria tudo para mim. Eu devia tanto a ela. Pippa até abrira mão das férias fantasiosas regadas a sexo em Fiji para me trazer aqui de avião. Se não tivesse feito isso, eu nunca teria conhecido o homem por quem estava apaixonada de um jeito tão inconsequente.

— Quero dizer, quem sou *eu* para dar palpite em relacionamentos? — suspirou, jogando a cabeça para trás no sofá. — Olhe para mim. *Ah, não.* Vasculhei a memória para resgatar o último relacionamento de verdade que ela teve: *o ativista gostoso de Mumbai.* Mas depois ele acabou virando um pau amigo. Quem sabe um daqueles aplicativos de namoro fosse exatamente a resposta.

— Só me promete que você vai tomar cuidado — insistiu, com uma expressão subitamente preocupada. — E fique sabendo que pode voltar a qualquer momento, se a coisa não vingar.

O celular dela vibrou. Ela gemeu quando viu quem era, virou o aparelho para baixo e ignorou.

— Calça de Oncinha?

— Não. Mas Jane, *escuta* — continuou, desesperada. — Tem uma coisa que preciso *muito* que você faça por mim.

— Sim. Qualquer coisa. E, só para constar, você é dona de uma imensa pulcritude. Por dentro e por fora. Pulcritude significa beleza, mesmo que não pareça nadinha...

— Jane. Chega de fugir do assunto. Preciso que você dê aval ao Royal Albert Hall. Você precisa *se posicionar*, de uma vez por todas. O pessoal de Jonesy está me cercando sem parar, e, para ser sincera, estou quase pirando. Nem posso mais dar uma de inacessível agora que minha assistente decidiu ter... um bebê.

Ela estava à beira das lágrimas.

— Eu sei. E é uma porcaria. Quer dizer, não a parte do bebê. O fato de você não ter nenhuma ajuda. — É claro que tinha que aceitar. Mas era tão difícil *enunciar as palavras.* Para *Jonesy.* No entanto, era ainda mais difícil ver Pippa toda aos pedaços. — Pronto. Estou dentro. Pode falar para eles.

Um nanossegundo depois: mortalmente arrependida.

Pelo visto, ela ficou chocada demais para sentir alívio. Seu cabelo estava bagunçado e em pé, algo entre Noiva de Frankenstein e a sexy Julie Christie acabando de acordar em um dos seus filmes da *British New Wave.* Pippa estava um pouco suja de chocolate na bochecha, que cativante.

Meu celular vibrou. Era Will, lógico, tendo um chilique.

De repente, *plim*, uma ideia! **Will** podia ser assistente temporário de Pippa. Pelo menos até o show no Royal Albert Hall, em novembro. O que ia significar, *isso mesmo*, que eu podia ficar na Inglaterra até lá também.

E como Tom tinha me convidado para morar com ele em Oxford, eu não ia mais incomodá-la. Will podia ocupar meu lugar ali, ou melhor, se ajeitar na casa de campo de James e Alastair.

Segurei as mãos de Pippa.

— Tive uma ideia. *Brilhante*.

Parte Dois

Dirty Mind

Oh honey you turn me on, I'm a radio.[1]
—Joni Mitchell

---

1 Oh, meu bem, você me deixa ligada, sou um rádio. [N. da T.]

Capítulo 14

SEXUAL HEALING

O trem cortou a estação de Oxford, e um vislumbre de Tom, com o rosto ao vento e ao sol, passou depressa pela minha janela salpicada de poeira. *Seria um sonho?* Eu me perguntei momentos depois, segurando firme a mala e o violão enquanto disparava em direção a ele na plataforma. Tom devolveu o olhar, afetuoso, e os outros passageiros começaram a rodopiar ao nosso redor, transformados em pinceladas dissolvidas numa tela impressionista, até restarmos só eu e ele, a plataforma vazia da estação, um céu cor-de-rosa. No apartamento, tiramos a roupa sob a luz que esmaecia e fomos para a cama. Os lençóis frescos, o ardor da pele, a maciez dos seus lábios roçando minhas coxas, barriga, seios e pescoço, despertando um arrepio e depois se derretendo nos meus. *Não tinha sido um sonho.*

Estávamos juntos em Oxford. Por um período de tempo indeterminado. E o tempo não passava de uma construção, pensei, com a chuva batendo de leve nos vidros da janela.

Naquela primeira semana, uma rotina foi tomando forma: Tom saindo cedo para seus "aposentos" na faculdade a fim de se preparar para o semestre, e eu desbravando a cidade. Fuçando livros e quadros em antiquários, mexendo em pratos decorativos de cores desbotadas. Pippa sempre mandava mensagem. Estava louca para visitar e conhecer Tom. Eu desconversava, com medo de quebrar o encanto por alguma razão. No lugar, incentivava Pippa a me mostrar os perfis dos solteiros que apareciam no aplicativo de namoro. Era uma fonte de diversão sem fim; as descrições pretensiosas, as selfies indecorosas feitas para seduzir, mas que, ao contrário, causavam-nos crises de riso.

No entanto, passávamos a maior parte do tempo nos agoniando com a ausência de comunicação de Jonesy. Eu tinha aceitado o desafio dele: e agora? O que se esperava de mim no Royal Albert Hall? Já era quase outubro; a gente precisava mesmo saber.

Na segunda-feira seguinte, eu estava fazendo expressos na máquina novinha em folha que tinha me custado o olho da cara (valeu, *Toque Suave*) e contemplando o céu britânico decididamente deprimente quando, admito, voltei a pensar no passado: nunca trocaria essa vista sombria pelo panorama ensolarado de Alex, porque o *homem* para quem eu estava levando café na cama não era um adolescente babaca, mas um cara muito incrível, muito britânico, *muito sexy*...

— Alô.

De sobressalto, virei para trás e me deparei com uma idosa parada na soleira da porta. Usava um sobretudo e uma touca de plástico impermeável, e tinha sacolas da Tesco penduradas nos braços em gancho. Ela largou as sacolas no chão com delicadeza, franzindo os olhos na direção da minha virilha. Ok, eu estava só com a camiseta de Tom, mas como podia adivinhar que não estávamos sozinhos? Agora estava tirando o sobretudo e o pendurando em um gancho ao lado da porta.

— Olá, me desculpa, *quem é a senhora?* — perguntei, puxando a camiseta para baixo no mesmo momento em que Tom surgia depressa para me cobrir com um roupão, feito um cavalheiro.

— Jane, gostaria de apresentá-la à Sra. Taranouchtchenka — falou, sorrindo para a mulher. — Ela está de volta após passar o verão na Bulgária visitando o filho. A Sra. Taranouchtchenka vem todas as segundas-feiras para arrumar a casa. — Ele me lançou um sorriso tenso e robótico — Deixa tudo um brinco, faz um trabalho de primeira.

Apesar da vergonha que sentia, não pude deixar de rir por dentro com o fato de meu novo namorado dizer coisas como *um brinco* e *de primeira*.

— Prazer em conhecê-la, Sra. Taran-chu-la...?

Olhei para Tom pedindo ajuda, ainda que ela me fuzilasse com o olhar.

— Taranouchtchenka — disse ele com um sorriso fácil, como se não fosse nada.

Fiz mais uma tentativa fracassada, e ela sugeriu com frieza:
— Sra. T. Pode me chamar de Sra. T.
— Certo, ótimo, muito prazer em conhecê-la, Sra. T.
Estendi a mão, que ela ignorou. Só assentiu com a cabeça, com cara de poucos amigos, como quem diz: *O assunto já está resolvido, baixa a bola.*
Vi que encarou Tom com os olhos semicerrados em desaprovação, ao que ele respondeu corajosamente com uma expressão calorosa, rebatida por ela com um olhar que parecia dizer: *Está bem, Professor. Se você quer essa vagabundinha pelada na sua casa, fazer o quê?* Partida encerrada?
— Vou começar a lavar roupa agora — anunciou em tom sombrio, tirando enfim a touca de plástico.
Ela arrumou o cabelo grisalho e crespo em um coque baixo e se arrastou em direção ao corredor.
— Legal — falei aliviada, mas logo me dei conta: a Sra. T *não tinha nada que entrar* no quarto!
Voei na frente dela e barrei seu caminho depressa, deixando-a congelada no meio do corredor com uma cara de confusão, como se tivesse sido pausada por um controle remoto.
Sou uma mulher adulta e não me sinto intimidada pela empregada de Tom. Mas, na verdade, eu me sentia. Concluí que a roupa de colegial que tinha usado em nosso primeiro encontro era a que mais tinha chance de reabilitar a primeira impressão da Sra. T, e, assim, transformada em uma mocinha pura, tirei um tempo para avaliar a condição do quarto. A cama estava uma bagunça completa, como se dois ninfomaníacos tivessem *acabado* de dar uma trepada ali; os lençóis não só amassados, mas também com uma *crosta* que dava para sentir ao passar a mão. Duas batidinhas na porta e a cabeça da Sra. T surgiu.
— Alô, senhorita?
Antes que eu tivesse como protestar, ela abriu a porta com um empurrão do cesto de roupa suja.
— *Ah*, só um instante, Sra. T!
Mas ela estava vindo com grande determinação em direção à cama.
— Com licença, quero lavar os lençóis agora — insistiu, passando de maneira ruidosa.
Disparei na frente dela e me joguei na cama, juntando-os antes que a Sra. T conseguisse pôr as mãos neles.

— Tudo bem, deixa comigo — berrei, na expectativa de que o volume da minha voz passasse o recado.
Mas, pelo visto, não funcionou, porque ela largou o cesto e veio cambaleando até mim, de braços esticados, como um zumbi.
— Tudo bem, Sra. T. *Sério*. — Segurei os lençóis embolados junto ao peito e me afastei. — Faço isso com prazer.
Era verdade. Eu gostava mesmo de lavar roupa.
Porém, ela não aceitava "não" como resposta, e ficamos disputando os lençóis brevemente até a Sra. T os arrancar de mim com uma puxada enérgica final e dizer:
— Meu trabalho.
Não me restou escolha; tive que me render.

🎼

Mais tarde, quando Tom saiu para trabalhar, refugiei-me no prometido quartinho de escrita. Uma semana tinha transcorrido, e eu ainda não tinha encostado no violão, embora sentisse sua presença todos os dias, julgando-me do canto do quarto. Mas sobre o que cantar? O que dizer? Aquelas centelhas estimulantes de inspiração de Devon não se dissiparam, deixando um rastro de medo, dúvida e lembranças da última vez. Aquelas músicas que eu tinha amado. O silêncio que ecoou depois, e, em seu encalço, uma apreensão que insistia em me assombrar.

Entretanto, com a Sra. T saracoteando por ali, e sem ter desculpas, forcei-me a entrar na alcova bem ao lado do quarto de Tom. A bem da verdade, o ambiente tinha um quê de ameaçador. Sentia um arrepio toda vez que cruzava a porta. Tom tinha a suspeita de que o quarto era um puxadinho construído na pressa há séculos, como indicava a entrada bizarramente estreita do tipo porta de passagem secreta. Enquanto me afundava na cadeira rangente, pensei: *Era aqui que as crianças ficavam*, em camas dobráveis de ferro, com as bochechas febris, tomadas pela tísica.

Que bobinha. A mesa era simples, antiga e quadrada. A vista, arborizada e linda, como Tom tinha prometido. A premonição só podia ser fruto da procrastinação. Falta de confiança. Eu terminaria a música que tinha começado.

Mas primeiro o imperativo repentino de olhar o celular para ver como as andavam as coisas, em geral, no mundo.

Fiquei sem ar.

Tinha acontecido. O Instagram de Jessica estava repleto de evidências. Agora eles eram Sr. e Sra. Altman. Fotos da lua de mel nas Ilhas Turcas e Caicos; que glamorosa, que realizada, que *bem documentada* era a vida deles. Senti um aperto no peito, um formigamento desconcertante nos dedos. Eu me endireitei na cadeira num pulo e, com as mãos tremendo, pesquisei: *"quais são os sinais de um..."* Mas me detive. Sabia aonde isso ia chegar.

Preferi voltar ao aconchego da cama de Tom e fiz uma rara ligação para os meus pais.

Enquanto o telefone tocava, imaginei nossa velha casa, a criação inspirada em Eichler que meus pais projetaram, aninhada num desfiladeiro perto do Pacífico, agora carcomida pela maresia e por vazamentos, com seu vago e persistente odor de mofo. Imaginei o silêncio da sala de estar, partículas de poeira dançando abaixo da claraboia do teto inclinado, o sol da manhã banhando o couro branco da poltrona Eames, os livros de arte ordenados por cores em prateleiras baixas de nogueira, as grandes reproduções de xilogravuras apoiadas no chão. Os quatro sacos de lixo enormes que tratei de encher depressa quando fugi correndo de Alex ainda prostrados no chão frio e úmido do meu quarto de infância ao qual eu morria de medo de retornar. Quatro anos com ele tinham que caber exatamente em quatro...

— Queridinha, meu amor, é *você* — respondeu minha mãe, meio grogue. Tinha me esquecido de que era tão cedo em Los Angeles. Ou da última vez que tinha feito uma ligação desesperada desse tipo. — Vou acordar seu pai.

— Não, não...

— Jane? — murmurou ele, bocejando.

Expliquei meus sintomas. Meu pai quis saber quanto café eu tinha tomado, e pedi para ele nem perguntar. Receitou que eu escutasse *Ripple*, de The Grateful Dead, três vezes, imediatamente.

— Sabe o que mais funciona, filha? Pegar no violão.

Eles não percebem que sou uma farsante que deu sorte *uma vez*. E nem *com uma música própria*. Mas o tom dele foi reconfortante; e o sorriso que imaginei no rosto do meu pai, aquilo foi quase uma cura.

Ouvi o ruído de lençóis. Lulu arrancou o telefone de Art Start.

— Faz uma música pra *mim*, sua mãe, que te ama — gemeu. — E você *não* vai morrer. Hoje não. Definitivamente, hoje *não*!

Visualizei seu sorriso branco e brilhante, seus ombros bronzeados e sardentos e sua nuvem de cabelos cor de mel. O moreno profundo da pele do meu pai, seu ar de galã tipo Al Pacino, seu magnetismo oculto à la Modigliani.

Agradeci mil vezes aos meus pais, e eles me agradeceram por tirar Will da casa deles para ele trabalhar com Pippa, que, por sua vez, tinha arrumado um lugar para meu irmão ficar na casa de hóspedes de James e Alastair. Prometi que falaria de novo com eles em um horário mais razoável. Assim que desligamos, lembrei-me de uma história que meu pai gostava de me contar quando eu era criança e ansiosa. Dois mestres budistas se encontraram pela primeira vez e passaram muitas horas sentados em um jardim sem dizer uma única palavra. Por fim, um deles ri, aponta para uma árvore e diz:

— E chamam aquilo de árvore?

O outro mestre reflete e também começa a rir.

Meu pai filósofo estava dizendo que os humanos tolinhos têm um vício em rotular as coisas, inclusive eles mesmos. *Sou uma fracassada incapaz de compor. Sou uma apaixonada compulsiva que foi morar na casa do novo namorado com uma rapidez imprudente. A idiota que ficou abalada por uma postagem no Instagram do ex que a chifrou.* E chamam aquilo de árvore.

Fiz um esforço verdadeiro para contemplar o silêncio como os monges da história, esperando uma explosão de riso diante do absurdo de algum rótulo reducionista. *E chamam aquilo de cama. De lâmpada. De vagina.* Que também chamam de pepeca, xota, *um lugar muito especial*. O último é mentira, mas deveriam, sim. Parei um tempo para demonstrar gratidão à minha.

Quase na mesma hora, eu me peguei pensando se Tom tinha convidado *outras* mulheres para morar com ele com a mesma rapidez e facilidade. Tipo Monica, a sensual orientadora italiana e depois *amante*. Há! Fiquei matutando se ela tinha guardado sutiãs de tamanho generoso e lingeries minúsculas na mesinha de cabeceira onde guardo meus equivalentes sem graça. Depois, eu me perguntei se não era melhor fazer um upgrade para algo que merecesse o rótulo de lingerie. Aí comecei a fantasiar com Tom e a voluptuosa Monica enroscados em várias posições nessa mesma cama.

Sentindo-me agitada e um tiquinho criminosa, dei uma espiada condenável na gaveta, onde ele tinha escondido o celular naquele dia, mas não tinha nada ali, tirando alguns lápis inocentes e umas moedas soltas. Com uma dose de cara de pau, passei para a próxima: um programa para o curso de Romantismo, um folheto turístico brilhante da Grécia, o itinerário de voos da viagem à Califórnia quando nos conhecemos! Uma pontada de culpa por ser enxerida me atravessou. Mas tinha chegado até aqui. Sem dúvida, uma passadinha de olho na gaveta de baixo não ia doer.

Livros, que previsível, bocejo. No topo da pilha, um livrinho pequeno e antiquado encadernado em couro, sem título, sem autor, sem nada além de um intrigante busto clássico em relevo na capa, de algum modo familiar. A Vênus de Milo. Podia ser um diário. Se fosse, ia voltar para a gaveta. Mas o mais provável era que fosse um livro acadêmico chato sobre a Vênus de Milo, da qual eu não sabia nada, mas provavelmente deveria.

Abri o livrinho numa página aleatória. Ainda bem que as palavras estavam impressas!

A camareira deslizou discretamente por uma porta destrancada e se deparou com o belo oficial esperando por ela, estendido sobre um leito exuberante, o casaco militar vermelho pendurado na grade da cama, a camisa de linho aberta, revelando um peito liso e bronzeado. Ele observou com lascívia a graciosa camareira desatar o avental, tirar as anáguas e roupas de baixo e deixá-las cair no chão, despudoradamente. Sem perder tempo, ele a tomou para si, pousando-a com delicadeza para seu abdômen firme e nu: primeiro as coxas sedosas, depois a parte onde as pernas se encontram, a parte macia e nua, tremendo como um coração pulsante sobre os músculos quentes e latejantes dele, seu farto busto subindo e descendo, enquanto ele lutava para libertá-la dos fios emaranhados de um espartilho, até que, finalmente, a abundância dos seus seios de creme caiu livremente, e ele enterrou o rosto neles com voracidade.

Tomado de desejo, ele agarrou as curvas macias das nádegas dela e conduziu a camareira para cima, a parte morna e palpitante, com seu coração latejante, roçando de leve o peito do oficial, o pescoço e ainda mais acima — aquela doçura delicada de mel acariciando a paisagem áspera de seu queixo até, por fim, abaixá-la com calma em direção aos seus lábios ansiosos. A camareira, dominada por espasmos de paixão, quase não percebeu misteriosos gemidos abafados atrás dela, mas, segurando um balaústre da cama, enquanto o oficial lhe providenciava toques indescritíveis de prazer, ela se virou e flagrou a nova empregada de Barcelona, sensual, de saia erguida, descendo sobre o membro orgulhoso do oficial e começando a cavalgá-lo, enquanto os gemidos e suspiros dos três convergiam em uma sinfonia de prazer carnal...

Oh là là. Melhor parar por aqui, mas que divertido. Voltei o livro ao seu devido lugar na gaveta de Tom, sentindo uma onda doce de ternura por ele ter um livro erótico e cafona da era Vitoriana escondido, quando reparei em alguns outros artefatos sedutores que não tinha visto até então: duas *Playboy* desbotadas do século passado, talvez tesouros sentimentais da juventude? Essa pequena coleção era francamente adorável e eletrizante para mim. Eu me dei conta da minha parte morna e palpitante me chamando, insistente. Deslizei os dedos (há! não estavam mais formigando!) por baixo do cós da minha lingerie sem graça, afinal, *por que não cuidar de mim?* Pode-se dizer que era uma forma de meditação, pois exigia uma boa dose de atenção, mas talvez não do tipo que os monges tinham em mente.

A campainha tocou e continuou a tocar, aguda e persistente. Será que Tom tinha esquecido a chave? Ou será que adivinhou por telepatia minha condição e decidiu voltar para casa mais cedo? *Perfeito.* Não podia estar mais pronta para ele. Saí correndo descalça pelo corredor, pela sala de estar e escada abaixo, escancarando a porta e ficando cega pela intensa luz da tarde, através da qual a silhueta embaçada surgiu.

Não era Tom, mas um estranho de rosto bonito e juba escura estilosa, usando um elegante terno azul-marinho feito sob medida. Ele tinha as maneiras afetadas de um aristocrata britânico saído direto de uma peça de teatro, o que lhe conferia um ar vagamente familiar.

— Ora, você deve ser a nova amiga de Tom, Jane — disse o homem, batendo distraído um chicote de hipismo na palma da mão.

Sua postura, atitude, sotaque, o *chicote* — tudo gritava: *sou muito fino, mas já fui um moleque travesso.* Ele passou os olhos descaradamente pelas minhas pernas despidas.

— Isso — respondi, cruzando as pernas. Normalmente, eu não deixaria alguém me ver com um vestido tão curto, tão *transparente*. Ainda mais agora, de frente para o sol. Torci muito para meus mamilos não estarem perceptíveis, nem minha roupa íntima, muito menos o que tinha acabado de fazer lá em cima.

— Grandessíssimo prazer em conhecê-la, sou Freddy Lovejoy — continuou, um tanto convencido, como se eu certamente já tivesse ouvido falar dele.

Não, nunquinha.

— Estou dando um pulo de Londres para devolver isto ao meu velho amigo — falou, estendendo o chicote no lugar da mão. — Tenho certeza absoluta de que você aprontou alguma coisa desastrosa com o cérebro dele, que normalmente é muito afiado, sabe, Tom nunca perde nada. — Ele ergueu uma sobrancelha.

Engraçado, Tom não tinha mencionado nada sobre hipismo. Peguei o chicote, mas por um momentinho Freddy se recusou a soltá-lo, confirmando minha teoria do Moleque Travesso.

— Isso foi um elogio, um reconhecimento de seus encantos, suas artimanhas — explicou, finalmente soltando. Mergulhamos num silêncio desconfortável, que ele pareceu adorar. — Você se importaria, Jane, se eu subisse? Para bebericar algo? — Ele fez um gesto sem sentido com os dedos. — Antes de fazer a longa viagem de volta à cidade. Humm?

Mas eu meio que me importava, por muitos motivos, principalmente porque preferia voltar à masturbação.

— Imagina. Pode subir.

Freddy fez um gesto para eu ir na frente e se curvou numa reverência, como um cavalheiro antiquado, e então a ficha caiu. *Ele* era o homem do nosso primeiro encontro no café. Que tinha feito aquele mesmo gesto no saguão quando passei por ele. Ok. Pelo menos eu não tinha acabado de convidar um serial killer para bebericar algo.

Ao começar a subir os degraus, eu me liguei de repente, com horror, que poderia ter mesmo uma mancha úmida na parte de trás do vestido, exatamente na altura dos olhos dele. Não que desse para eu me virar e conferir.

Por sorte, Freddy ficou à vontade na hora, tomando posse do sofá, abrindo os braços sobre o encosto e esticando as pernas compridas como se estivesse em casa.

Acomodei o chicote com cuidado, pedi licença e corri até o quarto pelo corredor escuro, jogando Kurt nos ombros para me cobrir. Dei um tempinho para me recompor antes de voltar para a sala de estar, serena. Freddy me olhou de cima a baixo, com um sorriso confuso. Eu tinha esquecido de pôr sapatos.

— Tom está sendo extremamente cauteloso em relação a você, o que diz muito. O rapaz é sempre cauteloso. Um saco, na verdade, já que um pouco de fofoca nunca fez mal a ninguém. Embora eu deva admitir que nunca o vi tão feliz.

— *Ah*. Que... legal. Ouvir isso.

— Eu estava simplesmente desesperado para ver a mulher misteriosa de Tom, fofoqueiro incorrigível que sou.

Ele abriu um grande sorriso, mas de repente pareceu entediado e bocejou sem pudores na mão fechada. Fingi que não percebi e me instalei na poltrona de couro de frente para ele, preparando-me para o que poderia vir a seguir.

— Será que posso incomodar um pouquinho pedindo um chá? Já são mais de 16h. — Ele deu batidinhas em um grande Rolex, como se eu precisasse de uma prova. — Acho que já não consigo mais juntar dois com dois.

— Eu devia ter oferecido.

Fiquei em pé como uma boneca de mola e corri para a cozinha.

— Legal. Um chá forte seria bom. Obrigado.

Coloquei a chaleira para esquentar no fogão e revirei as gavetas em busca de um chá — *Earl Grey*. *English Breakfast, Harney & Sons Celebration* — tentando entender qual se enquadraria em forte. Escolhi de maneira aleatória: *É o que tem para hoje, meu caro*.

— Como eu ia dizendo — prosseguiu ele —, Tom está todo cheio de segredinhos sobre você...

Só deu para ouvir metade, já que eu estava fazendo uma algazarra à procura de uma xícara de chá adequada, pois uma caneca não serviria, lógico.

— Talvez devido ao momento de tudo. Tão súbito. E logo após tanto *Sturm und Drang*...

A chaleira soltou um apito agudo, abafando a voz dele. Eu a retirei do fogo e me queimei. Enfiei a mão sob a água fria da torneira, esforçando-me para acompanhá-lo.

— Ainda consigo ver Tom como ele era na época, quando éramos calouros, o cabelo longo cor de feno caindo no olho, andando pela faculdade equilibrando pilhas enormes de livros, com sede de aprender. *Chocante.* Quem liga para Lord Byron? Pelo visto, *ele* ligava, *Tom,* de Yorkshire. O resto da turma era em sua maioria um bando de depravados mimados de escolas públicas. Eu me incluo nessa. — Freddy riu. — Devo confessar que fiquei um tanto enciumado quando *ele* fisgou Amelia Danvers, a garota que *todo mundo* queria. — Houve uma pausa significativa. — Mas agora ele tem *você* — concluiu com animação.

Amelia Danvers. A garota que todo mundo queria. Eu me virei. Flagrei-o bocejando de novo e me lembrei do chá.

— Aqui está.

Passei a xícara e o pires delicados com cuidado para ele. Ele olhou para baixo. Será que fiz algo errado?

— Você não teria um pouco de açúcar? Um pouco de leite? Vá em frente, estrague tudo então — falou, espiando-me com um pouco de malícia.

— Desculpa. Sou americana. Somos péssimos com toda essa *coisa de chá.* Você provavelmente ia querer uma panqueca inglesa ou um *scone...* um pouco de creme, né?

Ele só inclinou a cabeça e estreitou os olhos azul-acinzentados, o lábio superior se curvando num sorriso. O cabelo de estrela de rock não precisava fazer nada além de parecer um perfeito cabelo de estrela do rock. Se ele e Tom estivessem lado a lado em uma festa, a maioria das pessoas escolheria Freddy. Mas eu não.

— Você *é mesmo* uma garota americana, não é? — E deu uma risadinha. — Não precisa de panqueca, Jane.

Porém, enquanto procurava açúcar, outro pensamento me ocorreu. Esse Freddy não me parecia o tipo de pessoa de quem ele seria amigo. Talvez eu não conhecesse Tom tão bem quanto achava. Senti um arrepio na espinha. A verdade era que eu não tinha conhecido *nenhum* de seus amigos até agora. Mas, por outro lado, *eu* também não tinha apresentado os meus, mesmo estando loucos para conhecê-lo. Nós só ficávamos escondidos aqui, os dois, sem contar com a garota que todo mundo queria na faculdade. Amelia Danvers.

Retornei com o leite e o açúcar, mas, sem uma mesa de centro, não tive onde colocá-los. Do nada, eu me vi ajoelhada como uma serva aos pés de Sua Majestade, pondo tudo no chão. Voltei para a poltrona, onde me acomodei e juntei as mãos sobre o colo com afetação.

Freddy sorriu para mim, a xícara delicada na mão, pairando no ar. Em algum lugar, um relógio tiquetaqueava. De repente, pareceu que estávamos no meio de um exercício teatral, esperando o outro instigar um comportamento novo, até que ele fez um gesto como se estivesse mexendo o chá.

Levantei e voltei com uma colherzinha de ouro. Para alguém da realeza como ele devia servir. Tomara que eu não tenha acabado de cometer uma gafe terrível.

— Você é mesmo muito diferente de... — Freddy ficou mudo, mexendo o chá. — Só posso dizer que está causando um baita de um impacto em Tom. — Ele pareceu tomar uma decisão. — Fico feliz. Suponho que você vem andar a cavalo conosco no *fim* de semana, certo?

Andar a cavalo? No *fim* de semana? Fiz que não com a cabeça.

— Não, não ando a cavalo.

— *Como não?* — exclamou, escandalizado. — Mas agora que está na Inglaterra, você precisa, mesmo. Tom é péssimo de montaria, como um autêntico homem de Yorkshire. Um horror. Tentamos ensiná-lo a fazer direito. Mas você, minha querida, aprenderia rápido, tenho certeza absoluta.

Ele levou a xícara aos lábios, com o dedinho em pé, e me encarou com o rosto meio encoberto por ela.

— Creio que não — respondi, mexendo-me na poltrona. — Não consigo me imaginar, a essa altura...

— Montando num garanhão? Cavalgando ao pôr do sol? Que pena — murmurou, com um lampejo de ironia no olhar.

Nunca na vida tive tanta vontade de conseguir retrucar à altura, como Katharine Hepburn.

Mas Freddy entornou o chá e se levantou num pulo, renovado.

— Hora de ir. Você é um amor, Jane, e muito obrigado por isso — disse, erguendo a xícara e o pires e os depositando na pia.

Em seguida, pegou o chicote do sofá e bateu de leve na minha cabeça, como se me desse uma bênção — ou me lançasse um feitiço.

— Espero que você se junte a nós no fim de semana, e, daqui em diante, é minha missão colocá-la na sela. Agora, querida, me despeço.

Antes de ele fazer sua Reverência de Cavalheiro, eu que fiz uma mesura antiquada, de que ele pelo visto gostou e que me deixou com uma vaga sensação de triunfo. E assim ele partiu.

Capítulo 15

I WANT YOU TO WANT ME

Uma hora mais tarde, ouvi a porta ao pé da escada se fechar e os passos de Tom soarem nos degraus. Ele me encontrou esperando no balcão da cozinha, ainda entusiasmada com as descobertas do dia. A xícara suja de Freddy continuava na pia. O chicote estava escondido atrás de mim, em meio aos detritos da operação chá.

— Olá — falou, radiante, ao cruzar a porta. — Você está com uma cara boa. O dia rendeu?

Não exatamente. A menos que você conte a xeretada nas suas gavetas, a conferida na sua pornografia e o papo com seu amigo intrometido.

— É porque *estou* bem, mas não rendeu nadinha.

Uma imagem do Tom aluno, o cabelo sedoso da cor do feno de Yorkshire caindo sobre o olho, uma cópia de Lord Byron no bolso, transformou-se no Tom de 40 anos deslizando até mim.

— Seu amigo *Freddy* passou aqui para devolver isso — falei, relevando o chicote e girando-o de modo sugestivo. — Não sabia que você curtia cavalgar. — Tom congelou no lugar, seu comportamento visivelmente alterado. — Não esquenta, não vou dar uma de *Cinquenta Tons* com você. A não ser... que você queira?

Tom chegou mais perto, com um princípio de sorriso, mas senti algo além, sob a superfície.

— Freddy me contou que vocês se conheceram na faculdade.
— Ah, é?
Ele agora se aproximou, o ar subitamente energizado, olhos nos olhos.
— Sim. Quando eram calouros.

Tom arrancou o chicote de mim, jogou-o longe sem olhar e me levou pela mão até o sofá, puxando-me quase para cima dele. Tudo foi bem brincalhão, mas aquele era um Tom diferente do que eu conhecia até então; quem sabe até *curtisse* essa coisa de *Cinquenta Tons*. Ele puxou minhas pernas para o colo dele e começou a passar as mãos nelas de leve, como se tivesse sentido uma saudade horrível depois de passar o dia inteiro no trabalho. Porém, parecia distraído. Ou então que estava tentando me distrair. Ainda assim, estava *bom*.

— Ele tirou sarro do seu talento para montaria, como o de um "autêntico homem de Yorkshire". Como teve *coragem*? — exclamei.

Tom deteve a mão, me observando. Era impossível saber o que estava pensando. O sol do entardecer capturava as manchas cor de âmbar em suas íris, que formavam um desenho de dente-de-leão. Tive uma súbita e excitante sensação de que ele podia ser um estranho completo. Quem era ele, na real?

Contudo, eu me lembrei da sua cativante coleção de velhas revistas *Playboy* e pensei: *Ele é só um ser humano.* Um ser humano reservado. Super-reservado. E o fato de ser fechado na verdade me excitava... *demais*. Mesmo assim, eu não devia ter xeretado.

— E, bem, as Brontë eram de Yorkshire — murmurei, um pouco nervosa, um ombro levantado.

Ele sorriu.

— Sim — falou, dando uma bela de uma apertada na minha coxa, incitando outra parte de mim a ficar apertada em reação, mesmo contra minha vontade.

— Ele também mencionou Amelia — soltei, casualmente.

Tom congelou ao ouvir aquele nome.

— Freddy, este adora uma fofoca — comentou em uma voz baixa e pouco familiar. — Eu não levaria nada do que ele diz a sério.

Então, olhou para o nada e voltou a fazer carinho nas minhas pernas.

— E não uso chicote quando ando a cavalo; esse chicote é dele. Tenho certeza de que ele só... passou aqui... para dar uma olhada em você.

Pousei a mão com cuidado sobre a dele para conter seu movimento, esperando conseguir sua atenção de volta.

— Mas você é um pouquinho misterioso, né? — Tom tinha prometido me mostrar o escritório, mas ainda nada. — Descobri muita coisa em vinte minutos com o Freddy.

— Descobriu?

Tom fixou o olhar, estranhamente vazio, em mim. E, apesar de ele não ter perguntado de maneira direta "tipo o quê", eu me senti compelida a dizer, de coração acelerado:

— Tinha uma garota, Amelia, que foi sua namorada na faculdade e que é excelente em montaria, creio eu. — Examinei seu rosto procurando o mais leve traço de reação, mas ele não esboçou nenhuma pista, então prossegui. — E creio que seja boa em um monte de coisas. Tipo, fazer um chá de primeira. Quem sabe caçar? Ou, sei lá, pescar? — Dei de ombros. — Coisas que eu não faço.

Eu trouxe o passado dele à tona! Não era para a gente fazer isso. Eu me senti fraca, mas também vibrante.

— Você faz outras coisas. — Ele afastou meu cabelo do rosto, prendeu-o com a mão em um rabo de cavalo desajeitado e segurou os fios de um jeito firme e agradável, meio que no estilo *"Eu, Tarzan, você, Jane"*.

— E você *gosta* dessas outras coisas que eu faço?

— *Adoro* essas outras coisas que você faz.

Nesse momento, ele soltou meu cabelo, que caiu bagunçado sobre meus ombros.

Olhei para meu vestido esfarrapado, algo que uma órfã vitoriana usaria.

— Sinto muito, mas nunca vou ser elegante — falei —, e *jamais* vou caçar um animal. E minhas emoções podem ser... — Dei de ombros.

— Desenfreadas, indomáveis. Resumindo, estou mais para uma boca-mole, bem diferente de vocês britânicos.

Ele pareceu se derreter todinho.

— Por que é que eu ia *querer* que você fosse de qualquer outro jeito? E como conseguiria resistir... a essa boca americana tão doce... — disse, beijando-me. — Tão sedutora... — E me beijou mais.

De repente, acabou a necessidade de mais discussões e começou a de mais beijos. Devia é agradecer por ele ter tido outras mulheres. Afinal de contas, colhi os benefícios de toda aquela quilometragem na cama, não? E quem era eu para falar. Minha agenda tinha mais nomes do que conseguia lembrar, incluindo um... bom, do primeiro nome dele eu me lembrava... mas Tom agora me puxava para seu colo, e eu estava de frente para ele, passando as pernas em volta dele, fundindo-me, soldando-me a ele.

Imaginei se Tom a tinha beijado como estava me beijando. E imaginei onde ela estaria agora. Amelia.

— Acho que não te mostrei Oxford direito — falou.

Tom estava deitado, apoiado em uns travesseiros.

— Eu gosto desse lugar aqui — respondi, montada nele.

Segurei seus pulsos, peguei aquelas grandes mãos masculinas e as coloquei sobre meus seios; agora ele era minha marionete. Fiz seus dedos deslizarem de leve pelo meu rosto, lábios, quadris e por onde mais eu o desejava, sentindo-o endurecer embaixo de mim. Ah, aquele poder.

O que ele tinha para fazer com que eu me sentisse tão bonita? Tão digna. Tão *safada*. Tão forte e confiante, até rebelde. E tão excitada, *sem parar*.

Ele me puxou para perto do seu corpo, puro calor, músculo e masculinidade.

— A gente podia ficar aqui para sempre, nós dois, não é? — murmurou junto aos meus seios.

Uma onda de prazer me invadiu ao sentir o roçar de seus lábios, os beijos com uma leve sucção. Mal dava para aguentar.

— E por que não? — exclamei e rolei com ele na cama. De repente, eu me lembrei. — Ah! Meu irmão está vindo para a Inglaterra. Você pode me levar, nos levar, até aquele pub em Oxford, que Tolkien frequentava.

— The Eagle and Child.

— Meu irmão é obcecado por Tolkien. Ele vai querer ir lá para encher a cara.

— Então vamos. Vou até encher a cara com vocês. — Estávamos deitados de lado, bem próximos. Ele examinou meu rosto. — Você tem esse jeito engraçado de... me corromper. — Quase pedi desculpa, mas não la-

mentava nada. — Mas agora tenho que trabalhar por algumas horinhas, infelizmente.
— Ah, no que seria?
— Nada *acadêmico*. — Tom pareceu um pouco relutante. — Na verdade, é o romance. Eu estou... Bem, peguei nele de novo.
Algo em seu olhar me fez prender o ar.
— *Ah, jura?* — perguntei, tentando conter uma onda, uma maré de sentimento.
— Talvez não dê em nada, mas ultimamente... — Ele inclinou a cabeça. — Ando *inspirado*.
Devolvi o sorriso radiante e pensei: *Isto, agora, é a definição de felicidade.*
— Você é disciplinado. — Peguei a camiseta dele que estava em cima do edredom e afundei o rosto nela. — É assim que eu trabalho — falei, por baixo do tecido, curtindo o cheiro limpo e apimentado. — Pesquisa. Para uma música, provavelmente sobre *você*. Mas finge que não estou aqui.

Ouvi o farfalhar de seus movimentos ao colocar o jeans e ir descalço até a mesa. As rodinhas da cadeira rangeram sobre as tábuas de madeira do chão.

As coisas poderiam ter tomado um rumo tão diferente. Era muito fácil eu ter acabado em algum muquifo de passado glamoroso em Hollywood, dividindo o bangalô com meu irmão e com uma Mini Jane morando ao lado.

— Você pode pelo menos... se vestir minimamente? — Eu ainda estava com a camiseta cobrindo o rosto. — É difícil me concentrar, sabendo que você está aí, desse jeito... as coisas que eu poderia fazer com você.

Fiquei sentada e sorri para ele. E as coisas que eu poderia fazer *com você, humm*.

Ele suspirou, abriu o notebook e começou a digitar, mas não durou muito.

— Ou você sai desse quarto agora mesmo... — Ele apontou para a porta — Ou vem aqui.

Pus a camiseta e me levantei. A mesa dele era uma ilha entre nós.

Já tive vontade de dizer que o amava mil vezes, praticamente até no avião, o que era uma loucura! Com certeza em Devon, mas agora era pior. Eu era uma pessoa que saía distribuindo "eu te amo" a torto e a direito, na cara, até com certo descuido. Ainda assim, senti que havia uma estranha disciplina da parte de ambos para *não dizer*. Nosso acordo ainda era tácito, indefinido. Estávamos indo um passinho por vez. Até o show de Jonesy, minha desculpa oficial para ficar na Inglaterra, era um verdadeiro segredo que eu não ousava revelar, nem mesmo para o homem por quem estava caidinha. O homem que...

— Eu amo...

Tom se endireitou e arregalou os olhos, brilhantes de expectativa. Ele se inclinou para a frente, apoiando a palma das mãos no tampo da mesa.

— Amo... essa ideia de que estou te corrompendo. — *Cacete*.

Eu me espremi no vão entre sua cadeira e a escrivaninha, nossos rostos na mesma altura, e pousei a bochecha na dele, quente e áspera. Ficamos assim por não sei quanto tempo, até nossa respiração sincronizar.

— Então, preciso te contar uma coisa — murmurei por fim. — Eu não... sei andar a cavalo. Pra falar a verdade, tenho medo de cair e quebrar o braço. Coisa de quem toca violão... é besteira, eu sei.

— Não tem problema.

Nós nos afastamos. Examinei o rosto dele.

— Mas posso ficar olhando. Posso ir junto e ver você e Freddy andando a cavalo no fim de semana.

Ele segurou minhas mãos, franzindo a testa de um jeito fofo.

— Ok! Mas, Jane, o que acontece geralmente é o seguinte... montamos no cavalo e saímos a galope, adentrando no campo. Acho que você nos perderia de vista bem rápido. Não teria muito o que ver.

— Ah, certo — respondi, sentindo-me ridícula.

Porém, ele me puxou para perto, sussurrando:

— Mas vou ficar feliz com você lá.

As palavras *te amo... te amo... te amo* ficaram reverberando na minha cabeça, em perfeita sintonia com as batidas do coração dele.

Capítulo 16

WILD HORSES E MULHERES DE BATOM VERMELHO

Um banho rápido, e aí a gente sai? — A cabeça de Tom surgiu do corredor, e ele colocou as botas de montaria no chão da sala.

Era a manhã seguinte, ou seja, "cavalgar com Freddy no fim de semana" estava na agenda de hoje.

— Ótimo, fica à vontade — concordei do sofá, com cara de santa, o computador queimando um buraco no meu colo, o nome *Amelia Danvers* piscando na barra de pesquisa.

Tom desapareceu pelo corredor, feliz e inocente.

Nossa, eu não deveria fazer isso. Era uma atitude sorrateira e errada, a de desenterrar o passado de uma pessoa tão reservada, sendo que tudo estava indo tão bem. Era só que eu tinha essa pulga atrás da orelha de que a gente ia trombar com ela agora que eu estava entrando na vida de Tom. E era muito difícil resistir a uma espiadinha, pelo menos.

Ouvi o som do chuveiro, com o indicador tremendo um pouco quando passei o mouse pela busca de imagens — *não devo, de verdade, não devo* —, e então cliquei.

Ela era absurdamente linda. Seu cabelo era preto como a noite, muito longo e liso, contrastando com o mármore perfeito da pele. Era imponente, tinha ombros largos e alcançava a mesma altura ao lado do pai (listado como O Muito Honorável Lorde Geoffrey Danvers), ambos muito sérios e muito elegantes. Mas foram seus olhos escuros, seu olhar glacial e soberbo para a câmera em *todas* as fotos, que me deram um arrepio na espinha. Havia fotos dela em eventos esportivos e de caridade, The Derby. The Regatta. The Prince's Trust. Wimbledon. Com os pais, as irmãs, os vários duques e duquesas cheios de sobrenomes que pareciam da nobreza e se enfileiravam infinitamente. Uma foto dela num iate, na qual exalava uma elegância suprema atrás dos enormes óculos de sol de marca, com um coquetel pendurado na ponta de seus longos dedos, como se fosse uma extensão de seu braço torneado e cheio de pulseiras, do mesmo jeito que Frank Sinatra segurava o uísque. Vi Freddy em uma das muitas imagens, mas Tom, para meu alívio, não deu as caras em nenhuma. Talvez o lance dele com ela fosse mesmo coisa do passado.

Mas continuei a bisbilhotar incansavelmente, com a curiosidade atiçada, quando reparei: Amelia Danvers estava de batom vermelho em todas as fotos.

Tom tinha saído com uma Mulher de Batom Vermelho.

Era preciso ter atitude para usar vermelho. As *femme fatales* usavam batom vermelho. Aquilo combinava tão pouco com a ideia que eu tinha *dele*, como *pessoa*, que fiquei abismada. Ver Amelia Danvers gerou a mesma ruptura que senti ao conhecer Freddy. Por um instante, a sala se descentralizou e ficou toda torta, como a tela de um celular que gira entre a posição horizontal e vertical.

Mas espera. Se Tom procurasse o Ator-Pica ou Alex no Google e visse fotos dele com Jessica, o que pensaria de mim? Melhor não firmar um julgamento com base em uma pesquisa de internet. Ou em erros de relacionamentos.

De repente, eu me senti ridícula, mas não me contive e fui ampliando cada vez mais a foto, deixando o rosto dela todo recortado em pixels, os olhos escuros impenetráveis apontados diretamente para mim, até não suportar mais e desviar olhar da tela...

Tom estava tão perto que eu quase arfei. Estava na ponta do corredor, encostado casualmente no batente, de toalha em volta da cintura, afavelmente alheio à gigantesca cara da sua ex ocupando meu computador.

🎼

— *Eu* posso ir dirigindo. — Deixei escapar sem pensar, mas precisava de algo para me distrair da espionagem virtual.

Estava me sentindo zonza, fora da casinha, mas dirigir e pegar a estrada eram coisas que sempre me botavam de volta nos trilhos.

Tom congelou ao lado do velho Saab e me analisou, de testa franzida.

— Mas você não sabe dirigir do lado esquerdo, sabe?

Sorri.

— Sou uma motorista de mão cheia nos Estados Unidos.

Ele ficou pensando, sem demonstrar nada, e aproveitei para assimilar a vizinhança: as fileiras de casas vitorianas de tijolinho emoldurando Tom de ambos os lados, o pub que não podia faltar, na esquina, o dono do pub regando gerânios cor-de-rosa em caixas pintadas de preto.

— Está bem, por que não? — respondeu, com um pouco de solenidade, destrancando a porta do lado do motorista e depositando a chave na minha mão.

Baby, you can drive my car[1] — lembrei da música dos Beatles com empolgação.

Fiz os ajustes necessários no banco e nos espelhos e, quando olhei para Tom, ele me vigiava, atento e calmo.

— Pronta?

— Sim. Hum, o câmbio é aqui.

Fechei os dedos em volta do objeto com um gesto teatral.

— Isso — respondeu, com delicadeza.

Engatei a primeira e comecei a tirar o carro do acostamento.

— Que estranho, tudo ao contrário.

Ainda assim, surpreendentemente intuitivo.

— Olha para frente, senhorita Start — falou, sem querer incentivar esse tipo de coisa.

Deixei que ele me guiasse até eu pegar o jeito e começar a nos conduzir com suavidade por um monte de curvas, sentindo-me uma fera no volante.

— *By George, I think you've got it!* — brincou, fazendo referência ao musical *My Fair Lady*. — *And once again, where does it rain?*

---

1 Meu bem, você pode dirigir meu carro. [N. da T.]

— *In Spain*[2] — soltei a voz, as palavras ressoando, claras, radiantes, incontidas, no estilo Broadway, surpreendendo até a mim mesma enquanto eu fazia, com habilidade, uma curva complicada à direita. Fiquei vermelha com aquela audácia de liberar minha "voz de musicais", principalmente depois de ter resistido à ideia de cantar para ele *até o momento*.

— Caramba, como foi que você fez isso? — murmurou, atônito.

Na verdade, eu ainda não tinha cantado na frente dele. Fui tomada por uma vertigem e sorri por dentro. Foi como se, de repente, o carro pudesse criar asas e sair voando. Senti o olhar de Tom em mim, mas mantive o meu fixo na estrada à frente.

— Só meio que *brotou*... por conta própria. Não é *nada demais*.

— Levantei o ombro. — Quando eu era criança, vivia ouvindo e cantando a trilha de *My Fair Lady*.

— Você pode fazer mais uma vez?

Fiz que não com a cabeça, mas ele continuou a implorar. Tom estava fazendo um belo de um papel de Rex Harrison. Era uma tentação.

— Ganho o que em troca?

— *Tudo* — respondeu.

Demorei um instante para recuperar o fôlego ao ouvi-lo *dizer* aquilo. *Tudo*. Como é que podia não cantar a música inteira?

Logo estávamos atravessando Oxfordshire, minhas mãos no volante, pequenas colinas verdejantes se estendendo ao nosso redor. Prados aveludados de flores silvestres e vilas caiadas meio escondidas atrás de cercas-vivas e pomares de macieiras, um céu translúcido e luminoso com riscos desfiados de nuvens cirrus a perder de vista.

Olhei de esguelha para Tom. Ele estava com a cabeça apoiada na janela do passageiro, de olhos fechados. A bela marca registrada de seus traços permanecia: um cume, um vale, uma curva, um ramo de cílios se mesclando com a estrada, com o céu, com as margens verdejantes que logo ficavam para trás, e, quando ele se mexeu, algo despertou no meu âmago, novamente a sensação de ser tragada por uma onda enorme, e tive que agarrar o volante para mantê-lo firme, pois meus dedos tremiam...

---

2 Trecho adaptado da música *The Rain in Spain*, cuja tradução é: Parabéns, acho que você conseguiu! E mais uma vez: onde chove? Na Espanha. [N. da T.]

— Eu te amo.
Pronto. Falei. Finalmente. Do canto do olho, vi que ele virou, as palavras se infiltrando em sua consciência sonolenta e se espalhando como uma gota de tinta aquarela no papel linho. Senti seus olhos em mim, mas mantive os meus fixos na estrada diante de nós.

— Amo — repeti. — É isso... amo.

Houve alívio no silêncio transbordante, na sensação de tamanha proximidade, do coração dele batendo, enjaulado sob músculos e sob a pele ardente. O ronronar do motor. O vento sussurrando pela fresta de uma janela.

— Mas não quero que você se sinta pressionado a dizer também. *Zero* pressão. E não tem problema se não me amar. Juro que não tem problema se só eu te amar. 100% ok. Bom, talvez uns 92%, vai, mas de verdade...

— Jane — falou. — Encoste o carro.

Obedeci. Parei no acostamento arenoso, as mãos ainda agarradas ao volante, meu rosto congelado, olhando para frente, sem conseguir encará-lo.

Lá fora, no campo, um par de ovelhas baliam. Elas levantaram a cabeça e me fitaram com olhos afastados e vazios, mas, quando me virei de volta, ver o rosto dele, *o rosto dele*, me desarmou e pensei que fosse chorar, porque sua imagem começou a ficar embaçada...

— *Jane...* eu te *amo* — disse ele, agora extremamente embaçado. Abri a boca, mas nenhuma palavra veio, só o gosto das lágrimas. — Estou *apaixonado* por você e te amo, desesperadamente. *Amo*.

Tom assumiu a direção. As estradas foram ficando estreitas, e começamos a adentrar um caminho sinuoso e arborizado, cruzando colunas translúcidas de luz, como num conto de fadas, até que pegamos uma curva acentuada que se abriu para uma vista ampla e ensolarada, e uma casa senhorial de pedra se assomou, majestosa e intimidante, diante de nós.

Tom explicou que a propriedade e os estábulos, onde ele e Freddy andavam a cavalo de vez em quando, tinham sido comprados recentemente por um antigo colega de faculdade de Freddy em Eton: Lorde Hamish Hancock e sua esposa, Lady Beatrice. E, de fato, enquanto Tom voltava para estacionar, uma mulher alta e elegante, com roupas de hipismo, desceu os degraus da casa aos pulos. Localizei Freddy a certa distância, encostado no capô de um carro esportivo antigo como se fosse James Bond, enquanto a mulher se dirigia a ele com confiança, os braços balançando. Meu coração acelerou quando ela começou a tirar o capacete de hipismo — já estava me preparando para vê-*la*, Amelia.

Para meu alívio, a mulher agora dava uma sacudida sedutora no cabelo loiro e curto, aproximando-se para Freddy acender o cigarro dela. Nada de batom vermelho. Se fosse levar em conta a linguagem corporal, os dois pareciam flertar loucamente. Eles continuaram com os olhares furtivos e com os pretextos para ficarem se tocando mesmo quando Tom e eu chegamos para nos apresentar à Lady Beatrice. Comecei a matutar se ela e Freddy estavam tendo um caso. A mulher tinha um senso de humor seco e sagaz, daquele estilo aristocrático — fazendo inflexões musicais variadas ao falar, tipo: "Oh, Perdita está transando com Dickie *há séculos*... nenhum dos cônjuges se importa, *como é natural*, mas quem poderia *culpá-los*?" Ou então: "Ah, venham para The Regatta, *sim*... os não-sei-quem e aqueles *insuportáveis* dos sei-lá-quem com certeza estarão lá, causando as *encrencas habituais*..."

Depois do chá, na *sala de estar* (que parecia tirada do roteiro de *Masterpiece Theatre*, com direito a mordomo para fazer reverências), Tom, Freddy e eu ficamos ao pé de uma trilha de cavalgada, observando Lady Beatrice montar num cavalo de pelo escuro e brilhante para falar com um dos empregados em sua grande propriedade, o encarregado dos animais ou algo assim.

Freddy se voltou para mim, passou a palma da mão nos músculos trêmulos de um cavalo pintado, bem menor do que os outros, que ele mandara o garoto do estábulo buscar, uma última tentativa de que eu me juntasse a eles.

— Certeza absoluta de que não é possível te convencer?

— Absoluta — respondi, olhando para meu vestido de verão, viera prevenida, já contando com a insistência dele, com a desculpa pronta no corpo.

— Então devo superar minha decepção imediatamente — retrucou, entregando as rédeas ao garoto, que levou o cavalo embora. — Aproveite a caminhada. Tem um caminho lindo bem ali. — Ele apontou para uma

cadeia de colinas baixas depois dos estábulos. — Mas cuidado com as fadas e as bruxas da floresta.
Tom me lançou um olhar discreto. Mais uma vez, ocorreu-me se Freddy não era um daqueles amigos que não fazem mais sentido depois que amadurecemos, mas que não temos coragem de afastar.
— Nos encontramos nos carros, digamos que lá pelas 19h?
Percebendo minha cara de interrogação, Tom fez um sinal discreto mostrando sete dedos, como num jogo de beisebol. *Cálculo*.
Eles montaram nos cavalos e Freddie disparou, mas Tom ficou um pouquinho mais, o suficiente para me encarar com um olhar que continha a lembrança refulgente de nós dois no acostamento da estrada, como uma fotografia num relicário.
Segui para as colinas, apressando o passo em frente ao curral caso... o quê? Caso a namorada de faculdade do Tom surgisse e dissesse "bu"? Ainda assim, não consegui evitar algumas olhadelas para trás, sentindo que estava sendo observada.
Fiquei aliviada por estar longe de tudo, no caminho deserto, dando passos intencionais, como faria uma das Brontë, somente eu e os emaranhados de flores silvestres, a paisagem matizada do campo inglês se estendendo ao meu redor. Ouvi sem parar *Friday I'm in Love* de The Cure e *Don't Get Me Wrong* dos Pretenders — quase embriagada, repetindo várias vezes: *"Jane, estou apaixonado por você e te amo, desesperadamente..."*
Então, a música que explodia nos meus ouvidos parou do nada. Meu celular tinha descarregado.
Olhei em volta. Sem fazer ideia de quanto tempo tinha caminhado ou de que horas eram. Só soube que o sol tinha sumido por trás do horizonte e que estava escurecendo. Tom e Freddy já deviam estar me esperando perto dos carros, imaginando o que tinha acontecido comigo. *E o que aconteceu?* Pensei, sentindo uma onda de pânico.
No horizonte, um bando de pássaros pousou de repente em um carvalho distante — um enxame negro ondulando no profundo violeta do céu. Comecei a voltar correndo, com uma dificuldade crescente de entender o caminho. Quando cheguei ao topo de uma pequena colina, minha respiração ofegante se mesclou a um estrondo abafado, um terremoto despertando antes de entrar em ação, uma vibração repentina sob os pés... A vegetação à minha volta começou a tremer, o estrépito crescendo cada vez mais, até ameaçar me alcançar. Pela primeira vez, senti medo

de verdade — não tinha visto mais ninguém por aqui, há horas. Tropecei, perdi o equilíbrio e caí em arbustos, bem na hora em que um cavalo escuro passou como um raio, levantando poeira. Por um instante, meu olhar se cruzou com o da cavaleira — capturei o vislumbre de um rosto, virado para trás, com a palidez de um fantasma, emoldurado pelo preto total de um capacete de hipismo e com uma mancha vermelha ardente tingindo os lábios.

Capítulo 17

O X INDICANDO O LOCAL

Bem-vinda ao bom e velho pub — disse Freddy, radiante, referindo-se a este lugar, o pub Silent Woman, no exótico vilarejo revestido de pedra, Lower Slaughter, em Cotswolds.

Acima da cabeça dele rangia um letreiro de madeira com uma mulher sem cabeça, sinistra sob a luz bruxuleante da lamparina a gás. Seu Jaguar vintage não tinha ligado, é claro, então continuou estacionado na propriedade do lorde e da lady enquanto a gente vinha no confiável Saab para comer uns petiscos e tomar uma cerveja.

Olhei de rabo de olho para Tom, as mãos firmes no volante, ainda parado no meio-fio. Ele levantou os dedos, um reconhecimento, não exatamente um aceno, quando sentiu meu olhar nele. Eu e Tom nos fitamos e pensei: *Não, não vou contar sobre a mulher que quase passou por cima de mim — ele vai me achar louca, paranoica.* Quem faria aquilo *de propósito*? Era só eu querendo que coisas ruins acontecessem, bem quando minha vida estava inesperadamente perfeita, algum efeito colateral tardio da traição de Alex. Eu não permitiria que meu ex envenenasse minha crença inata na bondade do ser humano. De qualquer forma, se Amelia estivesse por lá, nós a teríamos visto quando voltamos para os estábulos. Só pode ter sido Lady Beatrice, sem desconfiar que havia alguém dando uma volta na estradinha poeirenta ao cair da tarde. Talvez ela tenha passado batom vermelho para ir cavalgar.

Enquanto Tom foi procurar uma vaga para estacionar, Freddy anunciou:

— Você, minha querida, está com cara de que está precisando de uma *bebida*.

Fiquei espantada ao descobrir que ele estava me medindo. Freddy ergueu uma sobrancelha, pegou minha mão e me conduziu por uma parede de umidade e vozes escandalosas.

A sala caiu no silêncio assim que fechamos a porta. Uma garçonete pareceu congelar servindo a cerveja. Assim como o homem grisalho que ajustava a mira de um dardo. Na verdade, toda a clientela ficou petrificada, olhando-nos com cara de paisagem. Tentei tirar da cabeça a cena do filme *Um Lobisomem Americano em Londres*. Freddy, impassível, passou tranquilamente comigo pelo bar; a garçonete nos acompanhando com o olhar. Só depois que nos instalamos em uma mesa nos fundos do salão é que o ambiente voltou a se animar, e uma sombra encobriu a mesa, batendo dois copos de cerveja diante de nós. A garçonete ficou empacada ali, olhando emburrada para Freddy, enquanto a cerveja escorria dos copos. Ela parecia estar na casa dos 40, tinha um rosto bonito e corado, lábios carnudos e seios enormes que esticavam a camisa de flanela apertada na altura dos botões.

— Há quanto tempo, *senhor* — resmungou, com seu sotaque nadinha parecido com o da BBC.

A garçonete lançou um olhar desconfiado na minha direção e voltou a encarar Freddy, que estava com os braços esparramados no encosto do banco de um jeito meio arrogante. Ele sorria intensamente para ela.

— Bem, oi para você também, Maureen. Como tem andado, caramba? — Ela apertou os olhos. — Legal. E vamos precisar de mais um desses para Tom, que logo deve estar aqui.

Ele falou devagar e de propósito, inclinando a cabeça na minha direção e dando um gole de seu copo, todo cheio de si. Para traduzir: *Não estou dormindo com a mulher sentada à minha frente.*

— Ah, pensei... bem, porcaria — murmurou ela, brincando distraída com um botão da camisa.

O dia tinha acabado de ficar muito mais interessante. Principalmente após toda a intimidade com Lady Beatrice, o lance erótico de acender cigarros. *Que cachorro incorrigível você, hein, Freddy*, pensei, com um misto de simpatia e nojo.

— O que vocês querem comer, então? — perguntou a mulher, se recuperando, mas ainda sem conseguir abandonar de vez a expressão carrancuda.

Peguei o cardápio plastificado e dei uma espiada por cima dele para ver se conseguia captar a história por trás desse par improvável.

— Até que eu comeria seu famosíssimo peixe com fritas — disse Freddy, cheio de intenções.

— Ah, é? — falou a garçonete, corando. — E para a senhorita? — murmurou, ainda atenta a ele.

— Humm, o mesmo. Não. Desculpa. Só as fritas se der. Obrigada.

Ela se voltou devagar para mim; sua expressão um misto de confusão e desprezo. Seria o sotaque americano ou o "só as fritas"?

— E para *Tom*?

Onde *estava* Tom?

— Peixe com fritas para Tom, mas sem o famosíssimo — respondeu Freddy, atrevido.

Depois, ela grunhiu e se afastou, toda emproada.

— Acho que Maureen ficou totalmente perdida com sua presença — afirmou num cochicho, esparramando-se para a frente.

— Com *minha* presença?

— Bem, sim. Como você deve ter percebido... — hesitou, talvez repensando se devia admitir algo. — A bem da verdade, já faz um bom tempo que andamos a cavalo pela última vez. Por causa do tal lance de trabalho de Tom na Califórnia. A mudança radical de comportamento quando ele voltou, a repercussão, todo aquele escândalo com... — Freddy parou abruptamente quando uma sombra escura encobriu a mesa. *Tom*.

Freddy se levantou num salto, batendo na baixa luminária pendente e derramando fachos sinistros de luz pela mesa.

— Poxa vida — gaguejou. — Não fique parado aí, homem. Sente-se.

Tom segurou a borda da lamparina, cessando seu movimento. Ele tinha uma expressão vazia, quase dura.

— Já estamos quase terminando nossa...

— Jura? — murmurou Tom, de olho nos nossos copos quase cheios.

Um berro vindo do outro lado do salão fez com que nos virássemos:

— Foi no alvo e você está bêbada que nem uma porca, garota atrevida. — Mas pelo visto as vaias e urros dissolveram a tensão.

Tom se sentou ao meu lado e me puxou para perto, sua coxa firme e quente na minha, seu corpo levemente trêmulo por causa de toda a cavalgada ou por irritação ao pegar Freddy na fofoca ou pela mais pura e incontida felicidade, já que hoje tínhamos declarado nosso...

— Tim-tim! — gritou Freddy, erguendo o copo assim que Maureen chegou trazendo a cerveja de Tom.

Brindamos, bebemos e fiquei aliviada com o clima leve outra vez. Freddy chamou atenção fazendo um discurso inflamado sobre as provações de ser banqueiro, rico e solteiro em Londres. As modelos ficavam se atirando nele. O que fazer? Qual escolher? Era nojento, mas fascinante. Aposto que ele nunca deu uma chupada. Ou que devia ser péssimo em sexo oral. Ou quem sabe ótimo. Ele gostava de apanhar. De ser amarrado. De que uma dominatrix em couro sintético fizesse cócegas nas suas bolas com uma pena de avestruz. Ou não. *A cabeça não para.*

Acima de tudo, fiquei maravilhada com as respostas deliciosamente secas de Tom às lorotas e autoelogios de Freddy. *En garde!* Os golpes e contragolpes. As tiradas no estilo comédia maluca entre homens britânicos. Não temos todos um amigo igual a Freddy? Alguém que adoramos só porque conhecemos desde sempre?

Sob a mesa, a mão quente com calos recentes de Tom foi tateando até meu joelho e, depois, por baixo da minha saia. Em seguida, ele deu belo de um aperto firme na minha coxa.

— Por que tanta demora para estacionar, meu velho? Foi algum festival de música que invadiu a cidade ou algo assim?

A mão de Tom ficou imóvel.

— Não, eu... recebi uma ligação. Nada importante.

Ele pareceu agitado. Mas aí escorregou a mão mais para cima, com confiança, pela pele arrepiada da parte de dentro da minha coxa, e eu não o detive. Que incrível meu novo namorado, que conseguia conversar com seu amigo improvável e dar golinhos casuais na Guinness com *uma mão* enquanto, de maneira simultânea e furtiva, fazia o que fazia na minha perna com a outra — que agora separava de leve minhas coxas e começava a roçar com um único dedo rebelde espetado. Pousei a cabeça no ombro dele, descansando o rosto em seu peito, para sentir as vibrações hipnóticas quando ele falava, para me maravilhar com seu conhecimento afiado do mapa do meu corpo, encontrando o caminho mais rápido, mas sem pressa, sem afobação, deslizando habilmente — de-li-ca-da-men-te — rondando com timidez o fino algodão da minha calcinha, até chegar ao destino, a marca do meu mapa, o X indicando o local, onde ele estacionou, fazendo uma pressão quase imperceptível...

E lá veio Maureen de novo. Ela acomodou travessas generosas de peixe e fritas para os homens e um pratinho minguado de fritas para mim. Devia estar torcendo para que eu saísse vagando pela charneca e fosse atacada por um lobisomem.

Os olhos negros, os brutais lábios vermelhos, a palidez fantasmagórica, passando como um raio em seu cavalo escuro e brilhante.

Que absurdo. Ridículo. Patético. Contudo, sei lá por quê, o pensamento efêmero foi o suficiente para acabar com meu apetite.

Eu me apertei em Tom, deslizei a mão no vão entre suas coxas, que ele fechou por instinto, sabendo que era o que eu queria.

Uma música começou a tocar em algum lugar. Um violão e um homem cantando. Afinal de contas, estávamos num pub. Estiquei o pescoço e descobri que a incorpórea voz melodiosa pertencia, de forma incompatível, ao homem grisalho que jogava dardos. E que sua amiga atrevida estava no violão — e tocava muito bem.

— Ah, adoro essa música — exclamei sem pensar.

Era John Denver, *Take Me Home, Country Roads*. Então, resmunguei:

— Mas eles precisam de *alguém* para fazer a segunda voz.

— Vá lá então! — Freddy riu, sacudindo a mão para mim. — Entre no meio. Juro que não vamos zombar.

Tom me lançou um olhar, e soube na hora que ele não tinha contado a Freddy como eu ganhava a vida. Não que ganhasse alguma vida com a música hoje em dia. Mas, caramba, Freddy tinha razão — ele *era* discreto.

Tom se levantou para eu poder sair. Deslizei com pressa pelo banco e fiquei em pé, assistindo ao show até não conseguir me segurar mais e começar a fazer a segunda voz aguda, não só por causa do desafio de Freddy, mas porque alguém tinha que cantar! Aquela segunda voz era a modesta pecinha de quebra-cabeça que passava despercebida, mas que, para mim, era a alma da canção. Talvez tivesse alguma coisa a ver com *The Rain in Spain* mais cedo no carro, mas até eu fiquei surpresa quando as notas soaram — claras, iluminadas e livres. Elas pareciam ter vida própria, como se minha voz pertencesse a outra pessoa. Senti uma onda de felicidade e, no peito, uma sensação semelhante ao alvoroço de asas, como se um pássaro cativo tivesse escapado da gaiola.

E, embora sentisse a presença de Freddy e Maureen por perto, assim como algumas telas de celular no ar, quando meu olhar encontrou o do homem dos dardos e minha voz se misturou à sua voz surpreendentemente doce, todo o resto desapareceu. Eu era *ela*, a outra garota, a que morava dentro de mim, a que tinha garra, a que tinha a ousadia de se lançar na música em um salão cheio de rostos vigilantes. Então só existiam o canto, a música, e pensei: *Aqui está! Aqui está, finalmente.* Que mágica estranha aquela, que uma música fosse capaz de conectar pessoas totalmente desconhecidas dessa forma. Não tinha nada melhor. E nada melhor do que cantar num pub, onde dava para beber a cada sorriso, sentir o calor palpável da autêntica comunhão humana. Trocaria qualquer palco chique e enorme por isso aqui.

De repente, tudo ficou muito claro! Algumas pessoas não nascem para ser estrelas do pop. E outras, como Jonesy, simplesmente *são*. Será que a vida que eu queria estava na Inglaterra, com Tom? Escrever, gravar, me apresentar em locais pequenos — a vida de uma cantora de folk? Eu nunca sonhei com os holofotes, só com a música, só com a luta para dar aos outros aquela coisa inabalável que a música tinha dado a mim. Uma torrente de amor, de expressão, de conexão.

Meu olhar cruzou com o de Tom enquanto cantava as notas finais, e ele me abriu um grande sorriso. Quando a música acabou, o homem dos dardos pediu palmas à "jovem moça por emprestar sua doce voz". Sorri e respondi com um gesto de agradecimento. Voltando para a escuridão fresca da mesa, Freddy, radiante, barrou meu caminho. Ele me deu um tapinha simpático nas costas e disse:

— Você podia ser cantora. Não estou brincando, *você podia*, mesmo.

Capítulo 18

MONDAY, MONDAY

Com Tom no trabalho, e a Sra. T. *em toda parte*, eu me vi incapaz de fazer qualquer coisa numa segunda-feira de manhã, além de preparar mais uns expressos para mim. Pendurei-me na beira do sofá e fiquei olhando, totalmente ligadona, para a chuva; seu barulho rítmico no telhado se misturando ao estrondo dos sinos distantes da igreja, um clichê sônico de Oxford que uma pessoa menos ligadona poderia achar tranquilizante. Que uma pessoa menos travada poderia arrancar do ar e usar numa música. Meu celular vibrou. Pippa. Óbvio.

— Perto de um computador?
— Não. — Tive a sensação súbita de que algo tinha ido para o brejo.
— Aconteceu alguma coisa *horrível*? Foi meu irmão, né? Ele acabou de chegar e já fez cagada.

O trabalho tinha sido ideia minha, então era tudo minha culpa. Fiquei de pé num pulo e comecei a andar de lá para cá.

— Não. Não fez. Na verdade, ele tem sido *ótimo*. Por que você sempre pensa essas coisas? É uma coisa boa. Pega seu computador.
— Vai ser um desafio — respondi, agora num sussurro. — Estou me escondendo da empregada de Tom. Ela está limpando o quarto, e o computador está preso lá.
— Não está *mesmo* se escondendo da faxineira do Tom, né? — murmurou, incrédula.

— Ah, estou, sim.

Na ponta dos pés, fui até a porta fechada, iluminada nas bordas pela luz vibrante, preparando-me para encarar Linda Blair.

— Mas por quê?

— Eu sei lá. Ela passa meio que uma vibe de carcereira. E dá para perceber que não vai *mesmo* com a minha cara.

A porta estava um tiquinho entreaberta. Pela fresta estreita, espionei a Sra. T, de olho na estranha configuração de travesseiros empilhados no lado de Tom da cama.

— Tá aí? Jane?

A voz de Pippa ressoou pelo alto-falante. A Sra. T virou a cabeça para trás, e, por um mero segundo, nossos olhares se cruzaram. Ela suspirou e começou a tirar a roupa de cama, então entrei correndo, peguei meu notebook e dei o fora.

— *Volteeei* — sussurrei, chispando para a sala de estar.

— Até que enfim. Agora pesquisa seu nome. Você está em *tudo*! — exclamou Pippa. — O show foi anunciado! *Esgotado! Já!*

— Sério? Uau — balbuciei, de coração acelerado.

Até *esse momento*, não tinha caído a ficha. Medo. Pânico. Jonesy. Royal Albert Hall. Era real. Tudo. Joguei-me no sofá e liguei o notebook.

— Que demais e ufa! — Fingi calma. — E agora posso contar para *Tom*. Foi uma tortura guardar tudo em segredo, e ele é um *grande* fã de Jonesy... — Certo. Também tinha isso. — Tom vai ficar tão *impressionado* comigo...

Minha voz foi sumindo. Ah, não, as fotos. Basicamente, o de sempre. Capturas de tela constrangedoras do vídeo de *Can't You See I Want You*. E memes. O que mais circulava: eu fazendo minha homenagem infame ao flash de virilha de Sharon Stone.

— Jane?

— Só um segundo, estou vendo esse lance do *Daily Mail*... — Porra.

Antigamente sedutora, a ex-cantora Jane Start se junta a Jonesy como convidada muito especial no Royal Albert Hall, dia 20 de novembro, gerando especulações de que esse ex-casal sexy está de volta. Jane Start teve seus "quinze minutos de fama" há uma década, quando estourou na cena musical blábláblá. *Vista recentemente no Reino Unido — há rumores de que está namorando...*

— Nãoo! — Quase derrubei o notebook dos joelhos.
— O quê?
— Tom. Eles escreveram sobre ele!
Mas como é que sabiam? E por que a imprensa sempre pressupunha que Jonesy e eu éramos amantes? Já sabia a resposta: era a história mais chamativa.
Fui rolando a tela e cliquei no link com o som no mudo, de estômago subitamente embrulhado. Era eu, cantando no pub, e Tom olhando, pensativo.
— "Não se descabelem, mocinhas..." — Li em voz alta, consternada.
— "Não é *o* Tom Hardy. Este aqui é professor de Oxford, especialista em literatura romântica, *claro*. Talvez ele esteja escrevendo um poema de amor para Srta. Start nesse exato momento. Mas o que vai acontecer quando a cantora aposentada se reunir com a velha paixão, Jonesy, no Royal Albert Hall..."
— Aposentada? Ridículo! — Pippa ficou possessa. — Nossa, mas preciso conseguir um visto de trabalho para você, urgente, ai!
— Argh. Eles puseram um retrato de Tom tirado do site da faculdade.
O outro lado da linha ficou em silêncio.
— Ele é bonito. Como fui obrigada a *imaginar* — falou, com ênfase. — Por favor, não me diga que você está escondendo Tom de mim *de propósito*.
Pega no flagra.
— Sei que falo o que penso, mas sempre é pelo seu bem. Você sabe, querida, e às vezes, bem...
— Não tenho bom senso?
Lembrei de todas minhas escolhas terríveis: o Ator-Pica, Alex, o Maníaco da Sopa (*Juro que estou bem*, lembro de mandar essa mensagem para ele depois de encontrar *mais uma sopa* à minha porta, muito tempo depois de já estar curada de um resfriado, torcendo para o maníaco entender o recado). Eles surgiram na minha mente como numa fila de reconhecimento de suspeitos na delegacia. Eu me imaginei virando para o policial e dizendo: *São* todos *eles*. *São* todos *maus*.
No silêncio, o aspirador de pó zunia pelo corredor.

— Jane? Ainda está aí?
— Estou. E não escondi Tom de você de propósito. A gente só andou... ocupado? Caramba... — De novo, o rosto dele surgiu na tela do computador. — Ele é uma pessoa reservada e séria. Vai *odiar* ser associado a esse lixo.

Fechei o notebook num golpe e voltei a andar de um lado para o outro em frente à fileira de janelas. *Eu* odiava ser associada a esse lixo dos tabloides. E toda essa história de "velha paixão". *Quem dera fosse tão simples*, pensei, nauseada, torcendo as mãos. De rabo de olho, vi o *Sun* e o *Daily Mail* me espiando da beira das sacolas da Tesco que a Sra. T trouxera. O que ela pensaria se juntasse as peças?

Afundei no sofá.

— Que nada. Com certeza ele vai entender — disse Pippa, sem convicção. — Mas olha que loucura. O telefone não para de tocar. Propostas para *você*. Programas matinais! Até um lance de ser jurada convidada no *X Factor*!

Programas matinais?

De repente, eu me vi lá. No passado. No futuro. *Equilibrada na beirinha de um sofá de couro branco, começando a transpirar sob as luzes quentes do estúdio. Estou com a saia curta obrigatória — preciso estar sensual, manter as aparências. Porém, um homem pode ficar sensual de terno. Uma pessoa insistente da maquiagem acabou de besuntar minhas pernas de bronzeador. Receio acabar mostrando sem querer minha... Ponho a mão de forma discreta sobre o triângulo de sombra onde a saia termina e minhas coxas escorregadias e recém-lambuzadas deixam um vão — ops. Uma pergunta da apresentadora de dentes brilhantes, que está usando ainda mais maquiagem do que eu (e estou praticamente com cara de palhaça). Agora estou suando em bicas, com as coxas tão escorregadias que sinto que estou caindo do sofá em câmera lenta, provavelmente deixando um rastro de bronzeador que pode ser mal-interpretado.*
Eu me escuto dizendo:
— Perdão, você pode repetir?
— Certo, vamos tentar de novo. — Risadas. Claque. — Nos conte, Jane. Jonesy é tão maravilhoso entre quatro paredes quanto é nos palcos?
— Jane? — Dessa vez era Pippa. — As propostas da mídia são uma oportunidade fantástica, mesmo.

Gemido.

— É só porque pensam que eu e Jonesy...
— Está enganada. As pessoas gostam de você, de verdade. Mas não vou negar, a fofoca não atrapalha na hora de refrescar a memória.
E eu *queria* que a memória das pessoas fosse refrescada? Desse jeito?
— Respira, relaxa e pensa um pouco — afirmou Pippa, com calma.

Segui a sugestão dela, tomando consciência do turbilhão da máquina de lavar, do zumbido oscilante do aspirador no corredor e da chuva que tinha amenizado. Enquanto Pippa discutia a questão do visto com Will ao fundo, pensei: Eu amo música, esse fato é inegável. Seja quando toquei ou ouvi, ela me salvou, dia após dia, a minha vida inteira. Mas a *indústria* da música era outra história. Era esse o jogo que precisava ser feito para não ser relegado à lata de lixo do "Onde Está Fulano Hoje em Dia"? Tipo os membros do Spinal Tap, coitados, que mereciam muito mais.

Mas então me lembrei da grande Bobbie Gentry, com sua brilhante *Ode to Billie Joe*. De como, um dia, ela simplesmente se retirou...
Pippa voltou.
— Agora, antes de desligar, acho que você devia considerar pra valer essa coisa de jurada convidada no *X Factor*. Pode ser divertido, né?
Nada. Divertido.
A grande fileira de janelas que se expandia quase pelo comprimento total da sala de Tom se transformou em uma placa brilhante de mercúrio — o sol tinha saído, finalmente. Um sinal! O único reality show de que eu queria participar era o *daqui, com meu violão* e com *ele*. Eu ia dar um jeito de me expressar pela música, ia, sim.
— Sei que suas intenções são as melhores, mas não dá — falei. — Por vários motivos. Para começar, alguém sempre é humilhado nesses programas, então por que eu ia querer fazer isso com uma pessoa? E por que tudo tem que ser uma *competição*? A *vida* já não é competitiva o suficiente do jeito que é?
— Me responde amanhã?
— O Calça de Oncinha não faria isso.
— Ele *fez*. Não só fez, como fez tudo.

Capítulo 19

REBEL REBEL

Uma hora mais tarde, a chuva voltou a despencar. A Sra. T estava curvada sobre a secadora, dobrando minhas roupas íntimas. Eu tinha passado um tempo brincando com o violão sem fazer som, torcendo para uma melodia surgir por encanto para casar com a letra que tinha rabiscado em Devon. Mas, sinceramente, era impossível cantar com *ela* aqui.

— Oi! Vim só avisar que estou de saída. — *Porque se eu ficar presa nesse apartamento com você por mais um minuto, vou acabar perdendo a...* — Para resolver umas coisinhas. Muito obrigada por lavar minhas roupas — falei, com animação.

— Ok — resmungou ela, pegando mais uma peça do pequeno monte e dobrando-a com uma técnica hipnotizante, como origami.

— Você precisa de algo? Posso dar uma passada na Tesco para pegar.

— Não — respondeu, sem vontade.

Mas, quando me virei para sair, ela acrescentou, num tom mais conciliatório:

— Obrigada.

— Legal. Bom, estou indo.

— Você precisa guarda-chuva — disse, sem parar o trabalho. — Posso emprestar meu, se não tiver. É azul, no pé da escada.

Seus dedos ágeis transformavam uma peça de estampa floral em uma ave.

— Ah, que gentileza sua. Muito obrigada.

Ela respondeu com um grunhido, mas tive a impressão de que a Sra. T e eu estávamos caminhando rumo a uma trégua. Talvez agora me respeitasse mais ao ver meu gosto por roupas íntimas no estilo soviético.

Momentos depois, eu estava na soleira úmida, feliz que a chuva tinha diminuído. Estava abotoando meu casaco, aborrecida com o fato de nosso vídeo no pub ter chegado ao *Daily Mail*. Será que foi a garçonete Maureen que enviou? Ou Freddy? Ele *era* um fofoqueiro.

Dei um pulo com o barulho repentino da porta da frente se fechando. O vizinho de Tom! Desde que vim morar aqui, o lugar me parecia totalmente deserto.

— O carteiro idiota ataca novamente! — exclamou um idoso de baixa estatura, olhando para o chão e folheando uma grande pilha de correspondência.

Mesmo assim, tive a nítida impressão de que ele tinha dirigido o comentário a mim.

— Oh! Mas você não é...? — arfou, olhando para cima. Ele chegou mais perto, examinando-me através dos óculos redondos e grossos que davam a impressão de ampliar sua surpresa. — Nossa, simplesmente presumi que você fosse...

— Sou Jane.

Fiz uma reverência um tanto ridícula, mas ele estava com as mãos ocupadas, além de ter um quê de outra época.

— Bem, olá, Jane que me deu um susto — falou, levemente vidrado.

Um dia, eu lhe falaria meu sobrenome.

— Me desculpe.

— Sem problemas, minha querida. Uma das novas alunas do Professor Hardy, suponho? Então você se importaria de entregar a correspondência, já que está à porta dele?

Ele apertou as cartas na minha mão e começou a mexer em seus tufos ralos de cabelo acaju desbotado numa tentativa qualquer de arrumação. Talvez fosse melhor me fazer passar por aluna do que admitir que eu era a namorada do Tom, vista na internet pela última vez mostrando a...

— Românticos ou vitorianos? — perguntou.

Ainda bem que, antes que eu tivesse tempo de formular uma resposta, ele completou:

— Seja como for, o Professor Hardy é maravilhoso e você vai *adorá-lo*. *Amá-lo*. Tenho certeza absoluta.

— Professor Tobias Thornbury. Clássicas. Magdalen College. Como vai você? — Enfim me estendeu a mão.

— Estou... bem? E o senhor?

Ele me deu um aperto de mão úmido e demorado. Nós tínhamos a mesma altura; seu rosto redondo e os olhos redondos ampliados lembrando os de um filhote de coruja. Só que velho.

— Não vou *mentir* — murmurou, em um tom subitamente confessional, soltando minha mão. — Estou um bocado inconsolável após três gloriosos meses na *Itália*, me matando de trabalhar em meu último projeto. — Nessa hora, jogou para trás uma ponta do cachecol de lã, em um gesto galante. — Como sentirei falta do sol. Do vinho. Dos deuses e deusas bronzeados indo e vindo em trajes de verão. E pensar que troquei aquilo *por isto*? — Ele abriu as mãos em direção ao céu e fez uma careta teatral. — Esta escuridão, este clima frígido. Oh, céus, a vida de um professor de Oxford...

Ele ajustou os óculos. Eu podia jurar que estava sacando que não era uma das alunas de Tom.

— Na verdade, o Professor Tom não está em casa. Ele acabou de sair.

— Bem, então talvez eu fique com elas, minha querida, nosso carteiro é um tanto burro. Não consegue diferenciar nossos apartamentos. Está vendo, os números são os mesmos, mas as *letras*? Professor Hardy é *A* e eu sou *B*.

Lancei-lhe meu melhor olhar de "que carteiro idiota", ainda segurando as cartas com força. Eu devia admitir que estava *morando* aqui, mas ele continuou.

— Muito irritante. Aposto que algumas dessas cartas são do início do verão. Espero que não haja muitas contas a pagar nem que a eletricidade do Professor Hardy seja cortada, forçando-o a analisar seus muitos volumes raros *à luz de velas*, suponho. — Ele esticou a mão, tipo: *me passa aqui essas cartas, aluninha psicopata; parei oficialmente de confabular com você.*

— Volto hoje à noite, está bem? Entrego as cartas nas mãos do professor.

No mesmo instante, começou a garoar.

— Sim, claro — respondi.
Estava devolvendo o monte de cartas à sua patinha úmida quando algo chamou minha atenção. *Amelia Danvers.* Escrito à mão, em letra cursiva formal, no canto superior esquerdo do envelope, a tinta um pouco borrada por causa da chuva.

Sem dúvida não importava que Tom ainda tivesse contato com Amelia. Ou que ela lhe escrevesse cartas, *à mão*. Os britânicos são mais apegados à tradição — puxa vida, eles ainda têm um monarca! Mas eu queria ter visto o endereço dela antes de devolver o monte ao Olhos de Coruja Velha. Chutava que ela deveria morar em Londres, com base na quantia de eventos chiques que frequentava por lá. Mas por que se dar ao trabalho de frequentá-los, se não eram divertidos, e se ela nunca sorria? Quem sabe a expressão de gelo fosse só a cara que ela fazia para fotos. Algumas pessoas levam extremamente a sério essa cara. Ninguém de 1800 sorria para a câmera. Talvez Amelia Danvers fosse assim.

De volta da caminhada sem rumo, ainda inquieta, observei da janela a Sra. T ir embora, arrastando-se pela calçada molhada em seu sobretudo e touca plástica, até desaparecer de vista.

Com certeza ainda havia correspondências em meu nome na caixa de correio de Alex, e com certeza Jessica, desalmada e desonrada, estava agorinha mesmo jogando fora minha linda edição da *Paris Review* para folhear suas revistinhas sobre boa forma. Pensei no velho professor, sob essas mesmas tábuas de madeira, quem sabe cochilando, quem sabe excitado, sonhando com Gina Lollobrigida só de avental, dando macarrão na boca dele direto de uma panela de cobre. Velhote solitário. Fiquei com o coração um pouquinho partido por ele.

Sem conseguir me animar e com um mau pressentimento inquietante, senti uma vontade *genuína* de pegar o violão, ainda que fosse só para me apaziguar, e finalmente me recolhi no meu recanto sinistro, começando mais uma vez a puxar os acordes. Dessa vez senti que estava chegando a algum lugar; havia faísca, havia calor, uma proximidade crescente, como a brasa acendendo, e fogo. A melodia foi tomando forma antes de qualquer letra para contê-la, com a qualidade de uma canção de ninar que podia ter saído de uma caixinha de música antiga para me acalentar.

Entretanto, mesmo com toda a escuridão, penumbra, chuva e com meu estado de espírito amargo, soou doce *demais*. Então, mudei algumas das notas para semitons dissonantes e lá estava... um sentimento, como o anseio, como quando o coração pula no peito ou borboletas voam dentro do seu corpo sem que você consiga capturá-las. O amor era efêmero. Podemos até nos enganar, mas...
— Que bonito.
Levei um susto. Tom estava na outra ponta do quarto, escutando-me com aquela imobilidade perturbadora. De repente, senti-me acanhada, pega em flagrante.
— Não pare — falou com suavidade, mas apoiei o violão na escrivaninha e fui até ele. — Desculpa interromper. Estava tão bonito, mas também um tanto sinistro. Conhece aquela música do Left Banke? Não é *Walk Away Renée*... — Interrompeu-se, procurando o nome.
— *Pretty Ballerina*.
— Isso — exclamou, radiante.
Ele sacou antes de mim. Enquanto cantarolava meu pequeno esboço de canção, eu visualizava uma estatueta de bailarina girando ruidosamente em uma caixinha de música.
— É só um começo... nada de mais — murmurei, tensa e corada, não sei por quê. — Mas obrigada. Agora estou inspirada para terminar. — *Que isso se concretize, seja por sorte ou magia*. Sorri para ele. — E, sério, quero ouvir sobre *seu* primeiro dia.
Senti uma onda avassaladora de gratidão por ele. Tom conhecia o Left Banke! Uma banda que merecia mais reconhecimento do que jamais chegou a ter. Imaginei Tom e eu, de mãos dadas, passeando pela margem esquerda do Sena, em Paris. Que sonho seria.
— Conheci seu vizinho hoje de manhã. O Professor Thornbury.
— Ah, é?
— Sim. Ele parece um personagem de Dickens ou talvez de George Eliot.
— É *mesmo* — respondeu, como se fosse uma grande revelação, e me senti subitamente muito inteligente, tirando o fato de que ainda não tinha terminado de ler *Middlemarch*. Alguém tinha? — Ele mora aqui há um bom tempo, suspeito que seja um pouco solitário. É um bom vizinho. Nada de festas barulhentas. Quase sempre passa o verão fora.
— Bom, ele está com um monte gigante de cartas suas, que insistiu para você pegar. Alguma coisa a ver com uma conta não paga...

Tom balançou a cabeça.
— Não recebo muita correspondência aqui. Nada importante. *Viva!* O que devia incluir Amelia Danvers!
— Ele achou que eu fosse uma das suas alunas. Não sei bem por quê, mas fiquei com receio de corrigir. — Hesitei. A expressão de Tom se manteve tão serena que era desconcertante. — E, na verdade, tenho novidades mais importantes... — continuei, nervosa. — Talvez você tenha visto. Está, hum, na internet. Tenho um trabalho, um show. Vou tocar com Jonesy, no Royal Albert Hall. Em novembro...
Ele arregalou os olhos.
— Jane, que *incrível*! Você deve estar empolgada! Caramba, parabéns!
— Sim... obrigada — gaguejei, um pouco perplexa.
Era empolgante para um fã de Jonesy. Mas para mim (embora estivesse superagradecida pelo trabalho) era angustiante, apavorante. Ah, se eu pelo menos soubesse o que Jonesy queria de mim. E, sabendo, depois de dez anos, que era minha última chance de retornar aos palcos. *Por favor, que eu não faça nenhuma cagada.*
— Estava para te falar há um tempão, mas jurei segredo. Jonesy foi, *no mínimo*, inflexível. Mas acontece que hoje o show foi "anunciado" oficialmente. E, bom, também tem *isto* aqui.
Prendi a respiração enquanto abria a notícia do *Daily Mail* no celular, esquadrinhando o rosto dele. Sabia o que podia vir pela frente. Tom não tinha se disposto a encarar besteirol de jornais sensacionalistas, ou a ser exposto publicamente como rival de uma estrela do rock enigmática, nem a ver memes da sua namorada de pernas escancaradas numa cadeira.
Ele terminou de ler; seus olhos de opala inescrutáveis ao me encarar.
— Nunca fiz parte de um triângulo amoroso — falou, com um delicioso vestígio de sorriso, e nessa hora me senti tão sortuda por estar aqui com ele!
Por Tom não ligar para tabloides, por eu ter começado uma música que até podia ser boa.
— Mas discordo com veemência da parte que fala "Antigamente sedutora"... Deviam dizer irresistivelmente sedutora. Desenfreadamente sedutora.
— *Para.*
Eu me aproximei e cobri sua boca com a mão para impedir que continuasse, vermelha como um pimentão, mas ele a arrancou com muita delicadeza.

— Destrutivamente sedutora. É isso. — E voltou a sorrir, satisfeito. Eu estava sorrindo de volta quando o telefone dele vibrou. Ele suspirou, sem desviar o olhar do meu, mas bastou uma espiada rápida na tela do aparelho para a cor se esvair do seu rosto. Tom gaguejou explicando que precisavam dele, *uma emergência do trabalho*, e prometeu:
— Volto correndo para casa e para você, querida, assim que conseguir.

Escolhi ignorar sua palidez, o lampejo de pânico emergente em seu olhar — porque ele tinha juntado as palavras "casa" e *eu* na mesma frase, num só fôlego.

Logo que a porta ao pé da escada se fechou, peguei o violão e comecei a compor para valer.

🎼

Finalmente, sexta à noite chegou, e estávamos atrasados, contornando um labirinto de pedestres que lotavam a High Street em direção ao Magdalen College. Minha entrada oficial no mundo de Tom: uma cerimônia noturna na capela, seguida de um jantar formal, o *High Table*, no qual os professores se sentavam literalmente em uma mesa elevada e, pelo visto, ignoravam os alunos jantando logo abaixo. *Cristo*. Certamente não era o caso do Tom, pensei; ele era tão dedicado aos seus. Ainda por cima, eu me sentia zonza, intrigada. Já tinha me apaixonado por Oxford, a cidade: suas grandes faixas de pedra cor de mel, a gama infindável de sebos, os cafés aconchegantes com paredes de cores intensas e cremosas como as de macarons. Porém, uma apreensão chata persistia. A Universidade de Oxford, retratada, digamos, em *Retorno a Brideshead*, como um lugar que parecia isolado, elitista e esnobe? Também tinha a questão desagradável do frenesi criado pelos tabloides, ainda em circulação na internet; é certo que os colegas de Tom consumiam estritamente revistas acadêmicas e alta literatura e não teriam dado de cara com nenhum meme, não é mesmo?

— Cuidado! — gritou Tom de repente, puxando-me para a calçada enquanto um pelotão de ciclistas passava voando.

Eu estava viajando na maionese e só nesse momento reparei na torre do sino de Magdalen College, assomando à nossa frente em toda sua enormidade gótica, com toda aquela pedra. Senti um arrepio e me perguntei se Tom também estaria nervoso.

Dentro da capela, um coro de rapazes já cantava. Subimos rapidamente alguns degraus e garantimos lugares bem quando o capelão começou a leitura. Enquanto ele fazia sua ladainha, descobri que não só me sentia extremamente judia, mas também receosa de nunca me encaixar aqui, tendo sido criada por um casal de beatniks que fugiam da formalidade e da convenção, ainda que o rótulo fosse fascinante.

Fiquei cismada com o cavalheiro mais velho à minha esquerda. Seus óculos de armação fina, estilo Jeffrey Dahmer, estavam unidos com fita adesiva e havia uma sacola de supermercado enfiada entre suas alpargatas manchadas, como se ele simplesmente tivesse saído para fazer compras e pensado em dar uma passada ali para uma dose de religião. Seu sorriso beatífico de boca aberta me fascinou, até que uma bafejada da sua respiração me obrigou a voltar os olhos para o sermão e o púlpito.

— Pai todo-poderoso e misericordioso, nos afastamos e nos desgarramos dos Teus caminhos... Seguimos de forma excessiva os ardis e desejos dos nossos próprios corações.

A essa altura, quase todos se ajoelharam e começaram uma reza frenética, de cabeças baixas e mãos unidas. Na mesma hora, me bateu um arrependimento por usar o genuflexório para apoiar os sapatos, um tanto enlameados. Tom também tinha abaixado a cabeça. Ao sentir meu olhar, ele me espiou. Tinha um leve sorriso nos olhos, que interpretei como: *Não se preocupe. Não estou rezando de verdade, só sendo educado.* Ou então: *Ops, você me pegou no meio de "Querido Deus, por favor, não deixe Jane fazer nada constrangedor na frente dos meus colegas hoje."*

Devolvi um sorriso fraco e baixei *minha* cabeça: *Querido Deus, por favor, não me deixe fazer nada* constrangedor *na frente dos colegas de Tom.* Pensei em fazer um esforço e dar meu melhor, mas, observando todas as outras pessoas, não pude deixar de imaginar que, com certeza, algumas delas deviam estar distraídas com outros pensamentos, tipo: *MEU DEUS, será que me lembrei de apagar o histórico de pornografia no iPad antigo? Ou de jogar fora os lenços sujos de esperma que deixei amassados na mesa de cabeceira?* Esse tipo de coisa. Ainda assim, essa conjectura era incrível: a maioria aqui estava tendo pensamentos extremamente *íntimos*, todos reunidos em um lugar tão público, o que era bem legal, tive que admitir.

— Que os ímpios abandonem seus caminhos, e os injustos, seus pensamentos.

Eu sabia. Lá vinha a parte da culpa. Eu me perguntei qual era a culpa do Óculos de Dahmer. Talvez sua esposa não suportasse o bafo dele, mas a do vizinho fosse mais complacente?

Jesus. Agora *eu* que me sentia culpada pelo *meu* pensamento sobre um doce velhinho que mal podia comprar óculos novos. Ter halitose não era culpa dele.

— Pai de nosso Senhor Jesus Cristo, confessamos que pecamos em pensamento, em palavras e em obras.

— Eu tenho uma confissão — sussurrei para Tom, de repente com *muito* tesão nele. Cheguei mais pertinho, apoiando a bochecha na bochecha quente e áspera dele, sentindo seu sorriso junto ao meu. — Entãooo, estava procurando um lápis, imaginei que você tivesse algum guardado nas gavetas da mesinha de cabeceira e *sem querer* acabei topando com um de seus livros. Aquele com a Vênus de Milo na capa? E me sinto péssima...

— Você gostou?

Aquela resposta rápida e sem julgamento me paralisou.

— *Gostei*. Muito. Livro excelente. Quer dizer... não exatamente pela prosa.

— Que bom que você gostou. O que é meu é seu.

Ele abriu um sorriso tão luminoso que o ambiente escuro se acendeu todinho, e fui tomada por um poderoso e enorme desejo (que sonoridade incrível a dessa palavra, *desejo*), o mesmo desejo ardente que a personagem de Julie Christie sentiu no filme *Shampoo*, quando deixou escapar no jantar dos Republicanos reprimidos: *"O que eu queria mesmo fazer é..."* E depois, plim, desapareceu sob a mesa e se entregou à tentação com o personagem de Warren Beatty.

Em vez disso, coloquei a mão na curva firme da coxa de Tom e rezei. *Não hei de sentir culpa pelo meu desejo e continuarei a venerar aquela cena de Shampoo*.

Assim que a cerimônia chegou ao fim, Tom me deu a mão e saímos correndo como dois adolescentes porta afora, passando pelos claustros de pedra desertos e subindo um lance de escadas até seus "aposentos". Pelo visto, exigia-se o uso da capa no jantar formal.

— É estranho você nunca ter me mostrado seu escritório até agora — murmurei, no frescor do corredor de pedra, enquanto ele procurava as chaves.
— Eu sei. Por que será? — rebateu, casualmente.
Eu que pergunto, homem misterioso.

Talvez lá dentro eu finalmente fosse encontrar fotografias dos momentos especiais da vida dele, com os amigos, os pais, coisas das quais não fazia ideia. Ou pelo menos algumas pistas sedutoras.

E, talvez por causa do frio do outono ou então só por esse pensamento, tive um calafrio: você pode *conhecer* uma pessoa, conhecer a fundo o corpo dela (todos os lugares discretos a tocar, todas as coisas que consegue fazer com as mãos, os lábios, a língua), mas, ao mesmo tempo, admitir que ela ainda é uma completa desconhecida.

— Cá estamos. — Ele olhou para trás e sorriu ao destrancar a porta, convidando-me com um gesto a entrar primeiro.

A sala estava banhada em uma meia-luz ambarada, jorrando por um par de janelas espetaculares com vitrais, e exalava um aroma amadeirado leve e agradável que vinha dos diversos livros forrando as paredes.

Havia um sofá com revestimento de chenile e uma cor intensa de caramelo, além de cadeiras desparelhadas em torno de uma mesa de centro grande. Um frigobar zunia, e, em cima dele, havia uma chaleira elétrica, caixas de chá e uma garrafa de uísque escocês. Nada de fotografias, reparei com uma pontada de decepção. Porém, dei por mim espiando de novo o sofá, imaginando se Tom já tinha feito sexo ali. Será que eu estava assistindo a filmes demais? Ou talvez fosse só uma pervertida que pensava em sacanagem como reação a todo aquele papo sobre retidão, mau caminho e boas ações.

Ainda assim, vislumbrei uma Monica imaginária, debruçada no encosto do sofá. Tom estava por trás dela, apertando o corpo ao seu, as mãos segurando suavemente seus fartos seios, desfrutando do peso excitante que tinham. Ela estava com os olhos semicerrados, e a boca carnuda aberta, enquanto a boca *dele* roçava seu pescoço, e a mão empurrava para o lado a minúscula lingerie acetinada para poder acariciar com o dedo a parte que mais importava, ambos se movendo em conjunto... Dava quase para sentir a pressão prazerosa do encosto do sofá no abdômen dela. Por instinto, coloquei a mão no meu quando o Tom de carne e osso voltou ao

foco. Ele tinha vestido a capa, o motivo pelo qual tínhamos vindo para esta sala, e se apoiava na beira da mesa, de pernas casualmente cruzadas.
— Não sei como te contar — falou, franzindo o cenho.
O quê?!
— Não — emendou com pressa, captando meu espanto. — É só que, em Oxford, chamamos isso aqui de beca, não de capa, como em...
— Harry Potter! — terminei a frase. Nossa primeira troca de mensagens! Ele não teve coragem de me corrigir na época. *Ah, caramba, porra, como eu o adorava.* — Bem, obrigada por me avisar. — Eu me fiz de tranquila, dado meu estado agitado. — E bem a tempo. Poderia ter dito alguma coisa besta para um dos seus colegas no jantar, tipo: "capa bacana". Por falar nisso, adorei seu escritório. E sua *beca*.

Ele pareceu triste por um momento. Mas então percebi que era só aquele seu sorriso específico, um sorriso imbuído de sentimento, de algum tipo de comoção. Aquele sorriso tinha um jeito engraçado de me perturbar, principalmente aqui, ao contemplá-lo em seu traje de professor pela primeira vez.

Senti minha boca entreabrir, minha pele formigar.
— Fico *pensando*. Se *Monica*... já visitou você aqui? — Simplesmente saiu. Senti uma vertigem me varrer, mas não demonstrei. — Ou quem sabe você tenha sido "orientado" *antes* na sala *dela*?

Tom nem sequer mexeu um músculo. Sobretudo notei sua surpresa por eu me lembrar do nome dela. Mas ele fez uma pausa antes de responder.
— Sim, acho que visitou — disse, enfim.
Ah.

Nós nos encaramos, e um calor acumulado, uma sensação semelhante a uma tempestade tropical crescente, explodiu em mim. Era tão deliciosamente impossível interpretar Tom, eu mal podia suportar. De uma só vez, imaginei-me dizendo, com uma voz sensual e grave: *manda uma mensagem para ela. Convide-a para se juntar a você e a sua nova namorada americana, de mente suja e imparável. E peça a ela para trazer as coisinhas acetinadas.*

Há! O que estava acontecendo comigo? Ele tinha ocultado uma varinha mágica por baixo da beca e me lançado um feitiço em segredo? Esse era algum tipo de loucura? De verdade, eu só sabia desejá-*lo*.

Ele se aproximou, como se estivesse lendo minha mente todo esse tempo. Dei um passo para frente até ter contato com as pontas dos seus dedos, até ele me pegar e me puxar para si, envolvendo-me na sua beca e nos seus braços, enterrando o rosto no meu pescoço com voracidade, sua respiração ofegante e morna e o farfalhar sedoso em meus ouvidos; eu estava no meu limite...

— Jane, o que está acontecendo conosco?
— Não sei, mas acho que devemos nos controlar.
— Devemos?
— Acho que devemos. *High Table*, jantar formal, o que é mesmo? — falei, querendo afundar cada milímetro do meu corpo nele e dando meu máximo para atingir esse objetivo. — Por que vocês, britânicos, não decidem o nome?

— Não dou a *mínima* para o jantar formal — sussurrou, com o rosto imerso em meu cabelo, as mãos por toda parte, despertando alfinetadas de prazer por todo meu corpo. — Vamos deixar para lá.

— Por mim tudo bem — sussurrei de volta.

As formalidades de Oxford podiam esperar. A verdade é que eu estava seca por isso aqui.

Agarrei seus pulsos e, com as mãos dele, dei um tapa firme e expressivo na minha bunda para ele ficar avisado sem nenhuma dubiedade que ela era toda sua, para ele usar, abusar, agarrar, amar e cuidar, para isso, exclusivamente. Nós dois estávamos de cabelo bagunçado e olhar vidrado, um casal de cães arquejantes. A ideia de Tom, todo arrumadinho num púlpito, rodeado de pedagogos pretensiosos, pareceu-me repentinamente absurda.

Então, peguei uma das mãos dele e nos conduzi direto para o sofá, posicionando-me como tinha fantasiado que Monica estava, porque tenha ele feito sexo ou não com ela naquela sala, com certeza faria comigo.

Na segunda-feira seguinte, tinha acabado de pôr em frente ao apartamento do Professor Thornbury um monte de cartas entregues na porta errada e me preparava para zarpar quando...

— Ah, Jane... *É você*.

Um par de óculos me espiou da janelinha da porta. Ele começou a abrir os milhares de trincos enquanto eu tremia na soleira, aprisionada.

— O carteiro idiota ataca novamente — falou, conduzindo-me para dentro. — Jogue-as aqui, por favor, querida.

Ele indicou uma escrivaninha à minha esquerda com a mão, já se arrastando lá para dentro.

— Vou pôr a chaleira no fogo, que tal? Você *não pode* deixar de experimentar as peras cozidas no gengibre do Covered Market. Depois de prová-las, nunca mais será a mesma; elas são *revolucionárias*. Juro para você.

— Claro, sim — respondi, mas ele já tinha desaparecido, e agora eu estava mesmo presa.

Tom tinha razão, o velho professor parecia ser solitário para caramba. Eis o que ficava abaixo de nós. O apartamento de Thornbury era muito úmido e sombrio, quase subterrâneo, em comparação ao de cima. Tinha uma quantidade razoável de janelas, mas todas com vista para troncos retorcidos e com pouca luz natural. A decoração era a bagunça que se espera de um professor: livros e *objetos*, móveis caindo aos pedaços, cobertos com mantas e paninhos, desenhos de colunas coríntias e cariátides expostos em molduras, fotos desbotadas do professor sorrindo cheio de dentes sob um chapéu de abas largas no Partenon ou no Coliseu, em todas sozinho, provavelmente tiradas por um turista a quem ele deu a câmera.

— Bem-vinda à minha humilde residência — exclamou com alegria, cambaleando de volta com uma bandeja. — É *puxando o saco* que se vai ao longe.

— Uma maravilha, Professor Thornbury. Dá para ver... — respondi, caçando alguma gentileza para dizer — que o senhor viajou. Muito.

— Ah, obrigado! Acertou na mosca. — Ele sorriu, depositando a bandeja na mesa de centro. — De fato, viajei. Sente-se, sente-se, *por favor* — insistiu, apontando o queixo para uma poltrona cheia de calombos. — É muito bom ver você, minha querida, e me chame de Thorny. Todo mundo me chama assim.

Ele piscou para mim, jogou-se no sofá em uma posição perpendicular a mim, e começou a servir chá.

— Não vou alfinetar, *a não ser que me provoque*, mas você simplesmente tem que experimentar uma pera.

Ele empurrou um prato de porcelana lascado na minha direção e se lançou para frente, observando-me com entusiasmo.

— Humm. — Sorri, dando uma mordidinha. — É quase como... comer perfume, só que uma *delícia*. — O professor parecia ser todo ouvidos, encantado, então continuei. — Amanteigada. Mas com textura. E uau, uau, uau. — Ele arregalou os olhos; como era fácil de agradar. — De re-

pente, vem uma explosão de sabores totalmente novos. Um *segundo ato*, se preferir, tendo como protagonistas as especiarias e a acidez.
— Está vendo! — Ele deu um aplauso feliz. — O que foi que eu disse?! De hoje em diante, você nunca mais vai encarar a pera com os mesmos olhos. — Não, acho que não ia mesmo. — Sabia que faríamos amizade rapidamente, Jane, mas *você*... — acrescentou, de sobrancelhas erguidas, garfando um pedaço grande para ele. — A *amada* do Professor Hardy? Que novidade surpreendente. E pensei que talvez fosse ver vocês no jantar formal, sexta-feira passada?
Ops. Ele tinha acabado de dizer *amada*?! Hilário.
— E *o senhor* pensando que eu fosse uma das *alunas* dele. Thornbury protestou, com a boca cheia de pera.
— Professores e suas alunas — balbuciou, mastigando e limpando os cantos da boca com um guardanapo. — Não, minha querida, isto é *Oxford*. Fundada em 1096. Dificilmente você seria a primeira. É só que o Professor Hardy e sua *ex*-companheira estiveram juntos por tanto tempo que poderiam muito bem ter virado duas estátuas de mármore, Orfeu e Eurídice, criaturas tão belas, os dois. Não fazia ideia de que eles tinham se separado. *Eu* costumava estar a par de todo o zunzunzum da universidade, mas, puxa vida, consumido pelo trabalho. — Ele suspirou e deu uma mordida menor. — Eu os conheci quando eram alunos, e ela, na flor da idade, tão *imponente*, tão *formosa*, pele de lírio, bochechas de rosa. Arrisco dizer que Amelia Danvers punha todas no chinelo — disse, com reverência. Depois, piscou para mim, pegou mais uma pera e começou a mastigar com gosto.

Amelia. Eles estiveram juntos por tanto tempo que poderiam muito bem ter virado duas estátuas de mármore? Senti um peso no estômago. Lembrei-me da carta recente dela para ele, mas o rosto de Thornbury entrou em foco, de olhos ampliados pelos óculos grossos.

— Coma um pouco mais de pera, querida, antes que eu devore todas — ofereceu, subitamente arrependido, compreendendo por intuição, e empurrou o prato para mais perto.

— Não precisa, comi muito no café da manhã.

Mentira.

— Se você está dizendo — retrucou, garfando outra. — Você é muito gentil, Jane. E linda. — Este último elogio claramente anexado após ele se derreter todo por Amelia. — Espero ver você no jantar da faculdade que se aproxima, de braços dados com o professor Hardy. Você estará segura — falou, inclinando-se como um conspirador. — A professora Danvers está de partida para Harvard neste trimestre com uma bolsa, ouvi dizer.

Professora Danvers. Quase me engasguei. *Ninguém* nunca mencionou que ela era professora em Oxford! As fotos na internet só a pintavam como uma *socialite*.

— Ou Princeton? — Ele assoou o nariz em um guardanapo, num gesto rápido e brusco. — Em alguma da Ivy League, certamente. Seja como for, você deve ser poupada de constrangimentos entre tantos dos nossos colegas, *apinhados* em uma sala grande, mas bastante *abafada* — completou, como uma expressão escandalizada.

Mas o rosto dele corou ao ver o meu, empalidecendo, as peras cozidas no gengibre voltando de um jeito bem inconveniente.

Ok. Amelia era a namorada da faculdade, que agora *também* era professora de Oxford, e Tom pelo jeito tinha estado com ela todo esse tempo?

Espiei o Olhos de Coruja Velha. Ele estava perseguindo um pedaço de pera no prato. Será que estava gagá? Ou simplesmente estava por fora, com a lembrança do casalzinho de alunos de anos atrás?

Então, uma sensação súbita deixou meu coração a mil. Será que Tom tinha me impedido de participar do *High Table* de propósito?

Decidi que tiraria um pouco mais de informações do Olhos de Coruja Velha, jogando no ar perguntas como há quanto tempo ele morava ali, quando meu celular tocou. Pippa.

Pedi desculpas apressadas a Thornbury, mas ele fez um aceno com a mão para que eu atendesse a chamada, e corri até a janela, dando-lhe as costas.

— Oi — falei, em um tom quase inaudível.

— Oiiii, Jane, não queria incomodar com assuntos do trabalho enquanto você está compondo, mas uma coisa meio urgente pipocou, e achei melhor ligar. Como você está, aliás?

— Boa pergunta — respondi, procurando um pedaço de céu entre os galhos retorcidos, testemunhando diante dos meus olhos nuvens de tempestade se dividindo como células malignas.

— Putz. Então vou desembuchar de uma vez só.

Capítulo 20

DIRTY DANCING

— Sou uma besta — lamentei com Pippa, um minuto mais tarde, no viva-voz, subindo dois degraus por vez da escada de Tom. *A notícia era péssima.* — Quer dizer, era só eu ter falado com eles e pedido: "então, gente, vamos fazer um pacto de nunca postar os nossos podres na boa e velha internet". Ai. É o pior dia da minha vida.

Eu já estava de cabelo em pé com aquela história de *professora* Danvers, namorada de anos do Tom, sobre a qual ninguém aqui conseguia parar de fofocar. Tirando ele.

No topo da escada, eu me curvei, ofegante.

— Não se preocupe — insistiu Pippa. — Já tenho uma advogada trabalhando no caso. Enquanto a gente está se falando, ela está providenciando uma notificação extrajudicial.

Bati a porta e atravessei a sala enfurecida.

— Tá bom, mas *porra, cacete, puta que pariu.* Só espera eu pegar meu notebook para ver se é muito hediondo...

Parei abruptamente à porta da lavanderia, acabando de reparar nas sacolas da Tesco alinhadas no corredor e no barulho da máquina de lavar.

— De novo presa com a empregada assustadora? — berrou Pippa do outro lado da linha.

Encarei a Sra. T, que me encarou de volta, com uma roupa íntima minha pendurada entre o polegar e o indicador.

— Desculpa — balbuciei. — Só preciso... fazer uma coisa.
Corri para o quarto, deixando a Sra. T parada com a minha calcinha. Aninhada em segurança na privacidade do quarto, eu disse a Pippa que logo voltaria a ligar e me larguei na cama com o computador; o coração aos pulos.
Acalme-se. E eles chamam aquilo de árvore. Certo. Nada significa nada, lembrei, esperando a página carregar.
Fechei os olhos, respirei fundo para me preparar e os abri de novo.
O filme da faculdade de "arte" de Jane Start vazou! LINK *para o vídeo: Jane Start chapadona e peladona.* Cliquei no link e ia tirar o som quando o celular vibrou. Era Pippa de novo.
— *Jane?* Tudo ok?
— Eu não... sei.
Minha alma tinha saído do corpo e agora pairava como vapor acima da minha cabeça, enquanto minha tela era preenchida por um close de uma estudante de artes jovem e pretensiosa soprando uma baforada de bong bem na lente da câmera. Quando a fumaça se dissipou, ela começou a fazer a dança do robô, nua, ao som de *Rockit,* de Herbie Hancock, numa versão brisada com a velocidade reduzida pela metade, movendo-se em uma sincronia bizarra com o trote em câmera lenta da gravação. Era para ser uma homenagem a Warhol! A Fábrica! Ou no mínimo somente um filme pretensioso do curso de artes.
— Jane. Só quero que você saiba que li os comentários e a grande maioria é *extremamente* elogiosa. Sei que parece um desastre da maior magnitude, mas estou falando sério, as pessoas *gostam mesmo de você.* E isso vai desaparecer, vai ser extirpado da internet muito, muito em breve. Eu prometo. Jane?
Só consegui soltar um gemido, com o gosto da pera azeda ainda na língua.
— Ah, olha o que acaba de chegar. Uma mensagem de Alastair. Ele diz... — Ela deu uma pausa, pigarreou. — Que não quer te incomodar em um momento de crise, mas quer que você saiba que, abre aspas: "Você é a melhor, garota. Coragem. Levanta essa cabeça! E, se eu jogasse no outro time, pode apostar que te comeria sem pensar duas vezes." Jane? Você ainda está aí?
Não consegui segurar as lágrimas; a mensagem de Alastair me levou ao limite.

— *Não*. Nada de chorar. Vai ficar tudo bem. Você era *jovem*, todo mundo sabe. E, sinceramente, é...
Houve uma pausa.
— Um charme — completou ela.
Será?
— Bem, não era para ser *Rockit*! Não consegui me conter! Eu só... comecei a dança do robô espontaneamente. É pavloviano. Com ou sem roupa.
— Claro, dançaria. Qualquer um dançaria... Bom, não, *eu* não. Parece ser uma coisa só *sua*. Mas vamos resolver. Juro. Ah, e mais uma última coisinha. Ainda está aí?
— Hum.
Mas não estava. Estava pensando em como fui burra de deixar um dos meus colegas da faculdade me filmar nua para o projeto *deles*.
— Mudando de pato para ganso, os meninos sugeriram de fazermos um brunch no fim de semana. Adoraríamos ir a Oxford, se você quiser. Ainda não conhecemos seu professor! E você ainda não viu Will. Ele está se saindo superbem como meu novo temporário!
— Claro.
Coloquei o notebook no mudo e cliquei no link de novo.
— Perfeito! E, por favor, não esquenta a cabeça, querida. Nesse meio-tempo, desliga o computador. Não quero que você se estresse com isso. Tem coisa tocando aqui. Ah, é a advogada! Preciso correr, te amo!
Eu era uma idiota pretensiosa, mas não mandava mal na dança do robô. Depois da faculdade, o departamento peitoral deu uma caída. Tocando agora a região — só para comparar, embora, para falar a verdade, também fosse confortável...
Foi quando percebi a Sra. T *refletida na tela do meu computador*. Ela estava parada bem atrás de mim, observando-me dançar pelada no clipe enquanto, na vida real, eu me apalpava.
Fechei o notebook com força. Um nanossegundo depois, o som familiar da porta da frente ecoou pelo apartamento.
Tom estava de volta.
Em casos assim, imaginei, sendo este meu primeiro, a melhor atitude a tomar era fingir que absolutamente nada tinha acontecido.
Levantei-me devagar, pondo o notebook com cuidado na escrivaninha e dando um sorriso apagado para a Sra. T, que estava com aquele olhar

padrão, semicerrado e ilegível... o qual *poderia* significar que ela precisava de óculos e não tinha a menor ideia de que era eu na imagem... não?

A Sra. T soltou um suspiro pesado, arrastou-se até a cama e começou a tirar os lençóis.

— Muito obrigada — falei, recuando na ponta dos pés —, por fazer isso.

Dei meia-volta e corri pelo corredor rumo à liberdade, parando com timidez na entrada da sala de estar assim que vi Tom, ainda sem notar minha presença, fazendo expressos, todo sólido e robusto, as superfícies e ângulos definidos e familiares dos seus traços de perfil. Ele sentiu minha presença e se virou.

— Ei — falou.

— Oi — murmurei, deslizando em direção a ele, querendo muito botar para fora: *Por que é que você não me contou que Amelia é professora de Oxford?*

Mas não falei. Porque tinha orgulho de não fazer o tipo ciumenta e porque também não tinha contado toda a história com meus ex. Se contasse, ele nunca mais me veria com os mesmos olhos. Desse modo, não disse nada, porque Tom estava me estendendo a mão. Porque o *presente* com ele era muito mais interessante do que o *passado*. Porque quando o vi, depois de ficar somente umas horinhas *sem* o ver, fiquei caidinha.

— Andei pensando — falou, entrelaçando os dedos nos meus. — Preciso comparecer a uma série de eventos de trabalho e não quero que você se sinta obrigada a me acompanhar. Imagino que muitos deles seriam um tanto tediosos para você.

A testa dele franziu de um jeito fofo.

— Embora eu fosse *adorar* ter você ao meu lado o tempo todo. — Ele balançou minha mão para trás e para frente, de leve. — Mas a decisão é toda sua; você que sabe quais coisas tediosas estaria disposta a tolerar. Aliás, fiquei pensando o que acha de ir...

— Ao próximo jantar da faculdade?

— Isso — retrucou, surpreso. — Mas como é que você...?

— Thornbury me contou. Levei a correspondência dele de manhã.

— Ah. Gentileza sua.

— Não foi nada. Ele me serviu chá. E peras. Peras *revolucionárias*.

— Verdade? E foram mesmo?

Ele examinou meu rosto, e as palavras de Thornbury voltaram a martelar na minha cabeça: *Amelia. Tão formosa. Pele de lírio, bochechas de rosa. Você estará segura, minha querida, entre tantos dos nossos colegas, apinhados em uma sala grande e bastante abafada.*
O nome dela se formou em meus lábios.
Não agora. Não com Tom me olhando dessa maneira. Não com ele me esperando dizer que o acompanharia no jantar da faculdade. Além do mais, tinha assuntos mais urgentes para discutir. Como o fato de eu ter vazado na net, fumando maconha, fazendo a dança do robô, nua em pelo. E ainda não tinha respondido à sua pergunta sobre as peras.

— Adoraria ir ao jantar tedioso com você. E as peras foram, realmente, revolucionárias.

𝄞

No entanto, sábado chegou e fiquei pensando em como eu conseguia estar vendo um noir escandinavo sobre serial killers, ou enchendo o carrinho da Amazon com coisas desnecessárias que nunca compraria, ou fazendo qualquer coisa igualmente prazerosa em vez de estar me arrumando para uma festa intimidante da faculdade à qual nunca deveria ter concordado em ir.

— Você é um anjo. Obrigado por ir. Tudo bem? — gritou Tom do quarto.

Ele estava vestido e pronto para sair, mas eu não estava nem perto disso.

Plim!

Pippa: Os otários da internet postaram o vídeo de novo. Falando agorinha com a advogada.

Que semana.

— Tudo, superzen — gritei de volta, voltando ao meu reflexo no espelho do banheiro, fazendo um borrão hediondo no delineado.

É lógico que os acadêmicos de Oxford não assistiam a clipes de universitárias peladas na internet, né? *Plim!*

Pippa: Curiosamente, o pessoal do *Strictly Come Dancing* viu e adoraria que você participasse da competição. Eles me garantiram que você pode dançar totalmente vestida. Pensa no assunto?

Plim!

Por que eu sempre recebia mensagens no meio do delineado? Decidi que, na verdade, detestava festas intimidantes. Coloquei meu telefone para vibrar.

Bzzz.

Pippa: Entendo que a ausência de resposta quer dizer que você prefere que eu recuse com educação? Seja como for, recomendo que pense mais no assunto.

Bzzz.

Pippa: P.S.: o *Strictly Come Dancing* tem uma audiência de zilhões.

Bzzz.

Pippa: P.P.S.: só adoraria que você pelo menos confirmasse o recebimento das mensagens. Não estou brava, estou sozinha. Pronto, falei. Ai. Tropecei na última conquista do meu ex no Instagram, uma recepcionista de spa, pelo visto — só tem selfies apelativas, claro —, e ela é 25 anos mais nova do que ele!!! SOU VELHA E IMPEGÁVEL? FUI LARGADA PARA ESCANTEIO? DESCULPA, MUITO DESMORALIZADA PARA DESLIGAR O CAPS LOCK.

Era isso. Não podia culpá-la por estar em pânico com a aproximação dos 40. Ou de ter ficado chateada com uma página de Instagram. Joguei o delineador no chão e digitei rápido, cometendo um monte de erros: falei como ela era literalmente *a* mulher mais pegável que eu conhecia, e que se fodam os spas e as selfies, que se fodam os homens que fodem mulheres com metade da idade deles, humpf. Pippa merecia o melhor. De repente, senti-me terrivelmente, lamentavelmente culpada. Como era possível eu ter um namorado incrível, e *ela* estar sozinha? *Ela* era a beldade! *Ela* era a inteligente!

Ouvi o celular de Tom tocar no quarto. Homens eram sortudos. Não precisavam se preocupar com maquiagem. Podiam repetir o mesmo terno mil vezes sem julgamentos alheios.
— Jane? — berrou Tom. — Você acharia muito ruim me encontrar no escritório? Parece que fui requisitado. Uma reunião rápida com uma aluna. Uma jovem muito ansiosa. Caloura, lógico...
— Imagina — gritei de volta.
— Riscos ocupacionais.
— Desde que você não transe com ela. Na sua mesa.
— Entendi. — Uma pausa. — No sofá?
Eu amo esse homem.
— Também não pode — respondi, quando uma sombra se projetou.
Levei um susto, e meu coração deu um salto. De repente, Tom estava bem *aqui*, rondando na porta. Sei lá como, mesmo sendo familiar, ele também não era.
Tom sacou o celular.
— De Freddy. Para você. Abre aspas... — Ele me lançou um olhar sorridente. — "Diga à Srta. Start que ela não deve se atazanar com o jantar da faculdade. Aqueles cadáveres prefeririam ver documentários de David Attenborough sobre os rituais de acasalamento dos pássaros-jardineiros. Já eu gostei muito do vídeo e dei uma excelente avaliação, que ela pode encontrar nos comentários, sob o pseudônimo de Adorador da Jane Maconheira."
O bom e velho Freddy Lovejoy.
— Ele está certo em tudo — disse Tom. — Principalmente na parte de David Attenborough.
Mas ele se aproximou do nada, estudando meu rosto.
Virei para o espelho. De algum jeito, consegui fazer um olho ficar totalmente diferente do outro.
— Juro que não foi por querer que mirei no Picasso.
Ele sorriu.
— Vejo você daqui a pouquinho, querida, se cuide. Pegue um táxi. Está escuro e chovendo.

Agora eu precisava correr para valer. Coloquei um alarme no celular e abri a torneira quente do chuveiro (quem disse que não dá para desamassar um vestido com ele no corpo?). Depois, comecei a vasculhar minha coleção de maquiagens inúteis na gaveta da bancada, procurando os dois únicos batons de farmácia que, juntos, criavam o nude-rosado perfeito.

Frustrada, arranquei a gaveta e despejei o conteúdo no chão, quando uma coisa pulou: *as icônicas letras C entrelaçadas de um batom da Chanel?*
Certamente. Não. Era. Meu.
Recuei, de coração a mil, e olhei mais de perto.
VERMELHO! Como uma sirene disparando na minha cabeça. Sabia que era dela. Só podia ser.

Minha vista escureceu nos cantos e foi se fechando como no final de um filme antigo; o chão de repente fugindo sob meus pés. Agarrei a beirada da pia e fechei os olhos. Quando os abri, estava balançando o batom em cima do lixo. Mas era como se *ela* estivesse me observando de algum modo.

Devagar e com cuidado, coloquei-o na beira da pia, dando-me conta do vapor que tomava tudo, o espelho todo embaçado. O tempo parecia estar desacelerando, distendendo... e eu fechava a torneira... e estava ajoelhada no chão de piso frio, juntando tudo e jogando para dentro da gaveta derrubada. E estava reparando num envelope pequeno, com "Tom" rabiscado, preso lá no fundo da gaveta. Então estava em pé, encarando-o. Como era possível que um simples pedaço de papel pudesse pesar tanto? Uma capa de tecido deslizou no chão sem fazer barulho, revelando o nome dela, Amelia Danvers, gravado no papel, sobre a imagem de um garanhão preto. Sua caligrafia perfeita e sinuosa:

Querido Tom,
Adorei o agradinho. Nos vemos às 19h em ponto para os drinks com os pais.

Não se esqueça de ir vestido para a ópera. E, por favor, não se atrase.

Beijos, Amelia

Quando olhei para cima, era o rosto *dela*, glacial e fantasmagórico, no espelho.

Abri o Chanel.

— Querido Tom, adorei o agradinho. — Girei o batom devagar. — Nos vemos às 19h em ponto para os drinks com os pais. E, por favor, não se atrase. — A fragrância sutil do batom se espalhava no ar enquanto eu o deslizava nos lábios. — Beijos, Jane.

Somente o *pinga-pinga* da torneira. A cor nos meus lábios estava igualzinha a sangue.

Mas Tom deve gostar, pensei, fitando o espelho, chegando mais e mais perto do meu reflexo. O alarme do meu celular tocou, alto igual ao sino de fechamento da Bolsa de Valores de Nova York. Dei um solavanco para trás, e o batom escorregou pelo piso branquíssimo, deixando feios talhos vermelhos no chão, como a sequência da cena de um crime.

Fiz o que pude para remover as marcas e escondi o que sobrou com um tapetinho. Devolvi o bilhete à gaveta, a gaveta à bancada e joguei o batom no lixo com um gesto decisivo. Em seguida, corri para a sala e fiquei andando de um lado para o outro, esperando o táxi. Quando ele chegou, saí desesperada até a porta da frente, quase em êxtase por fugir, mas algo me conteve.

E, de repente, lá estava eu, disparando de volta pela escuridão do corredor, compelida a retornar. Peguei o batom do lixo e o guardei em segurança na minha bolsa.

Capítulo 21

DIÁLOGO CIVILIZADO

Paramos hesitantes na entrada de um saguão elevado, registrando o mar de professores com seus convidados. A festa da faculdade já estava rolando a pleno vapor. Um quarteto de cordas tocava *As Quatro Estações* de Vivaldi. Lógico.

Tom virou para mim e sorriu. Eu o flagrei analisando meu rosto de maneira sutil. Ou ele ainda não tinha entendido direito o que estava diferente — ou tinha. *O batom vermelho*. Num piscar de olhos, senti-me fria, ardilosa, moralmente duvidosa. Como alguma *femme fatale*, como Jessica.

— Podemos? — disse Tom, ainda me espiando de um jeito um pouco esquisito.

Ele me ofereceu o braço.

— Sim.

Retribui com um sorriso inocente, passando meu braço pelo dele, e entramos. Fomos costurando grupos de docentes mais velhos bem-vestidos, as mulheres em sua maioria com terninhos de shantung de seda pura em cores outonais, como se tivessem recebido um comunicado. Eu era a única pessoa de preto fúnebre, além dos funcionários do buffet.

Uma bandeja deslizou no meu campo de visão.

— *Angels on horseback?*

Tom tratou de recusar depressa, talvez ansioso demais para comer ao lado de Jane Maconheira no meio dessa multidão. Mas, para falar a verdade, ele parecia um poço de tranquilidade. *Eu é que estava ansiosa. É melhor forrar o estômago*, pensei. Mal tinha comido o dia todo.

— Ostras enroladas no bacon — explicou o garçom, inclinando a bandeja para eu olhar melhor.

— Ah... *não*. Não precisa. Mas obrigada.

Ele fez uma reverência, eu catei um guardanapo e tirei de forma discreta o batom no momento conveniente em que Tom olhou para outro lado. Uma mulher, me confundindo com uma garçonete, entregou-me sua taça vazia, que depositei furtivamente em um vaso de planta.

— É bem como eu imaginava — comentei com Tom —, mas que tal *uma bebida?*

— Seu desejo é uma ordem — respondeu, girando para trás e roubando uma taça de champanhe de uma bandeja que passava. — Ah, não — suspirou. Professor Thornbury, a certa distância, parecia vociferar para um homem com cara de aristocrata que se afastou quando a bebida saiu voando do copo de Thornbury. — Aquele é Graham Crankshaw. Professor rival do Departamento de Clássicas. Eles têm uma antipatia mútua intensa. Crankshaw acabou de virar chefe do departamento, um cargo cobiçado por Thornbury. Enfim.

— Pobre Thorny. Ele gosta de dar alfinetadas quando...

— Olá! *Tom!*

Giramos em direção à voz de mulher e nos deparamos com um grupo de jovens, também de tons terrosos, mas com roupas menos conservadoras do que o grupo mais velho.

— *Muitooo* prazer em conhecê-la. Gemma Chang. Psicologia — falou a mulher, dando-me um aperto de mão efusivo.

Ela era bonita, tinha um sorriso ligeiro e luminoso e talvez alguns anos a mais do que eu.

— E esse é Vikram Sunda, DPRI — continuou, dando uma ombrada no homem alto, moreno e muito bonito ao seu lado. — Departamento de Política e Relações Internacionais — acrescentou antes que ele pudesse falar. Então, um casal, *confere*.

— Muito bom conhecer você — disse Vikram Sunda, *Departamento de Política e Relações Internacionais.*

Ele tinha uma voz melíflua de barítono, como um DJ da madrugada. Demos um aperto de mão educado.

— Cyril Chissel, Física.

Agora eu cumprimentava o protótipo de um menino inglês: olhos azuis e redondos, uma juba loira desgrenhada e evidentemente um prodígio, pois com certeza ele não tinha idade suficiente para ser professor universitário.

— Oi. Meu nome é Bryony Obaje. *Não* professora de Oxford, amiga *dele* — disse a garota deslumbrante ao lado de Cyril, *Física*, dando uma risada.

Ainda bem que eu não era a *única* não docente do lugar!

— Oi — respondi, sobrecarregada. — Sou...

— *A gente sabe* quem você é — interrompeu Gemma Chang, *Psicologia*. — Somos todos grandes fãs.

— Cy e eu temos ingressos para o show de *Jonesy* no mês que vem — completou Bryony, com uma voz rouca adorável.

Ela deu o braço para Cyril, fazendo um carinho sutil em seu antebraço. Ele mantinha o mesmo sorriso e postura congelados, com as mãos enfiadas nos bolsos. Fofos. Cy, o ciborgue. É assim que vou me lembrar do nome deles. Cy e Bry...

Foi então que me liguei. *O show. Jonesy.* Só faltava um mês?

Mantendo o sorriso estampado no rosto, eu me acalmei: *ah, fica tranquila. Não vai ser tão difícil assim. Você cantou Can't You See I Want You milhares de vezes.*

Só que... dessa vez era *com* Jonesy. E no *Royal Albert Hall*. E ele ainda não tinha dado nenhuma informação. Jonesy era famoso por seu interesse pelo cênico... Talvez estivesse tramando alguma *maluquice*. Ia querer que eu entrasse pendurada num fio, como Peter Pan, e sobrevoasse calmamente a plateia com meu violão — quem ia saber?

Jonesy é que sabia, zombei de mim mesma: *ele* sabia.

Mas voltei a focar os professores em tons terrosos e vi que os lábios de Gemma, *Psicologia* estavam se mexendo.

— Pensei que *Vikram* fosse arranjar os ingressos na internet, mas ele me disse que eu é quem deveria comprar? *Enfim. Já era.* Está tudo esgotado — suspirou, revirando os olhos.

Vikram se manteve em silêncio, com um olhar resignado, levemente risonho.

— Mas, uau, cá está você — murmurou Gemma, ainda no modo fã emocionada. — E *Vikram* era *apaixonado* por você.

Ela piscou com um ar atrevido.

— Todo mundo era — falou ele, com aquela voz grave e intensa, sorrindo como se pedisse desculpa.

— Hum... *obrigada.* — Foi o que consegui responder. Literalmente não existe uma boa réplica para esse tipo de afirmação. Enquanto o grupo sorria para mim em silêncio, pensei que essa podia ser uma oportunidade tão bacana quanto qualquer outra para angariar empolgação. Virei o champanhe e estava pegando outro quando um sino tocou em algum lugar, e a multidão mergulhou no silêncio.

— Boa noite — entoou uma voz do outro lado do salão.

— Julian Davies, presidente da faculdade — cochichou Tom.

— Sejam todos bem-vindos, corpo docente e amigos — prosseguiu Julian Davies, o *Presidente*, enquanto eu fazia força para localizar a voz imaterial e elegantérrima por cima das cabeças dos vikings. — O jantar começará em breve. Recomendo que todos se deleitem com um último acepipe antes de se acomodarem à mesa.

Eu estava seguindo as instruções à risca, mandando para dentro meu acepipe do momento e considerando a ideia de fazer estoque para aproveitar a oportunidade quando dei de cara com o Professor Thornbury e uma mulher mais ou menos da mesma idade e tamanho, de cabelo branco cortado num pixie espetado e fofo.

— Honora Strutt-Swinton, *Antropologia* — disse ela, intrometida, estendendo a mão.

Ela me lembrava Judi Dench, sólida e curvilínea, com um terno em tweed cor de ferrugem, sem contar o cabelo incrível.

— É uma Honora — respondi, irrompendo numa pequena reverência elisabetana, sem motivo nenhum além do fato de a Dama Judi ter interpretado a rainha um monte de vezes e de o champanhe estar fazendo efeito. — Mas acho que todo mundo diz isso.

Nada. Nem um sorrisinho sequer.

— Sou Jane — falei, endireitando-me e esticando a mão como uma pessoa normal.

— Sim. Eu sei — respondeu, mexendo em um colar de contas gordas de âmbar e ignorando totalmente o cumprimento. Ela ergueu a sobrancelha. — Professor Thornbury me pôs a par de *todos os detalhes sórdidos.*

Ela se virou para Tom, murmurando:
— Podemos dar uma palavrinha?
A professora me deu as costas, deixando-me ali, sem graça, rondando e captando fragmentos como:
— Ele está furioso. Já está enchendo a cara, infelizmente... — Então várias coisas que não consegui ouvir. — Diálogo civilizado? É pedir muito?
Tom me lançou um olhar rápido do tipo: *desculpa, me alugaram*, enquanto ela continuava descarregando na orelha dele, num sussurro.
Finalmente, a professora Strutt-Swinton se voltou para Thornbury, de nariz enfiado na bebida, deu-lhe o braço e disse:
— E como estamos, querido?
Ele respondeu num resmungo:
— Decididamente ferozes.
Quem *eram* essas pessoas? Eu meio que as adorava. Elas me lembravam os professores do programa *Inspector Morse*: afrontosamente soberbos e às vezes até *maliciosos*. Caramba.
O sino do jantar soou.

A sala de jantar era revestida por painéis sombrios de madeira escura, com grandes pinturas a óleo retratando a aristocracia rural em vestes coloridas e elegantes e expressão de tédio ou infelicidade, apesar do nítido privilégio. Achei falta de educação. Pelo menos que tivessem a decência de não ficar olhando de cara feia para o restante de nós.
Em seguida, fui absorvida pela porcelana chique, os cálices e a vasta gama de talheres, tentando descobrir qual servia para quê, quando senti uma mão no ombro. Era Bryony. *Ufa, uma plebeia, uma pessoa do povo, como eu!*
Ela se agachou e sussurrou:
— Topa dar uma fugidinha para o banheiro?
Olhei para Tom, ouvindo o sermão de um professor encarquilhado com um impressionante cabelo de Albert Einstein.
Eu me virei para Bryony.
— Topo.
Assim que deixamos a sala de jantar, trocamos um olhar tácito de peixes fora d'água e, sem dizer uma palavra, desembestamos pelo corre-

dor deserto de mármore; nossos sapatos batendo ruidosamente no chão. Começamos a rir como alunas desobedientes, como duas fugitivas da asfixia de tudo aquilo.

Nós nos esgueiramos em um pequeno toalete e, ofegantes, vimos nossos reflexos em um espelho oval dourado sobre a pia, nosso rosto próximo, como num camafeu. Senti uma esperança súbita, expansiva e morna, uma clara intuição de que nós duas seríamos amigas. Percebi o quanto desejava uma *amiga*, uma amiga *mulher*, aqui em Oxford. Sentia falta de Pippa. Ia falar para ela dar um pulo aqui no próximo fim de semana.

— Trouxe uma coisinha, mas só se você quiser — disse Bryony, apreensiva, tirando um baseado da bolsa. — Não é *só* por causa do vídeo. A gente assistiu, Cy e eu. — Ela começou a gaguejar e engoliu em seco. — E achou superlegal. E Gemma e Vikram... Eles também acharam.

Então Freddy estava errado sobre os professores.

— Ah, não — murmurou Bryony, ao ver meu rosto. — Eu dei um fora, né?

A verdade era que eu estava bêbada demais para me importar, percebi.

— Nããão. Não *esquenta* — respondi, fazendo um aceno para espantar aquela preocupação. — É um pesadelo, mas, afff.

Dei de ombros e peguei o baseado, mais para que *ela* se sentisse melhor. O interessante é que eu nunca mais tinha fumado maconha desde o "filme artístico", e por um bom motivo. Porém, como esse jantar estava sufocante como eu temia, e como *agora* era, para todos os efeitos, a "Jane Maconheira"...

Bryony sorriu, aliviada. Ela pegou uma vela, e me aproximei, acendendo o cigarro como se fosse a coisa mais corriqueira. *Eu dou conta*, pensei, dando um tapa calculado e lhe passando.

Ela fechou os olhos e deu um looongo trago, dando-me a oportunidade de examinar seu rosto incrivelmente lindo. Meu irmão ia ficar *de quatro* por Bryony. Poderia apresentá-los. *Ah, espera.* Ela tinha namorado.

— Não acredito que estou no banheiro — guinchou, prendendo a fumaça. — Dividindo um baseado com...

Alguém bateu à porta.

— *Droga* — sussurrou Bryony, soltando uma enorme coluna de fumaça na minha cara, obrigando-me a inalar.

A batida se repetiu. Em pânico, Bryony empurrou o baseado para mim e começou a sacudir a bolsa no ar para dissipar o resto da fumaça.

Não sabia direito o que fazer com aquilo, além de arriscar outro trago rápido — depois de quantos drinks de estômago vazio? *Faça as contas.* Ah, porra. Eu dei um tapa enquanto ainda dava tempo...

— Xi! — Bryony apontou para a maçaneta, chacoalhando como em um filme de terror.

Prendendo a fumaça, joguei o baseado na privada enquanto Bryony destrancava a fechadura com nervosismo, escondendo-se atrás da porta que rangia ao abrir.

— Jane Start, é vocêêê? — arrulhou Professor Thornbury, cambaleando direto para a nuvem que eu tinha soltado.

— *Ah, oi, oi* — disse ele, olhando para trás ao notar Bryony se materializando com timidez atrás da porta.

Eu me juntei a ela sorrateiramente. Ficamos ombro a ombro, observando com ares protetores um Thornbury visivelmente alcoolizado trançando as pernas rumo ao vaso sanitário.

— Ele andou tomando umas biritas, o pequenino gnomo — comentou Bryony baixinho, com a voz esganiçada.

— E agora está *mamado* — retruquei num cochicho.

Tentamos segurar o riso e saímos voando para a sala de jantar.

— Bem na hora — murmurou Tom no meu ouvido, enquanto eu me esgueirava até a cadeira, com vergonha. Ele respirou fundo. — Isso é...?

Por sorte, uma faca tilintou em uma taça, e o burburinho cessou, transformando-se num silêncio expectante. Vislumbrei Bryony, do outro lado da mesa, sacudindo-se em risadinhas de maconha, e seu namorado fazendo carinho em seu braço. *Merda.* Aquilo era altamente contagioso. Tratei de desviar depressa o olhar.

Ainda bem que todos os olhos estavam grudados na ponta da mesa. Julian Davies, *Presidente*, tinha se levantado e fazia um brinde de boas--vindas. Finalmente ao alcance da minha vista, ele era atraente e tinha um cabelo liso e imóvel, com mechas grisalhas, que usava a um comprimento aceitável, como um parlamentar. Agora ele apresentava a esposa, uma flor inglesa, chamada Rosamund, naturalmente. Suas bochechas ficaram vermelhas quando tentou se levantar carregando a gigantesca barriga de grávida, como se o bebê pudesse sair sem querer bem ali na mesa.

— É nosso terceiro. — Davies sorriu atrás de uma mecha caída no rosto, reacomodando Rosamund na cadeira. — E está quase chegando, como vocês podem ver muito bem. O que desencadeou aplausos britânicos educados. É cada coisa estranha que as pessoas aplaudem.

— *Fessstas ssssão legaisss!*
O discurso do presidente foi um pouco maçante, mas a comida estava uma delícia. E eu estava levando um *diálogo civilizado* com o Professor Reginald Kennish, *Cálculos* (por que o "s"?) há um tempão. Ele tinha costeletas enormes e espetaculares. Eu tinha certeza de que era um membro secreto do Emerson, Lake & Palmer que tinha viajado no tempo, vindo dos anos 1970. Quer dizer, quem mais usava costeletas assim? Vou dizer quem! Alguns soldados e Reg Kennish, do Emerson, Lake & Palmer *& Kennish*.

Ah, olá. Gemma Chang, *Psicologia*, estava dando um tchauzinho do outro lado da mesa. Improvisei alguns movimentos de robô da minha cadeira chique... *porque estava doidona pra cacete.*

Ops. Honora Strutt-Swinton baixou o garfo; o rosto emaciado sem cor. Dava até para ouvi-la pensar: *Por que diabos Tom está com essa americana idiota?* Obviamente *Amelia* não teria fumado maconha no banheiro nem estaria usando uma *cueca boxer* sob o vestido de festa. Mas o que a Sra. Honora Strutt-Swinton, *Antropologia*, não sabia era que *minha* vagina gostava de ar fresco e brisas suaves. Nada daquela cela de lycra para ela! Nem para mim! *Amelia* podia ter entrado na festa desfilando, elegante e refinada, com o Chanel vermelho nos lábios, e o longo cabelo preto para lá e para cá, igualzinha àquela mulher ali...

Era *ela.* Amelia, em carne e osso.

Fiquei paralisada quando a vi. Ela sentiu a encarada, virando a cabeça em câmera lenta na minha direção enquanto o salão começava a rodar. Agarrei a beira da mesa e desviei o olhar para meu colo.

— *Jane*, você está tão pálida, parece que viu um fantasma. — Tom tinha se aproximado, e senti o peso quente da sua mão na minha coxa.

— Não é melhor tomarmos um ar?

— Não... estou bem... é só... tem uma mulher ali — falei, arriscando uma espiada. — Cabelo escuro, batom vermelho, é a...
— Sommelier de vinho? — sugeriu Tom.
Vi que a mulher enchia a taça de um convidado. *Por que é que fui inventar de fumar maconha?* Tinha ficado paranoica e doida.
— É claro que ela adoraria servir mais vinho para você, mas eu acho... — disse ele, com delicadeza, passando seu café para mim — que não seria a melhor ideia.
— Posso ajudar?
Era uma voz feminina atrás de mim. A elegância do sotaque, a segurança do tom, um pouco pomposo e imediatamente identificável: *Honora Strutt-Swinton*.
— Acho que Jane está se sentindo um pouquinho mal.
— Deve ser alguma coisa no ar.
Não resisti e olhei para cima. Thornbury estava jogado na cadeira, cochilando. A sommelier de cabelos cor de corvo e lábios vermelhos avaliou a situação e o pulou, enchendo a taça de Vikram.
— Quem sabe sua amiga queira ir ao toalete? — sugeriu Honora.
— Deixe comigo — respondeu Tom, começando a se levantar.
— Não, não. Sente-se, Tom, *mesmo*. Volto com ela em um minutinho.

No silêncio fresco do corredor, eu me senti melhor, mas tive uma pontada de culpa por meus pensamentos maliciosos mais cedo. Foi gentil da parte de Honora cuidar de mim.
— Oxford pode ser um lugar um tanto opressor para os *recém-chegados* — comentou, segurando meu braço. Começamos a andar devagar.
— Me lembro de quando cheguei pela primeira vez...
— Eu *amo* Oxford — protestei. — Amo, sim.
Parei. Ela me examinou.
— Sim — respondeu, descrente. — Você é o absoluto avesso de...
— Amelia.
Ela arregalou os olhos, um pouco chocada.
— Certo. Bem — prosseguiu e voltamos a andar, ainda de braços dados. — É bem nítido que você está causando um efeito maravilhoso em Tom.

— Já me disseram também.
Houve uma pausa. Quase conseguia ouvir seu pensamento: *coisinha petulante*. Mas eu não era. Longe disso. Freddy tinha dito a mesma coisa naquele primeiro dia, no apartamento. E senti o mesmo dos professores mais jovens hoje.
— Ele era conhecido por ser um tanto *melancólico*, nosso Tom, mas parece *mais leve, mais solto*, nos últimos tempos. E aqui estamos. Paramos em frente ao banheiro; um cheiro leve de maconha ainda perceptível.
— Quer que eu a acompanhe, querida?
Por um mero instante, ela virou a avó boazinha de alguém.
— Não, pode deixar. Já estou me sentindo bem melhor, mas obrigada.
Ela me encarou — um pouco confusa, sem saber direito o que fazer comigo.
— Fico esperando bem aqui — falou, plantando seu corpinho sólido ao lado da porta.
Comecei a falar que não precisava, mas algo me disse que ela não aceitaria não como resposta. E, a bem da verdade, fiquei comovida vendo que se importava.

Mais tarde, de volta ao apartamento, eu me aninhei na cama com meu celular, agitada demais, feliz demais para conseguir dormir. Tom estava na sala de estar, trabalhando em seu romance. Não dava para vê-lo daqui, só a luz tênue emitida pelo notebook na ponta do corredor escuro.
Eu consegui: fiz amigos e influenciei pessoas. Não permiti que a rígida e empolada Oxford me dominasse. Sem sombra de dúvidas, Bryony era uma amiga nova, e já tínhamos até marcado um almoço, nós duas e Gemma. Até a soberba Honora Strutt-Swinton tinha quebrado o gelo. Ainda por cima, ela disse que eu estava causando um "efeito maravilhoso" em Tom! E veja bem: nós dois tínhamos nos inspirado a escrever! Que maravilha era *tudo* isso.
Sentindo-me eufórica e impulsiva, digitei uma mensagem emocionada para Tom, com algumas das minhas reflexões sobre a noite, e soquei o botão enviar sem nem sequer pensar em revisar.
Merda. Ainda estava muito bêbada.

O celular dele soou da sala de estar, o que me fez sorrir. Na real, mal conseguia conter a alegria. Eu me sentia tal qual uma garotinha que tinha acabado de passar um bilhete para o crush na escola. Um minuto depois, meu celular acendeu.

Tom Hardy: Que ótimo que você fez uma nova amiga, Bryony é um amor. E não me surpreende nada que meus colegas tenham ido com sua cara. Querida, como eles conseguiriam resistir? Só sei que eu não consigo. Bjs

De novo aquela sensação inebriante, graças a esta noite — ao som da trilha sonora de *Amor, Sublime Amor*, o musical (*the world is full of light*[1]) —, graças a eu morar aqui, a dormir aqui, com ele!

Nunca mais precisaria voltar ao meu feio quarto de infância, com os sacos de lixo, com tudo que me fazia lembrar da minha vida passada, de Alex. Era preciso queimar essas coisas em uma efígie cerimonial. Ou melhor, doá-las para a caridade. Dessa forma, uma pessoa que não fosse perseguida por lembranças sombrias poderia aproveitá-las.

Na sequência desse pensamento libertador, fui tomada por uma euforia, um *kvell* (estar extremamente satisfeito, derramando-se de orgulho!), até com uma dose de *schvitz* (transpirar, mas digamos brilhar). Por que de repente comecei a pensar em ídiche? Mãe, está me ouvindo?

Enviei uma mensagem para Tom com o link de uma música: *Miracle of Miracles*, da trilha sonora de *Fiddler on the Roof*.

De novo um *plim* vindo da sala de estar. Dava para ouvi-lo escutando a música no alto-falante do celular. *Ai*. Lembrei a ele que sou a doida dos musicais. Mas, puta merda, é *Fiddler* — bastou eu ouvir o turbilhão da introdução, aqueles violinos extáticos, para quase explodir de emoção, contorcendo-me de expectativa ao imaginar Tom, no escuro, ouvindo a parte exata da música que sintetizava o que eu sentia por ele. Que milagre aquele, que o universo tenha me dado Tom.

Fez-se silêncio. Ele tinha terminado de ouvir. Eu congelei. Meu celular vibrou, e desenterrei o rosto do travesseiro. Não tinha ouvido Tom entrar, mas lá estava ele, parado na porta, com aquela linda expressão calada e natural, com aquele jeito mudo de me desarmar... agora uma sugestão de sorriso, os lábios se abrindo de leve para falar.

---

1 O mundo é cheio de luz. [N. da T.]

Mas levantei o dedo indicador e olhei o celular.

Tom Hardy: Bob Dylan. *To Be Alone with You.*

Tom Hardy: Naquela voz do *Nashville Skyline*, eu sei...

Escolha ousada e original. *Que fofo*, pensei, criticando a voz de Bob no álbum *Nashville Skyline*, que de fato dividia opiniões. Queria sair falando tudo isso, mas respondi a mensagem:

AMO. ESSA. MÚSICA.

Plim.
Tom empurrou o ombro para se erguer do batente, olhou para o celular, com uma mecha sexy de cabelo caindo sobre o olho, e começou a digitar. Ele estava a meio metro de distância. Um segundo depois, meu celular vibrou.

Tom Hardy: Vamos ouvir. Juntos. Na cama?

— Acho que não a conheço — revelou Bryony, beliscando um *pain au chocolat* com o esmalte adoravelmente descascando. — Estou morando com Cyril há quase dois anos, é isso mesmo? — Ela sorriu; a voz rouca, mas suave, como lã felpuda. — Trabalho na biblioteca, a Bodleian, então fico cercada por um bando de professores, mas a gente não se mistura muito com eles. Basicamente nós ficamos largados no apartamento, maratonando coisas na TV. E, *lógico*, saímos para ver bandas sempre que dá, mas, não, desculpa, não a conheci. Amelia Danvers, foi o que você disse?

— Isso — confirmei, me sentindo inquieta e fraca do nada; não era minha intenção fazer um interrogatório sobre as ex-namoradas de Tom. Estávamos sentadas uma de frente para a outra em um café da moda em Oxford, lotado de acadêmicos, septuagenários elegantes exibindo cabelos brancos com cortes à la Beatles em seus paletós de tweed *com cotoveleiras*, hipsters carrancudos usando as últimas tendências da moda, mães com bebês, algumas agrupadas em grandes mesas de madeira crua. Eu me lembrei do meu lugar preferido em Los Angeles: como o mundo parecia diferente agora em comparação ao que era quando me reunia lá com os meus — bem, com os amigos do Alex.

— Ei, meninas.

Gemma entrou correndo e se jogou na cadeira ao lado de Bryony com familiaridade, como se nós três fôssemos amigas há séculos.

— A orientação se alongou, pra variar — explicou num guincho, arrancando as camadas de roupa de frio e depositando uma bolsa grande e recheada no chão antes de fazer um gesto para o garçom e pedir um doce com um expresso duplo.

— Jane estava caçando uma fofoquinha sobre as mulheres com quem Tom saiu no passado — disse Bryony, mergulhando o rosto com recato na xícara.

— Bem, na verdade só teve uma, não foi? — emendou Gemma, com uma careta. — *Amelia*. Amelia Danvers. Foi para Harvard. Ou MIT, não? Bryony deu de ombros; ela não tinha como saber.

— Só que não. Sim. Não... Posso jurar que a vi outro dia? Mas não pode ter sido... Mas *uau, uau, uau*. Você e Tom!

— Morando juntos — murmurou Bryony.

— Caramba. Foi rápido.

As duas me encararam.

— S...im, acho? É. Foi.

Senti minhas bochechas esquentarem. Eu era uma *mulher rápida*. Era oficial.

— *Mas* às vezes a gente *sabe* e pronto, não é? — propôs Bryony, lançando-me um sorrisinho de resgate, só que eu já tinha sentido um frio na barriga.

Gemma tinha razão. *Foi* rápido. E impulsivo. E será que ela *podia* ter visto Amelia? Aqui, em Oxford?

— Eu e Vikram achamos *superlegal* você e o Tom juntos — disse Gemma, remediando com um exagero. — Tipo, ai, *Amelia*... — hesitou, franziu a testa e começou a brincar distraída com o doce de Bryony. — Ela é meio que onipresente por essas bandas. — Seu tom se tornou circunspecto. — Eu não me formei em Oxford, mas alguns dos meus colegas estudaram aqui e não conseguiram fugir, tipo Tom. Tipo *ela*. — Gemma ergueu as sobrancelhas. — Quer dizer, o legado Danvers vem de gerações. Acho que ela até tem algum parentesco com a realeza, sei lá como. Nossa, estou entediando você. Pode me mandar fechar a matraca.

— Não está entediando, juro. *Muito. Pelo. Contrário.* — É que ela e Tom nunca pareceram combinar muito. Quer dizer, Julian Davies, *ele* tinha uma *enorme* queda não correspondida por ela. Esse, sim, era um par que fazia sentido. — Ela pôs uma migalha na boca distraidamente e fechou a cara. — Dizem por aí que ela partiu o coração do pobre Julian. Quase acabou com o coitado, mas agora ele está num casamento feliz com a Máquina de Fazer Bebês. Jesus. De quantos filhos eles precisam? O mundo já está superpopuloso. Tem crianças passando fome na...
— *Pain au chocolat?* — A garçonete estava rondando com o pão doce de Gemma.
— Ah, que delícia, valeu — falou, se babando toda, agarrando o prato e abocanhando um pedaço generoso. — Onde eu estava? Amelia, certo, ok. Me sinto *péssima* falando essas coisas dela, porque obviamente ela é brilhante e *maravilhosa* e tem assentos garantidos na primeira fila em Wimbledon, *que vaca*. Mas era como se Tom nunca fosse bom ou chique o suficiente para Amelia. E o jeito que ela o dispensou? *Cruel.* É muito... gananciosa. E Tom simplesmente... não é. — Gemma deu de ombros.

Bryony me lançou outro olhar de incentivo.

— Mas, de verdade, o negócio é o seguinte — continuou Gemma, chegando mais perto, com ares de confabuladora. — Amelia não tem muitos amigos entre nós, os "professores comuns". Quer dizer, ela mal sabe meu nome, ou o de Vikram, ou o de Cyril, ou o de qualquer pessoa. Uma baita falta de educação, se quiser saber o que penso. Muito ocupada saracoteando em Londres com seus amigos quase nobres ou curtindo em Ibiza com aquele corpo de verão fabuloso e o conde sei lá das quantas, no iate. Entende?

— Eu não... acompanho... essas coisas da realeza — gaguejei. Agora dois pares de olhos esperavam minha resposta. — Não consigo imaginar direito Tom com uma pessoa assim. Ele é tão, bem, humilde. Até o apartamento... tipo, está *longe* de ser sofisticado.

— Tom mora num apartamento? Imaginava que eles, ele, morasse em um casarão todo reformado de frente para o rio. — Gemma ficou aturdida de verdade e começou a se embrulhar toda. — Tom está aqui há tanto tempo. Mas talvez ele não...

Nessa altura, ela decidiu parar de repente, porque quis. Sem nenhuma deixa minha.

— Ele não... *o quê?* — cutuquei.

— Ah, você sabe. Não galgou posições na carreira acadêmica. Nem publicou muito. Nem foi além de Oxford, como Vikram com seu trabalho de consultoria, e por aí vai. — Sua voz foi morrendo, e ela mordeu o lábio. — Mas Tom é extremamente popular. Todo mundo sempre diz que ele sabe dar aulas envolventes. Faz um tempão que quero assistir a uma delas, e, bom, alguns professores adoram mesmo a parte da docência. Tipo, *eu* mesma também sou um fiasco completo com as publicações. Ainda estou às voltas com minha tentativa mais recente. Parece que estou trabalhando nessa porcaria desde a Idade Média. E devo estar mesmo. Para você ver como estou entediada. Mau sinal, na verdade — suspirou, arrancando mais um pedaço do doce.

Porém, aquilo foi meio que uma revelação. Antes, eu *supunha* que os professores de Oxford morassem mesmo em casas. Mas, depois de ver o apartamento de Tom, nunca mais questionei. E Thornbury também morava lá!

— Como invejo você — admitiu, melancólica. — O que não daria para viver de novo a fase da lua de mel. — Gemma encheu as bochechas. — Deus, por que fui pedir isso aqui? *Minhas coxas.* — Ela afastou o prato. — Mas, falando sério, a escolha pela simplicidade é genial da parte de Tom. Casas são um *pesadelo*. Acabamos de terminar a reforma mais infernal na nossa, e só consigo enxergar... — falou, encarando-me enfaticamente — os erros.

O celular dela soou, depois o meu, e o de Bryony, em uma sequência rápida. Trocamos olhares cheios de suspeita: algum ditador tinha acabado de lançar uma ogiva? Porém, no instante seguinte, voltamos a ser apenas mais um grupo de seres humanos, olhando para baixo, para as telas, sugadas para o vórtice.

— Ah, Cristo — exclamou Gemma. — Deixei o encanador esperando! Desculpa, meninas, a próxima é por minha conta, prometo!

Ela jogou o casaco no ombro, pegou com esforço a bolsa lotada do chão e deu no pé.

— Tudo bem? — perguntou Bryony. — Com Gemma falando sobre Tom e tal?

— Ah, tranquilo — respondi, um pouco atordoada, mas não por Gemma. — Só não estava esperando uma mensagem de... bom, de uma pessoa que eu não conheço tão bem assim. É aquele cara, que toca numa banda. Alfie Lloyd?

O queixo de Bryony caiu.

— Não *aquele* Alfie Lloyd, da All Love.

Eu assenti.

— Você está brincando! A música deles gruda que nem chiclete, mas, caramba, Alfie é *maravilhoso*. E inteligente. Fugiria com ele num piscar de olhos.

— E Cyril?

— Cyril também fugiria, se tivesse um pingo de chance. Ele não é... *meu namorado* — explicou, notando minha confusão. — Cyril gosta de meninos. Principalmente. Ele não rotula. Na verdade, não estou "saindo" com ninguém no momento — acrescentou casualmente, sem tirar os olhos do meu celular.

Ah, então eu *podia* apresentar Will. Empurrei meu telefone para o centro da mesa para ela conseguir ler a mensagem.

Alfie Austrália: 🎵🎵 Acorda, Maggie acho que tenho uma coisa pra te contar. Voltei para a Cidade do Pecado ☺ Será que você está por aqui? Cadê você? O que você tá aprontando, Maggie!

— Como se alguma vez eu fosse estar em Vegas sem a mais absoluta necessidade — resmunguei.

Bryony me olhou.

— Maggie May? Tipo, a música?

— *Tipo*. É meu nome de turnê. Sabe, para hotéis e coisa assim.

— E...? — indagou Bryony, impaciente para eu chegar na parte de Alfie Lloyd.

Contei do show tosco na despedida de solteiro e da noite, um tanto longa, um tanto degenerada, que eu e minha empresária compartilhamos com os irmãos Lloyd.

— Você quer dizer...? — Ela se esticou para frente.

— *Não!* — reagi, supondo que ela se referisse a alguma espécie de orgia poliamorosa, coisa de fanfic das tietes da All Love, certeza.

Bryony me mandou continuar com um gesto.

— Ok, então, eu *acabei* indo parar no quarto de Alfie Lloyd. Onde embarcamos em... como se diz... amassos.
— Nossa! — Ela bateu as mãos nas bochechas, como uma garotinha.
— *Pois é. Exatamente.* E foi logo antes de conhecer Tom. Que loucura! — Fiquei pensando. — Mas tinha passado por poucas e boas. — E, para desviar do assunto, passei meu celular para ela, com a mensagem de Alfie clamando por uma resposta. — Você manda.
— Quê? Nãoooo, *sério?*
Ela devolveu meu olhar, roendo uma unha. Fiz que sim com a cabeça. Gemma agarrou o aparelho.
— Tá bom — respondeu, num tom hesitante, começando a digitar.
— Vivo sonhando com aquela nossa noite de amass...
Voei para cima do meu celular.
— Brincadeira — falou, segurando-o junto ao peito, possessiva. E começou a digitar. — Você está na Inglaterra, se preparando para sua apresentação iminente no Royal Albert Hall, com *Jonesy.* Informativo demais?
Ela franziu o nariz. Confirmei com a cabeça para ela mandar ver.
A resposta de Alfie foi imediata: POR FAVOR, DIZ AO JONESY QUE SOU FÃ NÚMERO UM DELE, DE VERDADE. Daria tudo para estar nesse show. Estou pensando seriamente em largar minha banda para poder ir. Não conta para o idiota do meu irmão. 😂😜
Porém, senti uma onda de pânico, tão forte e cortante que foi como se Tia Lydia, de *O Conto da Aia,* tivesse me golpeado com o aguilhão de gado. Só faltavam três semanas para o Albert Hall.
Precisava ligar para Pippa, então ela arrancaria do pessoal de Jonesy o que exatamente ele queria de mim no show. Não dava para voltar a encará-lo sem saber.
— Putz — falei para Bryony. — Me deu um branco. Era para eu estar numa ligação de trabalho.
Era praticamente verdade. Enquanto eu fuçava procurando a carteira, toquei em outra coisa. Um arrepio congelante percorreu minha espinha. O batom de Amelia.
— Isso era da ex de Tom. Achei numa gaveta — expliquei, esticando o batom para ela.
— É Chanel — respondeu, arregalando os olhos. — Você não... quer?
— É seu — falei, depositando-o com determinação na palma da mão de Bryony.

Capítulo 22

COISAS MORTAS

Até que enfim. *Pippa*. Depois de muita espera, meus amigos e meu irmão vieram de Londres e agora aguardavam pacientemente no Museu de História Natural de Oxford com o único objetivo de botar os olhos no meu misterioso desconhecido do avião. E Tom estava uma hora atrasado. Eu mantinha toda a atenção na entrada, rezando para ele aparecer.

A pequena Georgia estava ao longe, toda elegante em seu terninho e gravata de veludo preto. Ela olhava para cima, admirando uma série de enormes esqueletos de criaturas marinhas suspensos como móbiles sob a luz invernal que se derramava da abobada de vidro do teto. Gemma, Vikram, Cyril, Bryony, Alastair, James e meu irmão, Will (claramente lutando contra a ansiedade social), perambulavam por perto.

— Estou começando a achar que ele não existe, seu professor misterioso de Oxford — provocou Pippa. — Esse tempo todo. Um mero produto da sua imaginação?

— Não tem graça. — Dei uma olhadela na direção dela. — E ele não é de fazer essas coisas.

Não era mesmo. A reunião devia ter se esticado.

— Quero acreditar em você, quero mesmo. — Pippa abriu um largo sorriso. — Mas, sério, preciso te agradecer por me mandar Will. Ele arrumou o WiFi, atualizou toda a bagunça do streaming *e* consertou a fechadura problemática da entrada. Habilidoso. Não daria muito por ele, mas

Will é ótimo com os telefonemas, não tem *tanta* confiança quanto minha última assistente, mas dá pro gasto.
— Ainda bem.
Sério. Avistei meu irmão misantropo conversando, sem jeito, com Cy e Bry. Bryony bagunçou o cabelo de Will e quase deu para sentir o calor de seu rubor na minha pele. Quem dera Bryony se apaixonasse perdidamente por ele; tudo se encaixaria no mundo.
— Ah, últimas notícias. Georgia insiste em ser chamada de George de agora em diante.
— Saquei. Nome bacana. Daria tudo por aquele terno.
Pippa e eu sorrimos com a criança estilosa, que agora contemplava o destaque do museu, uma enorme mandíbula de cachalote que se erguia a quatro metros de altura. Ela tinha começado um desenho, enquanto os adultos do nosso grupo batiam um papo alegre.
— Uma coisa assim seria perfeita para o show. Nada ainda sobre o que eles querem de mim? Só faltam duas semanas. Que loucura — suspirei, irritada.
— Na verdade, sim.
Virei para ela, ansiosa.
— Rumores repentinos de uma *turnê mundial* de Jonesy — respondeu, agitando os dedos de modo teatral, ainda com os olhos grudados no nosso pequeno grupo. Isso me deu um frio na barriga. Aquela era uma estratégia dela para evitar o contato visual? — Mas o que é para você fazer no Royal Albert Hall ainda está envolto no mistério habitual de Jonesy. — Como se fosse só uma chatice de nada. — Ah, olha — gritou, correndo para se juntar aos outros.
Fiquei paralisada no lugar, com a cabeça a mil. Turnês mundiais podem durar de um ano *para cima*. E não são para qualquer um, nem para os parceiros que ficam em casa esperando o telefone tocar, até que se *cansam* de esperar. Claro, existem músicos que amam pegar a estrada: diversão, a camaradagem, as festas, a bebedeira e sabe-se lá mais o quê. Mas e a parte de ter que mijar em copinhos descartáveis, agachada atrás de um trailer com o banheiro entupido, no Canadá, no mato, num frio do cacete, minutos antes de ter que estar no palco de um daqueles festivais ao ar livre? E você lá, indo de um lado para o outro com um copinho fumegante, cheio da própria urina, imaginando onde descartar, dando um sor-

riso amarelo para o pessoal da equipe que não para de passar correndo, quando você já devia estar colocando o violão no ombro, enfiando o retorno nos ouvidos (nem vou entrar nesse assunto) e ligando o modo show? Pequenos aborrecimentos em comparação ao resto, eu sabia. E *sabia* que era bem sortuda por conseguir tais oportunidades. E por, nessas ocasiões, ter um copo onde fazer xixi. Além disso, deixei de fora a parte maravilhosa: a *música*. A conexão mágica com a plateia. A euforia advinda dessa *unicidade* — aquele vínculo inexorável com outros seres humanos que adoravam música tanto quanto você, que encaravam banheiros químicos, barro e lanchinhos batizados (espero que não) só para sentir aquilo.

Dei algumas voltas ao redor do sol surfando na onda do sucesso da minha única música. Mas depois, uma morte rápida. Cena final. Cortinas.

Com certeza eu estava pondo o carro na frente dos bois. Com certeza Jonesy não teria nenhum interesse em me arrastar com ele para tudo isso.

— Mil desculpas pelo atraso. — Era Tom. O ar do inverno me envolveu, como se trazido por ele lá de fora. — Fiquei preso — explicou, sem fôlego, afastando bruscamente o cabelo do rosto.

— Estou feliz por você estar aqui. — *Estava mesmo.*

Peguei a mão de Tom, mas ela estava congelada. Suas mãos eram sempre quentinhas, independente do tempo. O celular dele começou a vibrar. Soltei sua mão para ele poder atender, mas Tom o ignorou, ficando pálido.

— Pode atender. *Não tem problema* — falei, de olho nele.

Nosso grupo ainda estava reunido em volta da mandíbula gigante; Alastair abaixado ao lado da filha, que lhe mostrava o desenho. Ele deve ter sentido meu olhar; nossos olhos se encontraram.

— Tudo bem. — Ouvi Tom dizer. Um arrepio percorreu minha espinha. Ele deu um sorriso, meio fraco, e completou: — Vamos lá com o pessoal.

Trocamos apresentações apressadas. Alastair, James e Will me lançaram discretamente olhares de aprovação; Pippa sorria de orelha a orelha, gaguejando com Tom. Contudo, eu me sentia amarga, desanimada — pelo visto não conseguia atualizar a página.

— Desculpa deixar vocês esperando. Sua ideia de organizar esse encontro foi ótima — disse Tom enquanto George continuava o desenho, com determinação. — Ela é uma gracinha e fica uma gracinha séria desse jeito — acrescentou, passando o braço pelo meu ombro.

Não sei por quê, mas aquilo me deu uma sensação de peso e náusea. Pippa foi chegando e estampou no rosto um sorriso que me pareceu adulador.

— Foi mal interromper, mas posso roubar a Jane um momentinho?
Assim que Tom saiu do nosso alcance, o sorriso esvaneceu.
— Jane. Escuta. Sinto muito. Depois de todos os anos com o Calça de Oncinha, pensei que saberia lidar com qualquer coisa. Mas esse lance com Jonesy. Eles estão impossíveis. Tudo tão cheio de mistério. Mas a turnê mundial...
— Isso é maluquice. Mas saquei.
Era Will, chegando. Ele me mostrou o celular.

Assistente 3 de Jonesy: Informações do ensaio disponíveis amanhã.

Will digitou a resposta.

Assistente 1 de Pippa More: Excelente. Aguardando ansiosamente.

Ele tinha oferecido suporte técnico a uma das assistentes de Jonesy, e o truque funcionou. *Que alívio*, pensei, mas me deu outro frio na barriga. Isso significava que o show era *real*. Todo esse tempo, fiquei rezando em silêncio para que nada existisse. *Qual é meu problema?!*
— Vamos só torcer para a Assistente 3 de Jonesy cumprir a promessa. *Essa aqui* — disse Will, apontando para Pippa com a cabeça — precisa de um notebook novo.
Ele estava com jeito de que andava mandando bem nesse novo bico.
— Preciso? — Ela fez uma careta. — Mas, obrigada, Will. Excelente. Brilhante. Muito bem.
Will ficou vermelho com aquela súbita atenção — e com a beleza dela, aposto.
Ao longe, Tom se agachava em frente a uma das exibições enquanto George conversava com ele; em primeiro plano, uma cacofonia de coisas mortas parecia estranhamente viva na luz vibrante do sol.
— Que bando de professores — comentou Will, com apreensão. — Mas Tom é legal. Sem dúvida, adulto. — Ele me deu uma cotovelada. — Bom trabalho.

Eu me lembrei do carrinho da *Hot Wheels* de Alex. *Nenhum carro pode ser amarelo.* Não é certo.

— Então, hum, acho que vou ali. Com eles — murmurou, percebendo que Pippa e eu queríamos ficar sozinhas.

Observamos seu passo lento e reticente rumo ao grupo.

— Até que enfim, notícias — suspirou Pippa, aliviada. — É duro, essa coisa de ser empresária *e* amiga, mas, Jane, eu...

— O que perdi? — Uma voz elegante ressoou às minhas costas. Freddy! O que *ele* estava fazendo aqui?

Pippa ficou afogueada; lógico, ela não era imune a todo aquele charme. Por instinto, ela pressionou a mão no decote, como uma donzela enrubescida, atraindo o olhar dele para a região.

— Tom está ali — falei, apontando de um jeito meio grosseiro para que ele entendesse o recado e vazasse.

Imperturbável, Freddy sorriu, fez uma reverência e se foi.

— Nem diz nada. Ele é um gato — falei antes que ela tivesse a chance.

— Um espetáculo — concordou, observando-o. — Mas o jeito que Tom olha para você. — Ela se voltou para mim. — *Esse* é o lance.

Busquei Tom pelo vasto ambiente, por múltiplas colunas harmônicas de luz e rastros fantasmagóricos de crianças correndo entre elas. Tom *estava* me olhando, preocupado.

— Hoje estou meio *para baixo*. Melhor ir até lá, me recompor...

Mas Pippa estava hipnotizada com outra coisa, de rosto corado e radiante. Meu irmão estava girando George nos braços, assim como nosso pai costumava fazer quando *a gente* era criança.

Troquei outro olhar com Tom e sorri, um pouco sem graça, para ele. Quando me devolveu um sorriso gentil, pensei: *Tudo vai dar certo. Temos um ao outro, né? De que mais preciso?*

Capítulo 23

PEITOS DE GRÁVIDA

Mais uma semana com o silêncio perturbador de Jonesy passou, mas, com Tom ausente para uma pesquisa de campo em Londres junto a seus alunos, decidi que esta noite eu terminaria a música que ele tinha ouvido, custasse o que custasse. Estava pronta. Dava para sentir. Esta era a noite. Depois de enrolar um pouco, afofar almofadas na sala, acender velas para estimular a criatividade, peguei o celular para uma dose da boa e velha inspiração...

Instagram. A selfie de Jessica no topo do feed, uma daquelas fotos do tipo: *olha eu aqui, sexy sem querer, de blusinha suada depois da ioga.* Então li os comentários: Belos peitos de grávida 👍. Seu novo maridão deve estar se divertindo com eles. 😁

Ela estava *grávida*. Já. Fiz as contas ou tentei fazer. Será que Alex tinha embarrigado Jessica quando *nós* ainda estávamos juntos? Sinceramente, o que me importava? Ele tinha começado a transar com ela pelas minhas costas havia sei lá quanto tempo.

No dia em que Alex deixara o notebook em casa, corri até o set para levá-lo. Rebobinei a lembrança como uma fita velha. A assistente de Alex estava de fone, indo e vindo, como em exílio, na frente do trailer dele. Ela ficou pálida ao me ver subindo as escadas de metal, como se quisesse me segurar. A entrada do trailer estava vazia, a porta do quarto, fechada.

Pensei que ele já estivesse no set. Ou quem sabe cochilando. Eles tinham acabado de encerrar uma semana de gravações noturnas. A adrenalina me invadiu. O que teria testemunhado caso abrisse aquela porta? Os dois juntos, no meio de...

Desolada, joguei o celular do outro lado do sofá. Mas logo o peguei de volta e o abri com tanta pressa que Jessica ainda estava me encarando com cara de sedução. Então fui lá e fiz o que qualquer masoquista de respeito faria: procurei a outra página do Instagram que com certeza me faria sentir pior — a de Alex. E adivinha só? Conseguiu. Uma foto dele ajoelhado em veneração, com os lábios grudados à barriga dela, à mostra. Deixei de seguir os dois e me senti *ótima*. Liberada! Livre!

Mas só durou um minuto. Doida por conexão humana de verdade, e não pela INTERNET, tentei o celular de Pippa, depois o de Will, depois o de Bryony. Sem sorte com nenhum. Não consegui pensar em mais ninguém com quem pudesse desabafar. Obviamente, não com Tom.

Por meio segundo, lembrei de Freddy, só para zombar com alguém que claramente adorava zombaria. Mas ainda não tinha contado a historinha do chifre de Alex para Tom. Eu tinha tratado meus ex-namorados como uma página em branco e seguia nesse caminho, que nem ele fazia, tirando o que eu conseguira arrancar sobre Monica. Além disso, usar a zoeira como válvula de escape só servia para fazer com que eu me sentisse pior. E podia acabar me complicando. Pippa ia tomar umas com Freddy "na próxima sexta" no Groucho, uma boate exclusiva "só para membros" em Londres. Não queria ser estraga-prazeres, mas, sério, eu precisava alertá-la de que Freddy era encrenca.

Pippa finalmente atendeu, tossindo.

— Desculpa, acordei você?

— Nãooo. — Ela riu. — Só fumei um pouco de...

— Erva. — Lógico. — Meu irmão, né?

Fiquei irritada. Todo mundo estava rindo e chapado ou linda e grávida. Ou conseguindo escrever uma música boa para valer.

— Quando ele se muda para a casa de hóspedes de James e Alastair?

— Eles contrataram uma pessoa para cuidar da George e morar lá, então, não dá — respondeu, rindo como se tivesse alguma graça. — Momento péssimo, eu sei. — Fungou, tentando se refrear. — Tudo *bem*, consigo tolerar a intrusão. Mas... — Pippa tampou o bocal para sussurrar. — Ele é um pouco *estranho*.

— Eu avisei. Mas é só temporário. E obrigada por dar um emprego a ele. Mesmo. Agradeço. — Minha voz oscilou do nada.
— Jane. Eu sei o tanto que você se preocupa com Will. Ou ainda está chateada por ontem? Com o negócio de Jonesy?
— Não. Estou bem. Não é nada. É só que, ok, tá bom, estou *superansiosa* com o Royal Albert Hall, e, além disso, o *Alex vai ser pai*.
— Argh. Vai ser maravilhosaaaa. E Alex nunca foi o cara certo para você.
Lembrei-me de uma noite, quando Alex e eu tínhamos acabado de começar a namorar, da cara que ele fez quando olhou para a tela do celular vibrando. Do "alô" sem emoção de quando atendeu. Jurei que ouvi soluços abafados quando ele saiu pelas portas deslizantes de vidro, selando-me dentro de um vácuo de silêncio; as luzes do Vale de San Fernando lá fora — uma bacia de joias que dava para juntar com as mãos.
É claro. Apesar de negar várias vezes, Alex tinha traído sua namorada da época comigo. E depois me traiu com Jessica. Um traidor *em série*! Eu não confiara nos meus instintos. Nunca mais deixaria isso se repetir.
— Jane? Quando vou ouvir as músicas novas? — Pippa tossia um pouco; dava para ouvir um samba dos anos 1960 batucando baixinho ao fundo.
— Muito em breve — respondi e pedi licença para desligar, porque uma onda de pânico me varreu, derrubando-me ao me atingir e depois me cuspindo para fora.
Só me restava uma coisa para fazer para aplacar esse desespero, esse desejo de acreditar em algo, de ter *uma pessoa* com a qual contar, alguém para amar e em que confiar com *todo o coração*, senão qual era o sentido de *tudo*? Parei de andar de lá para cá e olhei para meu violão, no fundo do longo túnel escuro.
Assim, eu me fechei no sombrio quartinho de escrever e gravei num aplicativo do celular os poucos acordes de caixinha de música que Tom me ouviu tocar. Dessa vez, as palavras brotaram, e talvez fossem as certas, talvez fossem as erradas, mas eram um começo. E é preciso começar de algum lugar... Então, o cômodo se encheu de luz.
Eu me debrucei por cima da escrivaninha estreita e fitei uma noite sem lua pela janela. Um sedã preto estava parado lá embaixo, no meio da rua, e seus faróis projetavam feixes enevoados na neblina que se acumulava e se adensava, numa cena à la Jack, o Estripador. De repente, tive a nítida

sensação de estar sendo observada, iluminada na janela pelo brilho do celular.

Eu me abaixei, e, um instante depois, o cômodo exíguo caiu de novo na escuridão. Esperei agachada, com o coração a mil, e arrisquei espiar de novo. Nada de carro. *Ufa*. Andei vendo muita série de crimes. Devia ser só algum bêbado idiota procurando o endereço de uma transa casual.

Com os dedos trêmulos, pus a gravação para tocar e devo ter esbarrado sem querer na velocidade de reprodução, pois minha voz soou devagar e macabra, meio grogue.

As janelas se inundaram mais uma vez de luz.

Por reflexo, eu me abaixei de novo, contornei devagar a escrivaninha e dei outra espiada. O carro preto estava de volta. Não ajudou em nada minha música ainda estar tocando daquele jeito demoníaco. Olhei fixamente para o lado do motorista tentando discernir um rosto, mas só vi meu próprio reflexo no vidro. O que significava... que quem estava lá fora, fosse quem fosse, com certeza conseguia *me* ver.

Escapuli para trás e derrubei o violão, que tombou de frente soltando um gemido dissonante. Por um instante estático, eu me convenci de que a pessoa no carro tinha ouvido também. Ridículo. Impossível. Esmurrei meu celular para fazer a música parar.

Corri abaixada até o quarto para que minha silhueta não fosse visível na fileira de janelas e apaguei a lâmpada da escrivaninha de Tom. Um mísero segundo depois, os faróis também se apagaram, como se a pessoa estivesse mandando uma mensagem. *Eu vejo você. Eu sei que você está aí dentro.*

Caramba, chega de drama. Devia ter alguma explicação lógica. É claro que não tinha nada a ver comigo.

O ruído inconfundível da porta ao pé da escada ecoou. Meu coração quase saiu pela boca. Ainda faltavam horas para Tom voltar. Quem mais tinha a chave? Além da Sra. T. Ele tinha vindo mais cedo?

Eu me obriguei a avançar pelo corredor escuro.

— Tom? É você?

Movi-me furtivamente pelas tábuas que rangiam. A sala mais adiante tremeluzia como uma película antiga, oscilando à luz das velas.

— Tom? — repeti o chamado, congelando no lugar.

Porém, minha voz pareceu servir só para gerar mais rangidos, vindos da escadaria.

Eles ficavam cada vez mais próximos, vindos do patamar logo atrás da porta.
— Tom?
O rangido cessou. Céus... Comecei a voltar na ponta dos pés.
A maçaneta da porta começou a estremecer. Esse lugar só tinha uma entrada e uma saída. Eu estava encurralada!
Dei meia-volta e corri para o quarto, fechando-me lá. Mas não tinha trinco! Nenhum jeito de trancar a porta! O quarto estava escuro e frio, e agora eu estava desesperada atrás do meu celular — onde é que tinha deixado? Tateei a cama e depois me apressei até a escrivaninha de Tom, vasculhando tudo em desespero, com livros despencando no escuro, quando ouvi um estrondo metálico familiar no chão de madeira e caí de joelhos. Ah, querido iPhone, de volta à vida!
Ouvi uma batida tão próxima que as vibrações reverberaram em mim. A porta do apartamento! Eu me sentei no chão, tremendo, esperando, mas houve outra batida, dessa vez na porta ao pé da escada. Por fim, o som claro de uma porta de carro. Luz branca salpicada nas paredes, guincho de pneus. Em seguida, um silêncio estranho, interrompido pelo galope do meu coração.
Tomei coragem e arrisquei sair de novo, de cabeça confusa, tentando discar o número de Tom, mas apertando todos os botões errados. De repente, *Rock and Roll*, do Led Zeppelin, explodiu do alto-falante do celular. Eu estava cutucando o aparelho para tentar pausar a música quando um silvo ensurdecedor se irradiou pelo corredor como uma bomba incendiária. Esgueirei-me depressa para a lavanderia, onde deitei em posição fetal no chão, com as costas pressionando a porta, na mais completa escuridão.
Ruídos de coisas espatifando! Seja lá quem fosse, a pessoa tinha começado a destruir o apartamento — meus dedos tremiam tanto que mal conseguia chamar a polícia. Mas não sabia o número da polícia na Inglaterra. Então me lembrei: Thornbury. Ele tinha me passado seu número.
O telefone tocou uma, duas vezes — *Ai, por favor, atende logo* —, o brilho macabro da tela no escuro...
— Sim, alô, Professor Thornbury, Departamento de Clássicas, Magdalen College... — Ele parecia grogue, desorientado.
— *É a Jane* — sussurrei num tom urgente —, por favor, venha rápido. Alguém invadiu...

— Quem é? Alô? Quem está ligando a uma hora dessas...
— Shhh, sou eu, Jane, aqui de cima...
— Ah, olá, querida. Fale mais alto. Não consigo...
— Preciso de ajuda...
— *Jane? Alô?*
Mas eu não conseguia recuperar o fôlego, fazer a boca funcionar. Meu corpo inteiro estava paralisado; um arranhão, tão próximo que foi praticamente no meu ouvido, como uma provocação — *tinha alguém do outro lado da porta!* O celular escorregou da minha mão e caiu no meu colo, e, por baixo do sangue que latejava nas minhas orelhas, ainda conseguia ouvir Thornbury gritando com a voz metálica pelo alto-falante. A porta fez um baque forte às minhas costas, como se alguém tivesse dado um chute, e foi quando me dei conta do cheiro de fumaça.

Capítulo 24

SMOKE GETS IN YOUR EYES

Minha única escolha foi sair. O corredor estava escuro; fumaça brotava da sala de estar, onde avistei...

...o tapete pegando fogo; algumas labaredas baixas perigosamente perto do sofá. Uma luz branca ofuscante ardeu — um carro a toda velocidade —, e, na saída para a sala, dei de cara com um gato preto, de costas arqueadas, olhos brilhando como brasas, soltando um silvo.

O gato deu um guincho agudo, lançando-se bem em cima de mim. Eu desviei rápido e saí correndo até a pia da cozinha, ouvindo a louça quebrada ser esmagada pelos meus pés na escuridão. Ainda bem que estava de sapato, mas não tinha tempo a perder antes que as chamas atingissem o sofá. Acendi a luz, peguei a panela grande de macarrão e consegui apagar todo o fogo em três viagens.

Finalmente, notei pancadas vindas da escadaria. Desci depressa e encontrei Thornbury descalço na soleira, tremendo num roupão curto de flanela. Ao lado dele estava *Honora*, embrulhada num casaco, *ela* também descalça. Antes de trocarmos uma palavra, ela foi cruzando a porta e subindo as escadas, deixando Thornbury para trás.

Uma névoa densa nos recebeu quando entramos no apartamento. Acendi mais luzes, absorvendo a extensão do dano só agora. Parecia que o lugar tinha sido revirado. As mesinhas marroquinas bambas sobre as quais eu tinha colocado velas estavam caídas no chão. Cada vela jazia agora em cima de uma porção chamuscada de tapete. O gato, em pânico, deve ter derrubado as mesas, arremessando as velas, e depois pulado na bancada da cozinha, causando estrago nas louças que estavam ali.

Honora disparou até a janela em cima da pia e a desemperrou com alguns murros certeiros enquanto eu começava a recolher com uma vassoura a bagunça de cacos de porcelana do chão.

— Minha nossa. Devo chamar a polícia? O corpo de bombeiros? O que houve? — Era Thornbury, ofegante, encurvado no batente da porta.

— Parece que o fogo foi contido, é só fumaça agora — disse Honora por cima do ombro, com uma calma impressionante. — Mas tome cuidado, tem vidro quebrado. Tobey, me faça uma gentileza, vá lá embaixo e pegue meus sapatos, pode ser?

Ele estava encarando os pés, estupefato.

— Tobey?

— Certo. Lá embaixo. Pegar sapatos — repetiu roboticamente e saiu arrastando os pés.

— E ponha os seus também. Tobey? Está me ouvindo?

— Está bem, está bem... — A voz dele foi sumindo pela escada.

Honora se deteve, passando os olhos pela sala com as mãos plantadas no quadril. Ao ver as mesinhas de ponta cabeça, ela foi caminhando descalça, moendo os caquinhos, sobre o tapete ensopado e queimado, grudento de cera, e colocou os móveis em pé. Depois, pegou as velas, uma por uma, e as jogou no lixo. Que mulher.

— Minha menina querida, me conte o que se passou — pediu, virando para trás e reparando em mim. — Ah, você está trêmula.

Na verdade, eu tremia como vara verde. Honora veio até mim, pôs as mãos nos meus ombros e examinou meu rosto.

— Tome, fique com o meu — insistiu, abrindo o casaco, mas desistiu no meio do caminho e pegou uma mantinha que estava por perto para me enrolar. — Agora me conte tudo — falou, num tom suave.

— Alguém entrou, deixou isso aqui, um gato, mas pensei que fosse... Não sabia o que era no início. Ele estava sibilando, pirando, derrubando os móveis, as velas caíram no tapete e começaram o...

— O incêndio, sim, isso, isso — completou, acariciando meus braços.

— E ele ainda está *aqui*. — Apontei tremendo para o corredor. — Lá no fundo.

— Que coisa estranha — falou, espiando por cima do ombro. — E você ligou para o Tom?
— Não deu tempo, e ele está em Londres com os alunos. Numa excursão da turma. Um museu. Depois um filme.
— Ah, entendi. Bem, estou aqui agora — falou para me reconfortar.
— E o invasor não machucou você?
Balancei a cabeça em negativa.
— Ótimo. Vou até lá ver qual é a situação, está bem?
Fiz que sim, e a porta lá embaixo se fechou.
— Estou de volta com seus sapatos, Honora — gritou Thornbury.
Ela me olhou e soltou um suspiro. Esperamos Thornbury subir aos tropeços e chegar ofegante com sapatilhas penduradas nos dedos. *Engraçado*, pensei, ele com esse roupão, sem calças e meias, agora de alpargatas pesadas. E Honora, suspeitei, sem *nada* embaixo daquele casaco?

— Pelo visto um invasor entrou no apartamento e deixou um animal, um gato — disse ela, apoiando uma mão no ombro de Thornbury para se equilibrar, explicando como o fogo tinha começado enquanto calçava os sapatos. — E Tom está em Londres com os alunos. Sem comunicação.
— Que coisa curiosa. — Ele arrumou os óculos, espiando o tapete queimado. — E o alarme de incêndio não tocou? — Thronbury cheirou o ar. Fiz que não com a cabeça. — Alguém precisa ver isso o quanto antes, minha querida.

De repente, um miado queixoso soou do corredor. Nós nos viramos ao mesmo tempo, e o gato preto surgiu, arriscando cruzar a entrada da sala delicadamente com a pata. Ao nos ver, ele arqueou as costas e sibilou, depois me mirou e veio em disparada. Saí da frente dele com um uivo. O gato simplesmente se sacudiu e caminhou indiferente até Thornbury.

— Ah, olá, *gatinha*. *Conheço* você, não é? — falou, com a voz esganiçada, abaixando-se e fazendo o roupão abrir.
Desviei o olhar, e Honora não conseguiu segurar um ronco de riso.
— E que doçura de gatinha você é — continuou, pegando o ser ronronante no colo. — E qual é seu nome, hein?
Ele olhou para mim, como se eu fosse saber. Dei de ombros.
— Com certeza deve ter uma coleira — sugeriu Honora.
— Com certeza deve ter, hum? — disse Thornbury, vasculhando o cangote vibrante da bichana. — Aham! Ofélia! Sim, claro. A gatinha enlouquecida voltando do mundo dos mortos.

Capítulo 25

WHAT'S NEW PUSSYCAT?

Tem certeza de que você está bem mesmo? — repetiu Honora, vacilando ao pé da escadaria, enquanto os dois velhos professores se preparavam para ir embora.

Ainda nenhum sinal de Tom. Eu liguei, mandei mensagem, mas nada de resposta até o momento.

— Sim, juro, estou bem mesmo. — Não era exatamente verdade. Tom estava desaparecido em combate, e a Psico Gata ainda estava rondando lá em cima. — Sério, não tenho nem como agradecer.

Honora deu um sorriso bondoso, aproximando seu rosto suavemente enrugado, e me lembrei dos jardins japoneses, com as marcas de rastelo na areia, hipnotizantes e lindos, embora só os tenha visto em fotos. Thornbury, dormindo em pé na quina da porta, bocejou.

— Mas me ligue amanhã, avise como você está, querida. Pode ser?

— Claro. Pode deixar que ligo.

Mostrei meu celular a ela, com seu número recém-salvo.

— Bem, chegou nossa hora, meu velho.

Os dois coroas saíram arrastando os pés, e eu subi as escadas, exausta, e me empoleirei na beira do sofá, a uma distância segura de Ofélia, que lambia, com indiferença, a água de uma tigelinha que Thornbury tinha posto embaixo da pia.

Nunca tive muito jeito com gatos (*eufemismo*), e, sinceramente, quem dá o nome Ofélia a uma gata? Tom nunca mencionou ter uma, mas Thornbury deu a entender que era dele. E a bichana parecia acostumada com o ambiente. Agora estava miando e começando a me seguir, cheia de vértebras, garras e más intenções...

— Nem pense nisso — falei.

Ela parou, esticou a pata com elegância, *bailarina do mal*, e depois se sentou, reta, agitando o rabo. Bom. Pareceu que tínhamos chegado a algum tipo de entendimento — *eu não preciso gostar de você e você não precisa gostar de mim* —, mas aí a gata fez um *jeté* direto no meu colo. Eu soltei um grito, fiquei de pé num pulo, e ela saiu voando e se estatelou no tapete queimado.

Puta merda, eu a matara?

De repente, o cômodo se iluminou, e por sorte a felina se levantou e disparou para a entrada. Agora estávamos as duas sintonizadas atentamente aos sons mecânicos vindos do pé da escada. O som de Tom saltando os degraus. *Mas e se não fosse ele?* Fiquei olhando a maçaneta se mexer, paralisada, de coração acelerado, até que a porta se escancarou.

— Jane, querida, você está bem? Senti cheiro de fumaça no corredor. O que aconteceu... Deus.

Seu rosto se encheu de angústia ao passar os olhos pela cena do crime, detendo-se em Ofélia, que se enrolava na perna dele, ronronando, extasiada.

Contei a ele o mais rápido que consegui: o carro estranho parado na rua. Os sons caóticos enquanto eu me escondia na lavanderia. A gata pirando da cabecinha e derrubando as velas.

— Nem me dei conta de que ela ainda tinha uma chave. *Amelia* — falou, mortificado.

Nesse momento, já tínhamos nos aconchegado lado a lado no sofá, a gata enrolada entre os pés de Tom. Caramba, fora *ela*. Aqui. Hoje. Ainda assim, só de ouvir seu nome sair da boca dele, o nome que tantas vezes repeti em segredo na minha cabeça... *Amelia... Amelia... Amelia.*

— Como fui desmiolado. Nunca seria capaz de imaginar que ela apareceria desse jeito, que entraria, deixaria a gata sem dizer uma palavra sequer. Sinto muito, Jane. — Ele se virou para mim, atormentado pelo remorso.

— Pelo menos ela não é incendiária — falei, com a voz fraca.

— Vou falar com ela assim que amanhecer. Isso é inaceitável. — Ele se endireitou e pegou minha mão. — E vou trocar as fechaduras logo em seguida.

— Ok. É. Quer dizer, deve ser uma boa ideia. — Seria uma ideia melhor ter feito isso há meses, mas ainda assim. — E os detectores de fumaça. Eles precisam de baterias novas.

— Sim, claro — respondeu, apertando minha mão. — Vou cuidar disso. De tudo isso. Poxa, Jane, me sinto péssimo. Isso nunca deveria ter acontecido.

Ele passou o braço em volta de mim, puxando-me para perto. Dei uma olhada na sala, ainda enevoada, e pensei com malícia: *Ah, então quer dizer que a linda, a brilhante, a ambiciosa Amelia não era tão perfeita assim?*

A gata miou.

— *Você* que escolheu esse nome? Ofélia?

Nós nos afastamos.

— Credo, não. — Ele fez uma careta. Como eu suspeitava. — Amelia achou a gata perdida e faminta no jardim. *Ela* escolheu o nome.

E pelo jeito tinha ficado com a guarda da gata até agora?

Na mesma hora, Ofélia se deitou de lado, cruzou as patas como uma odalisca sedutora e olhou com desejo para Tom. *Céus, que paqueradora.*

— Desculpa por dar a notícia, mas essa gata tem um gosto musical questionável. Ela não curte Led Zeppelin.

Relatei a reação dela à música *Rock and Roll* explodindo do meu celular.

— Estarrecedor — exclamou, levantando-se para pegar uma garrafa de uísque, que segurou no ar para minha aprovação.

— *Sim.*

Ele voltou e serviu uma dose para cada. Brindamos, engolimos nossas bebidas, e ele logo entornou outra dose, largando-se em seguida no encosto do sofá.

— O que você vai fazer com *ela*?

A gata se esparramava pelo sapato dele, massageando-se. Ele nem parecia notar: com certeza um fã de gatos. *Para falar a verdade, um fofo, mesmo que...*

— Na real, fico um pouco *desconfortável* perto de gatos. — A forma que eles espreitam, pulam e cravam do nada as garrinhas afiadas na sua carne. — Principalmente... gatos pretos.

— *Não*. Não pode ser verdade.

Tom estava com uma leve expressão risonha. Mas *não* tinha graça, ainda mais depois do que acontecera aqui hoje. Do nada, fiquei possessa de verdade. A culpa era, em parte, do uísque, mas o principal foi o pouco-caso que ele fez.

— Não sei direito se você entendeu o quanto foi horrível o que aconteceu mais cedo. Quando eu estava aqui, sozinha, e o gato aos berros, botando fogo em tudo, e pensei que fosse alguém mal-intencionado dentro do apartamento e estava presa e não conseguia *falar com você...*

— Jane. — Ele se aprumou e virou para mim. — Meu bem. Sinto muitíssimo. Meu celular ficou sem bateria.

Tom pegou minhas mãos e as beijou, naquele estilo romance do século XIX.

Mas ele não podia menosprezar minha ansiedade e pronto. Não podia varrer tudo para baixo do tapete, que por acaso estava irreparavelmente queimado. Mas, de repente, me ocorreu: seria possível que Amelia não soubesse da minha existência, do meu relacionamento com Tom? E por que importaria? Era *ela* que tinha dado um fora cruel *nele* e agora ficava andando com os chegados da realeza e fazendo pesquisa em Harvard. *Ou será que não?* Uma gota de pânico escorreu pela minha espinha. Era o começo do fim? Será que tudo era bom demais para ser verdade?

— Vamos para cama — falou.

Não tão cedo, Professor.

— Você ainda não respondeu à minha pergunta. O que pretende fazer a respeito dela?

Reparei que eu estava estranhamente presa à criatura brincando de brigar com um amigo/inimigo invisível, escondendo-se por baixo da poltrona, espreitando a cada segundo.

— E?

Mas ele pulou do sofá e se aproximou. Apertou minha mão, com um sorriso sutil no olhar, e começou a me puxar de leve para cima, embora eu resistisse com pouquíssima vontade.

— *What's new, pussycat? Whoa whoa whoa.*

Sério? Essa era a tática dele para me distrair?

— Pussycat, pussycat, I love you, yes I do... — Mas ele parou, sério.
— E sinto muito que você tenha se assustado. Vou falar com ela.
Tive que ceder. Entrelaçamos as mãos, e ele começou a dar passos para trás em direção ao *quarto*, puxando-me junto.
— Seu Tom Jones é questionável — brinquei.
Na verdade, ele era bem bom.
— *You and your pussycat lips.* — Tom continuou cantando, sem dar a mínima.
— *Quase* no tom.
Ele deu de ombros, sem desviar o olhar do meu.
— *You and your pussycat eyes.*
Fomos seguindo, cruzando a entrada do corredor; eu não estava lá resistindo muito.
— Você só canta quando está bêbado, não é?
— *Isso* — disse, arrastando-me com delicadeza por entre seus muitos livros, e, caramba, eu o amava. — *You and your pussycat... no-o-ose*[1].
Por fim, paramos na porta do quarto, e Tom me olhou de um jeito... Eu o amava. Amava, sim. Isso tinha que significar alguma coisa, né?

🎼

Eu me sentei num pulo em meio à escuridão. Tinha alguma coisa rastejando em mim — e senti algumas espetadas de dor. Desembrulhei-me das cobertas e caí com tudo no chão. Estava frio e escuro e não conseguia parar de tremer.
— Jane... tudo bem?
Tom estava se mexendo.
Ronronados. Ondas contínuas de ronronados. *A gata.* A gata de Amelia estava na cama, ronronando para seu mestre.
— Desculpa, querida — disse ele, sonolento. — Pensei que tivesse fechado a porta. Vem cá, minha coisinha.
Só deu para distinguir a silhueta dele no escuro, recolhendo a felina das cobertas, colocando-a com cuidado no corredor e fechando a porta.

---

[1] Trechos da música *What's New, Pussycat?*, cuja tradução é, na ordem em que aparecem: O que há de novo, gatinha?/Gatinha, gatinha, amo você, amo sim/Você e seus lábios de gatinha/Você e seus olhos de gatinha/Você e seu nariz de gatinha. [N. da T.]

Eu me aninhei de novo sob o edredom, mas me virei de frente para o armário.

O carro preto sinistro, parado no meio da rua, reviveu na minha cabeça — rolos de fumaça vermelha emanando das lanternas traseiras, como num filme de terror.

O colchão afundou. Tom estava de volta.

— Estive pensando... — arriscou, numa voz suave. — Que tal a gente desaparecer nas férias?

Bem que podíamos. Até lá, já teria passado o Albert Hall. *Ah*, que alívio só de pensar.

— A gente podia se embrenhar pelo interior rumo ao norte. Charnecas envoltas na bruma e pousadas exóticas a caminho da Escócia. Só nós dois. A gente podia escrever.

Ele pousou a palma da mão com cuidado no vão entre minhas escápulas.

Puxa vida, parecia divino. Mas nada além, nem sobre a gata, nem sobre o incêndio, nem sobre a ex dele aparecendo no meio da noite. Ele esperou minha resposta por um instantezinho e, na ausência dela, emendou:

— Ou então você podia... cantar para mim e só?

Eu podia, não é mesmo?

Imaginei nós dois percorrendo trechos de estradas, cortando campos verde-esmeralda, divisando pousadas de pedra e telhados de palha... Porém, não conseguia me livrar dela, daquela sensação de apreensão e inquietude, de que alguma coisa ruim estava prestes a...

Tom tinha chegado mais perto e se encaixava atrás de mim, apertando-me bem firme contra seu corpo, até virarmos peças perfeitamente conectadas de um quebra-cabeça. Sua pele quente, em contraste com o ar frio, era inebriante.

— Sempre sei quando você está triste — murmurou, encostando os lábios e os dedos no meu ombro nu.

Partindo dali, foi descendo a palma da mão em carícias lânguidas até a curva da minha cintura, passando depois pelos vales do meu quadril, como um escultor. Era um absurdo de bom, ainda que no fundo eu quisesse me afastar dele.

— Fico me perguntando... será que você e a gata não têm bastante coisas em comum para se tornarem boas amigas? — disse ele, com a voz suave, como se adivinhasse, e tirou o cabelo do meu pescoço com delicadeza. — Cochilam à tarde, as duas — continuou, começando a roçar os lábios com sutileza sobre a pele recém-libertada, eu mal conseguia conter o prazer daquilo. — Hedonistas sem nenhuma vergonha ou remorso, não é uma reclamação. Aquela voz aveludada e quente ao pé do ouvido... Ele abandonou a trilha de pele arrepiada e começou outra.

— Com unhas afiadas para arranhar... — E foi traçando um caminho delicado pela minha coluna — Metaforicamente falando e somente quando necessário... — De repente, agarrou minha bunda e não me contive: me apertei e me curvei sobre ele. — As duas são um pouco... maliciosas. — Ele passou as mãos em volta da minha cintura — E não é difícil fazê-las ronronar. — E deslizou suavemente os dedos pelos meus mamilos. — Na verdade, é um prazer imenso... — Escorregou uma mão para baixo, deslizando os dedos entre minhas coxas. — Acariciar você em todos seus lugares preferidos.

Era o que ele estava fazendo.

— E, embora eu tenha resgatado a gatinha, *você, Jane*, é uma mulher realizada e independente, uma força da natureza em miniatura, que não precisa de resgate algum. — Tom pressionou o corpo ao meu. — Mas existe algo delicado, vivo e selvagem em você que me faz *perder um pouquinho a cabeça*... — Senti explosões mornas e formigantes na pele, com os lábios dele *em algum lugar, em toda parte...* — E às vezes tenho vontade... tenho vontade de te pegar e te manter sempre comigo, porque *quero*... *quero* cuidar de você.

Uma onda de pânico me tomou. Soltei-me dele e virei para encará-lo.

— A gente tem que se livrar do tapete.

Ele me olhou, surpreso, confuso, nossos rostos próximos na escuridão.

— Estragou — implorei —, é irreparável. A gente nunca vai se livrar da fumaça. Está *por toda parte*.

Ok, então o tapete era uma metáfora. Mas, se fosse para a gata ficar, o tapete tinha que ir.

— *Agora?*

— Agora.

— Como seu rosto pode ser tão pequeno? — indagou, como se fosse uma pergunta sincera.

Dei de ombros. Não faço ideia.

Ele suspirou e segurou meu rosto entre as mãos, como se o medisse.

— Tá bem. Certo, então. Vamos lá.

Enfiamos uma camiseta e um moletom e partimos para ação, arrastando os móveis da sala e enrolando juntos o tapete. Tom pegou uma das pontas, mas na hora ficou claro para mim que eu jamais conseguiria erguer a outra. Então me agachei e empurrei o tapete enquanto ele puxava. Assim, conseguimos tirar aquela coisa do apartamento e colocá-la no patamar da escada. Depois de um tanto de discussão, ficou decidido que Tom ia descer de costas com o tapete enquanto tudo o que *eu* tinha que fazer era segurá-lo sem soltar.

Após um momentinho recuperando o fôlego, Tom parou no precipício do patamar, de frente para mim, de costas para o declive da escada, que nunca pareceu tão íngreme e perigosa.

O que eu tinha na cabeça? Isso era *loucura*.

— Ok. Me fala se precisar descansar. — Ele parou para ajustar os ombros e segurar melhor o tapete. — Beleza, então aqui vamos nós.

Começamos a descer em silêncio, a madeira velha gemendo alto com o peso. A respiração penosa de Tom se misturou ao sombrio *tum, tum, tum* do tapete batendo em cada um dos degraus, tal qual num filme *noir*.

— Você está pensando no que estou pensando? — Finalmente consegui dizer.

— Não fala — respondeu, mas ele estava, sim: era como se desovássemos um corpo morto.

No meio da escada, dei uma espiada em seus ombros largos sob o fino tecido da blusa, tensos com tanto peso. Na penumbra, de cabeça baixa, não dava para enxergar seus traços e, por um momento, pensei que ele podia ser qualquer um.

Quem *era* ele *na real*? Tinha tanta coisa que eu não sabia. Tom podia ser um desconhecido. Ele era — o desconhecido do avião.

O céu tinha um tom pálido de violeta quando Tom abriu a porta da frente. Ele voltou a pegar a outra ponta, e, juntos, arrastamos aquilo até o beco dos fundos. Com uma dose de esforço, conseguimos levantá-lo e jogá-lo em uma caçamba de lixo.

Na tarde seguinte, com uma mensagem toda formal, Honora me convenceu a encontrá-la para um chá. Nos sentamos, cara a cara, no café do Museu Ashmolean, um espaço esplêndido que parecia flutuar sobre a cidade, com uma visão ampla e espetacular lá de cima, através de vidros que iam do teto ao chão. Fiquei mais animada, apesar dos eventos perturbadores da véspera.

— Tom voltou de Londres, suponho, e você está bem, querida? — perguntou Honora.

— Chegou logo depois de vocês saírem. — Eu a tranquilizei. — E estou bem, *mesmo*, graças a você e ao Professor Thornbury. Vamos precisar de louças novas. O tapete, infelizmente — enfatizei, por cima do chá —, já era, *torrou*.

Tom tinha revelado com um tanto de hesitação, depois de nos livrarmos dele, que tinha sido um presente de Amelia. Sei lá como, não me surpreendeu. Justiça poética.

— Que pena, um tapete tão lindo — ponderou Honora. — E você e Ofélia estão se dando bem?

— Estou começando a fazer amizade com ela. Tom é bem apegado... O que não fazemos por... — Eu queria dizer *amor*, mas me contive. — Pelos nossos *amigos*.

— Pois é, certamente — respondeu, dando um gole no chá. — Talvez agora seja o momento apropriado para tocar nesse assunto... Bem... — Ela limpou a garganta e pousou a xícara com cautela no pires. — Como você pode ter conjecturado, o Professor Thornbury e eu iniciamos um pequeno... *caso*.

Caso? Caramba, mulher. De repente, fiquei surpresa com a nova professora Strutt-Swinton que encarnava diante de mim: o viço perceptível, o vestido envelope colado que acentuava suas curvas e seu colo, realçado pelo obrigatório colar de contas de âmbar.

— Tudo começou no jantar da faculdade, quando ele estava um tanto *inzuppato*. — Ela brincou com as contas do colar com falsa modéstia. Sorri como se soubesse o que a palavra significava. — Bêbado. Uma esponja.

— Certo — afirmei, lembrando-me de que eu mesma estava basicamente *igual*.

— Logo, cumpri meu dever de levá-lo em segurança até em casa. Ele estava terrivelmente indisposto... Não sei o que teria feito sem minha pre-

sença lá, para ajudá-lo a se despir, colocá-lo na cama e assim por diante. Assim, quando dei por mim, estava esgotada e pensei: quem me dera poder me deitar, ainda que momentaneamente, para recuperar as forças. Me aconcheguei com muita inocência ao lado dele e adormeci. Assim que acordei, tive uma pequena surpresa. — Ela bebericou um pouco de chá. — Ou melhor, uma *grande* surpresa.
Puta merda.
— Verdade seja dita, havíamos passado por uma seca brutal nesse departamento, nós dois — falou, de olhos brilhando. E como que para enfatizar a revelação, Honora Strutt-Swinton abocanhou um pedaço de rosquinha, sujando seu fofo narizinho arrebitado com açúcar de confeiteiro. — Vou me limitar a dizer que estamos recuperando o tempo perdido, e que é tal qual andar de bicicleta, basta montar e, zum, entrar em movimento, tão revigorante. Mas suponho que devo poupá-la dos detalhes concupiscentes.
Eita, talvez.
— Podemos já ter passado da flor da idade — continuou mesmo assim enquanto eu tocava a ponta do meu nariz para dar uma indireta. — Mas não significa que tenhamos uma placa de Fechado pendurada nos nossos respectivos... bem. Você nunca daria nada de olhar para ele — prosseguiu, inclinando-se e baixando a voz —, mas Professor Thornbury é basicamente um sátiro, surpreendentemente safado para um velho ranzinza. Acredito que ele estava explodindo com tantas paixões, apenas esperando para serem expressas. Ai de mim, colho com gratidão os benefícios de tamanho fervor. Deus, quem diria que aquele enjoadinho teria tanto apetite por...
— Há! Uau! Que *legal* — interrompi, meio sem jeito, lembrando-me das peras no gengibre.
Honora me abriu um sorriso enorme.
— Ah, querida. Pensei que vocês, americanos, fossem tão abertos em relação a tais coisas. Terra das Kardashians e tudo o mais.
— Nós somos, e é tudo muito maravilhoso, vocês dois... Transando. Embora a palavra não soe... muito bem. — Fiz uma careta.
— Pelo contrário — exclamou Honora Strutt-Swinton, radiante. — Acho que é *exatamente* o que estamos fazendo, transando.

Andei depressa para casa, no frio, ouvindo *There She Goes*, dos La's, sem parar. Tom tinha me mandado a música por mensagem, falando que se lembrara de mim, não só pela letra, mas também pela batida do violão e dos pratos da bateria, que "pareciam decididos a iluminar tudo". E que não sentia falta do tapete, pois toda aquela madeira sem enfeites dava um quê de frescor e esperança ao ambiente, e que *eu* era o único enfeite que ele poderia querer ou precisar!

Com um sorriso na cara, parei à porta do apartamento, resfriada e entusiasmada, e respondi a mensagem. Só mandei o link para a música *Norwegian Wood (This Bird Has Flown)*, dos Beatles.

Meu celular tocou quase na hora. *É ele*, pensei, cutucando a tela às cegas, pulando de alegria.

— Oi! Jane! — A voz de Pippa vibrou do alto-falante. — O ensaio foi oficialmente marcado!

— Ah, *uau* — gaguejei, chocada, processando a novidade.

— Sábado ao meio-dia, na véspera do Royal Albert Hall. Vou estar com você, *acompanhar cada passinho*, então não se preocupa — falou, com calma, adivinhando que minha primeira reação seria de pânico.

— Estamos atrás de mais detalhes, mas parece que *é* só aquela música. Vou ter uma resposta definitiva a qualquer momento. Ah! E Alastair ofereceu um violão e um amplificador fabulosos para você testar quando chegar a Londres!

— Ah, legal — suspirei. Um violão para segurar e me amparar. Uma espécie de naninha de bebê.

— E a Equipe Jonesy arrumou um quarto de hotel lindíssimo em Londres, de sexta até domingo. Tudo está se encaminhando!

— Ok, ótimo. Sim.

Tirando que eu estava tremendo. O Royal Albert Hall não era mais uma data marcada no calendário. Era *real*.

— Ah, mudando um pouco de assunto — acrescentou Pippa, atrevida. — Finalmente saí para beber... — Ela fez uma pausa, como se estivesse à espera do rufar dos tambores. — Com *Freddy*!

— Ah. — *Não*! Eu baixei a guarda só por um instante!

— Sim! No Groucho. Como ele é lindo e engraçado, né? E conhece *todo mundo*. Mas, querida, Freddy está simplesmente *desesperado* para ir ao show — ronronou. — Por você tudo bem? Ah, que droga... estou recebendo um toque, logo mais...

E a ligação caiu.

Trêmula, procurei a chave de casa, ansiando pelo calor do apartamento de Tom, querendo me aninhar na cama dele, enterrar a cabeça embaixo das cobertas, quando meu celular tocou de novo.

— Prepare-se. — Era Will, sussurrando num tom de urgência. — Fofoca de bastidores, mas Pippa está no telefone com a Equipe Jonesy e... escuta só essa. Você recebeu oficialmente o convite para participar da turnê. Ela vai querer dar a notícia, mas eu não consegui resistir. Maninha, você é uma estrela. É, sim, é, sim, é...

E a chamada caiu.

Acima da minha cabeça, um jato passou roncando. Tremendo, sem conseguir desviar o olhar, eu o observei até ele sumir de vista num arco gracioso.

Parte Três

Once in a Lifetime

A música é uma conspiração; uma conspiração para cometer beleza.
— José Antonio Abreu

Capítulo 26

PRIMEIRA CLASSE

Estava sentada ao lado de Jonesy no avião. Seguíamos rumo a Tóquio. Ou era Sidney? O sol incidia sobre o cume definido da sua maçã do rosto. Não dava para negar que ele era bonito, como um quadro de outros tempos — os olhos de um azul-cetim, a pele transparente, a veia azul-pálida pulsando de leve na têmpora, seu cabelo platinado ofuscante, curto atrás, mas liso e meio comprido sobre o olho. No entanto, eu sentia medo. Do nada, Jonesy se virou para mim, como se estivesse lendo minha mente. Pega no flagra, desviei depressa o olhar.

Seu segurança rondava na entrada da cabine, fechada com uma cortina, como um Marlon Brando jovem: a camiseta branca, os traços de pugilista, os bíceps esculpidos se contraindo imperceptivelmente enquanto flertava com uma comissária de bordo bonita.

Houve um ruído metálico ameaçador, e a cabine começou a sacudir.

— Não precisa se preocupar — murmurou Jonesy. — Esse avião não vai cair, é impossível. — Seu olhar ficou estranhamente vago. — Sabe por quê? Porque eu estou nele. — Ele fechou seu dedo longo e gelado em volta do meu pulso com um tanto de insolência. — Protejo você. — Apertou mais.

Ri de nervoso e, sem querer, baixei o olhar para meu pulso e depois voltei a encará-lo. *Ok, agora pode soltar*, pensei. Ele me devolveu um sorriso sereno.

O avião soltou um gemido horrível. O nariz da aeronave mergulhou abruptamente e começamos uma queda íngreme; Jonesy ainda prendendo meu pulso.

Em pânico, vi o guarda-costas derrapar pelo corredor, tentando se agarrar ao chão. A comissária de bordo engatinhou até seu assento e se atrapalhou tentando apertar o cinto. Examinei seu rosto buscando me tranquilizar, mas ela estava pálida como um fantasma. Não me tranquilizei. Continuamos a escorregar pelo espaço até que o grito estridente de um alarme ficou audível por trás da porta da cabine, repetindo-se com a regularidade horrível de um monitor cardíaco de hospital, e máscaras de oxigênio caíram do teto e se balançaram aos trancos, mas eu ainda não conseguia mexer as mãos...

Então vi Tom! Ao meu lado, na cama.

A campainha estava tocando, estridente.

— Jane... fique aqui — insistiu.

A chuva fustigava o telhado e as janelas.

Era só um sonho. Tom estava pondo o jeans.

Faltavam cinco dias para o show. Eu não estava em um avião com Jonesy.

— O que está acontecendo? — Finalmente consegui perguntar.

— Não tenho certeza — respondeu, enfiando uma camiseta. — Fique *aqui*, Jane, pode ser? — Ele me lançou um olhar sério.

— Ok... pode.

Tom fechou a porta do quarto e seguiu pelo corredor; a campainha ainda fazendo um estardalhaço.

Juntei as peças — era Amelia! Tinha que ser. A não ser que fosse Thornbury, algo relacionado à tempestade? A campainha parou. Senti o leve tremor da porta de entrada batendo.

Botei depressa a camisola, uma peça vitoriana sem mangas, bem menininha, e joguei Kurt por cima para me esquentar, depois fui até a porta na ponta dos pés e a entreabri. O corredor estava escuro, e a sala, ainda mais. Agora ouvia sons na escada e o murmúrio de vozes de Tom e da visitante misteriosa entrando. A voz da visitante, desconhecida. Feminina. *Era* ela! Amelia!

Dei o máximo para entender o que eles falavam por trás da barulheira. Tom acendeu a luz. A chaleira apitou, e a gata, Oskar Wilde (comecei a chamá-la assim, com a pronúncia norueguesa para Oskar), entrou do nada, passando por entre minhas pernas. Quase soltei um uivo, mas consegui tapar a boca, tremendo um tiquinho, e fechei a porta do quarto com delicadeza. Passos se aproximavam pelo corredor.

Dei um encontrão na cama e me empoleirei na beirada do colchão, com a postura ereta, me preparando para coisa nenhuma. A gata se sentou aos meus pés, concentrada e vigilante, mexendo o rabo. Tom se esgueirou e fechou a porta com cautela. Seu rosto estava pálido.

Ele se sentou ao meu lado, pegou minha mão fechada, mas ficou olhando para o nada, como que tomando coragem para me contar algo horrível.

— Amelia nunca foi embora, não é? — cochichei, desvairada. — Ela não vai embora, não vai nos deixar em paz.

Ele virou a cabeça para mim.

— Não — cochichou de volta. — Não é ela. — Ele examinou meu rosto, com um pouco de desespero. — É Monica.

Capítulo 27

HERE SHE COMES AGAIN

Que pessoa horrível eu era, escutando às escondidas a conversa de Monica e Tom, sentada no corredor escuro, de camisola, enfiada em um vão entre as estantes, as pernas cruzadas no chão. Não dava para entender direito o que eles diziam, mas eu conseguia enxergar uma fatia generosa da sala, onde a ex-orientadora dele ia e vinha, entrando e saindo do meu campo de visão, oferecendo vislumbres do seu perfil: cabelo escuro ensopado de chuva, traços bonitos, sobrancelhas de rainha, pele bronzeada e sensual. Mas era o seu físico — sua cinturinha fina, suas curvas tão voluptuosas, tão propositais, que o tecido frágil de uma blusa branca e do jeans mal podiam conter — que superava até mesmo os meus sonhos mais carnais. Ela de fato parecia uma mulher fatal do cinema italiano.

Observei Tom entrar no meu campo de visão também, com uma manta, e, logo depois, Monica embrulhar-se nela. Ele se sentou no sofá e ficou ouvindo, compadecido, como um terapeuta, cotovelos nos joelhos, mãos no queixo, enquanto ela andava e emitia murmúrios indecifráveis. Quando Monica começou a soluçar, Tom se levantou depressa e voltou alguns instantes depois, oferecendo uma caixa de lenços. Ela assoou o nariz, e eu senti uma pontada de culpa por bisbilhotar. Mas não o suficiente para sair dali.

Tinha começado a captar fragmentos do que ela estava dizendo, subindo de tom por nervosismo:

— Arrasada... destruída... com o coração partido em mil pedacinhos. Ainda assim, sua voz continuava melíflua; seu sotaque, sedutor.

Em seguida, ela se virou, proporcionando-me a visão perfeita do seu perfil de corpo inteiro.

— E depois que dei *tudo* de mim. Meu *coração!* Minha *alma!* Meu *corpo!* — choramingou.

E, como que para deixar seu argumento claríssimo (*esse corpo, esse corpão que você está vendo na sua frente!*), ela passou as mãos na frente da blusa até os quadris.

— *Ela*, justo *ela!* — chorou Monica.

Espera... quem?

— É tudo tão humilhante... só queria *morrer*.

Agora ela estava aos prantos, mas, não sei como, ainda conseguia não soar estridente. Mesmo com as lágrimas, a voz dela era sussurrada, suave e macia como seixos polidos pela água.

Oskar se aproximou sorrateiramente e se acomodou no meu colo com uma bufada de tédio. Nós ficamos ouvindo Tom tentando consolar Monica. Ela soltava soluços dramáticos, cobrindo o rosto com as mãos, enquanto ele dava uma espécie de abraço apropriado. Porém, ela não perdeu tempo e foi logo pressionando os seios nele, mas no mesmo instante Tom se afastou com educação, conduzindo-a até o sofá e deixando-a ali, lamentosa. Então Monica olhou em volta, procurando onde descartar os lenços, e, quando virou na minha direção, morri de medo de que conseguisse me perceber na escuridão. Mas ela simplesmente levantou o quadril e enfiou os lenços usados no bolso da frente do jeans, me oferecendo pela primeira vez a visão sem obstáculos de seu corpo desse ângulo — seu lindo rosto, mas também suas grandes aréolas cor de mel e seus mamilos duros, em posição de sentido, como imponentes soldados de Eros, totalmente visíveis por baixo da camiseta molhada. *Por que será que Tom deu a manta para ela se cobrir, né?* Aquilo distrairia qualquer pessoa.

Ele voltou com o chá e afundou na poltrona, a uma distância segura dela, e, agora eu só via os joelhos de Tom.

— A *amante* dele! — Monica ferveu de raiva, levando a xícara à sua linda boca. — Como ele pôde voltar para ela!

Aham! *Então essa história não tinha nada a ver com Tom!* Monica voltou a se lamuriar, tentando, ao mesmo tempo, tomar o chá.

Oskar, percebendo meu alívio, quem sabe tentando acompanhar a história, olhou para mim, e eu fiz carinho em sua cabeça.

— Ele me disse que me *amava*... e que eu era sua alma gêmea... sua *deusa da luxúria, per sempre, para sempre!* — Abriu um berreiro, tentando se livrar da xícara, que colocou com cuidado no chão antes de se prostrar nas almofadas, como Eleonora Duse.

Tom a cobriu novamente com a manta, mas ela se levantou, de olhos arregalados, e se lançou sobre ele, mexendo no cabelo dele, acariciando seu rosto, segurando-o entre as mãos ao murmurar e gemer num italiano indecifrável. Tom se retirou com delicadeza, o que depôs a seu favor, mas ela venceu e conseguiu manter o rosto grudado ao peito dele, encharcando minha blusa preferida da Thistle com lágrimas e ranho. Puxa, ele finalmente se rendeu e a deixou chorar em seu ombro, fazendo o melhor que podia, com vários tapinhas gentis nas costas dela para mandar os sinais certos. A essa altura, peguei Oskar Wilde no colo e dei um beijo em sua cabecinha morna e peluda.

Saí de fininho para dar privacidade aos dois, sentindo uma súbita camaradagem e empatia pela dor dela. Também passei por isso. Que sorte ter encontrado em Tom um homem ético e bondoso, ao contrário de certo traidor em série egoísta! Toda minha angústia em relação a Amelia me pareceu, de repente, mesquinha, patética. Por que inventar problemas quando não havia nenhum?

Capítulo 28

FRIDAY ON MY MIND

Eram 7h15 da manhã de sexta. Dois dias para o Royal Albert Hall. Minha pequena mala de rodinhas já estava feita e pronta ao lado da porta de entrada; minha passagem de trem para Londres pousada em cima dela, com um itinerário e os dados do hotel para o fim de semana, reservado no meu antigo nome de turnê, Maggie May. Eu teria que encarar o ensaio amanhã. E, presumivelmente, com ele, *Jonesy*.

Para me acalmar, imaginei minha futura vida criativa em Oxford, com Tom. Meu Rochester particular, só que nem rico, nem arrogante, nem com o dobro da minha idade. Eu estava sonhando com a promessa da viagem de carro até a Escócia, quando espiei pela janela e flagrei o carteiro dançando pela calçada, com fones de ouvido na cabeça. Era minha chance!

Voei escada abaixo, cantando: *Wait a minute, Mr. Postman*[1], esperando conseguir me apresentar e explicar de uma vez por todas que Thornbury morava *lá*, e Tom e eu, *aqui* (a última frase me dando um arrepio de assombro), mas quando cheguei ali embaixo, a correspondência de Thornbury (em sua maioria, panfletos turísticos) já estava depositada na nossa caixa. Será que o velho professor estava planejando uma viagem

---

1 Espere um minuto, Sr. Carteiro. [N. da T.]

com sua nova *inamorata*? Que comovente. Decidi entregar as cartas dele em mãos. Bati à porta.

— Ah, Jane, é você, minha querida, entre, entre, rápido, saia desse maldito frio!

Thornbury bateu a janelinha na minha cara e ficou mexendo eternamente nos trincos antes de me puxar para dentro.

— De novo, não — exclamou, espiando o monte de cartas. — Canalha. Ah, mas tenho uma coisinha para *você*. — Ele bocejou; acho que o acordei. — Me perdoe por não ter levado antes. Arrisco dizer que é isso que o final do semestre em Oxford pode fazer com um homem.

Reparei que ele estava descalço e também com a braguilha aberta. Tentei não encarar, mas, quando a gente se esforça para não olhar, de repente não consegue fazer outra coisa.

— Honora me castigou, me botou na linha, ah, foi. Ela disse: *"Tobey, você precisa se organizar, simples assim. Como você consegue viver no meio desta sua bagunça descomunal?"* — Indicou com um gesto a montanha de papéis e livros aos seus pés. — E sabe o que mais? — suspirou, com um olhar perdido. — A Sra. Honora Strutt-Swinton é uma mulher de muitos talentos. Inteligência... perspicácia... visão. Sem contar ternura, ardor, *sensualidade*.

— Posso ajudar a procurar? A tal coisinha? — interrompi, com receio do rumo da prosa.

— Não, não. — Ele levantou a mão em protesto. — Agora, onde estava mesmo... ahhh!

O professor estava tentando arrancar uma caixinha sob uma pilha enorme de papéis e livros, mas o que conseguiu foi só derrubar o monte todo.

Ele recuou, com a mão no peito.

— Indigestão. — Encolheu os ombros.

— Deixa eu ajudar...

— Não, não, minha querida, não é nada, pois *eu* sou um homem de sorte! Suponho que você saiba... sobre a Sra. Strutt-Swinton e eu?

— Eu sei — respondi, de um jeito levado, abrindo os panfletos turísticos brilhantes feito um leque.

Ele parou de cavoucar no desmoronamento e os tomou avidamente de mim.

— Estamos planejando uma escapadinha de última hora nas férias de inverno — falou, com os olhos brilhando. — Para algum lugar *quente*.

Mas, enquanto ele olhava absorto para as fotografias de águas azuis e vilarejos ensolarados, sua alegria pareceu desvanecer.

— Sempre sonhei em compartilhar meus lugares favoritos com uma companhia.

O professor desgrudou os olhos das imagens e os fixou em mim. Na parede atrás dele estava a foto emoldurada do Parthenon, com ele sozinho. Deixamos o silêncio melancólico passar.

— Também tenho uma coisa para você, Professor Thornbury. — Pus a mão no bolso. — Esta maçã se chama Jazz. Assim que você inspirar seu doce aroma, provar essa mescla inebriante de doce e azedo, ouso dizer que nunca mais será o mesmo.

Por um momento, ele pareceu levemente assustado.

— Uma maçã revolucionária, certo? Bem, obrigado, minha querida.

De repente, seus olhos ficaram úmidos, e, enquanto eu lhe estendia a maçã, minha garganta deu um nó. O professor colocou sua mão pequena sobre a minha, em sinal de gratidão, fechou os olhos e aspirou o aroma da maçã, apreciando-o.

— Mas, por favor, nada desse negócio de Professor Thornbury. Me chame de Tobey a partir de agora, pode ser?

— Claro, Professor Thornbur... quero dizer, Tobey.

Dei um beijinho rápido na bochecha dele, recolhi o pacote pequeno do chão, onde estava largado, e saí.

Quase tropecei nas sacolas da Tesco da Sra. T ao entrar. Ah, verdade. Ela tinha trocado o dia de trabalho nesta semana por motivos pessoais. Estava passando aspirador na outra ponta do apartamento, então não me dei ao trabalho de anunciar minha chegada. Só coloquei a caixa no balcão da cozinha, ainda pensando na reação de Thornbury à maçã. Como era importante, pensei, parar para ser *grato*. De repente, eu me dei conta de todas *minhas* coisinhas, espalhadas pela sala de estar, misturadas às de Tom: Kurt Cobain jogado sobre uma pilha de livros dele. O móbile de ingressos de museu que eu fizera, girando de leve, projetando sombras nos papéis desorganizados de Tom que se esparramavam sobre a mesa de jantar.

Espiei mais uma vez o pacote misterioso que tinha posto no balcão. Parecia que ele me olhava de volta. O destinatário era OM HARDY; o T escondido sob a fita adesiva, que mantinha as laterais do papelão amassado quase totalmente unidas. Eu o peguei e o sacudi bem de leve, ouvindo um barulhinho fraquíssimo e roçando os dedos pelos lindos selos coloridos e misteriosos. *Quem foi que enviou isto aqui?* A fita adesiva marrom que tampava o remetente estava com uma das pontas soltas, então se eu puxasse *só* um tiquinho...

— Olá, senhorita.

Levando um susto, joguei a caixa para longe, percebendo tarde demais que a fita adesiva ainda estava grudada nos meus dedos como um cordão umbilical.

— Desculpa, não queria assustar — disse a Sra. T que, num golpe firme e cirúrgico de karatê, libertou-me da caixa. Ela enrolou a fita numa bolinha e a enfiou no avental. — Gosto de contar uma coisa para o Sr. Tom. Este ano preciso de mais tempo, nas festas. Meu filho vai casar e...

— Claro. — Então a Sra. T tinha um filho? Não sei por quê, mas nunca a imaginei sendo *mãe* de alguém. — Sem problemas. E parabéns, Sra. T... para você e seu filho.

Por instinto, dei um passo à frente para abraçá-la; o ambiente carregado com a nossa habitual falta de jeito, mas e daí? Eu estava partindo para o abraço. Coloquei os braços ao redor dela com hesitação. Para minha surpresa, ela retribuiu, ainda segurando a caixa em uma das mãos.

— Obrigada — falou, quando nos separamos. — Eu ainda estou aqui nas próximas semanas.

De volta ao trabalho, assim, de uma hora pra outra.

— Sim, claro. Vou avisar Tom, garanto. — Eu estava tentando segurar um sorrisão, mas era difícil.

— Ok. — Agora ela estava de olho na máquina de expresso. — Posso?

— Sim, por favor, sirva-se. — Eu ri. — Sra. T, *não precisa pedir.*

Ela abriu um sorriso caloroso, talvez pela primeira vez, e pôs a caixa na minha mão.

— E pode me chamar de Jane — falei do nada. — Se quiser.

— Jane — repetiu, assentindo lentamente. — E eu sou Rosa.

A Sra. T era a *Rosa* de alguém. A filha querida. Esposa. Mãe. E achamos que conhecemos uma pessoa... A gente se contemplou por um instante. Depois ela começou a fazer o café.

— Sua música... eu gosto — comentou, olhando para trás. — Fica na cabeça. Boa para dança.

Ela *dançava*. Mas o que surpreendia ainda mais era que conhecia minha música.

De repente, eu a imaginei em um vestido de paetê, mandando ver na pista. Vai saber se não tinha TikTok também.

Estava sorrindo comigo mesma quando olhei para a caixa e perdi o ar. Sem a fita adesiva, vi que o destinatário era SRTA. AMELIA DANVERS E SR. TOM HARDY.

— Ok, bem... vou só... — Mas eu já tinha disparado em direção ao corredor. — Lá embaixo e...

Desembestei a toda velocidade e me tranquei no quarto, de coração a mil, mãos trêmulas no pacote. *Não era nada*, pensei, indo e vindo. *Nada*. Certeza que Alex e Jessica ainda recebiam encomendas desimportantes no meu nome. Mas eu queria, e como, que fosse possível fazer essa aqui desaparecer...

...quando reparei numa coisa brilhante, *e prateada*, através de um rasgo no papelão.

Hesitei por um segundo, mas rasguei o canto danificado da caixa. Alguma espécie de laço de presente? Com uma estampa... de *sinos de igreja*.

Sem pensar duas vezes, arremessei a caixa longe, como se fosse radioativa. Ela foi derrapando até parar ao pé da estante de discos de Tom, deixando para trás um cartão datilografado, pendurado em um pedaço tímido da fita adesiva que tinha grudado nos meus dedos:

Queridos Amelia e Tom,
 Que o amor entre vocês permaneça sempre puro, novo e adorável.

 Para nosso casal preferido — seus lindos. Como vocês dois podem ser tão perfeitos e maravilhosos?! Nos desculpem por não conseguirmos ir à cerimônia, mas imaginem que estamos aí, nos degraus da igreja, jogando arroz em vocês.

Com amor, alegria e sabonetes, porque limpeza nunca é demais...

Bjs, Rupert e Bumble

P.S.: Vamos jantar em Morton no Natal? Até lá vocês já devem ter voltado da lua de mel, e nós, do terceiro mundo, acabados de tanto trabalhar, mas vibrando com os ares de bons samaritanos.

P.P.S: Amelia! Levamos séculos para localizar os sabonetes na França — só você mesmo, deusa da classe e do bom gosto.

Capítulo 29

O LEÃO, A FEITICEIRA E O GUARDA-ROUPA

Senti que todo o oxigênio do mundo tinha desaparecido. Meu coração martelava no peito, selvagem, com violência.

Por que... como... ele tinha escondido isso de mim? Ok, nós evitamos tacitamente falar do passado. Sim, eu estava desesperada para enterrar o fantasma do meu término amargo. Mas eles — eles iam *se casar*.

Eu me aproximei da mesa de Tom e me sentei, apreensiva, na cadeira giratória. Abri a gaveta rasa do meio: lápis, clipes, blocos de anotação inócuos, mais nada. Fechei a gaveta, considerando o armário. No minuto seguinte, já estava escancarando as portas do móvel, diante da frota de becas de Oxford; o restante das nossas roupas aleatoriamente misturadas, o resumo de nós dois.

Acima disso, uma prateleira alta: pilhas de livros. O capacete e as botas de equitação dele. E duas caixas de mudança sem identificação — nunca tinha reparado na existência delas. Mas por que teria? Agora, estava obcecada com a ideia de olhar o que tinha lá dentro.

Não dava para subir na cadeira giratória, então teria que voar até a sala e vir arrastando uma das cadeiras da mesa de jantar. Mas a Sra. T — *Rosa* — ainda estava por lá, e eu não podia suportar a ideia de encará-la. Agora me toquei. O jeito que ela me olhara de cima a baixo com o mais puro desprezo. Fazia todo sentido. Tom estava noivo, *prestes a se casar*, com uma "deusa da classe e do bom gosto", e lá estava eu, seminua na sala de estar, zanzando com a camiseta dele como se fosse dona do lugar. Como é que ele pôde esconder tal coisa de mim? Subitamente, uma coisa me veio à mente: Freddy, em sua primeira aparição. *Não à toa* estava tão curioso. Ele não fazia ideia de que Tom tinha me deixado totalmente na ignorância. Mesmo assim, Tom não me corrigira naquela mesma tarde, quando perguntei sobre *Amelia*, "sua namorada *na faculdade*".

A cadeira da escrivaninha voltou ao foco. Teria que servir.

Trouxe-a para perto, arrastando as rodinhas pelo chão, e trepei nela, segurando na barra de metal do guarda-roupa para me equilibrar, que tremeu de um jeito pouco promissor, e as becas começaram a balançar. Se eu me esticasse, conseguiria, por pouco, puxar uma das caixas para a frente e tirar a tampa com a ponta dos dedos.

A caixa não tinha nada além de um monte de casacos de frio inocentes. Eu a empurrei de volta para o lugar, enojada, odiando-me. Mas agora a outra me chamava... praticamente implorava, e, se eu não olhasse, a caixa *continuaria* implorando até eu pirar. Mas essa era pesada e obstinada, obrigando-me a ficar nas pontas dos pés para trazê-la à frente. Consegui alcançar a borda e inclíná-la para espiar — *FOTOGRAFIAS!*

A lembrança do nosso segundo encontro aqui, quando Tom me mostrara a casa, e eu notara a ausência delas. Somente livros e discos. Que tínhamos ouvido, juntinhos, nessa mesma cama, e sei lá como foi só o que importou.

A adrenalina me queimava por dentro. Eu *tinha* que olhar as fotos, ou elas me assombrariam, me atiçariam, me deixariam incapaz de pensar em qualquer outra coisa.

Estava me esticando o máximo possível e puxando a caixa para frente quando as rodinhas deslizaram, e a cadeira andou para trás sob meus pés, batendo na lateral da cama enquanto eu era lançada ao chão.

Após um instante de atordoamento, notei o zunido do aspirador de pó no corredor; eu continuava inteira, e a Sra. T continuava sem saber de nada.

Já a caixa estava milagrosamente em pé no chão, encarando-me quase que com indiferença, tipo: *Anda logo com isso.*

Capítulo 30

ESQUELETOS DENTRO DO ARMÁRIO

Instantes depois, um mar de fotografias se espalhava à minha volta na cama. *Quem ele era afinal?* Imagens emocionantes do adolescente Tom, com seu cabelo louro bagunçado e meio longo, tipo colírio da *Capricho*, o tipo de menino que eu desejava em segredo no colegial, o tipo de menino que nunca me olhou duas vezes.

Uma imagem solitária dele em um sofá verde-oliva desbotado, levantando o olhar de um livro para a câmera, pego de surpresa, tirando o cabelo do olho com a mão borrada. E tinha o navio dentro da garrafa, bem à vista, aquele que, em tom de zombaria, ele falara que seus pais tinham, quando conheci seu apartamento, antes de eu jamais ter colocado os pés neste quarto ou dormido nesta cama.

E álbuns de fotos. Um álbum pequeno de couro ornamentado, cheio de alunos de Oxford em becas de calouros, reunidos em uma escadaria no gramado da faculdade. Eu o localizei no meio da última fileira, ao lado de Freddy, com aquele sorriso travesso que era sua marca registrada.

Mas *ela* devia estar ali, em algum lugar. Eu estava forçando os olhos... examinando cada rosto várias e várias vezes, quando meu coração pa-

rou... *Amelia*, de perfil, com o cabelo preto preso em um coque frouxo, na ponta da mesma fileira... e olhando para ele! Tom.
Minhas mãos começaram a tremer... Amelia era a única pessoa na foto que não estava olhando para a câmera. Ele já era a obsessão dela *desde então*. Um arrepio me atravessou. E agora Tom era — fiquei com medo até de pensar —, agora ele era meu. *Era melhor eu parar já*. Era melhor fechar o álbum e pronto.
Em vez disso, virei a página. Amelia em um cavalo preto, deslumbrante com seus trajes de equitação, de cabeça inclinada, com um vestígio de sorriso. Amelia olhando por cima de uma taça de champanhe, à luz de velas, com cara de paqueradora. Amelia em uma praia, alta que nem modelo, toda elegante de chapéu preto com abas largas e biquíni preto. Virando as páginas mais rápido agora — Amelia... Amelia... Amelia em Londres... Amelia em Oxford, sob o arco de mosteiros, carregando uma pasta, vestindo a beca formal... Amelia em um vestido tubinho espetacular, longo até o chão, numa pista de dança. Eu estava começando a sentir enjoo — tontura; *precisava parar*.
Porém, voltei para a caixa, obcecada, até chegar às suas profundezas e alcançar uma camada de livros que se desfaziam: O *Amor nos Tempos do Cólera*, O *Diário de Anaïs Nin*, *Reparação* — uma revista pornográfica esfrangalhada, um guia para colecionadores de discos e, lá no fundo, um conjunto de pesadas enciclopédias de couro e o que parecia ser uma echarpe preta enfiada no canto, com uma etiqueta em riste como uma bandeirinha: *Loro Piana* em fios dourados. Uma coisa tão linda não devia estar soterrada assim numa caixa de mudança.
Fiquei em choque com a maciez, com a delicadeza do cashmere nas mãos, e fui tomada de um desejo intenso de colocar a echarpe em mim, quando percebi que ela estava atada em volta de algo sólido.
Bastou um mísero instante, um gesto sem convicção, para desfazer o nó... e derrubar uma caixinha azul na cama: *Smythson of Bond Street* gravado em cima... E o mais leve toque da minha unha para abrir a tampa, mandando pelo ar a borda do alvíssimo papel de seda e revelando o que havia por baixo.

Capítulo 31

WEDDING BELL BLUES

*Lorde e Lady Geoffrey Danvers
contam com a honra de sua presença no
casamento de sua filha
Amelia Sophia Danvers e Tom Hardy
filho de Edward e Clara Hardy
dia 15 de setembro de 20...
às 16h
Igreja St. Oswald
Widford, Oxfordshire
Festa e jantar após a cerimônia*

Tirando isso, a caixa estava vazia.

Dia 15 de setembro. Como seria possível? Conheci Tom no meio de agosto. Estávamos em Devon em setembro. O recepcionista do hotel, o francês de bigode fino, aquele rosto ainda vívido na minha lembrança: "Monsieur 'Ardy, bem-vindo de volta".

Ele ficara surpreso por eu não ser *ela*.

Contudo, nada fazia sentido. A linha do tempo não fazia sentido *nenhum*...
— Agora eu vou. — Era a Sra. T, logo atrás da porta do quarto! — Não quero incomodar, vejo você segunda, roupa lavada aqui.
Ouvi o barulho do cesto de plástico e logo depois o som de seus passos arrastados se afastando. Então, senti uma onda de náusea muito intensa... mas não ia vomitar, não *podia*, não com essas fotos por todo lado, não depois de a Sra. T, *Rosa*, ter passado o edredom com a água de lavanda que eu havia comprado *naquela* viagem a Devon. *Ah, por que isso está acontecendo?* Não conseguia entender.
Oskar soltou um miado alto do corredor.
Ensaiei ir em direção a ela, mas algo me deteve; *uma sensação*, um pressentimento, que me atraiu até a mesa de cabeceira de Tom, até a gaveta de baixo. Lá estava o livro erótico que confessei ter encontrado por acaso. Dei por mim deslizando novamente os dedos pela capa de couro macio, com o esboço em relevo da Vênus de Milo, e o abri na folha de rosto, sem nunca ter tido essa ideia. Lá estava ela, clara como o dia, uma dedicatória desbotada escrita a lápis, na letra de Tom; a data, 12 de junho, 20..., Dia dos Namorados...
Para Amelia Sophia. Bjs, T.
Tapei a boca para abafar um arquejo, jogando o livro no fundo da gaveta, e olhei para minhas próprias mãos trêmulas, esperando ver sangue.
Será que eu tinha passado batido por outras pistas? Comecei a revirar as gavetas que faltavam, em um frenesi, sem deixar pedra sobre pedra. Não tinha nada na gaveta rasa de cima, e, na do meio, as mesmas coisas familiares: a bibliografia do curso de Romantismo, o itinerário de voos de agosto, um panfleto turístico da Grécia, que peguei, lembrando-me dele também.
Oskar soltou mais um miado desagradável.
— Já vou — falei, sentando-me na beira da cama, hipnotizada pela capa brilhante do panfleto.
Uma imagem com o Egeu, impossivelmente *azul*, e com o branco resplandecente das casas amontoadas ao longo da lateral de um despenhadeiro íngreme — qual seria a sensação de *estar* de verdade em um lugar assim? Comecei a virar as páginas, insaciável, querendo mais... mais céus enrubescidos ao pôr do sol... mais buganvílias de um rosa vibrante caindo

em cascatas selvagens, quando um papelzinho fantasmagórico flutuou e pousou suavemente no meu colo...

> *Roteiro de Viagem do Sr. e da Sra. Hardy para Santorini, Grécia:*
>
> *16 de setembro a 23 de setembro de 20...*
>
> *De Heathrow, Londres para Aeroporto de Santorini*
>
> *Hotel Canaves Oia, Suíte de Lua de Mel.*

Só consegui pensar em uma pessoa a quem ligar.

Capítulo 32

ESTRANHA EM UM AVIÃO

— Você está péssima, Jane. E *chorando*. O que houve?
Freddy me pegou pelo cotovelo e levou depressa até uma mesa no canto mais distante do deserto pub, o Bear Inn, um marco de Oxford. Ele me acomodou na cadeira, fez um gesto severo de "fique aqui" e foi ao balcão. O único outro cliente era um velho de cara desolada, debruçado sobre sua cerveja. Fiquei me perguntando quais mágoas ele estaria afogando, sozinho num pub a essa hora da manhã, e tive uma súbita e esmagadora vontade de fugir — mas Freddy devia saber *alguma coisa* e já estava retornando com as cervejas.

Voltei a afundar no lugar e comecei o interrogatório: o presente de casamento de Rupert e Bumble. Os convites, o roteiro de uma lua de mel na Grécia.

— Você *é* uma detetive esperta — murmurou, sem conseguir disfarçar uma excitação borbulhante. — Mas, poxa vida, pensei que *você soubesse*, *dela*, do noivado. Quando Tom terminou, tão do nada, tão espantosamente perto da data do casamento, pensei: *Tom, seu malandro, aposto que você foi enfeitiçado por alguma sirigaita, alguma destruidora de lares ardilosa que te lançou um feitiço carnal.*

Essa era *Jessica*. E Gemma tinha me contado que fora Amelia quem terminara com Tom, não o contrário. Ela não tinha mencionado nada sobre um noivado. Ninguém tinha. *Tom* não tinha! Mas, se eu soubesse...

— Não sabia que ele estava *noivo*. Eu *nunca* seria uma destruidora de lares. *Nunca*. Não sou assim. Você tem que acreditar em mim!

— *Eu* acredito, mas se acalme, seja uma boa menina e tome seu remédio.

Freddy empurrou meu copo para mais perto e ficou me observando até eu me forçar a tomar alguma coisa.

— Mas como Tom pôde esconder algo *desse tamanho* de mim? A gente combinou de não... desenterrar nossas histórias tristes do passado, mas... *Se eu tivesse sido menos orgulhosa*. Se simplesmente tivesse sido franca a respeito de Alex desde o começo, ele poderia ter me contado?

— Você parecia mesmo um tanto *por fora* quando nos conhecemos. Pensei: bem, talvez ele tenha *pegado leve* nos detalhes. Nem preciso dizer que o cara é discreto, até chega a irritar, mas, para mim, era certeza que você sabia que Tom cancelara o *casamento*. Como uma pessoa tão inteligente como ele pode ser um completo babaca? Chocante... — Ele parou na hora, vendo minhas lágrimas. — Calma, calma — falou, esticando-se e dando tapinhas desajeitados na minha mão. — Achei que você soubesse, Jane, achei mesmo. — Agora sua voz estava mais suave. — Só lamento não ter sentado com você e contado toda essa história vagabunda, sem edições.

Muda, vencida, só consegui dar de ombros.

Ele suspirou, recostou-se na cadeira e tomou um pouco de cerveja.

— Para ser totalmente sincero, atribuí toda essa coisa a uma crise de meia-idade de Tom. Por que não curtir a vida com uma musicista depois de todo o melodrama passado com Amelia? Um casinho só para esquecer a ex, o fogo pega rápido e se apaga com a mesma... — Mas ele parou ao ver meu rosto, reconhecendo a gafe.

Então tudo não passou de um casinho para esquecer o ex? Para ele e para mim? Olhei para baixo, vendo meu cardigã com marcas de lágrimas. Por que ainda estava usando o casaco velho e surrado de Alex?

— A bem da verdade, não pensei que fosse durar. — Freddy soltou um suspiro. — Não para te esnobar, lógico. Só supus que eles fossem voltar. Como costumavam fazer até então. Mas cá está você, não? Linda como sempre, embora um tanto inchada e manchada... E você tem um pouquinho de... bem aqui. — Ele indicou o próprio nariz e me ofereceu o guardanapo. — Sinceramente, Jane, só pra começar, achei uma ideia *deplorável*

a de Tom e Amelia se casarem. E logo após terminarem e ficarem, o quê, uns nove, dez meses separados no ano passado?
Balancei a cabeça.
— Não faço a mínima ideia — respondi, taciturna.
A única coisa que sabia ao certo era que o homem que eu pensara conhecer tinha praticamente largado sua futura noiva no altar.
— Certo. Bom, foi quando Tom teve aquele caso rápido com a sensual ex-orientadora italiana. Amelia não ficou nem um pouco feliz, mas que culpa ela tem? — Freddy ergueu uma sobrancelha, no fundo se deliciando com o escândalo daquilo tudo. — Mas a orientadora dele, sabe, era como um gato de rua faminto... basta dar uma tigela de leite para nunca mais conseguir se livrar deles. E Tom tem um coração muito grande para não oferecer seu ombro a cada gato vira-lata, a cada aluno em pânico, a cada velho professor falante. Ele se colocou muito à disposição de todos. Parece que o cara não sabe dizer "não" ou colocar limites. Tom é um bom sujeito, um camarada solidário... mas *Freud* ia fazer a festa com ele. Essa necessidade, essa *obsessão* que ele tem de resgatar todos os bichinhos desamparados que encontra miando à porta. Não que você seja um bichinho de estimação, querida. Tom está tão incrivelmente feliz com *você*.
Mas será que eu tinha lhe passado essa imagem no avião? No estacionamento de Heathrow? Um gatinho perdido debaixo da chuva? Pensei que ele enxergasse além da minha embriaguez, do meu caos. Acreditei que tivesse visto quem sou de verdade. *A artista. A batalhadora.*
A futura alma gêmea.
Freddy suspirou, recostando na cadeira com um rangido.
— Veja bem, em teoria eles eram o par perfeito. E Amelia, loucamente apaixonada pelo Tom. Desde o primeiro dia.
Lembrei-me daquela foto, ela olhando para ele e quase babando. Eu não conseguia suportar.
— Ainda assim, tramando, sempre tramando — emendou Freddy, subitamente irritado. — Para mudar a aparência dele, para arrancar até a última gota de Yorkshire do homem. Fazer Tom usar a lã xadrez da família, instalá-lo na propriedade da família, que Amelia decorou centímetro por centímetro.
Ele grunhiu, petulante, e entornou o último gole da cerveja.

— O que nunca consegui entender é: *por que Tom?* Com tantos pretendentes. Com o presidente da faculdade comendo na mão dela, sendo que *ele* é praticamente um conde ou visconde.

Freddy começou a fazer barulho com o copo vazio para chamar atenção da garçonete solitária do outro lado do salão, que estava mexendo no celular, entediada.

Ela se aproximou a passos lentos, e ele pediu peixe com fritas.

— Caramba, eu aqui só na tagarelice, e você mal abriu a boca — exclamou, com o olhar fixo no traseiro da garçonete, que se afastava rebolando. — Mas você parece meio indisposta... A comida vai...

Eu ia vomitar.

— Desculpa.

Levantei-me num pulo, quase derrubando a cadeira, e corri para o banheiro. Que má ideia, essa de ligar para Freddy.

Fiquei rondando o vaso sanitário até a sensação passar, então joguei uma água no rosto e comecei a andar de lá para cá... O que eu precisava fazer era falar com Tom. Mas não dava! Ainda não. Talvez conseguisse encontrar Bryony. Na biblioteca... Mas *não*. Tinha que ir para Londres hoje à noite! O show. Nesse fim de semana. *Porra*.

— Jane?

Congelei. Era Freddy, do outro lado da porta.

— Jane, preciso convencê-la a almoçar um pouco. Por favor, não me obrigue a entrar. Porque eu entro.

Não me surpreenderia.

Quando voltei à mesa, a garçonete surgiu com o peixe e as batatas fritas, e Freddy a mediu. Ela não pareceu perceber, totalmente inexpressiva, enquanto arrumava os condimentos na mesa como se estivesse montando um quebra-cabeça complicado. Não devia passar dos 20 anos. Fiz uma nota mental para alertar, mais uma vez, Pippa.

— Você precisa entender que, para Amelia, para todo mundo que faz parte do círculo dela, a família, Lorde e Lady Danvers, as irmãs, Tom ficou de enrolação, embromando a moça por muito tempo. Aí, do nada, da noite para o dia, eles anunciam que vão se casar. Viva, pensei, até que enfim!

Ele bufou e atacou a comida.

— Já era quase setembro quando eu o conheci. Ele não disse *uma palavra*. Como pode? — gritei.

— Não faço a menor ideia — Freddy suspirou. — Só sei que as coisas implodiram *no minuto* em que ele voltou da Califórnia.

Ele levantou a sobrancelha de propósito. Estava insinuando que a culpa era *minha*? Essa ideia me fez querer sair do meu corpo.

— Acho que nunca vou saber o que rolou lá. Nunca consegui arrancar a informação do meu velho, e, acredite, como tentei — falou, lançando-me um olhar levemente lascivo.

Aquele beijo no avião. Fui *eu* que comecei. *Eu* o beijei. *Deus.*

— Lastimavelmente, a moça não anda muito bem. Suas esperanças, seus sonhos foram destruídos de modo abrupto. A humilhação da coisa toda. Ela não durou muito em Boston. Não. Voltou tropeçando, destruída, uma ruína completa, quando mesmo? Eu já tinha conhecido você naquela época, não? *Claro, foi no dia em que fomos cavalgar.* — Ele se endireitou. — Amelia me ligou naquela manhã aos prantos.

— Espera, *como é*? — Um arrepio percorreu minha espinha.

Fora nesse dia que eu dissera a Tom que o amava. E que *ele* me dissera *também*. Não era possível que Tom soubesse que Amelia estava de volta. Mas ele tinha demorado uma eternidade para estacionar, chegado ao pub abalado, dizendo que uma ligação tinha o segurado. Fora ela? Fora *ela* que passara a toda velocidade a cavalo?

Eu me lembrei do dia em que Freddy aparecera no apartamento com o chicote. Ele presumira que Tom tivesse me contado de Amelia. Na verdade, parecera inclinado a fofocar sobre o assunto.

E, naquela mesma tarde, quando eu mencionara o nome dela. Tom ficara sinistramente quieto, sombrio. Eu me referira a Amelia como *sua namorada na faculdade*. Ele não me corrigira. Só mudara de assunto.

Gemma entendera errado no almoço. Amelia não tinha dado um fora cruel em Tom. *Ele* que deu o fora *nela*.

Senti enjoo. O espectro de Amelia estava por toda parte. *Naquele dia no museu.* Tom estava atrasado, diferente. Ele se encontrara com ela, será? Será que andava encontrando Amelia esse tempo todo?

— Por que Amelia largou a gata dela na casa do Tom no meio da madrugada?

— A gata *dela*? — Freddy bateu o copo na mesa. — Ela *detesta* aquela gata, detesta. Queria se livrar da bichana desde que ela miou na porta da casa dela. Tom implorou para Amelia não levar o animal para um abrigo. Mas esse é Tom. Resgatando bichos, alunos. Crianças abandonadas em

aviões. — Freddy arqueou uma sobrancelha para mim, de forma sugestiva, e meu estômago deu um tranco. — Então ela chamou a gata de Ofélia. Uma ameaça velada tão óbvia. *Fico com a criatura abominável com a condição de você se casar comigo ou então me atiro no rio,* ela estava nesse nível de desespero por ele. Houve até uma ou duas vezes em que engoliu um punhado de comprimidos com o vinho caro da adega do papai e deu um belo de um susto em todo mundo. Por que você acha que Amelia exigiu ficar com a gata depois que eles terminaram? Por pura maldade. Para magoá-lo. Ela sabia muito bem como Tom era apegado. Sério, Jane, nada disso é da minha conta, só que gosto muito de você. E de Tom. Só espero que vocês resolvam tudo o quanto antes.
Por favor, não, de novo não. Então tudo foi uma terrível ilusão?
— Mesmo com toda inteligência e beleza, Amelia não tem... Como posso dizer? — Ele soprou ar das bochechas. — *Calor.* Algo que você tem de sobra. Trágico, mesmo. Ela ama Tom de verdade, com muita intensidade, e creio que ele a amava. Mas não da forma como te ama, ouso dizer. Não da forma como te ama.
Ele apertou minha mão em um gesto de solidariedade, determinação, talvez até de amizade genuína.
— Bom, é isso. Está bem — falou, soltando minha mão e batendo algumas notas na mesa, o que parecia ser uma gorjeta gigante.
Acompanhei seus olhos até o bar. Ele trocava olhares com a garçonete, que espiava por trás do celular, fingindo timidez. Como ela era diferente de Lady Beatrice, ou Maureen, ou Pippa. Um playboy que não discriminava.
— Que engraçada, a vida — matutou, voltando-se para mim. — Todos esses anos, Amelia esperando Tom mudar de ideia... ele *finalmente* firma compromisso, e estão às vésperas do casamento dos sonhos dela. — Os olhos azuis de Freddy me queimaram, como naquele primeiro dia, nos degraus de pedra na rua do apartamento de Tom, quando tudo era só esperança e brilho. — E o que ele faz? O cara se apaixona, por uma *estranha*. No *avião*. Quero dizer, fala sério, qual é a probabilidade?

Capítulo 33

WHO'LL STOP THE RAIN

Tom irrompeu pela porta assobiando *There She Goes*, com um pequeno buquê de flores silvestres na mão. Um presente de despedida fofo antes de eu ir para Londres. Oskar pulou do meu colo e foi se enroscar nas suas pernas.

Ele me avistou no sofá e abriu um sorriso radiante, aproximando-se, até reparar no presentinho de casamento com a embalagem prateada, a caixa de convites ao lado. Vi seu rosto perder a cor. Ele gaguejou, largou-se na poltrona, derrubando no chão a bolsa de couro pendurada no ombro, deixando as flores caídas na mão.

— Jane — exclamou em desespero, enquanto Oskar se contorcia entre seus pés, invisível para ele.

Senti o gosto quente das lágrimas nos meus lábios, mas as enxuguei depressa. Estava decidida a não chorar, mas ouvi-lo dizer meu nome era demais.

— O cartão.

Minha mão tremia quando eu o estendi em sua direção. Seus olhos angustiados se cravaram nos meus por um instante terrível. Por fim, ele se levantou e o pegou, voltando a afundar na poltrona logo em seguida. Tom leu e soltou um levíssimo suspiro.

— O presente?

Eu o ergui no ar, oferecendo-lhe a caixa. Sabia que esse gesto o magoaria. Ele se debruçou sobre os joelhos e apertou a cabeça entre as mãos.

— Quero queimar isso — falou, olhando para o chão, com uma voz baixa e irreconhecível, transbordando de aversão a si mesmo.

— E cá está.

Empurrei a caixa convite para frente, querendo acabar logo com tudo aquilo. Nunca tinha visto Tom daquele jeito, completamente desolado e destruído.

— Quero queimar também. Quero queimar toda minha vida antes de conhecer você.

A voz dele ficou embargada. Era horrível vê-lo assim, não me consolava nem um pouco.

— Quando você ia me contar?

Ele tentou falar.

— Eu sei o que deve estar pensando, você deve me desprezar — disse, finalmente.

Fiquei de coração apertado. Balancei a cabeça.

— Não. Eu jamais poderia sentir uma coisa dessas por você, não sabe disso? Eu me sinto, sei lá, enganada. Era só ter me falado. Você *tinha* que ter me falado.

Os sinos da igreja começaram a tocar, e, por reflexo, olhamos para a fileira de janelas. O som de casamentos, de celebrações, de nascimentos e mortes e funerais. De Oxford. Mas não havia nada para ver. Somente a noite, que caía.

Ele suspirou.

— Eu fiquei *tentando*, várias e várias vezes, encontrar uma forma de... de explicar tudo, mas, quanto mais adiava, mais difícil se tornava. Então enfiei na cabeça que, se você soubesse... — Parou. — Se você soubesse, iria *embora*.

— Nem sei o que pensar... Só estou... — Balancei a cabeça, confusa, com medo do que seria esse "tudo".

Estar com ele me fizera recuperar a música, a felicidade. Mas meu conto de fadas tinha destruído o de Amelia.

— Foi pura covardia. — Ele se inclinou bruscamente para frente, com os cotovelos apoiados nos joelhos, os olhos suplicantes. — Você pode me perdoar?

Sim! Eu perdoo! Eu te amo! Também não queria contar a minha história triste! Mas as palavras ficaram só na minha cabeça. Tom ainda estava esperando.

— É verdade — suspirou, resignado. — Quando conheci você, estava noivo.

Ele começou a desfiar tudo, a história verdadeira, aquela que eu não queria saber, começando pelo que eu já sabia. Eles se conheceram quando eram calouros, continuaram em Oxford para se tornarem professores, colegas, em um relacionamento ioiô que durou anos. Tom me disse que a amava, e que Amelia o amava, e pensei que era melhor do que ele ter ficado com ela todo aquele tempo por algum outro motivo — pela riqueza da família, pelo convívio com a alta sociedade. Na verdade, Tom se mantivera distante da vida dela em Londres, que tinha sido uma fonte contínua de discórdia. O que também explicava por que ele não aparecia em nenhuma das fotos que eu encontrara na internet.

Tom falou que os dois tinham feito as pazes em março, depois de ficarem separados por quase dez meses, com a condição de ele concordar com um ultimato: para ficarem juntos, eles precisariam se casar e formar uma família imediatamente, já que ambos tinham acabado de completar 40 anos. Chega de morar em pocilgas de estudantes, pulando de um apartamento para o outro. Amelia meio que tinha pirado ao longo dos anos, vendo suas irmãs e amigas se casarem, terem filhos e se instalarem em belas casas. Então, naquela noite fria de março, quando Tom concordara e ela começara a planejar com fervor um casamento extravagante, marcado para setembro, ele pensara que estava na hora de parar de resistir. Já tinha dificultado as coisas muito mais do que o necessário. No tempo oportuno, tudo faria sentido.

Fiquei ouvindo em silêncio, mas agora Tom estava à espera de uma resposta. Tinha escurecido, nós não passávamos de duas sombras, a chuva começava a bater nas janelas. Eu tinha perdido o trem para Londres e me perguntava se haveria outro.

Tom enfim se levantou, com Oskar em seu encalço, e acendeu uma lamparina pequena, voltando à poltrona gasta de couro. Um brilho amarelado banhou os armários deformados da cozinha, a pia lascada, os móveis desparelhados comprados em mercados de pulga. Encarei a casa pelos olhos dela, de Amelia, mas isso não diminuiu meu apreço pelo lugar.

— Amelia me apoiou todos esses anos, quando estive deprimido, infeliz, afastado dela. Não foi justo, mas eu fui levando dessa forma... E o tempo foi passando — murmurou, de olhos no chão e mãos tensas, segurando os braços da poltrona.

Deprimido, infeliz? Não conhecia esse Tom. O que eu vi, o que senti, foi somente seu comedimento extremo em constante conflito com uma essência ardente, sua calma sobrenatural sempre me atraindo para mais perto, ainda mais perto dele...

— Jane — suspirou, angustiado.

Pensei em Jessica, em como ela roubara o coração de Alex em um segundo, e me senti enjoada. Como eu poderia querer ficar com Tom dessa forma, sabendo que Amelia estava por aí, em desespero, depois de ser trocada tão repentinamente por mim? Como *viveria* com essa culpa?

— Você está bem? Não está com uma cara boa. E está tremendo.

Ele se levantou e parou na minha frente; nossos corpos próximos. Por um brevíssimo instante, minha pele formigou. Fechei os olhos; cada nervo, cada célula, à espera de se deixar envolver e derreter pelo calor dele... Louca para passar a bochecha em um vai e vem descarado pela beira do seu antebraço, para me levantar e descansá-la junto ao seu peito, para sentir meus batimentos cardíacos em sintonia com as batidas duplas e estáveis do coração dele, para saber que tudo ficaria bem, para esquecer tudo o que não fosse o *agora*...

Mas ele só enrolou a manta nos meus ombros, ainda com um leve cheiro de fumaça da noite do incêndio e um vestígio do perfume de Monica. Contudo, continuei a tremer, e Tom, ao perceber, tirou o suéter cinza de cashmere que eu tanto amava vê-lo usar. Cuidando para manter distância, ele deu um passo para trás, oferecendo-o para mim, com um olhar perscrutador. Pus o casaco, e Tom voltou a se sentar na beirada da poltrona, de mãos entrelaçadas. Eu me dei conta do tamborilar contínuo e pesado da chuva lá fora, levando tudo embora. Era como se estivéssemos no avião, juntos, envoltos no ruído branco, "suspensos sobre a terra, sobre as nuvens", como ele tinha dito, naquela tarde junto ao rio em Oxford, no nosso primeiro encontro...

— *Eu* beijei você no avião. — As palavras escaparam antes que pudesse impedir.

Por que fui *fazer* aquilo? Foi burro, impulsivo e *egoísta*. Eu o desejava. Foi um gesto de livre e espontânea vontade, não o de uma mulher à espera do sinal de um homem. Mas e se não tivesse feito nada? Tudo seria diferente. Eles ainda estariam juntos, casados, talvez com um bebê a caminho. A vida dele teria se mantido intacta.

— Eu queria que você me beijasse — falou. — Estava *morrendo* de vontade de te beijar. — Ele olhava diretamente para mim, com os olhos brilhando. — Era como se eu estivesse dormindo, por anos a fio, e, de repente, *sentisse* algo que nem desconfiava que estava faltando. Não queria que aquela sensação terminasse. Tive um vislumbre de algo alegre e auspicioso... outra vida.

Ele me olhou com tanto amor. E meu coração deu um pulo: *como continuar assim, sabendo o que sabemos? Que nosso amor, nossa felicidade, era a dor e a aflição de outra pessoa?*

As palavras me fugiram; só restou uma dor terrível, um peso esmagador no peito. Tom começou a andar de lá para cá, agitado, falando rápido, olhando para o chão. Depois que cada um foi para seu canto em Heathrow, ele foi me contando, praticamente no momento em que pôs os pés em Oxford, tudo ruiu. Só tivera certeza de que não conseguiria levar o casamento adiante, porque, lá no fundo, sempre soube que nunca poderia ser a pessoa que Amelia queria que fosse. Apesar disso ele *ficara*, a iludira, fora egoísta.

Ela ficara furiosa, e com razão. Falara para ele que, enquanto vivesse, nunca mais queria vê-lo na sua frente. Exigira que Tom não dissesse uma palavra a ninguém — que deixasse o controle de danos *com ela*. Nos dias seguintes, Amelia contara à família, aos amigos de Londres e a alguns colegas seletos, que fora ela e mais ninguém quem decidira desfazer o noivado. Tom deixara o apartamento dela na noite em que eles terminaram e não tivera mais notícias, até Freddy ligar alguns dias depois. Freddy parecia saber, mas era próximo a Amelia, então talvez ela tivesse lhe confidenciado. Ela pediu que Freddy pegasse algumas das coisas dela na casa de Tom, algumas roupas, uma pequena pintura a óleo e alguns porta-retratos.

Então *havia* fotografias.

A adrenalina abrasadora atravessou meu corpo. Fitei o misterioso espaço vazio na parede. Todo esse tempo, estava na minha cara — igual ao livro erótico, ao roteiro da lua de mel, ao batom Chanel, ao bilhete que ela deixara na gaveta da bancada. Ele simplesmente se esquecera dessas coisinhas na pressa de seguir em frente? Ou será que *queria* que eu as encontrasse? Talvez nunca tenhamos passado de dois escombros em forma de gente, cegos de paixão.

— Quando Freddy passou aqui, ele me disse que Amelia tinha conseguido a bolsa e estava indo para Boston. Que estava bem, estava nas nuvens por se livrar de mim.

Tudo isso aconteceu nas minhas primeiras semanas em Londres, quando eu estava *aflita* para receber uma ligação dele. Agora era óbvio o motivo de não ter ligado — e ele tinha tomado a atitude *certa*! Se tivesse me telefonado, teria sido muito pior. Mas agora Tom parecia desesperado, fora de si, esforçando-se demais para me vender a ideia de que a questão do noivado desfeito tinha se encerrado com pompa e circunstância, quando claramente não era o caso. E esse desespero tinha um quê de sombrio, patético e me fazia lembrar de Willy Loman, o que me apavorava e magoava.

— Eu deveria ter contado desde o começo. Te devia isso... a verdade. Porém, também não tinha sido honesta. Sobre Alex. Sobre Jonesy. Por orgulho.

— Naquelas semanas depois da derrocada com Amelia, eu *não parava* de pensar em você, ficava ouvindo todas as suas músicas. Ouvi *The Only Living Boy in New York* várias vezes, pensando: *como ela sabia o que eu estava sentindo?*

— Você lembrou?

Ele fez que sim com a cabeça. No avião, eu tinha contado sobre Pippa — sobre como ela apareceu na minha vida na hora certa, no lugar certo.

— *"Let your honesty shine"*. — A música de novo. — Mas havia *anos* eu não deixava minha honestidade brilhar. Estava desesperado para falar com você, mas era muito cedo. Só que comecei a entrar em pânico, porque não sabia por quanto tempo você ficaria na Inglaterra. Queria apenas estar *perto* de você, te *conhecer*, e depois que nos encontramos não consegui *parar*. Era uma espécie de sensação vertiginosa, mas maravilhosa, indescritível. Tinha vontade de dizer que estava louco por você, mas logo após... Bem, parecia errado. Sei lá. Eu me contive.

Eu também me contivera.

— Desde então, só soube ser covarde e egoísta, temendo que, se você descobrisse, eu te perderia.

— Ela te ligou, naquela noite em Cotswolds. Depois de andar a cavalo com Freddy. Foi por isso que você demorou tanto para estacionar? — Senti meu coração acelerar.

— Sim — admitiu. — Ela estava entrando em colapso, tinha voltado para a Inglaterra.

Qual a probabilidade de ter sido ela que passou voando por mim?

— E você a viu, não foi, naquele dia em que marcamos todos no museu? — Era ela quem devia estar ligando sem parar enquanto ele ignorava o celular.

— Vi — disse, mortificado. — Ela apareceu do nada. Sabia que eu, que você, que *nós*... viu os rumores nos jornais, e foi aí que começou a desmoronar.

E que culpa ela tinha?, pensei.

— Depois que ela deixou a gata, você *continuou* sem me explicar o que estava acontecendo.

— Continuo tentando ajudar Amelia a seguir em frente, a ser razoável, mas toda vez que penso que ela conseguiu... Parece que não consegue desapegar.

Isso nunca ia ter fim.

De repente, ele estava diante de mim, em desespero, segurando minhas mãos. Tom pousou a cabeça no meu colo, passou os braços em volta da minha cintura, e eu tive vontade de me fundir a ele, sabendo apenas que o amava inexoravelmente. Minhas mãos flutuavam sobre suas costas, sobre as ondas de calor que emanavam do seu corpo.

— Casa comigo, Jane.

Meu corpo inteiro enrijeceu, tomado pelo medo. *Ele tinha perdido a cabeça?*

— Jane! — Ele fitava meu rosto de modo frenético. — Jane, por favor, diz alguma coisa, não consigo, esta é a única vez que não consigo captar você. Me fala o que você está pensando. O que está sentindo.

Que é tarde demais. Que não dá para voltar atrás. Que ela nunca vai deixar você em paz. Que eu nunca vou conseguir confiar em você. Pensei nela, tão despedaçada quanto eu fiquei quando Alex me largou. Não. Eu nunca faria isso com ninguém. Fiquei indiferente, entorpecida e, por instinto, desembaracei-me dele.

— Você sabe. Sabe que eu tenho que ir.

— Mas...? Por quê? — Ele ficou piscando.

Porque aconteceu comigo. *Eu* fui *ela*.
Tom me encarou, perplexo, como se lesse minha mente.
— *Não!*
Ele escorregou mais para baixo, descansando a bochecha na minha coxa; suas lágrimas quentes em contato com minha pele e logo se misturando às minhas. Não consegui me impedir de passar os dedos pelo seu cabelo...
— Não faço ideia do que estou fazendo — falei, debruçando-me em cima dele. Procurei sua bochecha com a minha e aquela sensação despertou cada terminação nervosa. Passei de leve os lábios nas suas pálpebras úmidas, na linha reta do seu nariz, inspirando seu cheiro, gravando seus detalhes na memória.
— O que quer que seja, não pare... Não pare nunca — murmurou, com a cabeça no meu colo. — Toda a doçura do mundo está aqui, em você. *Por favor, não vá.* Não me deixe, Jane.
Porém, Leitor, eu fui.

Capítulo 34

ABRINDO O JOGO

Já tinha passado, e muito, da meia-noite. Conseguira embarcar no último trem para Londres, mas não conseguia encarar a ideia de um quarto de hotel vazio. Não tive como avisar Pippa, com o celular sem bateria e o carregador deixado para trás na minha pressa de fugir. Fui entrando pé ante pé, estacionei a mala bem perto da porta, tirei os sapatos e fiquei paralisada na entrada da casa dela, no denso silêncio noturno; as luzinhas fracas dos eletrônicos dispersas como estrelas. Larguei Tom deprimido, com a cabeça entre as mãos. Todos os lindos sabonetes de Rupert e Bumble, cubinhos com relevos, como blocos infantis de letras, espalhados aos seus pés. Oskar Wilde deu um jeito de abrir a caixa com os sabonetes especiais de Amelia, vindos diretamente da França. O cheiro era dele, da pele dele. Até *isso* tinha pertencido a ela.

Imaginei Tom se levantando, deslizando corredor adentro, na escuridão, passando pelos seus diversos livros, até chegar ao quarto. Imaginei o susto que levaria ao ver as fotos dele e dela dispersas pela cama. Senti um choque de pânico. Avancei aos tropeços pela sala de estar e pelo corredor mergulhado no breu, tateando as paredes até o quarto de hóspedes, à procura de Will. Assim que o show acabasse, nós dois iríamos embora da Inglaterra, começaríamos do zero juntos, de volta ao lar em Los Angeles, assim como ele tinha desejado em agosto.

Mas congelei do lado de fora da porta. Senti cheiro de maconha. Dava para ouvir o zumbido do seu aparelho de ruído branco. É lógico que ele estava dormindo. Era Pippa quem eu queria, de qualquer modo, então me virei para o quarto dela, pensando que não tinha a intenção de acordá-la, só de me enfiar ao seu lado sem fazer o menor barulho. Pela manhã, ela saberia o que fazer. Pippa, a calma, a lúcida, a genial.

Abri a porta da suíte master bem devagar e, com as mãos rentes às paredes, fui serpenteando às cegas pela entrada em L, até meus pés descalços afundarem no carpete felpudo do quarto. Era possível distinguir apenas um brilho finíssimo entre as dobras da pesada cortina blackout. Estava avançando a passos lentos e oscilantes até o lugar onde sabia estar a cama dela; minha visão ainda com dificuldade para se adaptar, quando um vago contorno brotou à minha frente, como uma fotografia sendo revelada num quarto escuro.

Pippa. De costas. Ela estava virada para o outro lado, encarando a cabeceira, sentada na cama numa espécie de transe.

Mas espera! Ela estava nua, seu corpo de ampulheta balançando de leve; seus quadris *rebolando* — *Jesus!* Tinha alguém embaixo dela!

Tampei os olhos e recuei depressa. Por favor, Freddy *não...* mas agora eu ouvia o rangido, os gemidos, o farfalhar dos lençóis... as batidas da cabeceira...

Sem ver, colidi na parede.

— Merda. *Porra.*

O rangido cessou.

— Paris França.

Por um instante de confusão, tive dificuldade de encaixar a voz. Aí caiu a ficha. *Meu irmão.*

𝄞

Eu *sei.* — Will suspirou, um tempinho depois, na sala. — Faltou eu abrir o jogo. *Nós* abrirmos.

Então agora eles eram "nós"?

Will estava de pé, com as mãos na cintura, magricela, descalço e incrivelmente insuportável, só de calça jeans. Pippa se recusava a sair do quarto.

— Bom, agora estou marcada pelo resto da vida, depois de pegar você e ela no flagra. — Apontei em direção à sua virilha. Aquilo era *pior* do que Freddy, na real. — Aliás, sua braguilha está metade aberta.

Ele fez pouco-caso, mas tratou de subir o zíper depressa.

— Sente — ordenou, subitamente virando o adulto. — Não se mexa. Vou fazer um chá para você.

Ele foi até a cozinha com um andar todo emproado. Agora Will era alguém que andava assim, eca.

Eu me joguei no sofá, de sangue fervendo, e fiquei ouvindo os estrondos que ele fazia. Era tão difícil assim preparar uma xícara de chá?

— Há quanto tempo, desculpe a pergunta, isso está rolando? — Will me espiou da cozinha, parecendo um pouco mais arrependido. — Foi na noite do museu?

Pela cara dele, deu para perceber que eu tinha acertado em cheio. Então quer dizer que, enquanto eu e Tom arrastávamos o tapete de Amelia escada abaixo como um cadáver, *eles* estavam trepando que nem dois loucos. E nenhum disse uma palavra. Pippa até mencionou um encontro com Freddy alguns dias depois.

Eu me virei, espumando, e cruzei os braços. Como ela pôde me enganar dessa forma, como eles puderam? É claro que não era nada da minha conta. Mas se Pippa tivesse simplesmente admitido, eu teria *agradecido*! Teria comemorado: *viva*! É um *mitzvah* para todos os Silverman-Start! Mas em especial para meu irmão solitário e com tesão. Era tão desatenta assim? Era eu que vivia antecipando as falas nos diálogos de filmes, antes que os personagens abrissem a boca. Então como é que não tinha percebido Alex pulando a cerca com Jessica? Como deixara passar Pippa e Will? Como não desconfiara da vida secreta de Tom?

Como todas as pessoas que eu conhecia e amava conseguiram me enganar?

𝄞

— Minha nossa — exclamou Will, depois que me acalmei o bastante para, com relutância, colocá-lo a par de tudo. — Ainda não consigo acreditar. Tom parecia ser tão íntegro. — Ele deu um gole de chá. — Nunca pensei que teria ocasião para usar essa palavra.

Mas ao ver minha expressão, emendou:

— *Foi mal*. Sinto muito mesmo, Jane.

— Nem posso culpar Amelia por me odiar. Agora sou *ela*, Jessica, é assim que essa mulher me vê. E, esse tempo todo, me convenci de que minha paranoia era infantil e irracional.

— Só tenta relaxar, tá bom?

Ele indicou minha xícara de chá com o queixo, e eu forcei um golinho goela abaixo.

As pistas estavam *por toda parte*. Por que eu não perguntara e pronto?

— Achei mesmo que *dessa vez finalmente* tivesse acertado. — Como pude ser tão cega? — Sei lá, só... quero Pippa.

— Eu também — suspirou. — Foi mal. Ela tá morrendo de vergonha. Também estaria no lugar dela. Mas não consegui resistir e perguntei:

— Vocês *sempre* fazem no escuro? Quer dizer, aquelas cortinas blackout eram no nível do *Elvis*. Tipo escuridão de vidro tampado com papel-alumínio.

— Nem *sempre* — gaguejou. — Ela tem uma insegurança bizarra com a autoimagem. Um absurdo. Ela é Brigitte Bardot, tenha dó! Mas, obviamente — pigarreou —, quero que *ela* se sinta à vontade.

— Para mim, ela parecia à vontade pra cacete. Insegura meu rabo, como se ter uma comissão de frente daquelas fosse ruim...

Will engasgou com uma risada.

— Não acredito no que você acabou de dizer. Mas, sim, caramba, *exatamente*.

Ele recostou e passou a mão no cabelo, com as pernas um pouco abertas. Agora era um homem que se sentava de perna aberta. Eca.

— A verdade é que eu ia ficar muito feliz se pudesse passar o dia inteiro sem fazer nada além de olhar para a Pippa, de preferência sem roupa. — Fiz uma careta. — *Ela*. Não *eu*. Sou louco por ela há anos, não tem como você não ter percebido. Mas eu devia ter contado que as coisas tinham avançado, tipo, a essa altura, ela é praticamente minha namorada. E passou a noite inteira preocupada com *você*. Pensando no seu nervosismo com o show. Seu velho inimigo agora está à espreita.

Meu coração pulou no peito.

— Não Jonesy — esclareceu, lendo minha expressão.

Ele se referia ao medo do palco. Contra fatos não havia argumentos. Foi o que meu rosto mostrou.

— Olha — suspirou. — Pippa está desesperada, torcendo para que tudo corra bem. Eu só estava tentando ajudá-la a *espairecer*. — Will ergueu as mãos como um velho palhaço.

Ela é praticamente minha namorada.

— Vão em frente, transem até cair, não ligo. Façam uma farra! Vocês dois merecem uma relação incrível. Estou feliz por vocês... — Minha voz ficou trêmula de repente. — Porque os dois são muito especiais para mim.

Abri um berreiro, encolhendo-me em posição fetal e escondendo o rosto dentro da gola da blusa que roubei de Tom, que tinha um aroma limpo e picante como o dele, o que piorava minha situação. Assim como a lembrança de Kurt Cobain, abandonado no quartinho de escrita no meu desespero de me mandar.

— Estou tão... triste. Não consigo pensar direito nem sei o que fazer além de fugir. De tudo.

— Então faça isso. Dê uma de Bobby Fischer. Mas *depois* do show. Você tem que fazer o show.

Dei uma espiada para fora do casaco. Will me encarava com aqueles olhos escuros e expressivos; seu peito liso e moreno brilhando. Ele era a cara do nosso pai, uma versão jovem de Art Start na fase Jack Kerouac, quando costumava remexer no quintal, inventando moda sob o sol ofuscante, entre os limoeiros, sem camisa, só de Levi's e sandálias de couro.

— Não sacou? Você *pode* desaparecer, é um direito seu, e é lógico que não é uma idiota misantropa como Bobby Fischer... O que quero dizer, Jane, é que não importa... a vida não passa de um sonho, só que um sonho lúcido e com o leme nas suas mãos.

Meu irmão doido e maravilhoso. Agora ele tinha se empolgado, empoleirando-se na beira da poltrona.

— Tá bom, pode até ser que você esteja num barquinho de madeira no meio do oceano gigantesco, mas ainda pode *conduzir* a coisa, entende? Ir a qualquer lugar. Fazer qualquer coisa.

Seus olhos brilhavam de esperança, e notei que tinha amanhecido. Dava para ouvir os sons de Londres despertando, táxis pretos no asfalto molhado, o celular de um pedestre tocando, um mundo completamente diferente lá fora.

Sentei-me, agitada demais para me manter em posição fetal. O olhar de Will tinha se desviado. Um sorriso grande e inabalável se abriu, fixado em algo atrás de mim.

Pippa, cheia de desculpas, um sorriso relutante surgindo.
— Dê uma de Bobby Fischer — disse ela, erguendo o ombro e apertando o roupão. — Vá para Paris França. Já passou da hora de vocês dois irem, poxa vida. Desde que seja *depois* do Royal Albert Hall.
De repente, vi Will pelos olhos de Pippa. E não é que era mesmo uma espécie de galã? Uau!
— Por ora, temos que te preparar — falou ele, de modo abrupto, mudando de assunto. — Você está um caco. E tem um show para fazer... — Olhou para o relógio de pulso. — Meeerda. Em 36 horas.

Capítulo 35

QUANDO PENSO QUE ESTOU FORA, ELES ME PUXAM DE VOLTA

Estava um clima de enterro na casa de Pippa quando o relógio bateu 17h. O ensaio tinha sido adiado várias vezes, pegando todo mundo de surpresa, *menos eu*, e agora faltavam 27 horas para o *show*. Alastair, James e a jovem George tinham montado acampamento lá para dar apoio moral. Todos estavam em silêncio, evitando tacitamente o assunto sobre...

— Tom está vindo? — indagou George, acomodada de pernas cruzadas em cima do balcão da cozinha de Pippa. Entediada, ela apoiava o queixo nas mãos.

A cabeça de James surgiu de trás da porta aberta da geladeira. Ele e Alastair trocaram olhares.

— Tom está ocupado dando aula. — James fugiu do assunto, com a voz firme. — Dando aula em Oxford.

Ele passou depressa, com uma bebida, e se instalou no sofá.

— Tom dá aula de quê? — George perguntou com a fala arrastada, fazendo um círculo preguiçoso com o dedo no balcão de pedra corian. A criança tinha uma bela intuição.

— Romantismo — respondeu Alastair e me pediu desculpas com uma careta. — E essa é a música que a Jane vai cantar com Jonesy, *muito em breve*.

Ele pôs fones de ouvido com cancelamento de ruído nos ouvidos dela. Mas eu estava com um nó na garganta. Jonesy ainda não tinha confirmado oficialmente o que era para eu fazer no Royal Albert Hall.

Lancei um olhar ansioso para o relógio e depois para o violão e o amplificador de Alastair ao lado da porta de entrada. George estava balançando a cabeça, curtindo a música. Com o passar das horas angustiantes, ela já tinha consumido toda a obra de Jonesy, analisando a arte dos álbuns e se perguntando por que ele estava tão diferente em cada uma delas. Seus pais explicaram que Jonesy gostava de se transformar em várias personas, então, é claro, agora ela o achava fascinante. Quem é que não achava?

Alastair se empoleirou no balcão ao lado dela e abriu um jornal. Ver os dois lado a lado aumentou o aperto na minha garganta. Joguei a cabeça para trás, tentando segurar o choro — tudo parecia me dar vontade de chorar —, quando vi Pippa franzindo a testa para a tela do celular.

— Com quem você está falando? — Quis saber, preparando-me.

— Com ninguém — respondeu, cortando-me.

Arrependida da sua própria grosseria, acrescentou com doçura:

— Não é Tom.

Ela emendou com um olhar de *"nada de ligar para ele, você prometeu"*. Respondi com um silencioso *"me poupe, não vou fazer isso"*. Depois de uma fração de segundo, nós duas voltamos a andar de um lado para o outro.

Estava morrendo de vontade de saber se ele iria ao show; a incerteza estava me matando. Porém, a ideia dessa apresentação, desse momento sem Tom, partia meu coração. Mas, se ele acabasse aparecendo, o que eu diria ou faria? Era muita coisa para encarar agora. Todo mundo ali tinha me dado a ordem expressa de manter a boca totalmente fechada pelo menos até o show acabar; uma ordem sensata, eu sabia.

— Então "ninguém" são *eles*? Equipe Jonesy?

— Também não são *eles* — falou, com secura. — "Ninguém" é ninguém com quem você precise se preocupar.

Tudo estava ficando muito confuso, mas Pippa me observava de um jeito estranho, como se tivesse alguma coisa errada com meu rosto.

Já sei. Tinha. Meus olhos estavam inchados e vermelhos por eu não ter dormido. Esse lance de chorar tinha que parar, de *verdade*, porque chorar e cantar eram coisas mutuamente exclusivas.

Meus olhos voltaram a se encher de água — não podia ter escolhido um momento pior para terminar o namoro.

Pippa soltou um suspiro e voltou a andar de um lado para o outro, então a imitei, entreouvindo trechos da conversa na cozinha.

— Nossa, Jonesy tem 39?

Ninguém estava botando fé no tamanho da sua página da Wikipédia, com aquela extensa lista de conquistas e feitos.

— Caramba, ele tinha só 17 anos quando compôs, produziu e tocou *todos* os instrumentos de *Jonesing for You*.

Em seguida, houve afirmações efusivas sobre como o show seria incrível, Jonesy e eu nos "reunindo depois de todos esses anos!". Eu reconhecia o esforço, mas, sinceramente, parecia uma forma de consolo, considerando meu nível de despreparo. Além do mais, ninguém nessa casa sabia o que eu sabia: a última vez que o tinha visto me perturbava até hoje. Tudo isso foi me deixando cada vez mais ansiosa.

Dei uma olhada no relógio. Aquela enrolação de Jonesy parecia estratégica — sua necessidade patológica de manipular *tudo* e *todos* ao seu redor. A falta de informações beirava a crueldade, o *nefário*.

— Você está torcendo as mãos, passarinha — suspirou Alastair, espiando-me por cima do *Times*.

Ele saltou do balcão e começou a massagear meus ombros. Eu estava muito tensa até para a massagem, mas não tive coragem de pedir para Alastair parar.

— Quando penso que estou fora... eles me puxam de volta.

— O que foi isso? — Alastair parou, inclinando a cabeça para mim.

— *O Poderoso Chefão 3*. Al Pacino.

James deu um grito do sofá. Alastair encolheu os ombros e voltou a me massagear.

— Cadê *Will*? — perguntei, em pânico.

Seria como num daqueles sonhos em que de repente você se vê em cima de um palco, cega pelo holofote, sem ideia do que fazer ou de por que está sem roupa íntima. Essa seria eu, daqui a 27 horas. Olhei para o relógio de Pippa. 26 horas.

Bom, tirando a parte da roupa íntima, lógico.

— Will está resolvendo uma coisa muito importante — respondeu Pippa, com rispidez. — Mas já devia ter voltado a essa hora.

Ela se encolheu ao lado de James no sofá e abraçou uma almofada como se estivesse com cólica.

Era bem capaz de que eu estivesse sendo paranoica, e Jonesy estivesse apenas atrasado. Porque ele *era* perfeccionista. Cara, é mesmo — ele era *perfeccionista*. Eu tinha que ser *perfeita*.

Desvencilhei-me da massagem para voltar ao vai e vem pela sala.

Pippa se levantou e foi direto para a cozinha, até perceber que ainda estava segurando a almofada, que jogou para trás sem olhar. Alastair interceptou o objeto com destreza antes que ele atingisse a cabeça desprevenida de James, afundou-se ao lado dele e o abraçou. Queria que *meu* namorado estivesse aqui para fazer tudo aquilo. O nó na garganta ressurgiu. Como é que eu ia cantar? Se a mera *lembrança* de Tom ousasse voltar à minha consciência, eu estava frita. E se ele decidisse aparecer? Era mil vezes mais apavorante cantar na frente de um *conhecido* do que na frente de bilhões de desconhecidos. Puta merda: bilhões. E puta merda mais uma vez: Freddy estava na lista — e Bryony e Cyril e Gemma e Vikram...

A porta de entrada se fechou com um estrondo. Todo mundo se virou para olhar.

— Sou eu — cantarolou Will alegremente, arrancando os fones de ouvido, de onde dava para ouvir a voz de Jonesy soando.

Ele se atrapalhou todo tentando parar a música no celular. Pippa, de cara fechada, disparou até Will, arrancou uma sacolinha branca da sua mão e desapareceu no corredor. Talvez ela estivesse com cólica mesmo, e ele tivesse corrido até a farmácia para buscar um analgésico. Agora George implorava para que Will a girasse. Será que todo mundo tinha se apaixonado por ele?

— Agora já deu, pequena — suspirou, depois de girá-la algumas vezes. — Se você continuar com isso por muito tempo, vai me fazer virar um fortão.

Will a pôs no chão bufando de um jeito exagerado e fez pose, exibindo o muque. Ela deu um soquinho em seu bíceps.

— Notícias da Sua Majestade? — Ele olhou para cima. — Caramba. E se a gente fingir que o show já passou, e foi ótimo, e que *hoje* na verdade é *amanhã*?

Will abriu um grande sorriso, bastante satisfeito consigo mesmo, e se acomodou na poltrona ao lado do sofá, batendo nos braços do estofado, todo cheio de si.

— Acho que você quis dizer *depois* de amanhã, tecnicamente — corrigiu James.

Alastair deu um tapinha no joelho dele, uma espécie de "*cala a boca*". James assentiu com solenidade e empurrou seus óculos estilosos de nerd para trás.

Quem dera poder avançar para qualquer dia em que tudo isso já tivesse passado... ou voltar no tempo para minha vida como era antes de ontem, em Oxford, com Tom.

— Vamos pular direto para o que *importa*, que tal? — sugeriu Alastair.

Ele tirou o notebook das mãos de James e foi descendo a página da Wikipédia. Aos pés de Will, George se deitou de barriga para baixo com o rosto enterrado nos braços e prosseguiu com a imersão na obra de Jonesy pelos fones de ouvido.

— Certo — começou Alastair. — Parece que Jonesy se divide entre Manhattan e Paris e terminou esses tempos com a influenciadora Fleur Amour. Ele teve casos amorosos com um monte de celebridades, incluindo... — Olhou para cima, boquiaberto. — Uma tal de Jane Start. É o que diz aqui, e todos nós sabemos que a Wikipédia *nunca* erra. — Ele ergueu a sobrancelha e deu uma risadinha, tentando amenizar o clima. — Você andou escondendo alguma coisa da gente por todos esses anos?

— Não. Não escondi. — *Sim, escondi*. E era óbvio que Jonesy tinha escrito sua própria página na Wikipédia. *Ele* me incluiu na lista.

De repente, senti uma franqueza — o cheiro de baunilha e gardênia era tão forte que quase dava para sentir o gosto, químico, na língua. *A cobertura dele, há dez anos, tremeluzindo à luz de velas. Eu estava atrás dele, saindo do elevador, afundando os pés no carpete, espesso e felpudo e branco, minhas sapatilhas deixando pegadas como rastros na neve densa. Por que eu estava aqui? Ele tinha namorada — tinha três. Jonesy parou, de costas para mim. Contemplava um arco extenso do horizonte de Manhattan como se posasse para a capa de uma revista. Sua unha tamborilava na superfície polida de um piano de cauda. A pele da nuca estava pálida, vulnerável, tal qual a de uma criança, quando ele se virou abruptamente para me encarar.*

— Reunited and it feels so good...[1]

---

1 Reunidos e é tão bom. [N. da T.]

Era Will, cantarolando baixinho e mexendo sem pensar no cadarço de seu Converse.

— Desculpa — falou, lendo minha expressão. — Só veio na minha...

— Peaches & Herb não tinham como estar mais errados nesse momento! — Fiz cara feia, cortando o papo, quando Pippa entrou desfilando como uma princesa, deixando um rastro de perfume no ar.

Arregalamos os olhos para ela atrás de notícias da equipe de Jonesy, mas Pippa se esparramou com delicadeza no sofá e não teve a mínima pressa até murmurar:

— Nenhuma. Palavra. Cretinos.

Houve um coro de gemidos, e aí todos perceberam que precisavam reabastecer os copos.

Tirando Pippa, que fechou os olhos e recusou a bebida com um aceno sensual da cabeça.

— *Você* parece bem *relaxada* — disse James, com a voz suave. — Andou tomando umas no quarto, por baixo dos panos?

— Andei fumando maconha por baixo dos panos — anunciou, vidrada. — Foi uma semana muito desafiadora.

Que eufemismo. Dava para culpá-la? Pelo visto, o compromisso *muito* importante de Will não era no tipo de farmácia que pensei que fosse.

Mas, quando seu celular começou a emitir um toque estridente, ela se pôs de pé num pulo, com as pernas bambas.

— Ai. São *eles. Como faço esse troço funcionar?*

Will pegou o aparelho, o desbloqueou e o devolveu na mão dela.

— Alô, aqui é Pippa More — cantarolou com uma voz grave de Marlene Dietrich, inacreditavelmente calma e controlada de repente. *Como foi que ela conseguiu?!*

Um segundo depois, ela desabou sobre os joelhos, com o celular esmagado na orelha, e socou o sofá para controlar uma risada.

— Sim. Entendo. Ah, está bem. Não. Este número é *perfeito*. Certo. Ótimo. Muito obrigada.

Depois, ficou batendo o dedo com ferocidade na tela, mais do que o necessário, para ter certeza de que a ligação tinha sido desligada. Quando se virou para mim, seu rosto estava sério.

— Prepare-se. Jonesy está prestes a te ligar.

Capítulo 36

MAS QUE PORRA

O celular tocava, mas eu não conseguia me obrigar a atendê-lo. Pippa falava sem emitir som: *"Atende logo, pelo amor, porra"*, sacudindo o telefone na minha cara. Mais um toque, e a chamada cairia no correio de voz, então finalmente peguei o treco e coloquei a ligação no viva-voz.

De canto de olho, eu via Pippa, Alastair, James e Will, inclinados para frente, observando-me com toda atenção. George continuava de fone, alheia.

— Alô? — Eu mal conseguia dar um pio.

— Estou com Rod — disse uma voz grave e profunda, reverberando pelo alto-falante metálico. — Para Maggie. Maggie May.

Will cochichou:

— *Mas que porra?*

Houve uma pausa quando não respondi.

— É Jane Start?

— Sim — respondi.

— Aguarde um momento. Ah, que número você calça?

Todo mundo olhou com cara de *"mas que porra?"*.

— Hum... 35?

— Valeu. Aguarde um momento.

Ninguém respirou, muito menos eu.

— Ei.

Dessa vez era *ele* — Jonesy, com a voz profunda, ainda que surpreendentemente adolescente, nem um pouco grave. E familiar, mas como se eu a tivesse ouvido quando estava *grogue, despertando de um sonho*, portanto vagamente desconcertante.

— Ah, olá — respondi, severa.
— Você está sozinha?

Alastair disse sim com a cabeça, então fez mímica fechando a boca com um zíper. Os outros imitaram.

— Sim. Completamente sozinha.
— Legal. — Jonesy soltou o ar. — Então... acho que é melhor se a gente só, sabe, *deixar rolar* amanhã.

O *quê?* Sem ensaiar?!

— Ok, *tranquilo*.

Mas *não era* ok *nem* tranquilo!

— Excelente... o que você vai fazer, então? Agora.

Alastair apontou tranquilamente para seu relógio de pulso e fez como se estivesse comendo. Eu percebi que estava ofegante no celular, como uma pervertida.

— Ah... estava para ir jantar.
— Eu também — respondeu, quase sem me esperar terminar de falar.
— Aluguei um cantinho aconchegante em Regent's Park. A gente podia comer juntos.

Comer juntos. No seu cantinho aconchegante. Não conseguia imaginar coisa menos aconchegante, mas aquilo seria... *um encontro? Não. Nada disso. De jeito nenhum.* Seria tão perturbador quanto da última vez.

— Ah, que... bacana — gaguejei, de olhos grudados em Alastair, que puxou James para perto, fez gestos de que estava comendo de novo, e o outro, confuso, tentou imitar da melhor forma que pôde. — Mas, hum, na verdade tenho *planos*... de ir jantar... com meu namorado. Então, talvez fosse...

— Talvez fosse o quê? — indagou Jonesy, tranquilamente, sem mudar o tom de voz.

De repente, fez-se um silêncio horrível na linha. O que foi que eu fiz? Furei com *Jonesy*. Que provavelmente tinha zero interesse em mim *daquela forma*, mas agi como se *eu* achasse que *ele tinha*. Constrangedor,

presunçoso. Até onde sabia, Jonesy tinha voltado com sua *It Girl*. E eu nem sequer tinha namorado. Meu coração apertou no peito...
— Me beija. — A voz de Jonesy ressoou pelo alto-falante, subitamente fofa e baixa, mas ao mesmo tempo impositiva, o mágico e poderoso Oz.
Beijá-lo? Por telefone?
Pippa cobriu os olhos, incapaz de assistir. Will fez gestos de vapor saindo das orelhas. James tapou a boca com as mãos. Até Alastair ficou perplexo.
Por fim, Will indicou com um gesto da mão: "*vai em frente*".
Que tipo de maluco pede *um beijo* por telefone?
Mas eu sabia a resposta: Jonesy. Então, respirei fundo, fiz biquinho e dei um beijo no microfone, porque não sabia o que mais fazer.
— Vejo você amanhã — disse ele, e, assim, a chamada caiu.

Capítulo 37

O ROYAL ALBERT HALL

Você está muda como um peixe — notou Pippa.

Não tinha palavras. Não conseguia expressar minha reação ao *catsuit* preto e justo, pendurado sozinho em uma arara de metal no meu camarim. O macacão parecia ao mesmo tempo solitário e intimidante, com uma etiqueta de marca pendendo do ponto mais baixo do decote profundo, na qual estava anotado *"Para Jane Start"*. Logo abaixo, perfeitamente alinhado no chão, um par de sapatos tamanho 36 com salto fino de 8 cm.

Pippa, parada ao meu lado, pigarreou.

— Jonesy é alto, então talvez seu estilista tenha pensado que...

— Não sou a Lady Gaga — interrompi. Minha voz estava calma e firme. — Nem uma mulher com talento suficiente para se equilibrar em cima de um salto, o que requer um tremendo foco e uma baita energia para não tropeçar, além disso, precisaria ficar de pernas abertas e contrair minhas coxas. — Demonstrei com uma pose de Tina Turner. — Enquanto dou um jeito de não derrubar o violão. É totalmente o contrário do que preciso para cantar, que é estar relaxada para a música fluir. — Fiz uma pantomima frenética. — Quando, na verdade, como você deve ter percebido, *não* estou relaxada. Estou em pânico. Não consigo fazer várias coisas ao mesmo tempo. Isso vai roubar *toda* minha concentração, *toda* minha

energia, que eu ia dedicar a tentar cantar bem. Não a me *vestir* bem. Ou a *parecer alta*.
— Você acabou?
— Uhum.
Nós duas encaramos de novo o figurino.
— Mas parecia tão promissor — disse ela, decepcionada — ter um estilista pela primeira vez, oferecendo *opções* de grife. No plural. Talvez fosse melhor a gente abrir aquilo ali.
Ela apontou para uma garrafa de champanhe sobre a penteadeira impecável, ao lado de um arranjo suntuoso de rosas brancas e uma bandeja de prata com barrinhas de cereais.
— Talvez — concordei.
— Pelo menos nem se compara aos camarins do passado.
Ela correu o dedo pela superfície brilhante, sem um grão de poeira, e o exibiu com um sorriso forçado.
Camarins que eu adoraria poder deslembrar, em porões mofados, com sofás molengas e manchas perturbadoras que era melhor não analisar.
— Entãooooo — falou, abrindo a bebida. — Parece que a equipe técnica está com alguns *problemas*.
Plop. A rolha estourou, bateu no teto e saiu rolando até parar entre os saltos agulha. Pippa me ofereceu uma taça, mas eu ainda estava preparando o psicológico para os tais *problemas*.
— Certo. É o seguinte. Eles tiveram que cancelar sua passagem de som; a dele passou muito do tempo. É o show inaugural da turnê e essa coisa toda. Precisam abrir as portas da casa o quanto antes. *Mas não entre em pânico*, porque fizeram uma verificação supercompleta nos microfones, cabos e caixas de som e me garantiram que o seu retorno está incrível, ajustado *bem* do jeito que você gosta.
Ela entornou o champanhe que tinha acabado de servir para mim.
Não. Porra. Era como se não deixassem uma piloto inspecionar o painel e os instrumentos de voo antes da decolagem. E *Jonesy sabia disso*.
— Mas, no mínimo, preciso dar uma olhada no violão e no amplificador que o Alastair me emprestou. O som tem que estar bom.
— Mas tem outra coisa — acrescentou Pippa, dando-me as costas para reabastecer a taça. — *A-pa-ren-te-men-te*, Jonesy tem uma ideia muito

exata do que quer para a apresentação, o que, *no caso*, significa que você vai poder focar *totalmente o canto*.

Ela soltou a frase de maneira displicente, sem me encarar, acomodando a garrafa no gelo, mas nossos olhares se cruzaram pelo espelho.

Franzi a testa, sem processar direito.

— Focar *totalmente* o canto?

— Isso mesmo. Não precisa se preocupar em tocar violão — disse, com tranquilidade. — Ou seja, nada de esquentar com o salto alto!

Mas uma pequena careta ameaçava irromper.

Ela sabia: eu me sentia nua sem o violão. Trocaria sem pestanejar esse camarim imaculado por uma daquelas masmorras decrépitas com sofás cheio de manchas suspeitas e um falo voador pichado na parede, se pudesse subir aos palcos *com* um violão.

— Depois do fiasco do ensaio de ontem, sei que você estava louca para ter uma noção das coisas e fazer uma passagem de som decente — disse ela, virando para me encarar. — Ainda mais com o escândalo do "me beija".

Fingi rir da piada. *Não* era culpa de Pippa. *Bem-vinda de volta à indústria da música*. Era um show de horrores. E os empresários e agentes eram os responsáveis por lidar com os horrores. Por *nós*. Era sorte minha tê-la por perto. Pippa era genial, sábia, ética, boa no que fazia. Eu era seu trabalho beneficente. Além disso, o show era *de Jonesy*. O superstar. O iconoclasta. Eu devia ter imaginado que não sobraria tempo para fazer minha passagem de som. Comecei a avaliar opções drásticas na cabeça: *Tofu vencido causa doença debilitante*. Quase impossível cantar e vomitar ao mesmo tempo.

— Jane, sua cara está... bem, sua cara está mostrando exatamente o que você está sentindo, então vou contar um segredinho. O Calça de Oncinha está vindo! Era o "ninguém" de ontem. Sempre te falei que ele era seu fã! Num piscar de olhos, esse lance todo do Royal Albert Hall vai ter acabado, e todos nós vamos poder comemorar! Querida, você vai arrasar. Confia em mim.

Ela ainda estava chapada? A tensão estava quase me incapacitando. Mas de volta ao outro problema.

— Preciso mesmo colocar *aquilo*? — Apontei para o *catsuit*, que me devolvia o olhar com arrogância, como se fosse começar a miar a qualquer momento. — Podia ficar com isso aqui — falei, indicando o vestido que estava no meu corpo, meu uniforme de palco, meu velho de guerra: um vestido preto muito sem graça e barato que eu torcia para não ser fruto de trabalho escravo, que usava com meias-calças pretas e sapatilhas puídas. Foi loucura minha achar que o estilista de Jonesy me daria escolhas, no plural, com pelo menos uma opção confortável. Vislumbrei o suéter de Tom, espiando do alto da minha bolsa. Minha garganta apertou. *Não.* Não ia dar trela nem mesmo à menor sombra de pensamento.

— Vamos só dar uma chance? — sugeriu Pippa.

No instante seguinte, eu estava me contorcendo para entrar no macacão justo. Para minha maior surpresa, foi como ganhar um abraço reconfortante. Ele vestia tão bem, o tecido e a costura eram tão bons. Por que Pippa estava olhando para minha bunda?

— O que foi?! — explodi, irritada.

Ela franziu a testa.

— Tem um probleminha com...

— A *calcinha, marcando.* — Vi meu reflexo no espelho.

— A calçola de personagem de *Os Pioneiros* não vai servir — brincou, fazendo uma careta.

— *Argh,* vou ter que ir sem calcinha, acho. — Levantei as mãos, exasperada, e comecei a me contorcer para sair da roupa. — *Cacete.* — Parei do nada e encarei Pippa de boca aberta. — Esse é o sonho. O pesadelo que antevi ontem. Quando você estava ocupada mandando mensagem para o Calça de Oncinha. Estou prestes a entrar no palco sem a menor ideia do que é para fazer, e vou estar sem calcinha. *Puta merda.*

Saí do *catsuit* e enfiei com raiva minha calcinha de Laura Ingalls Wilder na bolsa.

Novamente vestida, voltei a me olhar no espelho. Ah, se meus peitos fossem maiores, minha cintura mais fina, minha bunda... Bom, ninguém tinha reclamado até agora. Na real, eu estava bem satisfeita com minha bunda. Mas precisava mesmo de um violão para me sentir um pouco menos pelada.

Argh. *Jonesy.*

— Me passa seu blazer — pedi, retorcendo os dedos para o reflexo de Pippa.

Ela pôs o champanhe de lado e tirou a peça. Logo depois, nós duas ficamos lado a lado mais uma vez diante do espelho. Pippa estava muito gata sem o blazer, só de blusa branca de seda, com os botões de cima abertos sem esforço e um tantinho do sutiã à mostra. E eu? Bom, o blazer combinou com o *catsuit*.

— Pippa inclinou a cabeça.

— Pronto. Agora você faz parte da turma de Chrissie, Patti, Sofia e outras fodonas do tipo.

Ela abriu um sorriso e estava indo pegar os sapatos quando seu celular tocou.

— Pippa More. Ah, certo. Vou agora mesmo, pode ser? — Ela empurrou os sapatos na minha direção, tampando o aparelho com a mão. — Preciso entregar a lista de convidados, resolver a questão dos ingressos. *Calça de Oncinha*, dá para acreditar? Vindo de Sussex, *dirigindo*, até que enfim você vai conhecê-lo, querida. Volto em um instante!

E saiu pela porta.

Parei com um sapato pendurado em cada mão. Nem a pau que eu ia ficar me equilibrando em cima disso aqui. Só que era isso que *Jonesy* queria. Ele queria que eu estivesse *sexy*. Fiquei olhando a garrafa de champanhe, que também me olhava. *Estou aqui para ajudar*, ela parecia dizer. *E qual é o problema de estar sexy?*

Calcei os saltos e fui encher uma taça grande e gorda de champanhe para mim. Enquanto recolocava a garrafa no gelo, bati o olho em um cartãozinho endereçado a mim, úmido e grudado por dentro no balde. Pippa não tinha reparado nele.

Com o coração disparado, abri o envelope:

Feliz dia, meu bem. Hoje faz dez anos.

Minha respiração ficou suspensa. *Meu bem?* O que estava rolando?! Me senti golpeada; o chão fugia sob meus pés, e o quarto começava a girar. Agarrei a beirada da penteadeira para me amparar.

De repente, tudo fez sentido. O motivo de ele ter me convidado. Que burra eu, nem reparei nas datas. Mas Pippa também não tinha ligado os pontos. Reli o cartão, e meu coração começou a bater ainda mais rápido.

Can't you see I want you? Ele tinha rabiscado atrás, ao lado do seu logotipo, um símbolo da paz com asas.

Can't you see I want you? Meu bem? Lembrei do "me beija" dele. O convite para um "jantarzinho aconchegante". Será que Jonesy tinha visto a matéria humilhante espalhando que Alex me trocara por Jessica e sabia que eu estava solteira? Mas *não estava* solteira!

Puta merda, *estava, sim*. Sem pensar, tampei a boca.

Jonesy deve ter se inteirado do bombardeio de fofocas sobre o show, que mencionava Tom e, sei lá com que tipo de sentido-aranha bizarro, adivinhado que meu relacionamento com ele tinha ido para o saco. Será que Jonesy sentiu que era hora de atacar?

Meu corpo se sacudiu num tremor de paranoia. Peguei o champanhe e o engoli com tanta violência que fui tomada por um acesso de tosse, o que não impediu alguém de bater várias vezes à porta, com ferocidade.

Era ele. Jonesy. Só podia ser. Talvez só para desejar "boa sorte, meu bem". O que era difícil de ter com esses saltos infames, que deviam ser proibidos — ou por apresentar riscos à segurança ou por ser pura crueldade. Com o coração a mil, preparando-me para sua presença inescrutável e imponente, virando-me para pensar numa resposta para o bilhetinho paquerador bizarro, abri a porta...

— Boa noite, Srta. Start. Está na hora de levá-la ao palco.

Suspirei de alívio. *Não* era Jonesy, e, sim, um senhor mais velho de cara séria, sotaque britânico, lacônico, com prancheta e headset. O assistente de palco. Mas meu horário de entrar no palco era só mais tarde! Depois de 3/4 do setlist! O show mal tinha começado.

— Ah, beleza — gaguejei, abraçando a porta para me manter em pé. — Mas eu... Só um segundo, um segundo.

Bati a porta bem na cara dele. Sem querer, mas bati.

Girei para encarar o espelho. Tinha dado um tapa no visual mais cedo, imaginando que teria um tempão para incrementar a maquiagem, mas agora só me restava cambalear correndo para terminar o serviço. Virei a bolsa de ponta cabeça e esparramei uma enxurrada de produtos na bancada. Meu celular escorregou da superfície muito polida e caiu no chão com a tela virada para baixo, fazendo um barulho nada bom.

Com os dedos trêmulos, coloquei a mão na massa, mas fiquei parecendo uma palhaça. O batom passado sem o menor cuidado, o lápis de olho grosseiramente borrado.

Fiquei de joelhos para pegar o celular, soltando um lamento ao ver a tela rachada, e me deparei com uma montanha de chamadas perdidas e mensagens de praticamente todo mundo — *inclusive de Tom* — TOM! Deus, ele estava aqui? Por sorte, uma mensagem de Pippa chegou.

Eles não me deixam voltar aí! Alguma confusão com minha credencial! Se não conseguir resolver, boa sorte! Divirta-se! Você vai arrasar! E MAIS UMA COISA: O SHOW ESTÁ SENDO FILMADO! ACHEI BOM TE AVISAR, CASO INFLUENCIE NA SUA ESCOLHA DE MAQUIAGEM. 💄🎨😈👹

É claro que o emoji de ogro foi um erro de digitação. Ou será que ela quis dizer que Jonesy foi um ogro por não nos avisar? Eu concordava. Uma série de batidas impacientes fez a porta vibrar.

Porraaa. O assistente de palco de novo. Mas não tinha conseguido fazer meu tradicional xixi pré-show. Eu não era uma ogra; era uma *palhaça*. Uma palhaça presa num macacão de marca, com uma leve vontade de fazer xixi.

O assistente de palco me conduziu de modo brusco por um labirinto de corredores. Era quase impossível acompanhá-lo de salto alto (bolhas surgindo na hora, os dedos já dormentes). De repente, estávamos muito perto do palco, contornando corpos em um corredor claustrofóbico, com caixas de transporte forrando as paredes, pintadas de "azul Jonesy" (e com o nome dele estilizado na fonte icônica, a letra O um símbolo da paz com asas). Alguns influenciadores vestidos de um jeito bizarro se destacavam em meio ao pessoal da equipe que passava apressado num preto genérico. Alguns cinegrafistas sobrecarregados com equipamentos trombaram em mim sem querer ao passar.

Entramos enfim num túnel escuro feito de pano grosso, pelo qual um gladiador poderia entrar num coliseu — para lutar ou *morrer*. O palco ao fim dele tomou forma na minha consciência pulsante, assim como as legiões de fãs de Jonesy se estendendo pela escuridão, murmurando de ansiedade.

Chegamos à boca do túnel. O assistente de palco me posicionou com gentileza para eu ter uma visão melhor.

Esticando o pescoço, dava para ter um vislumbre do palco, brilhando como uma tiara de rubis e ouro. Era mais intimidante do que jamais podia imaginar. Uma passagem de som pelo menos teria me preparado para essa visão assustadora. A última vez que chegara perto de um palco dessa dimensão foi há oito anos e agora eu estava mais do que consciente do tanto de detalhezinhos que podiam azedar esta noite e conspirar para acabar comigo, para comprometer minha apresentação, mesmo se eu tivesse ensaiado e feito a passagem de som para resolver todos os pepinos! Era quase melhor morrer, pensei. Bater as botas aqui e agora, pelo menos deixando meu parco legado intacto, em vez de me humilhar na frente de todas essas pessoas. Na frente de *Jonesy*.

— Fui orientado a trazer você aqui para assistir ao show. Está prestes a começar — anunciou o assistente de palco, que estava murmurando no headset e agora se preparava para me deixar.

— Perdão. — Agarrei o braço dele com tanta força que ele olhou para meus dedos cerrados. Com vergonha, tratei de soltá-lo na hora. — Mas... você pode me informar quando é minha música?

Ele me encarou embasbacado, como se dissesse: *"Você não sabe?"*.

— Só aqui — disse, usando a lanterna *penlight* para descer pelo setlist até... o *bis?* Isso me deu um frio na barriga. *Sem pressão.*

— Antes, vamos alterar o palco para sua apresentação — falou devagar, examinando meu rosto para garantir que eu tinha entendido. *Talvez esteja com cara de palhaça.* Assenti: *capisce.* Satisfeito, ele foi embora.

Então. Era verdade. Eu sabia. Jonesy tinha me deixado no escuro sem dó nem piedade e agora esperava que eu ficasse plantada ali nos bastidores, assistindo à genialidade *dele*, enquanto meu medo de palco ia crescendo, apodrecendo e virando algo insuportável para valer. E maldição de sapatos; já não conseguia mais sentir meus dedos dos pés.

Feliz dia, *meu bem.*

Comecei a recuar procurando uma rota de fuga, mas topei com uma mulher magnífica, com um vestido envelope de seda bem decotado e um chapéu Fedora. Ela devia ter quase 1,80 de altura, toda cheia de ângulos, maçãs do rosto pronunciadas e um decotão.

— Você está com quem?

Ela franziu a testa para mim, tocando na sua credencial de acesso livre; sua voz era grave, e o sotaque, alemão.

— Comigo mesma? — respondi, chocada com o tom dela, quando do nada um rugido crescente irrompeu da plateia.

Jonesy, alto e elegante, de terno azul brilhante, com o cabelo loiro lambido penteado para trás, avançou até a beira do palco, já detonando na guitarra, mas com *calma* e suavidade. A mecha única que caía misteriosamente no seu olho estava ampliada com grandiosidade numa tela enorme ao fundo do palco. A plateia se pôs de pé num pulo, mas o estrondo que ela produzia foi logo abafado por um tsunami de uma bela melodia. A banda atrás de Jonesy se iluminou e entrou em cena — e assim deram partida.

Eu e a beldade de chapéu Fedora contemplamos, hipnotizadas, Jonesy soltando um sucesso atrás do outro, com uma energia crua e carnal, resumindo-se a fazer um gracejo aqui ou a dizer uma frase críptica acolá antes de voltar ao que importava: à tarefa de encantar toda a multidão presente ali. Às vezes, sua voz soava urgente, rouca de emoção. Depois, confortante, envolvente. Seus movimentos surgiam de algum lugar profundo dentro dele, meio Jagger, meio Bowie, meio David Byrne. Ele tinha ares impressionantes de viking, a postura de um Conquistador Frio, misturada a uma fragilidade, a uma meninice travessa. Eu nem conseguia compreender até onde iam suas habilidades. *Ele cresceu*, pensei. Nunca na minha vida tinha presenciado um músico com um domínio tão grande e perfeito do palco, da plateia, *do momento*, conduzindo sua banda de primeira categoria somente por meio de olhares e sorrisos maliciosos. Fiquei congelada, sentindo um misto de arrebatamento e medo cego, na mesma proporção.

Ele começou uma música que não reconheci de primeira dentre suas composições; sua guitarra num tom inconcebivelmente entrecortado e delicioso, mas aí me toquei. Era um cover de *Jeepster*. Sua versão sensual e turbinada da música superlegal do T. Rex, dos anos 70!

— *Girl, I'm just a vampire for your loove...*

Jonesy estava se aproximando do fim da música quando ergueu a guitarra sobre a cabeça como se ela fosse leve tal qual uma pena. Como uma divindade, ele parecia ser capaz de parar o tempo, de fazer todas as pessoas no local prenderem a respiração. Mas, como fã do T. Rex, eu sabia que não parava por aí.

— *And I'm gonna suck ya!*[1] — rugiu; sua voz reverberando pelo vasto ambiente quando virou a cabeça para a esquerda com a precisão de um dançarino de tango; seus olhos brilhando de forma sobrenatural e encontrando os meus.

Em seguida, um holofote fulgurou, e Jonesy foi reduzido a uma silhueta nítida. Um instante depois, ele desvaneceu como num passe de

---

1 Garota, sou só um vampiro do seu amor/E vou sugar você. [N. da T.]

mágica, deixando a plateia pasma e muda, até o estrondo de aplausos irromper. O palco mergulhou na escuridão, desencadeando uma comoção frenética — o pessoal da equipe correndo, empurrando-me para passar.

— Agora vou levar você até seu lugar.

Era o assistente de palco. Parecia que eu não era capaz de fazer minha boca se mexer nem de recuperar o fôlego, mas ele já tinha tomado meu braço e estava subindo comigo, rumo ao palco escurecido.

Foi então que soube: não tinha como fugir.

Capítulo 38

MY WAY

Hora do show. O assistente de palco parou de modo brusco no meio do palco; havia um X de fita adesiva brilhando de leve aos meus pés. Só consegui enxergar o contorno difuso de uma cadeira de madeira.
— Pode se sentar aqui, fazendo um favor — sussurrou.
Fui tateando até achar o assento e me acomodei ali.
— O microfone está *ligado* — avisou, ajoelhando-se e depositando o objeto com solenidade na minha mão suada. — Tudo certo, então?
Eu comecei a cochichar:
— Não, não é bem assim.
Porém, o assistente já tinha dado o fora, porque foi uma pergunta retórica, e ele não dava a mínima para meu bem-estar e, *caramba, outro microfone de mão não, pelo amor.*
Mas isso aqui não era Las Vegas. Estava o mais longe possível de ser. Arrisquei dar uma espiada para cima e para fora do palco, passando o olho pela casa de show, um bolo de casamento cintilante visto por dentro, feito de veludo e joias — e 5.272 fãs de Jonesy me encarando, perguntando-se o que eu estava fazendo ali. *Vai pro inferno, Google, por me obrigar a pesquisar a capacidade desse espaço.*
Na sinistra quietude, uma tosse reverberou pela vastidão esplendorosa e um celular piscou de um dos camarotes a quilômetros de distância. Ouvi um suave tique-taque, como se as fadas açucaradas estivessem se

organizando nas sombras, e senti meu coração golpear o peito de um jeito ridículo, como num desenho animado — uma coisa bojuda de borracha pulando das minhas costelas, da carne, do macacão. *Relaxa... só um tiquinho de pressão e já acaba.* Raios bíblicos despontaram de uma estrutura com refletores lá de cima, cuspindo luzes atrás de mim. Girei a cabeça para trás. Uma tela enorme tinha se iluminado no fundo do palco, mostrando *minha* cara de pavor, uma refém presa na cadeirinha de madeira.

Voltei a me virar para a plateia num gesto desajeitado; minhas mãos tão escorregadias de suor frio que o microfone saiu voando, soltando um silvo de microfonia enquanto deslizava até parar na beira do palco. Um lamento, profundo e ressonante, subiu como vapor da plateia. *Isso não estava acontecendo.* Puta merda, Tom podia estar ali. E Will e Pippa e Freddy e Bryony... e os professores. E Calça de Oncinha. Sem falar nos críticos fazendo *crítica* e na equipe de filmagem *filmando.*

Olhei de esguelha em busca de socorro, mas só me deparei com o assistente de palco com seu headset pendurado, esfregando as orelhas, de cara contorcida. Eu tinha deixado o homem surdo. Em algum lugar, um técnico de som também me odiava. Todo mundo me odiava.

Estava ficando na cara que eu teria que me virar para recuperar o microfone, então me agachei e fui rastejando até ele, enquanto os raios bíblicos lá de cima começavam a sequência programada, ziguezagueando como luzes da prisão, capturando-me em seus feixes, arrancando risadinhas impiedosas da plateia. *Eu devia vazar desse palco,* comecei a pensar, *e nunca mais voltar a pisar em outro,* quando vozes angelicais abafaram o riso.

Eu me endireitei sem ter alcançado o microfone. Um coral de mulheres se revelou das sombras. Elas cantavam as harmonias da minha gravação e... *melhoravam* a música. Depois, veio o leve guizo e estalo da caixa da bateria. Segui o som à minha direita, e uma onda de luz banhou a baterista de Jonesy. Ela sorriu para mim. Quando o baixo entrou, girei para a esquerda, e o baixista de longa data de Jonesy se materializou sob um feixe de luz vibrante; ele assentiu com a cabeça, reconhecendo o que eu tinha começado a notar. Eles estavam tocando a música do *meu* jeito. Copiando os sons e o estilo da *minha* versão.

Mas não tinha nenhum minuto a perder com incredulidade ou gratidão. Ouvi o ronco aveludado e familiar de uma guitarra, e Jonesy em pessoa entrou em cena, todo emproado. Por reflexo, fui andando para trás até colidir com a cadeira de refém e cair sentada nela. Uma gargalhada explodiu na plateia. Então eu *era* uma palhaça. Ele sorriu, tipo: *"Ops, mas não é divertido?"*

A lembrança da voz dele pelo celular veio à tona: *"Vamos só deixar rolar"*. Não sei qual era o seu jogo, mas obviamente era às *minhas* custas. Contudo, ele estava recriando minha faixa, ao vivo, na frente de um Royal Albert Hall lotado, todos os ingressos esgotados, e aquilo talvez fosse a coisa mais gentil que um colega músico tinha feito por mim. Ainda por cima, Jonesy tinha acrescentado o ingrediente secreto que sempre faltara na minha versão — o som da sua guitarra.

Só que era para eu cantar quando? O único canto vinha do coral às minhas costas. Eu precisava de um microfone. O meu ainda estava na beirada do palco, mas quando fiz que ia até ele, Jonesy balançou a cabeça. Ele tocou um riff novo, desconhecido, fazendo as notas serpentearem quase que com relutância — era uma provocação. Um desafio.

O que eu tinha a perder? Andei fugindo disso, fugindo dele, por anos. Se essa fosse minha canção final, por que não cantar direito?

Jonesy repetiu o riff. Não desviei o olhar — ainda era meio que boa de briga. Mas, se fosse para estar pau a pau, a gente precisava ficar no mesmo nível. Eu precisava me livrar dos saltos. Olhando fixamente nos olhos dele, tirei cada sapato de uma vez, os jogando em direção à beira do palco, onde aterrissaram fazendo um baque. Jonesy arregalou os olhos e me lançou um olhar sem-vergonha e indignado: *você não fez uma coisa dessas.*

Arregalei os meus também: *ah, ô se fiz. Sem ensaio. Sem passagem de som. Sem violão. E o que foi aquela merda de "me beija"? E, só para constar, não sou seu bem. Não sou o "bem" de ninguém.* Pensei em *Tom*. Um nó se formou na minha garganta. Aguenta as pontas, sua vaca, era agora ou nunca.

Decidi ser graciosa. Fiz uma pequena reverência de samurai, com as palmas das mãos unidas, para dizer: *rejeito com humildade sua proposta de estar sexy.*

Ele abriu um sorriso, balançou a cabeça para declinar e repetiu o riff.

Minha resposta foi agitar as mãos. *Toma essa, Jonesy, seu controlador genial dos infernos.*

Jonesy respondeu com um novo riff, dessa vez esquivo. Rebati fazendo uma dancinha e um *bangue-bangue* com os dedos — soprei a fumaça imaginária, girei as pistolas imaginárias e as guardei no coldre imaginário. Ele pareceu gostar também. Assim como a plateia, que soltou uma risada que subiu e desceu como uma onda distante, incentivando-me. Seguimos nessa por várias rodadas, eu cedendo poder, ele me manipulando como sua marionete, até que virei o jogo, e *meus* movimentos começaram a guiar os *seus* na guitarra, antes mesmo de a ficha dele cair... Quando caiu, um sorriso astuto tomou seu rosto, e iniciamos nosso tipo particular de tango — o controle oscilando sem interrupções entre nossos dois polos, até que uma das cantoras do coral se apresentou e me deu um microfone.

Até que enfim, *eu estava cantando!*

No começo, foi como se eu não estivesse no meu corpo. Só sabia que estava cantando porque conseguia ouvir minha voz amplificada pelo eco, colidindo na última fileira do Royal Albert Hall e voltando para mim.

Comecei a relaxar nela. A amá-la. Amar a carícia das notas vibrando na minha garganta, a alegria de libertá-las, de soltá-las pelo ar. O melhor tipo de voo — sem cintos de segurança, sem turbulências, apenas o céu limpo e azul.

Então Jonesy começou a cantar também, em perfeita harmonia. Estávamos cantando juntos, e, de repente, não havia *mais nada* — somente foco e fusão, somente a união das nossas vozes, o desenrolar do presente deste ato sincronizado —, até que chegou a hora de Jonesy soltar um solo final destruidor, e minha cadeirinha de refém ganhou vida. Em cima dela, estava uma peruca rosa fosforescente, sob um holofote preciso, e, por mais que me desse vontade de chutá-la para os assentos lá do fundão, o palco começou a vibrar com um murmúrio de reconhecimento vindo da plateia, e compreendi o que precisava acontecer a seguir. De certa forma, eu sempre soube que essa hora chegaria, não é mesmo? Que essa peruca — essa dança — e eu voltaríamos a nos encontrar? Cruzei o palco sem piscar e a espremi na cabeça.

Jonesy me lançou um olhar que até então eu nem sabia que estava temendo. Era "a ordem" — uma espécie de comando implícito para fazer a dança burlesca do meu clipe. O motivo de ele ter me dado um *catsuit* para usar, para me poupar de mostrar a calcinha. Digno da parte dele, acho.

Eu passei a vida toda dançando, desde as aulas de balé na infância até a companhia de dança em Columbia. A dança era minha. Eu era capaz. Não havia mais tempo para pensar, só para obedecer, para fazer a coreografia — o passo a passo daqueles movimentos voltando à tona como num milagre, por meio da memória muscular. Então me rendi... e dancei, porque, no fundo, o que mais existia? Existia uma libertação no desprendimento, no abandono do controle, na entrega total a ele. Em ser... *ela*.

Existia, não é?

Capítulo 39

I WANT TO HOLD YOUR HAND

Então terminou.

Uma fração de segundo de escuridão e luzes ofuscantes e um rugido semelhante ao do mar agitado.

Estava me esforçando para recuperar o fôlego e acalmar o coração quando pegaram minha mão e a ergueram no ar. Outra onda retumbou à beira do palco. Então Jonesy zarpou, fechando o aperto na minha mão, e atravessamos o túnel, dando guinadas bruscas nas curvas, trançando por uma multidão de corpos que saíam da nossa frente. Passamos reto pela mulher de chapéu Fedora, que pareceu desolada, e depois por Pippa, James, Alastair, Will e a pequena George — e *Calça de Oncinha* — radiante de expectativa, estendendo a mão cheia de anéis, na esperança de que Jonesy parasse para cumprimentar. E então, das sombras, surgiu Tom, seu vulto com uma elegância discreta, angustiantemente familiar, seu rosto iluminado de remorso.

Tom.

Nossos olhares se cruzaram por um instante confuso de hesitação, mas Jonesy não parou para falar com ninguém — só parou depois de dobrarmos um corredor e entrarmos no meu camarim, ele pressionando as costas com força à porta fechada, nós dois ofegantes, minha mão ainda algemada à sua. A adrenalina me inundava, todos os meus sentidos estavam aguçados, uma sensação pós-show que eu não tinha há um bom tempo. Uma sensação de queda livre, de euforia. Contudo, desejava muito poder me sentir em terra firme de novo.

Libertei minha mão da sua e comecei a gesticular com animação, como se quisesse provar que precisava dela.

— Obrigada, uau, só posso agradecer — falei, recuando.

— Eu que *te* agradeço — interrompeu, com uma sutil expressão de riso, ainda grudado à porta.

De perto, ele tinha os traços inocentes de uma criança bonita — os olhos azul-claros, o beicinho rosado, até mesmo um punhado de sardas fofas no nariz.

— Não, não... não *me* agradeça! — Dispensei com um aceno. — Foi só... tão divertido, como não esperava.

Foi *mesmo*, pensei, surpreendendo-me.

— Não esperava? — Ele franziu a testa.

Merda.

— Esperava. Divertido como esperava.

Argh.

— Jane. Há quanto tempo não te vejo — falou, com um leve sorriso.

Já estava me preparando psicologicamente para o ouvir dizer: "Feliz dia, *meu bem*". Como que eu ia rebater?!

Percebi que ainda estava de peruca e a arranquei da cabeça.

— Não. Certo. Sim. Concordo... faz muito...

— Gosto de te ver, te ouvir cantar. — Ele inclinou a cabeça. — *Te ver dançar*.

— Sério? Quer dizer, *obrigada*. Muito, muito obrigada. — Eu bem que podia ter soltado tudo aquilo num grunhido. *Recomponha-se, mulher*. Se ele não insistisse nessa vibe enigmática de líder de culto, podia até ser um querido. — E *eu* gostei mesmo de ouvir *você* cantar e ver *você* dançar.

As coisas estavam indo mal. Encarei a peruca torcida na minha mão com aflição.

— Gostou?

Levantei os olhos com as bochechas pegando fogo.

— Com certeza. *Gostei*. Você é, bem, você é você... único, inigualável. E também não manda nada mal na guitarra.

Ele riu, o que pareceu tão errado vindo de Jonesy. Ele se descolou da porta e deu um passo à frente, chegando mais perto.

Meu reflexo foi dar um passo para trás.

— Voltar a cantar sua música... hoje, com você, com sua banda. Bom. Foi indescritível.

— Você — falou, deslizando na minha direção — pegou uma música para a qual ninguém dava bola e a transformou em algo especial. — A sala foi ficando claustrofóbica, um carro com todas as janelas fechadas e muito pouco oxigênio. — Já faz tempo, Jane Start.

— *Eu sei* — concordei.

Comecei a fingir estar ocupada, calçando os sapatos, juntando minhas coisas, guardando os cosméticos, o celular, o vestido e o casaco de Tom na minha bolsa.

Tom. Ele estava lá fora.

Olhei para cima e dei de cara com Jonesy pelo espelho. Ele estava bem atrás de mim.

Mas fui salva por uma batida na porta. Pippa, só podia ser!

Quando Jonesy a abriu, vi uma massa de pessoas que não reconheci.

— Cá estamos — disse para mim. — Hora de ir. Hora de *comemorar*.

Ele olhou para o champanhe no gelo; a garrafa suando como que em solidariedade a mim. Então me ofereceu a mão, tal qual um Fred Astaire.

Fiquei em dúvida, mas, sem saber o que mais podia fazer, peguei sua mão.

Não tinha escolha. Era Jonesy. Eu tinha acabado de me apresentar com ele no Royal Albert Hall! Como convidada especial! Eu não podia simplesmente me virar e falar: *"Obrigada pela proposta, mas não. Acho que vou só para casa, me enfiar num moletom velho e ficar com meus amigos de* verdade".

Assim que saímos, quatro seguranças nos cercaram, um deles se dando a liberdade de me livrar do peso da bolsa, e fomos empurrados pelo longo corredor.

Estiquei a cabeça para trás e me deparei com Pippa, Will, Alastair, James, George, Calça de Oncinha e Tom virando no corredor e derrapando até parar na frente do meu camarim, abandonado, exceto pela peruca rosa largada de qualquer jeito na bancada.

Fiquei doida para gritar, doida para avisá-los que estava sendo carregada para alguma festa e, mais uma vez, doida para me livrar das garras de Jonesy, mas amarelei, com receio de parecer grossa, rígida, ingrata ou apenas *desdenhosa*. Eu me dei conta de que meu celular estava na bolsa, em posse do segurança mais ameaçador do grupo.

Como se lesse meus pensamentos, Jonesy me segurou com mais firmeza ainda. Minha última esperança era que a deslumbrante modelo alemã com acesso livre estivesse esperando em algum camarote de boate, sob a luz âmbar, e que Jonesy se metesse lá, e nela, e eu pudesse sair de fininho. Estávamos chegando na saída quando me virei, captando um último vislumbre de Tom. Deu para notar que ele me viu, indo embora com Jonesy, de mãos dadas.

Capítulo 40

ROMÂNTICO INCURÁVEL PROCURA PROSTITUTA IMUNDA

O SUV estacionou em frente a uma mansão majestosa, assomada no topo de um amplo gramado em declive. Esse era o lugarzinho aconchegante que Jonesy tinha alugado. Outra vez, eu tinha caído na ingenuidade de supor que a comemoração seria em algum lugar público, em alguma boate cheia de pompa após o horário de funcionamento, e, de repente, meu estômago ficou embrulhado, e me senti nua sem minha bolsa e meu celular. Eu teria mandado uma mensagem a Pippa no caminho para cá, bolando um plano de fuga rápido e discreto depois de um brinde educado. Também queria não estar me sentindo tão intimidada por Jonesy, que tinha se sentado na frente e não tinha dirigido uma única palavra a mim desde que saíramos do camarim. Passara o trajeto às gargalhadas com seus seguranças.

Eles me ajudaram a saltar da Range Rover direto para a escuridão e o ar revigorante da noite e logo me colocaram ao lado de Jonesy para pegar o longo caminho à meia-luz. Subitamente, houve um tumulto, e um segurança gritou:

— Saiam daqui!
Jonesy me puxou para junto de si quando fomos atingidos pelo brilho ácido dos flashes das câmeras e pelos cliques rápidos do obturador. Um instante depois, estávamos dentro da casa; meus olhos ainda sofrendo para se acostumar.
Jonesy correu na frente, e um segurança fez uma entrada triunfal, limpando a poeira da roupa e trancando a porta imponente e ornamentada.
— Só os paparazzi — explicou o segurança, com um forte sotaque francês, inabalável, sua voz ecoando no saguão de mármore com pé-direito alto. — Sou Sayid, mas me chamam de Faz-Dodói. — Ele sorriu e deu uns socos no ar.
— Sou Jane.
— Eu *sei*. Me lembro de você, de antes.
— Ah, é?
Examinei seu rosto. *Certo*. Os traços de Brando, o nariz de pugilista — ele até tinha feito uma aparição no meu sonho, na noite em que Monica deu as caras no apartamento de Tom. Sayid trabalhava com Jonesy há anos.
— Você cresceu. — Sorri para ele.
Sayid devolveu o sorriso e disse:
— Você também.
Ele me fez um gesto para segui-lo por uma entrada que tremeluzia à luz de velas, lotada de vasos de gardênias. Uma doçura floral deu um choque no fundo da minha garganta, como uma fungada de cocaína, e um pânico frio percorreu minha espinha; chefões do tráfico e sujeitos do submundo alugavam palácios como este. *Preciso de Pippa*. Ser a única mulher ali me passava uma sensação perturbadora de que algo estava errado. Avistei a bolsa com meu celular no aparador e consegui agarrá-la, de repente envergonhada dessa torrente de pensamentos paranoicos, enquanto atravessávamos uma sala de estar mobiliada com elegância, banhada por uma luz quente e repleta de lindas obras de arte. Jonesy estava lá, uma obra de arte à parte, numa pose aristocrática, com um braço pousado na cornija da lareira acesa, contemplando o fogo crepitante. Tive certeza de que ele tinha montado toda essa cena com cuidado. Um quadro estava alinhado em perfeição acima da sua cabeça — uma incrível aquarela de Harland Miller que eu só tinha admirado antes por fotos, pintada no estilo de uma capa vintage de um livro da Penguin, com ondas de um

rosa intenso escorrendo, o título fictício: *Romântico Incurável Procura Prostituta Imunda*. Quem de nós era o *Romântico Incurável* e quem era a *Prostituta Imunda*? Aquele cenário dele me pareceu absurdo. Mordi os lábios para segurar o riso.

Faz-Dodói me indicou o sofá, onde me esperavam champanhe e batatas fritas em copos de drink prateados e finos. Ele e Jonesy trocaram olhares, e o segurança foi abrir a garrafa, entregando uma taça a cada um de nós antes de se retirar. Ficamos mergulhados num silêncio doloroso, eu no sofá, Jonesy ao pé da lareira; o fogo registrando a passagem do tempo com estalidos enquanto eu avaliava maneiras educadas de dizer: "*Uma bebida, e eu dou o fora daqui*".

Sendo nosso dia ou não.

Há 10 anos, em Manhattan, armamos uma cena parecida. Jonesy está de costas para mim, fazendo pose ao lado do piano de cauda, no trigésimo andar, envolto na noite, a brancura de seu pescoço de cisne, o canal pelo qual tanta ressonância e beleza tinham vindo ao mundo... então ele se virou. Sua expressão era ilegível, sinistramente vaga. Deu um único passo à frente. Por reflexo, dei um passo para trás.

Movimentos minúsculos em um tabuleiro de xadrez. Que assustadiça e patética eu fui. Porém, aquele passo, aquele passo único, pareceu mudar tudo. Jamais conseguirei apagar o olhar vazio estampado em seu rosto quando ele me estudou, estudou minha rejeição. Então, Jonesy me deu as costas e se afastou em silêncio, deixando-me ali plantada, envergonhada — perguntando-me qual tinha sido meu crime. Foi Sayid que ele enviara para me levar para casa. E desde então me pergunto. Ainda me pergunto, aqui, esta noite.

— Uma moedinha para saber o que você está pensando?

Jonesy voltou a se materializar à minha frente. Seus olhos eram duas piscinas de um azul pálido que não piscavam, cintilando à luz da lareira. Seus traços de criança inocente só um pouco envelhecidos.

— Humm — exclamei, fingindo compostura, mergulhando o rosto na minha bebida. — É nisso que estou pensando. Que delicioso... este... champanhe.

Mentira. Estava pensando na minha fuga. Estava pensando em mandar uma mensagem para Pippa vir me resgatar. E estava pensando em Tom. Pensando que ele tinha ido ao show e imaginando o que isso significava. Graças a uma almofada estrategicamente posicionada, dei um jeito de vasculhar a bolsa, procurando o celular sem levantar suspeitas.

Jonesy se desgrudou da lareira e veio deslizando na minha direção — talvez para reabastecer minha taça ou porque estava a fim de umas batatas fritas? — mas, em vez disso, ele deu um bote e roubou minha bolsa, ergueu-a no ar como uma criança sapeca e sumiu por um corredor na outra ponta da sala.

O Jonesy de 39 anos ainda aprontando suas velhas travessuras.

Eu me preparei, virando mais duas taças de champanhe seguidas, e fiz o que tinha que fazer *dessa vez* — fui atrás dele.

O corredor bruxuleava com as velas. Fui até uma alcova adornada com molduras ornamentais, compondo o cenário para mais um dos quadros de Jonesy, criado com engenhosidade, estrelando ele mesmo. Estava largado com tranquilidade numa poltrona elegante e retrô, no que parecia ser uma biblioteca pequena. Em seu colo estavam acomodados um violão acústico e minha bolsa.

Na mesa de centro, havia um equipamento de gravação portátil e, sua marca registrada, velas dispostas nos lugares certinhos, banhando-o numa luz quente de Rembrandt. Fiz um enquadramento com as mãos, imitando uma diretora de cinema ao escolher a melhor tomada, mais por estar um pouco bêbada, mas fiz Jonesy sorrir e fiquei mais pronta para cruzar o umbral e entrar no seu set.

Ele se endireitou, apoiou o violão num divã e estendeu minha bolsa, obrigando-me a atravessar a sala para pegá-la. Mas, assim que encostei na alça de lona, ele afastou o braço para trás. *Calma aí, ainda não terminei de zoar com sua cara.*

Jesus. Suspirei:

— Anda, vai. — E estendi a mão.

— O que será que tem aqui dentro?

Ignorando-me, ele começou a vasculhar minhas coisas. Eu me lembrei de uma coisa que me mortificou: *MINHA CALCINHA! Minha calcinha puída, no estilo* Os Pioneiros, *da porra da Laura Ingalls Wilder. Era o que tinha lá dentro.*

— Oh, oh. — Olhou para mim com uma cara falsa de espanto.

Não! Eu mal conseguia me fazer olhar... mas ele sacou meu celular. Meu alívio durou apenas um segundo. Apontou a tela quebrada para mim e o reconhecimento facial fez o resto, revelando uma torrente de chamadas perdidas de...

— Quem é Tom?

Os dedos longos e finos de Jonesy acariciaram a borda do aparelho.

— Ele é... ele é... — Por que eu estava hesitando? — Ele é meu namorado. *Era* meu namorado. Minha garganta se fechou num nó. Fiquei com enjoo. Por que tinha vacilado? Mas eu sabia por quê: para Jonesy não se sentir rejeitado.

Ele se levantou com o rosto inexpressivo. Jogou o celular na bolsa e a devolveu para mim com frieza ao passar. Depois, deteve-se em frente a um tecladinho, de costas para mim, e começou a tocar uma melodia, quase distraído, de notas menores e sombrias.

— De quem você gosta mais... — Parou, depois murmurou olhando para trás. — Do seu namorado ou de mim?

Engoli em seco, totalmente perdida. Mas agora Jonesy me encarava, e, de onde eu estava, seu ego parecia imenso e frágil ao mesmo tempo.

— Eu não te *conheço* de verdade — respondi. Melhor ir pelo caminho da inteligência do que correr o risco de ofender.

— Você conhece tudo o que precisa conhecer — rebateu Jonesy sem dificuldade.

Em outras palavras, *não há nada a esconder*. Ele passou com leveza por mim, esticou-se no divã e começou a brincar no violão, mas de um jeito sublime, caso ainda não estivesse *bem* claro quem ele era.

É, conheço. Você é rico, poderoso e bem-sucedido, é uma pessoa de talento *extraordinário* que impulsionou minha carreira de uma maneira incomensurável, então eu *devia* gostar mais de você, relevando tudo de disfuncional... Mas quase dava para *ver*, para visualizar, a linha que ele traçou. Estava esperando, na expectativa, que eu a cruzasse. Aquela sensação de afogamento retornou, de *não ter mais oxigênio no mundo*. Por acaso algum dia *eu* teria a ousadia de fazer uma pergunta dessas para *ele*? Teria a ousadia de afastá-lo dos seus amigos, privá-lo dos seus pertences e, em seguida, com grosseria e audácia, revirar tudo? *Nunca!*

De repente, foi como se eu estivesse assistindo à cena todinha de cima, mas sendo *eu* a diretora. Jonesy tinha parado de tocar violão. Ainda estava me aguardando responder de quem gostava mais, do meu namorado ou dele.

— Eu *gosto* de você. Bastante — falei. — Mas meu namorado? Sou apaixonada por ele, eu o amo, de todo coração. — Era a verdade. Tendo terminado ou não.

Jonesy me fitou, sem entregar nenhuma emoção no rosto. Até onde eu sabia, ele estava ofendido e com raiva, mas meu coração estava a mil, e minhas mãos começaram a tremer. Então balançou a cabeça, incrédulo, como se dissesse: *"você tem colhões, garota".*

Na verdade, não foi uma questão de colhões; foi só uma consciência súbita e nítida da solidão dele, apesar das mulheres, dos fãs, dos seguranças, da equipe. Seu talento era tão gigante que o isolava. Como devia ser exaustivo estar à altura de tudo *isso*.

Ele se levantou e ofereceu o violão.

— Sua vez. Me mostra do que você é capaz, Jane Start.

Jonesy não desviou o olhar e o que começou como um riso travesso foi se transformando em um sorriso largo e luminoso. *Caramba*, ele oferecer dessa forma.

Ontem, minha vida inteira estava de cabeça para baixo, e, hoje, esse gênio solitário e disfuncional estava sorrindo desse jeito, esperando. Se eu *tivesse* colhões mesmo, tocaria para ele a música que tinha começado em Oxford.

— Tudo bem? — perguntei, inclinando a cabeça para a garrafa de champanhe, mas Jonesy já tinha começado a ligar os cabos e mexer nos equipamentos de gravação.

Ele olhou para cima e deu uma risadinha.

— Fique à vontade.

Em meio ao mais doloroso dos silêncios, apertou o botão para gravar do aparelho portátil. Comecei a tocar, no início dedilhando rápido demais, porque era impossível ignorar o fato de que ele, *Jonesy*, estava a míseros centímetros de mim ou deixar para lá a vulnerabilidade do momento. Tampouco conseguia desligar a voz na minha cabeça insistindo que a música era um lixo, que nem de longe estava acabada. A luz vermelha do aparelho refletia nos olhos de Jonesy, frios, impassíveis.

— Desculpa... deixa comigo.

Diminuí a velocidade, lembrando-me enfim de respirar, e do nada me pus a cantar a melodiazinha de caixa de música que eu tinha começado na casa de Tom, e me vi derretendo, fundindo-me a ela, seguindo o mapa da música, com as mãos no volante. Perto do final do verso veio o acorde perturbador, a guinada inesperada à esquerda, e minha voz se libertou, parecendo reverberar sem esforço por mim. Vi Jonesy endireitar o corpo com a agradável surpresa da mudança brusca de direção e senti que aquilo fora o melhor, o certo a fazer — fora *certo* soltar a voz, desenfreada e trêmula e livre. Jonesy ouvia com atenção e agora era somente libertador irradiar a emoção, pôr para fora tudo o que estava emaranhado, tudo o que eu ansiava e toda a minha torcida para que o amor fosse sólido e verdadeiro e 100% imune a burradas — tudo que era possível e impossível nessa vida.

Jonesy pegou uma guitarra e de repente havia paredes e vigas, um telhado e uma torre para minha música. Ele estava construindo uma capelinha para abrigar minha melodia de caixinha de música, e, enquanto eu cantava, e os dedos dele dançavam sobre as cordas, fez o que só ele conseguia fazer... fez sua guitarra ressoar como um sino, como muitos sinos.

Capítulo 41

THERE'S GOT TO BE A MORNING AFTER OU WE CAN WORK IT OUT

— Ah, Jane, estava tão preocupada — choramingou Pippa, escancarando a porta.

O dia estava nascendo. Eu tremia no degrau em frente à porta da casa dela, com a bolsa apertada junto ao peito, ainda usando a fantasia da noite passada e o casaco de Tom por cima. Dei um tchauzinho para Faz-Dodói, que ainda esperava no Range Rover para garantir minha segurança.

Assim que Pippa me puxou para dentro, perguntei numa voz suplicante:
— Tom estava lá?

Eu estava exausta e sem fôlego, mas finalmente tinha chegado aqui.
— Aham — respondeu, a testa franzida. — Jane... você evaporou. A noite toda. O que aconteceu?
— Primeiro, me fala de Tom, por favor.

Ela ficou me olhando, meio perdida, e aí começou.
— Foi tudo muito *tenso*. Ele entrou em contato no dia do show, arrasado, mas obviamente com esperança de reatar. Eu devia ter te contado, mas, para falar a verdade, nem sabia como. Fiquei com medo de te deses-

tabilizar. Você estava tão, mas tão ansiosa. E ainda muito triste. — Ela me segurou pelos ombros e me puxou para perto. — Eu sei, eu *sei* que ele errou ao esconder o passado. Mas também não acho que é um galinha imbecil que nem Alex. E é óbvio que você não é uma piranha sem coração que nem Jessica. Não sou do tipo que diz uma coisa dessas, porque em geral sou bem intransigente com esses assuntos, mas Tom passou a noite em Londres, e acho que você devia ir vê-lo — suspirou, com os olhos brilhando. — Ele te ama tanto.

Meu coração ficou apertado com aquelas últimas palavras: *"Ele te ama tanto"*. A opinião da Pippa era tudo para mim. Eu confiava nela. Nunca me colocaria numa fria.

— Ele fez uma cagada. Colossal. Mas é um bom homem — insistiu Pippa. — A vida é muito curta. Eu jamais te julgaria por tentar fazer dar certo com Tom. Ele não te traiu. Ele não tinha outra. Ele foi só besta pra caramba. E a ex, pelo visto, está completamente fora de si. Está na cara que Tom se envolveu em uma situação bastante confusa.

Ele se envolveu — e como.

— O nome e endereço do hotel — falou, apertando o bilhete rabiscado na minha mão. — Posso pôr você num táxi agorinha mesmo... Mas onde foi que você se *enfiou* a noite toda?

Ah, é.

— Jonesy me levou para a casa dele. — Ela ficou pálida. — Não é o que você está pensando. Acabou que a gente ficou tocando, ou melhor, acho que consegui terminar uma música... uma que comecei em Oxford. — Pippa arregalou os olhos, intrigada. — O estranho é que a noite foi... bem, até que foi boa? *Muito estranha*, mas boa. E ele gravou. A música.

— A margarida apareceu — proclamou Will, arrastando-se do corredor para a sala com um ninho de pombo no lugar do cabelo. — Excelente. Minha nossa, você foi ótima ontem. Sua voz. Tudo. Fodona. É o que tenho para hoje. Eu me derramaria em elogios, mas estou tratando uma ressaca de merda, só para constar.

— Uau, *obrigada*. Isso é muito importante para mim. E bem-vindo ao clube.

— Chamei um táxi — informou Pippa, tirando os olhos do celular. — Ele está a um minuto de distância, vai... vai agora!

O hotel de Tom parecia uma charmosa casa geminada georgiana. Tinha até o obrigatório labrador, que tirava uma soneca ao lado de uma recepção informal. Meu coração apertou só de pensar em Tom abrindo a carteira para se hospedar nesse lugar.

— Sinto muito, senhorita — disse o recepcionista, olhando-me com apreensão. — Lamento, mas o Sr. Hardy já fez o check-out. — As mãos dele passaram a remexer nos papéis com menos pressa. — Você parece um pouco... *pálida*. Vou pegar um copo d'água.

— Não. Tudo bem. Você poderia me informar qual é o melhor caminho para Paddington Station?

Avancei pelo vagão lotado me contorcendo e dei um jeito de arrumar uma fileira vazia quando o trem começou a se sacudir na partida da estação. Fervendo de tanto correr, arranquei a blusa de Tom e afundei o rosto nela. As lágrimas queimaram meus olhos. Percebendo um movimento, olhei para cima e dei de cara com um menino inocente me encarando boquiaberta. Ele se pendurou no encosto do assento à minha frente, aproximando tanto seu rosto rosado que consegui sentir o cheiro doce do suco de maçã em seu hálito. A criança me espiou com curiosidade.

— Sou uma super-heroína — murmurei, apontando para a fantasia ridícula de Mulher-Gato que ainda estava usando. Os olhos do menino se arregalaram de assombro. — Uma super-heroína que *não* dormiu. Que acabou de terminar com o amor da vida dela, o que faz de *mim* uma super-heroína muito triste, muito solitária, muito *desesperada*, para falar a verdade. — O menino franziu a testa, descrente. — Eu *sei*. E você tem toda razão — continuei, apontando para a minha notável falta de peito. — Não tenho corpo para ser a Mulher-Gato. Mas não foi escolha *minha* — insisti, colocando a mão nos seios. — As pessoas que cuidam dos super-heróis... *elas* decidiram isso.

A essa altura, a mãe do garoto o puxou para baixo.

Eu estava prestes a abrir mão da minha determinação e entrar em contato com Tom quando uma quantidade atordoante de mensagens pipocou na tela rachada do meu celular.

Pippa: SÓ FALAM DE VOCÊ NO TWITTER!!!

Ah, Cristo, de novo não.
Ela enviou um monte de capturas de tela:

> **@TheGuardian:** Depois de algumas trapalhadas constrangedoras, que podem ter custado um pouco da nossa audição, Jane Start acertou o pé.

Foto: Eu na cadeira com as pernas abertas.

> **@TheHerald:** Após um início atarantado, Jane Start conquistou nossos corações.

(Basicamente, a mesma foto).

> **@theTelegram:** Start começa com um tropeço, mas prova que não é uma perdedora.

(Pelo visto só tinham essa foto).

> **@TheSundayMirror:** A ressurreição de Jane Start, promovida por ninguém menos que Jonesy. Saindo da pasta "Onde Foram Parar" direto para o Royal Albert Hall. Jonesy resgata ex-amiguinha da obscuridade em show esgotado.

(Com certeza a única foto).

> **@Jonesylover:** Ele vai dar outro pé na bunda dela já, já. A biscate nem sabe dançar, tá na cara. E como ela se atreveu a cantar a música dele num comercial de papel higiênico na TV. Atitude de merda, se quiserem saber, ha ha.

Cacete. Tenho certeza de que Pippa não teve o *intuito* de incluir o comentário cruel do final, e eu não tinha nadinha a ganhar lendo esse tipo de coisa, então não ia, é claro que não ia abrir o Safari e passar correndo pela crítica, mergulhando de cabeça na cloaca da seção de *comentários*...

> **@Sexybeast13:** Ele tá trepando com ela, mas Start não merece Jonesy. Ela não seria ninguém sem a música dele, vadiazinha.

— *Não sou vadia!*

Minha voz ecoou no silêncio. Um cavalheiro elegante de capa de chuva e com um chapéu-coco de verdade no colo deu uma espiada por cima do jornal. Ele indicou com a cabeça uma placa que dizia: *Este é o vagão silencioso*. Foi um alívio, na boa. Significava que eu não podia ligar para Tom, mesmo se quisesse. Mesmo se soubesse o que dizer. O que estava sentindo... o que esperava.

De repente, só tinha uma única coisa que eu podia fazer para me distrair do que talvez me aguardasse em Oxford. Que era uma busca do meu nome no Google.

The Daily Mail.

A legenda: *Jane Start se reúne com o superstar Jonesy para uma sensual festa do pijama pós-show na mansão em Regent's Park*. E uma foto de Jonesy e eu nos abraçando, capturada no instante em que ele me puxara para si, assustado com os flashes dos paparazzi; a mansão luxuosa que alugara espreitando ao fundo, cheia de excessos.

Também havia duas fotos a mais, tiradas com uma lente teleobjetiva no dia seguinte. *Amantes conciliados dão beijo apaixonado ao amanhecer*. Só que era apenas um abraço de despedida, embora o ângulo da câmera sugerisse mais!

E, por fim: *Jane Start, com ares de sonhadora e brilho nos olhos após encontro tórrido com o roqueiro sexy*. A foto não me mostrava com ares de *sonhadora*, mas com ares de *sono*. Desci depressa para os comentários:

—Jane Start está usando Jonesy para ter mais cinco minutos de fama. Mas o que é que ele vê nessa tábua?

E as respostas: Cala boca, você tá só com inveja, lógico que ela não é nenhuma modelo, mas a voz é boa. E eu ainda adoro aquele clipe.

—Jonesy, acorda, cara, ela tá te usando.

—Pq Jonesy tá comendo ela sendo que podia comer qualquer uma?

—Bom pra Jane Start que tá pegando ele. Sempre achei ela legalzinha. No passado tive até uma queda por ela por meio segundo.

—Exatamente. Porque ela ficou pavoneando pelada num vídeo, seu punheteiro.

Virei o celular de cabeça para baixo no colo e segurei o choro. *Toda aquela merda de sempre.* Que porcaria eu estava fazendo, lendo que era uma grande vadia, quando não tinha absolutamente nada a ganhar com aquilo? Mas o celular ardia no meu colo. Comecei a descer freneticamente a tela, passando pelas mensagens, vislumbrando as de Bryony, Gemma, Will, Freddy — Alex. Como ele era óbvio. Bastou eu viralizar no Twitter para de repente se manifestar. Então era só para isso que ele ligava? Eu de peruca rosa e de pernas abertas numa cadeira? Não fiquei sequer tentada a ler e apaguei.

Finalmente, uma mensagem de Tom. Enviada antes do show, o que parecia ter sido há mil anos...

Tom Hardy: Você é uma estrela brilhante, hoje e sempre. Bjs, Tom

O poema de Keats. A última estrofe, aquilo acabava comigo, mesmo.

Repousado em minha amada, em seu peito que amadurece,
Para sempre sentir sua suave oscilação,
E sempre acordar em doce agitação,
Mudo, mudo, para ouvir seu brando respirar,
E assim sempre viver — ou à morte me curvar.

Capítulo 42

AIN'T NO SUNSHINE

Fiquei hesitando na calçada, olhando fixamente para a porta de Tom e me lembrando da primeira vez em que pisara aqui. O denso verniz preto e os metais brilhantes da porta, tão tipicamente britânicos. Na época do nosso primeiro encontro, era verão, o tempo estava quente e delicioso, com uma brisa que fazia cócegas na pele.

Senti um calafrio. O gelo de novembro se infiltrou pela trama de cashmere do casaco de Tom até atingir o macacão vergonhoso. Agarrei minha bolsa junto ao peito.

Eram quase 11h. Tom dava aula às 9h, então ele ainda não estaria em casa. Ufa. Eu não estava tão pronta assim para encará-lo. Podia esperar a manhã passar num café, pondo meus pensamentos em ordem. Estava me virando para sair quando a porta da frente se escancarou, e Tom irrompeu dela. Ele congelou ao me ver, com a mochila de couro pendurada no ombro e uma caixinha de fita rosa na mão.

Depois de um brevíssimo momento mudo de espanto, ele desceu para me encontrar na calçada, e os pássaros começaram a conversar com animação nas árvores. A harmonia dos seus traços e aquele sorriso desolado exerciam um poder desconhecido sobre mim, mas foi o brilho dos seus olhos cinza-esverdeados que me desarmou. Tom passou a mão no cabelo, jogando-o para trás, e suspirou, suavizando o sorriso, e eu soube que nunca amaria ninguém da forma como o amava. Como um sentimento assim podia ser errado?

— Ontem — balbuciei —, depois do show...

— Por favor, me deixe dizer uma coisa primeiro — interrompeu, claramente pouco à vontade por ter que se impor desse modo. Ele se recompôs.

— Você foi incrível e maravilhosa na noite passada. De verdade. Alcançou as *nuvens*, Jane.

De *Jane Eyre*. Quando Rochester diz a Jane, no início, o que tinha percebido sobre ela por instinto: uma *cativa cheia de vida, inquieta, decidida... se fosse livre, alcançaria as nuvens.* Como é que *essas palavras evocavam de modo tão exato o que eu senti ontem no palco?* Fiquei derretida de amor por ele, por aquela compreensão perfeita, sem contar a elegância, a classe, a bondade.

Então Tom prendeu toda minha atenção com aquele sorriso desolado familiar, mas que dessa vez estava pesado de dor nos cantos, dor real e tangível, e seu rosto ficou embaçado, porque o que reconheci em seus olhos foi resignação a respeito de nós.

— Você tem um minuto? — perguntei, apertando a bolsa com mais força.

— Tenho. Claro — respondeu, com o olhar firme.

🎼

A Sra. T estava sentada à mesa de jantar, tomando expresso e lendo o jornal, à vontade. Ao nos ver, ela tirou os fones de ouvido e deu um sorriso torto.

— A Sra. Taranouchtchenka estava muito cansada hoje — anunciou Tom, com certeza também por minha causa. — Ela passou metade da noite em claro cuidando do bebê de uma amiga. Insisti para tomar um cafezinho antes de fazer o trajeto longo de volta para casa e para tirar um dia de folga.

Ela fez um aceno de gratidão com a cabeça, lançou um olhar desconfiado para o jornal e, em seguida, para mim e o guardou com pressa na sacola da Tesco. O *Daily Mail*, eca. O que será que estava pensando de mim? O que Tom estaria pensando caso tivesse ouvido algum rumor? É provável que ele tenha tirado as próprias conclusões quando me viu fugindo com Jonesy.

Tom ainda hesitava perto da porta depois que a Sra. T foi embora, vigilante, apreensivo. Por um instante, pensei: *Essa é minha casa. Nada mais é real, exceto o fato de que moro aqui, com ele.* Mas não era mais verdade.

Tom me deu um sorriso tenso e andou abruptamente em direção à cozinha para pôr a chaleira no fogo. É o que os ingleses fazem em momentos assim. Fazem chá.

Eu me sentei na beira do sofá, observando os movimentos dele, e, de repente, um desejo carnal agudo se abateu sobre mim — e *a gente podia, não é, apesar de tudo?*

Tom trouxe o chá, e eu aceitei com a mão trêmula. Sem conseguir parar de me sacudir, dei um golinho atormentado e depositei a xícara e o pires no chão. Ele se acomodou na poltrona. Não pude deixar de reparar que estávamos exatamente nos mesmos lugares de três noites atrás, quando deixei a sua casa e o deixei.

— Não sabia que você iria ao show, só descobri depois — falei, com pressa de explicar logo o que tinha rolado comigo. — Fui te procurar no hotel hoje de manhã, mas você já tinha ido. Não queria sair correndo ontem, mas Jonesy *fez questão* de comemorar e sei lá... Parece que sempre consegue o que quer, *quando* quer. Aí me vi lá, aí fiquei presa, aí era tarde, aí... — Minha voz foi sumindo. — Aí já era de manhã.

Ele se ajeitou na poltrona.

— Aonde? — A voz dele era gentil e estava um pouco rouca. — Aonde vocês foram?

— Ah. — Na minha exaustão, presumi que ele soubesse. — A gente... a gente foi para a casa dele.

Agora Tom se empenhava para não esboçar reação.

— Queria com todas as minhas forças ir embora e me juntar a Pippa e ao pessoal, mas ele tinha uma salinha de música improvisada e me senti na obrigação de ficar depois de tudo que tinha feito por mim... do convite para o show. Sei o que você deve estar pensando, mas não, esse limite eu não cruzo. *Nunca* fiz isso, ficar com alguém com quem trabalho. Nem antes, com Jonesy, quando éramos jovens, e ele... — calei-me.

Eu tinha empurrado o assunto para baixo do tapete por muitos anos. O que acontecera naquela noite esquisita? Porém, aquilo ainda me abalava, marcava. Envergonhava. Ele tinha me levado para sua cobertura com um pretexto. Ou talvez não? Porque não passou do limite de modo definitivo. Foi só seu comportamento enigmático que me deixou desconcertada e assustada. Nunca confessei a Pippa que fui *eu* que dei para trás no acordo, desperdiçando a chance de trabalhar com Jonesy — mas *fui*, sim. *Naquela noite*. Porque a consequência foi ela nunca mais receber uma resposta.

— Jane — suspirou Tom. — Você se apresentou no Royal Albert Hall ontem. Eu fiquei orgulhoso... fiquei maravilhado, mesmo. Não tem que se desculpar por nada.

Levei um choque de adrenalina. Tudo o que eu segurava com tanta firmeza, meu passado, meus segredos, meus erros, meu orgulho ferido, começou a transbordar.

— Tem uma coisa que não contei — admiti, sem fôlego. — Quando te conheci, no avião, tinha acabado de terminar um relacionamento longo de um jeito muito abrupto e doloroso, mas não queria que esse fato influenciasse na sua imagem de mim. Não queria que aquela fosse "minha história". Mas agora me sinto mal por nunca ter revelado. O nome dele era Alex. Ele já se casou e logo vai ter um bebê com a mulher por quem me trocou.

— Jane. Eu... eu...

— *Não*. Sério. Não tem mais importância.

Tom ficou pálido. Contudo, ele me olhava com tamanha empatia, agarrando os braços da poltrona com seus lindos dedos, que pensei: *Só você tem importância — só nós*. Dei por mim focando nos pequenos detalhes dele, na bochecha coberta de barba por fazer, no belo contorno do antebraço, e senti um amor desesperado, um desejo incontrolável de me fundir à carne e ao sangue dele, quando minha atenção se desviou para a caixinha com a fita aos seus pés, com as palavras *Bolos Comemorativos* estampadas no lado que estava extremamente amassado.

— Você comprou um bolo?

— Comprei — respondeu, aturdido. — Uma orientação marcada de última hora com um aluno ansioso... Não sei por que concordei? Os ansiosos costumam relaxar quando veem um bolo.

— Lógico — era para ele estar no trabalho.

A expressão dele fechou, *muito*, e senti um frio na barriga.

— Jane... eu... — Ele estava com dificuldades de falar e girava distraído a caixa nas mãos. — Continuo a pensar... você voou e partiu. *Jane*, que trouxe com ela o sol para este lugar sombrio. Foi um sonho lindo, e é

assim que acaba. Continuo a pensar nisso. — Tom me encarou com delicadeza. — E não quero que seja verdade.
Eu também não queria que fosse verdade.
Mas ele se levantou repentinamente e foi para a cozinha. Quando voltou, sentou-se ao meu lado no sofá, nossas coxas se tocando, a dele emanando um calor esplêndido.

— Vamos comer bolo — sugeriu, pousando a caixa nos nossos joelhos, seu rosto de frente para o meu, e o meu para o seu, e me ofereceu a colher.

Sorri para ele, nossos olhares se encontrando, quando de repente me dei conta.

— Cadê Oskar? Cadê Oskar Wilde?

Capítulo 43

CADÊ OSKAR WILDE?

Tom ficou pálido. Meu celular vibrou, e, por mais que eu não quisesse ser *aquele* tipo de pessoa que se sente na obrigação de verificar cada toque ou notificação, meu corpo estava tomado de adrenalina, e essa foi uma desculpa para adiar o que eu sentia ser inevitável: com certeza a gata tinha fugido e sido atropelada.

Era uma mensagem de Gemma.

Gemma Chang: Mds você foi demais ontem! 🫶🙌🥳 Muito obrigada pelos ingressos. Você e Tom precisam vir jantar com a gente para comemorar direito. Vik faz um curry maravilhoso. Sábado que vem, que tal? Me avisa, estrela do rock! 🎤🎵 Com muito amor, Gemma

P.S.: Caso ainda não saiba, você está livre da ex que andava rondando, pelo menos por enquanto. Dizem que Amelia Danvers foi para uma clínica em Zurique para tratar depressão. Bem chique, ouvi falar.

Meu coração quase saiu pela boca. Minha reação involuntária foi me afastar de Tom, assim como as pessoas fazem quando veem um cadáver ou um estranho espiando pela janela do quarto. Meu pulso acelerou.

— Cadê Oskar? — repeti.

Tom parecia estar em choque.

— Amelia... ela veio no sábado de manhã e a levou embora — gaguejou. — Estava hospedada na casa da irmã, em Londres, mas agora se foi. *Ela passou aqui no sábado porque sabia que eu não estaria.* Eles ainda tinham um envolvimento. Fiquei em pé e comecei a andar de um lado para o outro. *Se eu nunca o tivesse conhecido, eles ainda estariam juntos. Ela não estaria sofrendo.*

Tom se levantou.

— Jane. Podemos ir embora daqui... podemos nos mudar de Oxford.

Eu parei e o encarei.

— Essa é sua solução?

Tudo não passou de uma ilusão. Tom praticamente abandonara a noiva no altar. Ele me enganara esse tempo todo, e, sim, eu também me enganara, admito. Em nome do amor desesperado que sinto por ele. Mas como minha alegria podia se basear na infelicidade de outra pessoa? Como *minha* felicidade podia passar por cima da minha noção de certo e errado, da minha empatia por outro ser humano, por *ela, Amelia*?

Me senti enjoada, em pânico, que nem me senti quando caiu a ficha: Alex e Jessica.

— *Jane* — repetiu, desesperado.

Eu olhei para ele. Calada. Ia pegar minhas coisas e sair. Catei um saco de lixo grande que estava embaixo da pia e disparei para o quarto.

— Podemos recomeçar... em algum lugar da Europa? — gritou, correndo atrás de mim. — Em qualquer lugar que você queira.

A voz dele era de desespero, mas eu não parei, continuei avançando pelo corredor, depois arranquei as roupas dos cabides e das gavetas e enfiei minhas coisas na sacola, com as mãos tremendo.

A porta do quartinho de escrita estava entreaberta. Vislumbrei o violão de Alastair e Kurt Cobain pendurado no encosto da cadeira.

Tirei o casaco de Tom e o troquei por Kurt. A cerimônia não me passou despercebida. Nem o fato de que o casaco de Tom era mais aconchegante, mais quentinho, mais bonito, *dele*. O enredo com Alex estava se repetindo da maneira mais dolorosa possível.

Tom continuava imóvel no mesmo lugar, com o rosto contorcido de dor, e os olhos ainda cintilando na luz cinza chumbo. Passei reto por ele, em direção à porta.

— Jane, podemos deixar tudo para trás, podemos ir para o México, como na música. Podemos sumir, ir para o sul da França. Quem saberia? Quem se importaria?

Tom segurou meu braço, mas me resumi a encarar seus dedos.

— Eu saberia — rebati, levantando os olhos para ele. — Eu me importaria.

Então me vi lá fora, no frio, na calçada. Eu me detive bruscamente. Tinha me esquecido do violão. *Não*. Eu não ia voltar. Pippa ou Will, eles que o buscassem. Um *tec-tec-tec* insistente invadiu meu ouvido. Lá estava Thornbury. O querido Olhos de Coruja Velha, com o rosto emoldurado pela janela subterrânea imunda, agitando sua patinha pequena para eu entrar.

Fiquei com vontade de chorar. Mas ergui o saco lotado com meus pertences e mexi a boca, sem emitir som: *estou tirando o lixo*.

O velho professor encolheu os ombros, sorriu e me mandou um beijo.

Duas horas mais tarde, Pippa abriu a porta da sua casa, com o celular preso no queixo.

— Estou na espera com a Equipe Jonesy — cantarolou, convidando-me para entrar com empolgação. — Eles estão insistindo para você se juntar à turnê agora mesmo! E prometem que vai ser tudo de primeira classe e, entre aspas, "mamão com açúcar"!

O sofá de Tom, nossas coxas se tocando, a caixa de bolo equilibrada nos nossos joelhos.

— Você repete o que fez ontem, sem tirar nem pôr, é só entrar no bis! Moleza, tranquilo... *Certo* — respondeu, entusiasmada, voltando para a ligação.

Eu me imaginei sendo levada para o bis, uma noite atrás da outra... irrompendo de um bolo, como a stripper em Las Vegas.

— Ligo depois? Sim, excelente, tchau, tchau! — disse Pippa, num tom estridente, com um otimismo de outro mundo, inconcebível.

Larguei minhas coisas no chão e me joguei exausta no sofá.

— Ah, não é uma maravilha?! — exclamou, se jogando ao meu lado.
— Você por aí de novo, para o mundo inteiro ver! Eles me garantiram que terá alguns dias de folga nas festas de fim de ano, provavelmente no Ano Novo. A primeira etapa da turnê vai até julho, então só sete meses! *Primeira* etapa. *Só* sete meses. Sete meses de solidão e isolamento, de madrugadas em quartos de hotel, lendo críticas ferinas em outros idiomas, mandando "traduzir" só para descobrir quando seria chamada de vagabunda por algum fã doente de Jonesy. E sete meses das palhaçadas dele. Essa era a vida de cantora folk com que sempre sonhei...
— Não quero — falei, entorpecida, olhando para o jardim, agora infértil e coberto de chuva.
— Não quer o quê? Assumir o papel *"dela"*. Da moça do vídeo. É só *provocar que ela mostra a virilha*.
— Sair em turnê. — Eu me virei para Pippa.
— Jane. — Ela estava reunindo toda a paciência, de testa franzida.
— Até que enfim... *até que enfim* você embarcou na onda.
Eu não curtia nada essa expressão, *embarcar na onda*.
Pippa soltou um suspiro de frustração.
— Você não sabe como é raro um alinhamento de estrelas desse jeito?
— Eu sei. Sei muito bem. — Esse tipo de convite não ia se repetir. Ela estava certa. Eu estava com enjoo. Não tinha saída.
— E eles pagam. *Bem.*
E eu precisava da grana. Mesmo.
Pippa olhou para mim.
— Não entende? Consegue fazer... *aquilo*. Você abre a boca e... — Ela começou a gesticular. — Sai um som lindo.
— Oi? Eu não... — Estava perdida.
Pippa balançou a cabeça.
— Você consegue *cantar*, sua boba. Não percebe? — zombou. — Não é para qualquer um. *Eu* não consigo — explicou, com uma careta.
De repente, o rosto de Pippa perdeu a cor.
— Ah, *não*. O que aconteceu com Tom?
Mas só consegui balançar a cabeça, com os olhos se enchendo de lágrimas.
Ela pegou minha mão.
— Champanhe?

Viramos algumas taças, e contei *tudo* a ela — a verdade irremediável sobre a situação de Tom com a ex dele. Como a culpa que ele sentia por ter rompido o noivado e a depressão de Amelia os manteriam presos para sempre. Como me doía pensar no sofrimento dela.

Falei sobre o Royal Albert Hall, sobre Jonesy. Finalmente, sobre aquela noite há dez anos. Como as coisas eram e sempre seriam com ele. Como o (quase) quarentão Jonesy não tinha mudado nada, era o que era. Ainda genial, ainda atrofiado emocionalmente. Talvez tenha alcançado a fama muito cedo, e a culpa seja dos anos de bajulação.

Contei de como peitei Jonesy quando ele me pôs contra a parede para saber de Tom. Das loucuras que me perguntou: *de quem eu gostava mais?* E da revista que fez na minha bolsa. Não precisei relembrar Pippa do pedido do beijo por telefone. Por fim, falei do cartão de "Feliz dia, meu bem" com *Can't you see I want you* escrito atrás.

— Não *aconteceu* nada — garanti a ela. — E eu não tenho *medo*... medo dele. Sei... me cuidar... sabe?

— Jane, é claro que você sabe. Mas, minha nossa... — Pippa querida, com o rosto confrangido de angústia. — Eu nunca soube. Sempre me perguntei, é claro, se tinha acontecido *alguma coisa*. Mas odiaria pensar que você nunca tinha conseguido me contar. E esse tempo todo eu aqui tagarelando sobre ele!

Desabei no encosto do sofá, atormentada. Porque a verdade era...

— Eu *adoro* a música que ele faz — insisti, voltando a endireitar o corpo. — E o que fez por mim no Royal Albert Hall foi inacreditável e generoso. — E... seria *loucura* não fazer a turnê. — Sabe de uma coisa? Ok. Eu vou. Vou fazer a turnê. Agora estamos entendidas, eu e você, quem sabe até eu e ele?

E o que mais havia além disso? Ainda mais agora.

Pippa encheu de novo minha taça. Esvaziamos a garrafa e abrimos outra. O tempo foi passando, e fomos ficando imprestáveis, atiradas lado a lado no sofá, olhando vidradas para o jardim morto, ambas sem pregar o olho e de estômago quase vazio.

— Estou só o *pó da rabiola* e estou *bêbada* — proclamou Pippa, cantarolando.

E eu então, que tinha acabado de aceitar embarcar numa turnê de sete meses com um lunático. Um lunático genial e manipulador.

— Só para seu governo, me apresentar todo dia usando um *catsuit sem calcinha*... bom, não é o ambiente mais adequado para manter uma *flora* saudável — propus, numa última tentativa desesperada de pular fora. O que não colou muito, já que ainda estava com ele.

— Tenho certeza de que tem uma pessoa só para cuidar dos figurinos. Uau. *Aquilo* seria inédito.

— Nem me venha com a peruca — falei, coçando o couro cabeludo com vontade e com atraso, só de tocar no assunto.

— Você até conseguiu jogar o cabelo. Impressionante — murmurou Pippa, deixando a cabeça cair em mim.

— Pois é. — Deixei a minha cair nela. — Rock 'n' roll.

Fiz o melhor chifrinho de metal que consegui, que virou o "vida longa e próspera" do Spock.

Foi quando voltou à tona: o pesadelo, Jonesy e eu, o avião caindo, Faz-Dodói — aquilo tinha algum significado. Um mau presságio. Fora naquela noite que Monica Abella aparecera na porta de Tom. Eu me sentei de repente.

— Lembrei agorinha! Nunca te contei de um sonho doido que tive.

Ela gemeu e esvaziou o restinho da bebida na própria taça.

— Por favor, não me diga que você vai contar o sonho.

— Eu *sei* e concordo plenamente com você, mas esse foi diferente. Foi um sinal.

Pippa bateu a garrafa na mesa.

— Pior ainda. Por favor, não.

Ela tinha razão. Então resolvi contar a respeito de Monica, da camiseta molhada e do sotaque melodioso, do jeito como estava quase ronronando, com as mãos no rosto de Tom, o acariciando como nos filmes.

— Pelo menos *você* vai ser poupada dos fantasmas de ex-namoradas lindas aparecendo a qualquer hora do dia e da noite.

Will era praticamente virgem. Aliás, por onde ele andava?

Pippa ficou em silêncio por um bom tempo até cochichar:

— Ele aprende bem rápido! — E deu um sorriso convencido.

Antes que eu pudesse rebater com um *berro*, ela olhou para o celular e exclamou:

— Bom, adivinha só, um *presságio*, bem na hora. Duvido você acertar onde será o próximo show da turnê!

Capítulo 44

MERDA PORRA PARIS FRANÇA OU UNDER MY THUMB

Fomos pelo Eurotúnel no dia seguinte.

Estava frio do lado de fora da estação, e o céu estava cinza e vagamente melancólico — um indício das festas de fim de ano se aproximando. Pippa, Will e eu reservamos quartos contíguos em um hotel charmoso na margem esquerda do Sena, cuja vista dava para o Boulevard Saint-Germain, com corrimãos de verniz preto circundados por uma trepadeira que tinha rebeldes flores de pétalas cor-de-rosa. Pippa mergulhou no trabalho, enquanto Will ficou encarregado de me distrair da ansiedade com o show do dia seguinte, no Teatro Olympia, onde todo mundo tinha agraciado o icônico palco com sua presença, de Edith Piaf a Jimi Hendrix.

Depois, na manhã seguinte, eu partiria e ficaria sem eles por sete meses.

Will fez o possível contra o meu nervosismo, mas meu sentimento intratável de desesperança em relação a Tom não tinha alívio. Como é que eu *não* pensaria nele sem parar estando aqui, em meio a banquinhas de

livros, discos e flores abarrotando as avenidas, casais se beijando descaradamente porque era *Paris*, e isso era o que as pessoas faziam aqui.
Só existia uma cura. Me entupir de arte até desmaiar. Will e eu nos empanturramos com uma dose tão imensa de beleza que fiquei delirante, com as pernas bambas de fascínio, desesperada e esperançosa. Em todos os museus, comprei um cartão-postal que não enviaria para Tom. Quando nos cansamos, tomamos expressos do Jardim de Tuileries, e deixei meus olhos se perderem no céu, na copa das árvores em organizadas fileiras sob o vasto tumulto de nuvens cinza acima.
Will tirou uma selfie, e fiquei pensando em quantas fotos turísticas a nuvem conseguiria armazenar quando meu celular vibrou no colo. Eu me preparei para outra missiva de Pippa, com alguma pergunta ou novidade da turnê, mas quando olhei para baixo quase tombei da cadeira.
Era de Tom. Fiz esforço para recuperar o fôlego, sem querer demonstrar, já que Will estava perdendo tempo no celular, o que foi muito oportuno.

Tom Hardy: Querida Jane, sinto muito por ter magoado você. Espero que você esteja bem. Não mereço ganhar sua confiança de volta, mas imploro para que me deixe tentar. Muita saudade, do fundo do coração. Sempre, eternamente seu — com amor, Tom, bjs.

E tinha anexado o link para a música *Something Good*, da trilha sonora original de *A Noviça Rebelde*. Julie Andrews e Ben Lee, a voz de Christopher Plummer. Mas como ele sabia que essa música me comovia profundamente?
Não consegui me segurar. Estava vibrando de emoção — com saudade dele, com desejo. Digitei que nem doida, disfarçando: ESTOU COM SAUDADE DE VOCÊ! UMA SAUDADE ABSURDA, IMPOSSÍVEL, INDECENTE. E ESSA MÚSICA? ESSA MÚSICA, ESSA MÚSICA, ESSA MÚSICA!
Merda. Eu tinha gritado tudo, em caps lock.
Will estava me olhando de um jeito estranho, de olhos semicerrados.
— Que é? — rosnei.
Ele deu de ombros e voltou a se ocupar com o celular. Tremendo, deletei a mensagem, virei o celular para baixo no colo, mas senti outra vibração.

Alfie Lloyd: Finalmente livre! 🎉 Turnê encerrada em Roma. Barganhei um ingresso para o show de Jonesy amanhã! Em Paris! O que vc tá fazendo agora?

🎼

Alfie era mais alto do que eu me lembrava, estava bronzeado de sol e posicionava com confiança os pés na diagonal sobre o carpete excessivamente elaborado do hotel. Usava a mesma camiseta da Patti Smith e as mesmas calças de que me lembrava em Vegas, e elas caíam tão bem nele quanto antes. Na mão, um violão acústico pequeno fora do estojo.

— Jane Start.

— Alfie Lloyd.

Ele abriu um sorriso, empurrou para trás os óculos de sol ovais e brancos, e dividimos um momento de *"uau, que loucura, né?"*: termos nos encontrado na véspera da turnê dele e agora na véspera da *minha*. Invejei seus ares de liberdade, mas não senti a sensação que previa — a de ficar fascinada diante do astro. Apenas uma tristeza sorrateira que foi brotando enquanto eu torcia para não dar na cara. *Não vou confessar meu medo da turnê para o maior fã de Jonesy do mundo*, ele vai me achar patética. Alfie tombou a cabeça para o lado, como se lesse meus pensamentos, e uma ruga surgiu, perturbando a extensão lisa da sua testa ridiculamente jovem.

Eu o levei para meu quarto, e ele ficou à vontade na hora, sentando-se no sofá e começando a improvisar no violão.

Acomodei-me ao lado dele e apoiei as mãos no colo.

— Gostei do corte novo. Bem Mick Jagger, lá para 1965 — comentei.

— Valeu, pois é — murmurou, ambivalente, dando batidinhas na nuca à procura do que existia antes ali.

— Agora você não está mais fazendo par com seu irmão.

Exato, seu olhar incisivo confirmou. Turnês, com irmãos. Só tinha como ser tenso.

— Por que *eu* estou tocando? — Riu e me estendeu o violão. — Quero ouvir *você* tocar.

Nervosismo, timidez, tristeza, de novo. Mas cantei para Alfie a música que tinha composto em Oxford, aquela que tinha tocado para Jonesy, aquela sobre Tom. Na época, eu não fazia ideia de que estaria aqui, e Tom, lá, a quilômetros de distância, as águas escuras e revoltosas do Canal da Mancha entre nós. Porém, eu sempre soube, lá no fundo, que só podia mesmo existir desejo e vontade entre dois seres humanos para atravessar o abismo intransponível entre nós. Desejo e vontade de se sentirem conectados, de *estarem* conectados.

— Uau, demais — exclamou Alfie, radiante, quando terminei. Esbocei um sorriso apesar do nó na garganta. — Sobre o que é a música? Quer dizer que o cara de Oxford, o professor, está...

— Nem queira saber.

— Na verdade, quero, sim — respondeu com gentileza e sinceridade.

— Quero muito saber.

Então contei minha história triste.

Ao final, ele ficou ali, piscando, em busca de um consolo a me oferecer.

— Bom — anunciou enfim —, pega leve com você mesma. Se cuida, Jane.

— Isso eu faço — resmunguei, baixinho. Mas que outro antídoto havia para a tristeza, para o estresse?

Alfie começou a dedilhar casualmente o violão.

— Bom, *amiga*, estou aqui. — Ele ergueu a sobrancelha. — Do tipo que precisar. — *Ah*. Evocando o tema de nada mais, nada menos que *Toy Story: Amigo, Estou Aqui*.

— Uau — falei, aturdida e surpresa. — Fico lisonjeada.

Eu me senti transbordar, na hora errada, diante da sua bondade. Acho que Alfie *era mesmo* um amigo.

Ele deu uma espiada apressada no ambiente e, sem ter encontrado nada para enxugar minhas lágrimas, apertou na minha mão um gorro de lã que estava no seu bolso de trás.

— Tem certeza? — Ele confirmou com a cabeça. — Mas *é sério*. Sou velha demais para você. Você mesmo que falou.

Ele tinha dito, em Las Vegas. Na última vez em que estivemos juntos num quarto de hotel.

— Você *é* velha demais para mim — disse, com indiferença —, tecnicamente. O que não significa que eu não me interesse por mulheres velhas demais para mim. — Ele empurrou meu joelho de leve com o seu, para provocar. — Pensei que já fosse óbvio a essa altura.

🎼

Nenhuma bebida, nenhuma droga, nenhuma outra coisa podia me curar como aquilo. Meus seios roçando de leve o peito dele — e agora sendo beijados por ele; nossos corpos se movendo juntos, para cima, nadando, em direção a um teto ondulante de vidro...
 Abri os olhos e me sentei num pulo... sem nenhuma noção de tempo e espaço. Havia formas banhadas na luz... o sol reluzindo na tampa de uma bandeja de prata, o fundo brilhante de uma garrafa de vinho torta... um violão... uma cama. *Alfie.*
 Reprimi uma interjeição de espanto e tapei a boca.
 Ele estava mergulhado num sono profundo ao meu lado, com seus lábios de cereja num beicinho relaxado de quem dorme. Agarrei meus seios por cima da roupa. Eu estava vestida. *Ótimo. Ok.*
 Depois de um suspiro de alívio, arrisquei outra espiadinha no belo adormecido, que só me confirmou que tinha sonhado com *Tom*... e, ah, *que sonho*. Deslizei os dedos pelo elástico do cós do moletom e desci até a região entre minhas pernas. Quem disse que garotas não têm sonhos molhados? Estava assimilando o alívio, porque não tinha traído a pessoa, a única pessoa na face da terra que eu... Alfie se mexeu, e eu logo tratei de tirar a mão.
 A porta que juntava os quartos rangeu ao abrir, e a cabeça de Pippa surgiu, espiando em volta e registrando espanto ao ver o popstar ao meu lado. Fiz um gesto com as mãos para indicar que *não tinha rolado nada*, saí com muito cuidado da cama e joguei Kurt Cobain por cima do corpo. Uma batida à porta fez Alfie saltar como uma marionete. Ele começou a esfregar o rosto com os punhos.
 — Ah, olá — disse ele a Pippa, que o encarou como uma criancinha. Mas a batida persistiu, e ninguém se moveu.
 Alfie tocou o peito.
 — Atendo ou não?

Alfie passou a atrair Pippa para os croissants e cafés do serviço de quarto que ela teve a gentileza de solicitar. Eu estava sem apetite, mas com inveja da liberdade deles, enquanto o pânico glacial se infiltrava por mim. Esse era meu sentimento ritual em dias de show, em qualquer dia de show, mas hoje estava pior.

Como eu e Jonesy conseguiríamos superar a dança improvisada que tinha rolado espontaneamente no Royal Albert Hall? Será que esperavam que a gente repetisse a performance noite após noite com uma cara nova durante sete longos meses?

Alfie estava se preparando para sair. Ele e Pippa trocavam contatos no celular.

— Bem, vou indo nessa — falou, empolgado, mirando seu sorriso radiante de novo para mim; a covinha bem à mostra. — Te vejo depois... boa sorte.

Alfie estalou os dedos e apontou para mim, como se fosse uma ordem. Pippa se voltou para ele.

— Me manda mensagem. Qualquer problema no local, com acesso ou sei lá o que mais — afirmou, sincera. — Colocamos você com uma das melhores amigas de Jane.

Bryony estava vindo de última hora. Só de imaginar a cara dela quando descobrisse que se sentaria *com Alfie Lloyd* me deixava emocionada. O crush dela.

Ele estava se dirigindo à porta sem o violão, então corri para pegá-lo.

— Nada disso... é seu — insistiu. — Comprei num mercado de pulgas a caminho daqui. Foi barato. Não consigo tirar aquela música da cabeça, aquela que você tocou ontem. Continue!

Alfie sorriu e saiu.

— Que música? — indagou Pippa, intrigada, talvez um pouco brava por eu não a ter tocado para ela.

Como sentiria saudade dela na turnê! Ainda que Pippa não expressasse em palavras, pareceu-me que ela também estava pensando a mesma coisa.

— Vou tocar para você. Agora, se quiser.

Não tinha sido minha intenção mostrar a música para Alfie primeiro. De repente, me deu uma luz e corri para a janela, debruçando-me para fora.

— Ei — gritei lá para baixo.

Alfie me olhou da calçada. Eu o pegara a tempo. Estava ainda mais descolado com aqueles enormes óculos de sol brancos. Lembrei que Kurt também usava uns assim. Tirei o casaco.

— Pega — berrei.

Atirei o cardigã velho pela janela e o observei oscilar ao sabor da brisa parisiense e cair direto nos braços de Alfie, à espera.

Percorremos o corredor do hotel num silêncio sombrio, Pippa, Will e eu. Mais uma vez, não teria passagem de som para o show de hoje. Tudo que o pessoal do lado de Jonesy se resumiu a falar, como se fosse objeto de discussão política, era para "esperar uma reprise". Mas o que fizemos no Royal Albert Hall foi de improviso, e a definição de improviso é espontaneidade, falta de planejamento. Eu não era do jazz. A improvisação era uma habilidade que não tinha. Eu me imaginei no palco nesta noite e me senti... estranhamente entorpecida.

Nós três entramos no elevador, com a expressão inflexível.

— Merda... foi mal — exclamei sem pensar. — Esqueci uma coisa. Encontro vocês no saguão. Dois minutos.

Saí correndo antes que as portas se fechassem, deixando para trás os dois, que ficaram com cara de confusão.

De volta ao quarto, minha cabeça não conseguia parar. O que eu estava fazendo? Comecei a andar de lá para cá.

Abri a mensagem de Tom, da véspera. Precisava ler de novo. Como uma oração. Uma meditação... uma coisa *boa*. Uma verdade em que acreditar. Que ele se importava comigo. Que me *amava*.

Muita saudade, do fundo do coração. Sempre, eternamente seu.

E o link da música. *Something Good.*[1]

---

1 Algo bom. [N. da T.]

Queria responder, mas o quê? Eu podia reagir com um coração — uma forma de reconhecimento, de recibo. Mas era um gesto covarde.

Nesse meio-tempo, meu irmão me mandou mensagem: Tudo bem?!

Bom, não. Eu estava tremendo. Era como se não conseguisse tirar os olhos do céu noturno, luzindo como se estivesse atulhado de tesouros flutuantes.

Meu celular vibrou com o segundo alerta de mensagem. Eu me dirigi ao elevador de novo, trêmula. Descendo sozinha, tive uma sensação sinistra ao ver meu reflexo nas portas raiadas de dourado. Lá em Vegas, o mesmo pensamento me ocorreu: *plim*, abre. *Plim*, fecha. Comecei a imaginar um elevador atrás do outro, entra dia, sai dia, por sete longos meses, abrindo e fechando, *plim plim plim plim plim*, de novo e de novo, meu rosto inexpressivo no reflexo até que meus traços desvaneceram e virei alguém que não reconhecia, sem rosto e sem nome — um fantasma e nada mais.

De repente, Pippa e Will surgiram no saguão de mármore, lado a lado, de olhos arregalados, observando-me sair do elevador.

— Estava para ir atrás de você — resmungou Will, um pouco irritado.

— Você vai arrasar — cochichou Pippa com delicadeza. — Agora vem. Ou vamos nos atrasar.

E, com cuidado, ela pegou meu braço.

Hora do show!

As luzes inundaram o palco com uma força tão súbita que foi como se uma placa tectônica tivesse se deslocado sob meus pés, emitindo uma vibração que subiu pela cadeira escolar de madeira onde eu estava sentada, de *catsuit* e salto agulha, coluna reta, como uma menina comportada, segurando seu microfone sem fio e usando sua linda peruca rosa.

A tela atrás de nós ganhou vida, a banda foi entrando, e Jonesy desfilou pelo palco tocando, o que liberou um tsunami de amor vindo da plateia de fãs, que ficaram em pé num pulo. Eles se entregam ao domínio e feitiço dele.

Jonesy veio até mim deslizando, de olhos cintilantes, como se dissesse: *Eis meu presente para você, o amor e a adoração eternos do público.* Como se eu não soubesse o que estava nas entrelinhas: *Vou entregar sua cabeça a eles numa bandeja de prata — usá-la para saciar a fome deles. Você nunca mais vai ter que esquentar essa linda cabecinha com nada.*

Fiz que ia me levantar, mas ele me imobilizou com o olhar. Do nada, Jonesy surgiu cochichando ao pé do meu ouvido.

— Está sentindo? Está sentindo a vibração deles? Isso é amor, Jane Start. O único amor com que podemos contar.

Ele agora estava perto, muito perto. Estava me regendo, mexendo os pauzinhos para me manipular como uma marionete — *sobe, sobe, sobe, minha menina, sobe e sai dessa cadeirinha.*

Eu deixei. Era tão mais fácil do que resistir — *sou sua, faça o que quiser comigo. Posso ser ela...* sim! *Vou ser* ela *e tudo o que ele me prometeu vai ser cumprido.*

Jonesy tocava, e eu dançava. Ele me conduzia, e eu me deixava *ser* conduzida. Olha aqui eu rebolando a bunda, *toma essa*, e mexendo os quadris, *ui*. Era isso, pensei, era *isso* que queriam de mim *esse tempo todo*. Agora dava para sentir o amor — que me entusiasmava como um beijo, que me protegia como um abraço. Há muitos anos, mandei minha chance pelos ares e depois acabei me perdendo pela estrada que tinha uma vegetação densa e pedia para ser explorada. Eu tentei e fracassei. Essa coisa, aqui e agora, era meu destino. Para repetir e repetir até partir desse mundo.

Meus olhos se encheram de lágrimas: *Para — para com isso já!* Essa emoção, esse descontrole, não eram adequados para uma profissional que estava sendo paga. Eu precisava achar *alguma coisa* nesse palco na qual me concentrar, para conseguir me recompor. *Seja mulher!*

O violão acústico escuro de Jonesy, ali ao lado do amplificador, refletiu a luz.

Ele brilhou como a espada cravada na pedra.

Ele me atraiu do suporte onde estava apoiado...

Então, sei lá como, quando dei por mim, estava pegando o instrumento — um violão, até que enfim, nos meus braços — e passando a correia de veludo azul pelo ombro, quando um brado fora do comum ecoou pela grandiosidade vasta e intimidante, e o teatro mergulhou num doloroso silêncio sepulcral. A música de Jonesy tinha terminado.

Olhei para eles, para o mar de rostos curiosos. Então arranquei a peruca. Ela foi caindo até o chão do palco sem fazer barulho, como a neve que cai numa clareira vazia.

Caramba, o que eu estava fazendo? Estava monopolizando a improvisação de Jonesy. O show *dele*. E eu não tinha plano algum. Agi por impulso, por absoluta necessidade. Senti a presença dele, rondando às minhas costas, mas não olhei para trás. Desesperada, comecei a arranhar o violão, sabendo unicamente que precisava me virar para sair dessa enrascada e sabendo também que pelo menos uma coisa que Jonesy tinha dito não podia ser verdade. *Existia* outro amor: existia esse aqui. O microfone agora não servia para nada, já que minhas mãos estavam ocupadas com o violão, então minha única opção foi cantar bem alto — como uma artista de rua numa esquina, cantando do fundo da garganta, a plenos pulmões, como se não houvesse amanhã, livrando-me de um sapato, depois do outro, para ir depressa até a beira do palco e fazer minha voz sem amplificação ter a mínima chance de chegar até o fundo do teatro...

...quando um som faiscante se derramou, parecendo brilhar ao meu redor. Jonesy flutuava na borda do palco, alguns metros à minha esquerda. Ninguém além dele conseguia fazer uma guitarra jorrar estrelas daquele jeito, e ele conhecia a música, é lógico, tinha me gravado tocando naquela longa noite depois do Albert Hall. *Me mostra do que você é capaz, Jane Start*, ele havia dito.

Jonesy começou a cantar em harmonia, e nossas vozes se entrelaçaram. Aí encaramos o mar de gente e cantamos sobre desejo e determinação, sobre aqueles momentos fugazes e frágeis de glória e conexão... e naquele instante invoquei Tom, e ele voltou correndo para mim... estávamos deitados bem juntinhos, pele com pele, e seus lábios tinham gosto de canela — nesta canção, estaríamos sempre juntos...

Então terminou. Por um momento, fez-se apenas o silêncio perfeito da alvorada... de tundras cristalinas desertas e das profundezas mudas dos oceanos, até que os rostos adiante se materializaram, todos luminosos, todos belos; eu não conseguia absorver tudo a tempo. Meus olhos ardiam com as lágrimas de alegria, e meu coração quase explodia no peito. Estávamos, todos nós, juntos, neste momento insano, nesta vida insana. Senti minha mão sendo erguida no ar e depois Jonesy me puxando sem delicadeza em direção aos bastidores. Firmei o violão junto ao quadril enquanto a banda, o coro, a equipe, iam surgindo numa espécie de fila improvisada, batendo palmas que não faziam barulho, abafadas pelo tumulto da casa de show. Jonesy os atropelou, passando reto por eles, e entrou no corredor escuro formado entre as cortinas de veludo. Ali parou de modo abrupto, soltou a minha mão e olhou para baixo, encarando-me. Sua expressão estava estranhamente vazia.

Sorri para ele, sem fôlego, mas meu sorriso não foi retribuído. Por uma fração de segundo, fiquei em dúvida se estava me provocando, criando suspense de alguma forma. Os músicos e a equipe ainda estavam por perto quando Jonesy disse com uma voz monótona, mas decidida:

— Você está demitida.

Alguém soltou um som de espanto, e meu coração parou.

Ah. Ele odiou. Mesmo tocando e cantando daquele jeito maravilhoso. Eu passei do limite. Então me demitiu na frente de todo mundo — fez questão. Senti os olhares em mim, em nós. Ninguém respirava nem ousava mover um centímetro. Minha garganta apertou. Eu não ia desabar, *não ia*. Vasculhando a mente em busca de uma resposta, senti a palavra se formando nos meus lábios, a única que fazia algum sentido.

— Obrigada.

Jonesy franziu a testa para mim, sem acreditar.

Pelo menos eu falei com educação. Em seguida, ele fez algo que nunca o vi fazer. Uma mudança quase imperceptível na postura, uma expressão que ganhou contornos de confusão e inquietação, um olhar que era inimaginável nele, mesmo. Jonesy gaguejou:

— Não tem... de quê.

Estava ficando impossível abstrair o movimento estrondoso das pessoas no teatro. Eu me vi tirando o violão dele toda atrapalhada e o estendendo para Jonesy. O instrumento foi pego por uma mão invisível, e ele deu o fora, com uma leve corridinha em direção aos seus músicos, que estavam agrupados, uma família e uma equipe, no local onde a coxia vermelha se unia ao palco, preparando-se para entrar para os últimos agradecimentos.

Senti como se encolhesse e fosse sugada, para cada vez mais longe, enquanto o espaço diante de mim se distendia e estreitava, como um túnel. Mas Jonesy virou a cabeça para trás e me chamou com um discretíssimo aceno. Corri em direção a ele e à luz.

Depois que acabou, fugi rápido para as sombras e para o frescor dos bastidores. Senti uma sensação única de solidão, de leveza — agora era só eu por mim mesma. Aproveitei para jogar numa lixeira a peruca que tinha catado do local onde estava abandonada, no chão do palco, enquanto passava com pressa pela equipe encarregada do serviço pesado, com os rostos franzidos e suados, levantando e carregando coisas. Fui abrindo caminho por uma série de frios corredores subterrâneos, como se estivesse debaixo d'água, deslizando feito uma enguia por um cortejo de gente coberta de lantejoulas e veludo, seguindo de cabeça baixa até chegar ao meu camarim.

Fechei a porta com firmeza, corri até a bancada de maquiagem e arranquei o celular do carregador, mas a porta se abriu com violência, e Pippa, Will, Alfie e Bryony invadiram o ambiente, preenchendo-o de repente com uma torrente de vozes. Eles ficaram rasgando seda, maravilhados com a façanha que eu e Jonesy realizáramos, com a surpresa de tocarmos minha música sem amplificadores, na beira do palco, até que aos poucos o entusiasmo deles foi murchando e virou um silêncio expectante.

— Obrigada. É, aquilo foi *louco*. — Eu não tinha ideia do que meu rosto estava fazendo. — Além disso, fui demitida. Jonesy me demitiu. — Dei de ombros.

No silêncio ensurdecedor, um agradável entorpecimento me tomou. Voltei a me concentrar na sensação do celular apertado com firmeza na minha mão e pensei: *O sol está nascendo em algum lugar deste planeta que chamamos Terra, e ele vai nascer de novo amanhã.*

— Não me importo. Mesmo.

Falei mais para tranquilizá-los, mas era verdade. Era quase impossível acreditar na paz que sentia. *Eu estava livre.*

Will parecia passado e mortificado por mim. Pippa estava principalmente perplexa, mas deu para perceber quando alcançou um entendimento e aceitou, o que me deixou muito grata a ela. Enquanto isso, Bryony e Alfie estavam bastante desorientados.

Foi quando uma ideia me atingiu como um raio — uma ideia brilhante, genial, do caramba. Eu me virei para Alfie.

— *Você* assume meu lugar.

Fazia todo sentido. Alfie *era* o candidato ideal para a turnê, um verdadeiro showman, um superstar tarimbado, com uma história mais longa e melhor. Se Pippa conseguisse fechar o acordo, Alfie poderia brilhar por conta própria... *independente* do irmão... uma liberdade que sabia que ele desejava há um bom tempo.

Eu me voltei para Pippa.

— *Você consegue fazer isso acontecer, sei que sim.*

Ela adorava um desafio, de fato.

Pippa e Alfie trocaram olhares. Nesse meio-tempo, eu e Bryony nos encaramos, e ela murmurou sem emitir som: *Nossa* e *Obrigada*, abanando as bochechas com um leque imaginário.

Enquanto a voz de todos ia subindo de tom e planos iam sendo traçados, ali, bem na palma da minha mão, ainda estava meu celular. Por fim, olhei para baixo. Uma mensagem, de Tom.

Capítulo 45

YOU CAN'T ALWAYS GET WHAT YOU WANT

Não havia lido a mensagem de Tom. Eu me obrigara a não ler.
    Os dias seguintes à minha demissão da turnê foram dedicados ao controle de danos. Will, Pippa e eu nos instalamos na casa de veraneio do Calça de Oncinha, na Côte d'Azur, no sul da França. Ele teve a bondade de nos cedê-la, pois passaria as férias em West Sussex, com a esposa, os filhos e os netos. Eu estava fazendo tudo que podia para sair da bagunça em que tinha transformado minha suposta "carreira" e para superar Tom.
    Alastair, James e George vieram de avião. Decidimos gravar minha música nova no icônico estúdio de porão do Calça de Oncinha. A equipe de Jonesy tinha enviado a versão que gravamos na mansão alugada de Londres. Encarei aquilo como uma oferta de paz, um presente. Meu violão e a guitarra dele fluíam com perfeição, mas agora, depois de ter aperfeiçoado a letra, precisava gravar um vocal decente.
    Um tremor me sacudiu quando Will abriu a porta de isolamento da cabine acústica e me entregou uma caneca de chá com mel. Agradeci. Fazia séculos que eu não pisava num estúdio de verdade nem me colocava diante de um microfone vintage chique como aquele, que parecia me encarar, cético. *Eu sei. Concordo.*

— Puta merda! — Will olhou boquiaberto para o celular e me passou o aparelho.

A página de Alfie Lloyd no Twitter; no perfil: *Alfie Lloyd. All Lover*.

Ele tuitara: Meu álbum favorito do ano. Tá, eu sei que saiu há sete anos, mas é genial, um clássico perdido. NÃO DEIXEM PASSAR BATIDO. O álbum perfeito para amantes curtirem num dia de chuva. Estou ouvindo sem parar faz dias... 🔥💿🙈😊

Com o texto, ele postara uma foto sem camisa, na cama, com os lençóis até a cintura, a mão acariciando a capa do meu álbum, que, por coincidência, era uma fotografia simples de uma cama desarrumada. Para provocar as fãs, Alfie tinha posto um sutiã de renda por cima dela, mas, na parte de baixo, ele adicionara meu nome e "#respeito".

Meu coração deu um salto — um amigo músico e um superstar de nível mundial? Dando uma força para *mim*? Para meu álbum esquecido? Fiquei comovida, sem palavras.

— Ele tem razão. — Will sorriu quando nossos olhos se cruzaram de novo. — Que se fodam os críticos. Sempre amei aquele álbum.

Balancei a cabeça, incrédula. A verdade era que eu também.

Will voltou para perto de James e Alastair, que estavam debruçados sobre a antiga mesa de som, um conjunto de botões, *faders* e luzes coloridas brilhantes. Eles colocaram para tocar um pedacinho da faixa que Jonesy tinha enviado, só para eu me situar. Olharam para mim e sorriram. Que sortuda eu era! De repente, uma aparição de Jonesy se materializou ao lado deles. Trocamos um olhar pelo vidro. Ele me deu um sorriso de reprimenda e malícia, e logo fomos transportados à sua cobertura, onde ficamos cara a cara. Mas, desta vez, estávamos sorrindo. Desta vez, Jonesy me estendia a mão. Desta vez, eu a segurava — *amigos*. Este pássaro voou. Ela *voou*. Meus olhos se encheram de lágrimas. *Por favor, agora não*. Cala a boca e canta.

Então comecei a cantar. E me vi em outro lugar. No topo de uma colina com vista para um mar azul-celeste. Eu estava dirigindo um conversível com a capota abaixada, pegando as curvas na minha cabeça, as subidas e descidas, os buracos da estrada. Só havia espaço para me concentrar, para cantar, para libertar cada palavra, para preencher cada sílaba com sentimento... para compartilhar algo necessário ou desejado por alguém em algum lugar em uma noite escura ou até num dia ensolarado, porque também sentia coisas assim.

— Como sempre digo — gritou Pippa, na tarde seguinte —, o que separa alguém do sucesso é...

— Uma música boa? — gritei de volta.

— Exato.

Ela estava empoleirada num sofá de capa branca com seu notebook. O cômodo era enorme, no estilo clássico da Belle Époque, com arcos decorativos e sancas que pareciam bolos de casamento. Uma proposta em tons suntuosos de branco, chique e minimalista, mas também em declínio. Em meio a isso, Pippa, minha rainha, estava com a corda toda. Além de conseguir vender a ideia da minha substituição por Alfie na turnê, também comemorava o último lançamento do Calça de Oncinha, uma versão atrevida e rock 'n' roll de *Winter Wonderland* que estava alavancando nas paradas. Além disso, uma banda jovem chamada Fictional Death, de quem Pippa tinha cuidado desde o comecinho, num porão mofado em Manchester, estava acumulando críticas excelentes pelo álbum de estreia. E, por incrível que parecesse, *meu* segundo álbum tinha começado a vender. O tuíte de Alfie dera certo. De repente, os comentários cruéis que recebi dos fanáticos de Jonesy deram lugar a vídeos meus no YouTube, roubando a cena em Paris. *Imortalizando* o momento não como um ato de insanidade, mas como algo especial, até mesmo "foda".

Will entrou e mostrou uma garrafa de vinho para Pippa avaliar.

— Acho que o Calça de Oncinha não ia se importar se a gente abrisse um de seus *Château Lafite* — Ela olhou para cima com um sorriso malandro, espetando o saca-rolhas. — Preciso admitir que nunca sonhei que as peças iam se juntar com tanta facilidade.

— *What's it all about... Alfie* — cantarolou Will, fazendo sua melhor versão.

— Pois é — suspirou Pippa, girando o abridor enquanto fui buscar taças. — Uma troca simples, mas *engenhosa*.

E, *plop*, a rolha saiu. Estendi minha taça, e ela a encheu.

— Alfie Lloyd contratado, e Jane Start... — calei-me, sentindo seus olhares em mim. — *Liberada*. — Tomei um gole do vinho.

Pippa ia me mandar para Londres em dois dias para um lance qualquer da BBC rádio que ela insistia ser crucial. Eu ficaria na casa dela.

E depois? Meus pais esperavam que eu voltasse direto para LA. Will e eu poderíamos enfim conseguir um apartamento juntos.

— *Então*... — Pippa limpou a garganta. — Sei que os Silverman-Start não comemoram as festas, mas, já que estamos *aqui*... — Ela indicou o ambiente pomposo com um gesto. — Já que estamos nesta época do ano, bom, não consegui resistir.

Pippa deu de ombros e sacou uma caixa escondida sob o sofá. Depois, ofereceu-me a caixa. Will ficou observando, de olhos arregalados.

Eu vacilei.

— O que é isso? — falei, aceitando com relutância.

— Abre — exigiu Pippa.

Soltei a fita de veludo devagar e tirei a tampa.

— Há! — Olhei para eles boquiaberta. Era um casaco superchique de pele sintética *com estampa de oncinha*.

— Agora oficialmente você tem que parar de zoar o Calça de Oncinha. Veste — insistiu ela.

— Humm! — O caimento era perfeito. Não conseguia parar de passar a mão no tecido macio.

— Querida, caiu como uma luva! — Pippa franziu a testa e abriu um sorriso radiante.

— Mas *eu* não trouxe nada para *você* — protestei.

Ela só sacudiu a cabeça, de olhos brilhando, e fitou Will.

— Ah, mas trouxe, sim.

Houve um instante de silêncio; os dois congelados, olhando-se com um ar apaixonado.

— Acho que... só vou dar um pulo ali fora rapidinho — falei, indicando com a cabeça a porta balcão que se abria para um pórtico grandioso.

Enquanto a fechava com cuidado, vislumbrei Will passando os braços pela cintura de Pippa e a puxando para si. Desviei depressa o olhar. Ele jamais voltaria para Los Angeles, não agora. E eu estava feliz pelos dois, de verdade.

Agora só me restava focar o trabalho, nada mais. Pippa tinha traçado um plano. A gente ia lançar a música no ano seguinte e, depois, o mais rápido possível, um álbum. Ou seja, lá vinha muito trabalho de composição e gravação pela frente. Quem sabe desse para compor a distância com Alfie? Talvez fosse um bom passatempo para ele, na estrada com Jonesy.

Para além do pórtico e da larga descida coberta por gramado, estendia-se o mar, azul-celeste e cintilante, uma miragem que eu poderia contemplar até ficar cega. Pensei em Tom. Ele estava *em toda parte*. Nas páginas dos livros que eu lia, no farfalhar das árvores. Nas músicas que eu ouvia sem parar. *Darling Be Home Soon*, the Lovin' Spoonful. *I Just Don't Think I'll Ever Get Over You*, Colin Hay. *To Be Alone with You*, Bob Dylan. Essa foi a música que me mandara quando estava tão perto, lá no apartamento, em Oxford, perguntando se eu queria ouvir com ele na cama. E, quando fechei os olhos ao som de *Something Good*, a música que me mandara em Paris, foi como se existisse uma corda invisível amarrando meu coração ao dele — e eu a sentia puxar, com força. Mas Tom ainda estava amarrado a Amelia também.

E *eu* ainda tinha a música.

Tomei consciência de um ruído abafado. Um segundo mais tarde, havia um pedaço de metal vibrante na palma da minha mão, tão repentino e alienígena que podia muito bem ser um comunicador de *Star Trek*.

Número desconhecido.

Dei um toque na tela, ficando pronta para ver o rosto *dele*, sei lá por quê, mas foi o de Gemma que surgiu. E depois o de Bryony dentro de outra caixinha pequena, mas por que estavam tão sérias? Uma onda de adrenalina me invadiu.

— Jane... oi — disse Gemma, com um sorriso forçado.

Havia algo errado.

— O que aconteceu... Tom, ele está bem?

— Não, não, tudo bem com Tom. Mas, hum... infelizmente tenho uma notícia bem ruim. É o Professor Thornbury. Não tem uma forma delicada de... Ele *morreu* — falou com cautela e uma expressão de dor.

— Querido gnominho, partiu para sempre — emendou Bryony, fungando.

Ambas esperavam minha resposta, mas só consegui balançar a cabeça de incredulidade.

— O *coração*? — murmurei.

— É a suspeita — suspirou Gemma.

Mas foi o coração dele que ficou partido *por tanto tempo*. Uma *vida* de solidão, pensei; meus olhos se enchendo de lágrimas.

— Ele se foi em paz, enquanto estava dormindo. Há uma semana — explicou Gemma. — Honora o encontrou ao acordar. Muito trágico mesmo... As malinhas deles, prontas na porta. Era para eles irem para a Grécia naquela mesma manhã.

Não. O sonho dele, finalmente, com uma *inamorata.*

— E *Tom* cuidou de *tudo.* Honora... você sabe que ela costuma ser comedida, tão lúcida. Mas ficou arrasada de tanta tristeza. Se não fosse Tom, não faço ideia de qual seria a reação dela. No final somente os dois estavam lá. Honora e Tom, no cemitério. Thornbury não tinha família digna de nota. E foi sem cerimônia, como quis Honora, pelo menos por enquanto. Talvez no ano que vem.

Mal dava para reconhecer Gemma, com uma voz tão suave e serena.

— Um memorial *decente* na faculdade — prosseguiu. — Tom queria muito dar a notícia a você, mas estava um tanto atormentado por não saber se devia ou não. Achou melhor que *eu* contasse. Sinto muito por ter que ser a porta-voz dessa notícia.

A mensagem dele, quando Will e eu estávamos no Jardim de Tuileries. Agora compreendi. Ele queria me contar da partida de Thornbury, mas não por mensagem, então só escreveu um bilhete sobre o *próprio* coração. E enviou a música.

Ouvi badaladas ao fundo; os sinos de Oxford.

— Não acredito — gaguejei. — Vou enviar uma nota de pesar para Honora. E ligar para ele...

— Certo, isso, *bem, na verdade...* — intrometeu-se Gemma, pigarreando. — Tom deu no pé. Alguma história de passar o Natal com os pais dele, em Yorkshire, era isso? Eu mesma tentei entrar em contato para desejar boas festas, mas caiu direto na caixa postal, que estava lotada. E tem mais uma coisa. Ele mencionou que ia sumir por um tempo para trabalhar no livro. Pensei: muito bem... Quero dizer, pelo menos é um bom passatempo, dado que, bem... — titubeou, aflita.

— Espero que você não fique chateada — murmurou Bryony —, mas pus Gemma a par de tudo. Ela não sabia que você tinha *terminado com Tom.* E... acho que você não está por dentro das últimas, né?

— Amelia Danvers fugiu! — interrompeu Gemma. — Para Ibiza! Fugiu com um conde playboy. *Cá pra mim,* ela andava trepando com ele esse tempo todo pelas costas de Tom — exclamou, indignada. — *Mas* não estou querendo aliviar a barra dele. Devia ter sido franco com você em vez de armar todo esse drama por baixo dos panos com ela. Mas até homens bons, homens *geniais,* podem ser uns babacas completos, totalmente sem

noção para lidar com essas coisas. Sabe lá o que se passa pela cabeça de Vikram. Ele faz o tipo forte, caladão. Mas o que podemos fazer?
Ah, Gemma. Mas ela tinha razão. Como conhecer *de verdade* uma pessoa? Ou confiar nela.

— Bom, agora Amelia pode se entrosar com *essa* turma até dizer chega. Mas eis a melhor parte: pelo jeito, o conde de sei lá onde também estava em Zurique. Na mesma clínica. "Esgotamento nervoso." — Ela fez aspas com as mãos e revirou os olhos. — Todo esse negócio de clínica me soou tão falso, uma tentativa desesperada de Amelia de chantagear Tom para que reatassem. Não foi a primeira vez que ela usou esse truque.

Eu me lembrei do que Freddy contou no pub, sobre Amelia batizar a gata de Ofélia como uma ameaça velada.

— Eles não combinam, Tom e ela. Nunca combinaram. Era óbvio para qualquer pessoa que conhecesse os dois. Ele é leal, e *ela*, bem, ela se aproveitou dele. Agora está exatamente onde devia, num *iate* com um *conde* de nariz em pé. Pelo menos teve a decência de devolver ao Tom *a gatinha querida.*

Fiquei sem palavras; seus rostos me encarando pela telinha enquanto se despediam.

Não consegui me segurar. Finalmente, abri a mensagem de Tom, aquela que ele tinha mandado na noite do show em Paris. Aquela que eu tinha me obrigado a não ler.

> **Tom Hardy:** Jane, por favor, não se sinta pressionada a me responder, mas queria que você soubesse que cortei relações com Amelia de uma vez por todas. Minha forma de lidar com a situação foi lamentável. Não foi justo com você e não foi justo com ela. Eu tinha que dizer a Amelia que não haveria reconciliação como houve no passado. Acabou, quer eu e você fiquemos juntos algum dia ou não. Você tinha razão. Fugir da verdade não era a resposta. Quebrei sua confiança. O amor depende tanto da confiança quanto de qualquer outra coisa, e te decepcionei. Por isso, sinto muitíssimo. Não espero que me perdoe. Com amor, T. Bjs

Capítulo 46

LEAVING ON A JET PLANE

— Vem comigo? Por favor? Ainda dá tempo — implorei, dois dias depois, na calçada do aeroporto de Nice.

— Você vai ficar bem — respondeu Will.

Um avião passou rugindo sobre nossa cabeça, e senti meu maxilar, meu corpo todo tensionar — a velha ansiedade.

Eu estava indo para Londres, para o lance da BBC, e supliquei para Will me acompanhar. Depois, provavelmente voltaria para casa, sozinha, em Los Angeles.

— Prometi à minha namorada que ia pôr a casa do velho rockstar em ordem. O estúdio precisa de uma arrumação, de algumas atualizações. O que deve levar dois dias no máximo, aí a gente se junta a você. Mas, olha. A gente conseguiu! — Ele indicou o espaço ao redor com um gesto. A gente conseguiu, não é? Conseguiu Paris. Conseguiu França.

— E *você*. — Will deu um sorriso luminoso, sacudindo o celular.

Ele se referia ao burburinho na internet sobre meu antigo álbum. Os críticos agora o chamavam de "clássico perdido", "obra-prima que passou despercebida", "fascínio sonoro mais necessário do que nunca". Meu álbum até chegou a aparecer em algumas listas de "melhores do ano", apesar de já ter sete anos.

— Pois é. Insano. — Balancei a cabeça.

Ele estava me examinando com um ar pensativo incomum. Eu usava o casaco de oncinha.
— Você *tem*. Aquela coisa. Tinha naquela época e tem agora. Por isso que não foi *nada fácil* ser seu irmão.
— Que história é essa?
— *Vivacitude* — falou, estalando os dedos. De repente, lembrei.
— Minha palavra preferida de quando a gente era criança. *Vivacidade* mais *atitude* igual a...
— *Vivacitude* — falamos em uníssono. Na família Silverman-Start, era o ingrediente secreto para todas as coisas boas.
Ficamos lá sorrindo, mas, do nada, a cara dele fechou.
— Então, faz aquela bobagem de dar batidinhas no avião, por diversão — murmurou. — Faz por mim.
Dei uma olhada para ele. Will sempre tirava um sarro da minha superstição besta, mas agora que a vida *dele* estava perfeita, seu tom era outro. Ele estava no sul da França com sua Brigitte Bardot e podia literalmente transar com ela em todos os cômodos daquela mansão por dois dias seguidos, depois de encher a cara de vinho do Calça de Oncinha.
— Pode deixar, vou fazer — prometi, para tranquilizá-lo. Will suspirou, aliviado.
— Você ainda ouve aquela música?
Ele tinha me mandado por mensagem o link de *Wasn't Born to Follow*, do Byrds.
— Tipo, bilhões de vezes — respondi.
Essa música nunca envelhecia.
— Perfeita, né? — entusiasmou-se.
Era perfeita. Eu não tinha ido atrás de Jonesy há dez anos e não iria agora. A estrada que tinha uma vegetação densa e pedia para ser explorada estava esperando meu próximo passo. Se não fosse agora, seria quando?
— Sabe o que é ainda mais perfeito? *Carole King* é a compositora. Aposto que você não sabia *disso* — falei.
— Não sabia.
E seu olhar de repente baixou para a calçada, enquanto ele chutava um Converse no outro. Então quer dizer que Will também tinha o gene do choro. Pequenos gatilhos — um comercial de margarina, qualquer coisa que envolvesse um adolescente recebendo a notícia de passar no vesti-

bular, Sidney Poitier com lágrimas nos olhos ao fim de *Ao Mestre, Com Carinho,* quando se despede de seus alunos. Mas eu conseguia fazer meu pai chorar só de dizer *bubbeh,* a palavra ídiche para vó. *Moon River* nunca decepcionava — sempre enchia minha mãe de lágrimas.

— E chamam aquilo de árvore — falei.

Will também já tinha ouvido a história dos monges mil vezes. Com essa, quase perdera o controle.

— Melhor eu me mandar.

Ele apontou para trás com o polegar, deu as costas e saiu correndo antes que eu pudesse ver seu rosto contorcido.

Fiquei parada observando meu mano sentimental contornar a multidão de pessoas prontas para as férias de fim de ano, uma cabeça mais alta que o resto. Logo antes de desaparecer, ele ergueu o braço e deu um tchauzinho rápido para trás, como se soubesse que eu ainda estava olhando.

Os aeroportos têm essa coisa especial que só dá para sentir estando *sozinho* num deles — por mais que você se sinta vazio, por mais deprimido que possa estar, quando sai perambulando por lá, ouvindo música, vendo um turbilhão de estranhos passar em silêncio — de repente, percebe: estou *vivo*. Não num sentido prático. Mas mais como uma dor, uma dor formigante, cheia de espanto: estou vivo neste mundo. Aqui, temporariamente, conduzindo meu próprio barquinho, da melhor forma possível.

Mas por que, depois de todos os anos imerso na solidão, Thornbury teve que morrer *justo agora*? Antes que Honora tivesse a chance de lhe dar macarrão direto da panela de cobre, só de avental? Antes que ele tivesse a chance de despertar nos braços dela, no topo de uma colina banhada de sol, com o Egeu luzindo por uma porta aberta? Cortinas brancas esvoaçando com languidez, em sintonia com a respiração dos dois, a cabeça dele apoiada no peito dela?

Parem todos os relógios. Guardem a lua e desmontem o sol.

Tom. Ele me disse que dera uma palestra sobre Auden. Antes de quase perder a conexão. Mas não perdera.

— Passageiros com destino ao Aeroporto de Londres-Heathrow, dirijam-se ao portão de embarque.

Entrei na fila, com a música *Colours*, de Donovan, tocando na cabeça com um confiável efeito de Valium, ainda que ameaçasse liberar uma maré de emoção imprópria para uma mulher cercada de estranhos, arrastando os pés por uma ponte de embarque abarrotada, em direção a um avião. Quando *Both Sides Now*, de Joni, começou, pensei em como essa música tinha sido da minha mãe, mas agora era minha, e me deparei com a ponta do meu dedo deslizando de leve sobre o número dele, sobre a tela suja de um celular. Bastava somente a mais levíssima pressão — do osso para o músculo para a pele.

Assim.

Capítulo 47

BOTH SIDES NOW

A caixa postal está cheia e não pode receber mensagens nesse momento. Por favor, tente novamente. Três batidinhas da sorte e cruzei o portal — fui avançando com esforço por passageiros arrogantes que já estavam instalados com conforto em seus assentos. Segui depressa para minha fileira, guardando meu lugar com a mochila e meu casaco novo de oncinha e erguendo a mala de rodinhas em direção ao bagageiro, enquanto corpos passavam empurrando. Estava lutando contra o ângulo difícil quando o peso foi içado das minhas mãos, como que por milagre. Ainda existiam pessoas educadas neste mundo.

— Obrigada — falei, virando a cabeça para o lado.

— Por nada — respondeu uma voz aveludada.

Girei o corpo. A *imagem* dele. A geometria pura da sua silhueta silenciosamente imponente — ele em carne e osso, de coração pulsante. Como é que viera parar *aqui*? Não importava. Tinha o rosto atento e sereno e uma expressão que revelava tudo que eu precisava saber.

Que Thornbury tinha *ido embora*. Que o amor é a única coisa que importa. Que as pessoas cometem erros, mas aprendemos com eles. Que quando encontramos o amor devemos fazer de tudo para agarrá-lo. Reconheci que não era necessário dizer essas coisas em voz alta. Seria inútil, redundante; ele também tinha captado meus sentimentos.

— Ei, amigo, você está atravancando o caminho de todo mundo.

Era um americano, furioso, vestido com um traje business casual caro e usando nada menos que uma pulseira de miçanga da Guatemala.

— Desculpa — disse Tom, espremendo-se sem jeito para liberar a passagem.

Nossos olhares se cruzaram num instante de hesitação, e me joguei na minha poltrona, a do corredor. As poltronas da janela e do meio estavam ocupadas por um casal de velhinhos, com as mãos cheias de rugas fofas entrelaçadas. Tom deu uma olhada no cartão de embarque e ocupou *seu* assento, bem do outro lado do corredor!

O mundo é cheio de milagres.

E, através de borrões de lã brilhante, turistas cansados da viagem passando com sacolas de comida e compras *duty free*, continuamos nos encarando até que meu celular vibrou no colo.

Baixei os olhos.

Pippa: Deu tudo certo? Pegou o avião?
Jane: Foi você?
Pippa: Sem comentários.

Claro. Sorri sozinha. *Todo mundo tem segredos.* Vou deixar que ela guarde esse.

Encontrei os olhos de Tom, mas me desprendi deles para passear pelas beiras e planícies do seu rosto, pela linha do seu maxilar, coberto com a barba cor de areia por fazer. Se eu estivesse mais perto, não conseguiria me impedir de tocá-lo. Ou de pousar minha bochecha nele — foi quando notei os fios grisalhos. Alguns fios nas têmporas também, o que me fazia achá-lo ainda mais bonito.

— *Jane* — suspirou, quando nos olhamos. — Desculpa por ter magoado você. Eu... *te amo...*

Fiquei sem palavras de repente. Com palavras demais.

— *Eu sei* — respondi. — Sei que você me ama. E eu... sinto o *mesmo.* Eu... *te amo...* — E nunca amei ninguém... *como amo você.*

Mas o piloto começou a dar avisos pelo sistema de som. Em francês e em inglês. Que estávamos liberados para decolar. Que um pouquinho de turbulência era esperada. Que, assim que atravessássemos as nuvens, a viagem seguiria tranquila.

Havia tanto mais a dizer, mas as rodas começaram a se movimentar. O avião se alinhou rumo ao sul, em direção ao Mediterrâneo, e parou. Tirei o olhar de Tom e preparei *Shaft* para tocar.

Não. Agora tinha que ser uma música diferente. *You're All I Need to Get By*. Perfeita.

Dei play. Violinos. Um trinado vibrante de expectativa foi aumentando até encontrar sinos de prata luminosos. Marvin Gaye e Tammi Terrell, as vozes se trançando numa harmonia eufórica.

Os lábios de Tom se mexiam. Tirei um dos fones.

— Deve ser bom, isso que você está ouvindo — falou. Palavras familiares.

— Muito bom. Excelente, na verdade. Mesmo que algumas pessoas digam que é meio brega. Para mim, tem um nível perfeito de breguice. É perfeita justamente *por causa* da breguice. Sei lá como, alegre *e* triste. O que juntando dá alegriste. Uma palavra meio estranha. Enfim, talvez seja melhor você ouvir e pronto. — Sorri e passei um fone para ele pelo corredor.

Tom balançou a cabeça.

— Seria impossível estar à altura dessa sua descrição.

Nesse momento, seu rosto ficou embaçado, porque era o que ele fazia comigo. Em seguida, um toque cortante como diamante interrompeu.

O avião começou a taxiar devagar pela pista. Tom baixou o olhar, pressionando os dedos longos no braço da poltrona, deixando transparecer certa disciplina interna, então me encarou. Então ergueu a mão, que pareceu flutuar no espaço entre nós. Então nossas mãos se uniram. Então seu calor irradiou *por toda parte*. A resposta para *tudo*. Então começamos a voar pela pista.

Ele olhou para mim.

— Pronta?

— Sim.

Depois, uma sensação de leveza. Da terra se afastando, da luz do sol e do espaço, de escorregar e arremeter. Uma asa baixou, fazendo uma curva. Pela janela, um vislumbre de brilho e céu e mar... misturados. Ele e eu.

Epílogo

SOMETHING GOOD

Sete meses depois, numa tarde perfeita de julho, no jardim de Honora, um casamento duplo estava acontecendo. Honora, que era a celebrante (tinha que ser), deu início à cerimônia sob uma chupá improvisada, com o relicário em forma de coração que Thornbury tinha lhe dado cintilando ao sol:

— Estamos hoje aqui reunidos para celebrar o amor entre a Srta. Phillipa More e o Sr. Will Start. E o amor entre...

De repente, a ficha caiu: eu podia chamar Pippa de irmã. *Eu tinha uma irmã!*

— O Sr. Alastair Ekwenzi e o Sr. James McCloud.

Até que enfim! Apertei a mão de Tom. Quando os casais começaram a cruzar o gramado, a jovem George correu na frente, jogando pétalas com determinação, quase que com brutalidade, nuns poucos convidados sentados em fileiras de cadeiras dobráveis.

Estavam lá Alfie e Bryony, que desde Paris se recusavam a passar uma mísera noite longe um do outro (ela me contou que o famigerado sutiã do tuíte era dela). Gemma e Vikram. Cy e seu novo amigo, um gótico chamado Olaf, e Freddy com uma companhia improvisada — uma linda garçonete que ele tinha arranjado quando parou para um latte a caminho de Londres. E, claro, meus radiantes pais, Art e Lulu Start; a cabeça dela apoiada no ombro dele, os dois de mãos dadas.

Quando ouvimos o barulho de vidro quebrando, todos nos viramos para ver o que era toda a comoção. Calça de Oncinha! Ele derrubara uma bandeja de taças de champanhe no pátio.

— Antes tarde do que nunca! — resmungou, meio rindo, daquele seu jeito típico, e pensei: *Ninguém sabe gingar num gramado como o Calça de Oncinha.*

Depois do burburinho e de discussões preocupadas, todo mundo voltou às posições iniciais.

— Vamos tentar de novo, podemos? — propôs Honora, um tiquinho maliciosa.

Aquela era minha deixa. Eu me plantei ao lado dela e passei o violão pelo ombro.

Era para Alfie me acompanhar, mas ele estava ocupado beijando Bryony. Ai ai, quem era eu para impedir os dois? Assim, comecei a tocar minha música nova.

E, por trás de um borrão de verde e de raios de sol dançando entre as árvores, tive uma sensação repentina de que tudo era possível. Procurei o rosto de Tom entre o mar de outros rostos, e seus olhos diziam: *Você é minha estrela brilhante.*

Devolvi o sorriso radiante: *E você é a minha.*

E aquilo bastou. Continuar cantando com as malditas lágrimas inoportunas estava ficando difícil, então fechei os olhos, sentindo o gosto salgado nos lábios, e me concentrei em cantar, *só* nisso, porque caso contrário, Leitor, eu estava ferrada.

Agradecimentos

Sempre amei poder viver nas histórias de outras pessoas, seja num livro, numa música, num filme, numa peça. Foi só nesses últimos tempos que descobri quanto amo *escrever* essas histórias. Depois que comecei, não consegui mais parar. Foi como pôr os "red shoes" de David Bowie. Tem tanta gente a quem agradecer por toda ajuda e inspiração ao longo dessa jornada!

Gratidão aos meus pais. Joshua, meu pai filósofo e psicanalista, e Tamar, minha mãe artista e hippie, por me trazerem a um mundo repleto de romances e músicas, arte e filmes, bem como por incentivarem a liberdade de expressão e de pensamento na nossa casa. Graças a eles, eu me tornei uma estudiosa da natureza humana, que, conforme aprendi, raramente é imaculada, mas, em geral, tem uma beleza caótica. Eles também tinham uma biblioteca irresistível de romances, que eu devorei. De Updike a Flaubert, de Brontë a Austen, de Fitzgerald a Fowles, de Baldwin a Erica Jong. Os queridos livros que marquei dobrando as páginas moram na *minha* biblioteca agora.

Apreço pelos meus irmãos, John e Jesse, pela camaradagem e pelas obsessões compartilhadas na infância e adolescência por histórias de crimes, cinema, The Beatles (consolidando meu amor pela Grã-Bretanha!) e muito mais. Eu prezo a formação que tive em narrativas e personagens nas sessões duplas que pegávamos no cinema do nosso bairro, que passava filmes antigos.

Ao meu filho Jackson, que me obrigou a parar de tagarelar sobre meu futuro romance e insistiu: *"Amanhã de manhã você vai abrir o computador, olhar para a página em branco — e começar"*. E foi o que fiz.

E ao meu filho Sam, que me ouviu, ao lado do irmão, ler em voz alta essas primeiras páginas e disse: *"Mãe, continue!"*. E foi o que fiz também.

Mais tarde, minha melhor amiga romancista, Margaret Stohl, arrancou o manuscrito da minha mão relutante e me encorajou a compartilhá-lo com a brilhante agente literária Sarah Burnes. A resposta de Sarah foi imediata e inflamada. Decidimos nos encontrar em Nova York. Nunca vou me esquecer da minha caminhada solitária ao seu escritório naquele dia de ventania em janeiro, eu vestindo um terninho e segurando lágrimas de "como foi que cheguei até aqui?". Infinitos agradecimentos a Sarah por fechar o contrato. Pelo seu comprometimento com o romance, seu entusiasmo pelas personagens, suas muitas leituras e seus comentários sempre incisivos. Daí para frente, todo mundo da Gernert Company me deu muita força: David Gernert, Rebecca Gardner, Sophie Pugh-Sellers e Will Roberts.

Uma eterna dívida de gratidão aos meus primeiros leitores. Marie Petrie Lowen, minha amiga mais próxima desde os 11 anos, que perambulou muitos quilômetros até a minha casa e permitiu que eu lesse em voz alta meu primeiro rascunho gigantesco para ela. Tori Hill e Jackson Roach fizeram comentários perspicazes como leitores de 20 e poucos anos. Helen Fielding me deu excelentes dicas de gírias e locais britânicos para as miniférias de Jane e Tom, além de um incentivo muito bem-vindo. A romancista Michelle Wildgren me fez todas as perguntas importantes no momento certo.

No dia em que Sarah Burnes me mandou uma mensagem dizendo que Judy Clain, o icônico editor-chefe da Little, Brown, estava lendo e adorando o livro, eu tomava um cafezinho com Margaret Stohl e sua filha May em uma cafeteria. Quando Margaret ficou com os olhos cheios de lágrimas ao me explicar as implicações de alguém como Judy gostar do manuscrito, eu também fiquei. Daí em diante, Little, Brown virou meu lar.

Infinitas vezes obrigada à minha brilhante, entusiasmada, incansável editora, Helen O'Hare, que teve tanta afeição e empatia quanto *eu* mesma por Jane Start, desde o começo. Quando descobri que Helen estava tão viciada quanto eu no frisson sensual e romântico entre Tom e Jane, sabia que éramos um par perfeito! E aí veio o imenso prazer de poder discutir e *fofocar* sobre minhas personagens com Helen. Essa minha tropa imaginária se tornou tão real para ela quanto se tornara para mim.

AGRADECIMENTOS

Fui imensamente apoiada por toda a equipe editorial. Obrigada, Bruce Nichols, Sabrina Callahan, Katharine Myers, Craig Young, Anna Brill, Lauren Hesse, Jayne Yaffe Kemp, Alison Kerr Miller, Liv Ryan, Michele McGonigle e o restante da fantástica equipe e do pessoal das vendas da Little, Brown and Company e Hachette.

À maravilhosa assessora de imprensa Nicole Dewey; sou muito sortuda por tê-la conosco nessa jornada.

Gratidão enorme à minha divina empresária, Sylvie Rabineau, e a nossas extraordinárias produtoras, Liza Chasin e Bruna Papandrea, e ao maravilhoso Erik Baiers, da Universal, pela emocionante adaptação cinematográfica que está por vir. Obrigada a Howard Abramson por tomar as providências para fazer a coisa rolar.

Porém, talvez acima de todos, sou grata ao meu marido, Jay, que não só suportou as longas horas que passei "na cadeira" escrevendo, mas também me deu insights, como o genial contador de histórias que é. Nossa parceria sempre me pareceu uma colaboração criativa: ao criarmos nossos filhos, ao apoiarmos o trabalho um do outro. Meu amor, respeito e gratidão são maiores do que jamais conseguiria expressar aqui.

Por fim, sou eternamente grata a todos os escritores, músicos e artistas cujas histórias me encantaram e inspiraram... me comoveram e consolaram. Vocês abriram as portas das suas histórias para mim e me lembraram do que é estar viva, ser humana, estar conectada. E obrigada a todos que apoiaram minha música ao longo dos anos e aos leitores deste romance. Mal posso expressar o quanto valorizo vocês... seria mais fácil cantando, mas saibam que é o que sinto de coração.

Sobre a Autora

Dona de uma das vozes mais amadas do pop, **Susanna Hoffs** é formada em artes pela Universidade da Califórnia, em Berkeley. Em 1981, ela cofundou The Bangles, com quem gravou e lançou uma sequência de singles que alcançaram o topo das paradas, incluindo *Manic Monday* (de Prince), *Walk Like an Egyptian*, *Hazy Shade of Winter* e *Eternal Flame* (que compôs em parceria), antes de embarcar em uma carreira solo aclamada pela crítica. Hoffs também escreveu e gravou músicas para os filmes de Austin Powers, nos quais também apareceu, e fez papel dela mesma na primeira temporada de *Gilmore Girls*. *Este Pássaro Voou* é seu primeiro romance. Ela mora em Los Angeles com o marido, o diretor e produtor de cinema Jay Roach.

Este livro foi impresso nas oficinas gráficas da Editora Vozes Ltda.,
Rua Frei Luís, 100 – Petrópolis, RJ.